NACHTBLAU DER SEE

Gabriela Kasperski war als Moderatorin im Radio- und TV-Bereich und als Theaterschauspielerin tätig. Heute lebt sie als Autorin mit ihrer Familie in Zürich und ist Dozentin für Synchronisation, Figurenentwicklung und Kreatives Schreiben.
www.facebook.com/KasperskiGabriela
www.instagram.com/kasperskigabriela

GABRIELA KASPERSKI

NACHTBLAU DER SEE

EIN FALL FÜR SCHNYDER & MEIER

Kriminalroman

emons:

LChoice

Hier bestellen

Bibliografische Information der Deutschen Nationalbibliothek
Die Deutsche Nationalbibliothek verzeichnet diese Publikation in der Deutschen Nationalbibliografie; detaillierte bibliografische Daten sind im Internet über http://dnb.d-nb.de abrufbar.

FSC
www.fsc.org
MIX
Papier aus verantwortungsvollen Quellen
FSC® C083411

Umschlagmotiv: 995645/Pixabay.com
Umschlaggestaltung: Nina Schäfer, nach einem Konzept von Leonardo Magrelli und Nina Schäfer
Umsetzung: Tobias Doetsch
Gestaltung Innenteil: César Satz & Grafik GmbH, Köln
Lektorat: Irène Kost, Biel/Bienne (CH)
Druck und Bindung: CPI – Clausen & Bosse, Leck
Printed in Germany 2019
ISBN 978-3-7408-0642-2
Originalausgabe

Für Monika

Gänsehaut kroch ihr über den Nacken, da, wo der Atem ihre Haut berührte. Leicht glitten seine Finger vorwärts, vergruben sich in ihrem Haar. Ein Moment des Glücks. Bis ihr Kopf nach hinten gerissen wurde. Sie spürte den Schlag bis zu den Zehen, eine Strähne löste sich. Auch Haar kann bluten, dachte sie.

Ellie Apt, 1979

Prolog

«Für diese Titten würde ich killen», sagte der bärtige Karohemdträger zu seinem Nachbarn.

Hannah Frank, unfreiwillige Zeugin der Flüsterei, war gleichzeitig amüsiert und konsterniert. Die Männer in der Reihe vor ihr, beide Familienväter, beide im Glauben, sie wären akustisch geschützt von den Bläsern des Schulorchesters, merkten nicht, dass Hannah jedes Wort verstand.

«Nicht nur für die Titten», flüsterte der andere. «Schau dir mal die Stempel an, wie Lianen.»

Hannahs Augen wanderten zur jungen Protagonistin im gold-roten Kleid, die den anderen Laiendarstellern um ein Vielfaches überlegen war. Der Schlussapplaus ging los. Die vorderste Reihe stand auf, die zweite, die dritte, bis der Saal tobte. Als die im Gold-Roten mit der Verbeugung Einblick in ihr Kleid bot, standen auch die beiden Väter auf, stiessen sich an und feixten.

«Ein Kollege von mir ist an einer Liane erstickt», zischte Hannah dem Karohemdträger ins Ohr. «Kein schöner Tod.»

Blitzschnell verfiel sie ins Klatschen, übersah den Mann, als er sich ertappt umdrehte. Kurze Zeit später stand Hannah im Getümmel an der Bar und bestellte sich einen Rotwein.

«Hannah Frank. Wie schön, dass Sie gekommen sind», brüllte der Regisseur des Schultheaters, klein, gedrungen, mit zu engem Jackett, und bahnte sich einen Weg zu ihr.

Hannah hätte ihn gern gefragt, warum um Himmels willen er ein Stück ausgewählt hatte, das bei allem Charme vor archaischem Männlichkeitsgebaren nur so strotzte.

«Die Hauptdarstellerin ist grossartig.» Diplomatisch, das konnte Hannah durchaus sein, wenn sie wollte.

Der Regisseur war ein netter Kerl, als Kulturbeauftragte hatte sie öfter mit ihm zu tun.

«Nicht wahr? Meine Entdeckung», erwiderte der Regisseur.

Von allen Seiten trafen ihn Blicke; Eltern, die nur darauf

warteten, ihm zur Inszenierung und vor allem sich selbst zur Leistung der Sprösslinge zu gratulieren. Hannah spürte seinen Geruch, eine Mischung aus Alkohol und Schweiss, die sie daran erinnerte, dass er ihr bei einer Konferenz mal zu nahe gekommen war. Kein Interesse, wollte sie schon signalisieren. Andrerseits, ihr Privatleben war nicht berauschend. Sie wurde älter und die Abende einsamer.

«Cheers, auf Ihren Erfolg», sagte sie.

Er leerte sein Glas in einem Zug. «Das tut gut. Die letzten Wochen waren anstrengend.»

Die junge Schauspielerin betrat den Raum, und die Leute brachen erneut in Applaus aus.

«Was für ein Powermädchen!» Das Gesicht des Regisseurs hatte plötzlich etwas Gieriges. «Sie will eine professionelle Ausbildung machen.»

«Tanzen und singen kann sie», sagte Hannah. «Ich bin sicher, dass sie gute Chancen hat.»

«Gute Chancen? Winny Apt wird ein Star.»

Hannah glaubte, sich verhört zu haben. «Wie heisst sie? Apt?»

Sie holte sich ein Programm und sah sich das Foto an. Meine Hand zittert, dachte Hannah und wischte mit einer Serviette über den verschütteten Wein. Winny Apt. Im Geist überschlug sie die Jahreszahlen, konnte das sein? Ihr wurde kalt, da, wo der weisse Rollkragenpullover den rechten Arm nicht bedeckte, zeigte sich eine Gänsehaut, nur die Narbe blieb unberührt. Sie sah den Glassplitter vor sich, sich selbst als unsichere blutjunge Schauspielerin, darauf hoffend, dass jemand sie aus ihrem Nebenrollendasein heraushexte.

«Noch eines?», fragte die Schülerin an der Bar.

Hannah schüttelte den Kopf. Winny Apt stand nur wenige Meter entfernt, von Menschen umrahmt. Eine grosse, schöne Nofretete. Pass auf, wollte Hannah ihr zurufen, die fressen dich auf, und am Schluss bleibt weniger als ein Haufen Dreck.

Und dann tat Winny etwas Unerwartetes. Sie schulterte einen Rucksack und stapfte in klobigen Schuhen in Richtung Ausgang.

Hannah holte ihren Mantel und ging hinterher, fand die junge Frau bei den Mofas, ins Gespräch vertieft mit ihrem Bühnenpartner.

«Winny Apt?»

Winny reagierte abweisend.

«Ich kenne deine Grossmutter. Du gleichst ihr», erklärte Hannah.

«Ellie?», sagte Winny. «Sie ist längst gestorben. Vielleicht meinen Sie Luma, meine Urgrossmutter.»

«Ich kannte beide. Hast du einen Moment?»

«Nein. Wir wollen gerade …»

«Einen trinken? Das kannst du auch mit mir.»

«Wieso sollte ich?»

Hannah stockte, ihre Reaktion war spontan gewesen. «Komm einfach mit.»

Winny musterte sie. «Sind Sie noch ganz dicht?»

«Ich bin Hannah Frank. Als ich in deinem Alter war, hiess ich Anne.»

«Anne Frank, echt jetzt? Ziemlicher Stress, dieser Name.»

Hannah war beeindruckt. Nicht nur, dass Winny ihre Namensvetterin kannte, sie wusste auch um die Hypothek, die Hannahs Eltern ihr damit in die Wiege gelegt hatten. «Das ist so. Seit ich ein Kind bin, muss ich kämpfen. Meist bin ich allein. Diesmal könnte ich Hilfe brauchen. Lies das.»

Hannah zog den Artikel aus der Tasche, den sie vor wenigen Tagen in einer Gratiszeitung entdeckt hatte.

«Schlossfestspiele Greifensee starten mit Shakespeare-Stück. Initiator Simon Perron, 70, will jeden Abend tausend Zuschauer ins historische Städtchen locken», stand im Titel. Daneben ein Foto von Perron.

«Der soll siebzig sein? Hat sich gut gehalten, der Typ.» Winny schmunzelte.

«Er ist ein Blender», erwiderte Hannah.

Winny überflog den Artikel. «Arielle Bergmann spielt die Hauptrolle», murmelte sie. «Krass, ich kenn die. Ihr You-Tube-Kanal hat endlos Follower. Sie ist vegan, fitnessgestört und ein Fashionfreak. Vielleicht sollte ich nicht auf eine Schauspielschule, sondern Influencerin werden.»

In diesem Moment entstand in Hannahs Kopf ein Plan.

Genau, glasklar, genial.

«Wer weiss …»

In Winnys Blick lag Neugier. «Wie meinen Sie das?»

«Du kannst mich duzen. Trinken wir jetzt einen Kaffee?»

Januar 2019

«Haben Sie dem Schauspieler, Regisseur und Produzenten Simon Perron in der Öffentlichkeit Betrug vorgeworfen und damit seine Firma Strahland in den Konkurs getrieben?», fragte der Staatsanwalt, während sich im vollen Saal des Zürcher Bezirksgerichts ein Murmeln erhob und alle gespannt zu Hannah Frank sahen.

Sie schwieg. Wie sie das seit Beginn der Verhandlung tat, wie sie es während des gesamten Strafverfahrens gemacht hatte. Ihr Blick ging zu Winny Apt in der ersten Reihe. Winny schüttelte ihre Rastafrisur, deutete auf den leeren Sitzplatz neben sich. «Nichts von Zita und Beanie», formten ihre Lippen stumm. Hannah sah auf die Uhr. Es war kurz nach elf. Alles genau wie verabredet. Und doch. Hannah spürte ein Kribbeln im Bauch. Was, wenn ihr Plan, den sie vor über einem Jahr gefasst hatte, was, wenn dieser Plan nicht aufging?

«Vertrau mir, Hannah. Beanie und ich, wir arbeiten die ganze Liste ab», hatte Zita Schnyder gesagt, ein Funkeln in den Augen, die Haare verstrubbelt, Milchflecken auf dem blauen Regenmantel. «Wir finden Zeuginnen, die aussagen. Damit erheben wir Gegenklage, unter Einbezug der Öffentlichkeit. Die Fetzen werden fliegen.»

Hannahs Blick schweifte zur Seite, zur Presse, zu den Journalistinnen und Berichterstattern. Sie wirkten alle gespannt, sahen zur Richterin. Mehr Aufmerksamkeit würde Hannah nie wieder haben … wenn alles auf die Minute klappte.

Der Staatsanwalt wurde ungeduldig. «Hannah Frank. Ich erwarte eine Antwort. Haben Sie Simon Perron ein Schwein genannt?» Das Schluss-T knallte durch den hohen Raum.

Die Verteidigerin hatte in den ersten beiden Prozesstagen Hannahs Bild einer Schafferin gezeichnet. Eine Schafferin, die sich seit vielen Jahren als europäische Kulturvermittlerin für die Rechte von Frauen und Kindern einsetzte und sich dabei, sozusagen den Umständen geschuldet, ab und zu in den Mitteln ver-

griff. Es sah so aus, als ob die Verteidigerin damit Simon Perrons Vorwürfe, Grundlage der Anklage gegen Hannah, mit geschicktem Nachfragen und Richtigstellungen entkräften könnte.

Bis sich das Blatt wendete, in einem Ausmass, mit dem Hannah, Zita und Beanie Barras, die Dritte in ihrem kleinen Team, nicht hatten rechnen können. Die Gegenseite trieb in letzter Minute neue Zeugen auf. Eine davon war die Kostümbildnerin der Schlossfestspiele Greifensee. Hannah hatte immer gewusst, dass sie ihr nicht trauen konnte. Dennoch musste sie schlucken, als Carole Weder nun in den Zeugenstand gerufen wurde, Hannahs Blick vermeidend.

Der Staatsanwalt präsentierte ihr, genussvoll, wie Hannah zu spüren glaubte, eine Frage nach der anderen, während Hannahs Verteidigerin nervös in ihren Akten blätterte und auf dem Handy herumtippte. Erst schwärmte Carole Weder von Perrons Treue, seiner Loyalität zur Firma und seiner Liebe zu den Mitarbeitenden, seiner Meute, wie er sie nannte. Vom Staatsanwalt milde zur Eile ermahnt, beschrieb sie anschliessend die Vorgänge beim Schloss Greifensee aus ihrer Sicht. Hannah Frank hätten sie es zu «verdanken», dass die Firma Strahland vor dem Ruin stünde und das gesamte Ensemble, darunter sie selbst, vor der Arbeitslosigkeit. Weil Hannah mit ihren aus der Luft gegriffenen Anschuldigungen die Festspiele nicht nur verhindert, sondern diese und weitere Produktionen für alle Zeiten ruiniert habe. Sie, die Kostümbildnerin, sei dabei von Hannah instrumentalisiert und zur Mitarbeit gezwungen worden.

Der Staatsanwalt untermauerte ihre Aussagen mit Handyaufnahmen und Fotos. Verschiedene Begegnungen mit Hannah, film- und tonmässig dokumentiert.

«Du musst mir helfen, Perron dranzukriegen, egal, mit welchen Mitteln», dröhnte Hannahs Stimme über eine Boombox durch den Saal, «sonst werde ich Perrons Frau erzählen, dass du eine Tochter hast von ihm.»

In dem Moment brach Carole Weder in Tränen aus und deutete auf eine junge Frau, die zwischen Perron und seiner Frau in der ersten Reihe sass, intensiv beschäftigt mit einem Spielzeug aus bunten Holzbällchen. «Sie ist autistisch. Simon Perrons Familie hat meine Tochter längst akzeptiert. Sie unterstützen mich, ohne ihre Hilfe könnte ich mir das Heim nicht leisten.»

Da änderte sich die Stimmung im Saal radikal. Hannah spürte es körperlich. Es waren nicht die Blicke, das Murmeln, das Flüstern, es war eine Form von feindseliger Energie, die sie nach Luft schnappen liess. Obwohl Hannah damit gerechnet hatte, kostete es sie Kraft, nicht aufzustehen und die ganze Wahrheit hinauszuschreien. Sie streckte ihren zierlichen Körper, umklammerte den gelähmten Arm, zwang sich, ihren Blick ins Publikum zu richten. Der Moment war noch nicht da. Er käme später. Am Nachmittag, kurz vor Verhandlungsschluss. Alles andere war keine Option.

In der Mittagspause sagte Hannahs Verteidigerin erst kein Wort, die Wut grub ihr eine Falte zwischen die Augenbrauen.

«Es tut mir leid», rang Hannah sich schliesslich ab.

«Haben Sie die Frau erpresst?», zischte die Verteidigerin, weiss im Gesicht.

«Nein. Ja», sagte Hannah. «Weil es die einzige Möglichkeit war, in das System hineinzukommen.»

«Sie sind bald sechzig Jahre alt, ich hätte Sie für klüger gehalten. Alles, was Sie Perron vorwerfen, kehrt sich gegen sie. Die werden auch den Fall der Influencerin noch mal neu aufrollen. Wenn nicht ein Wunder passiert, müssen Sie ins Gefängnis, Hannah.»

September 2018

1

«Den Greifensee sehen und sterben», textete Arielle Bergmann neonpink in die Sprechblase und platzierte sie auf dem bewegten Bild, in dessen Zentrum sie selbst stand, ein strahlendes Lachen, über der Schulter das Sportbag mit dem gerollten Theatertext.

«Instagrammable?»

Arielle postete im Insta-Feed. Sofort ploppte ein «Gefällt»-Herz auf, gefolgt von neun weiteren. In knapp einer halben Stunde hatte sie die Dreihunderter-Marke geknackt, die Aufrufe lagen bei über zehntausend, Kommentare bei knapp dreihundert. Ihre Community war genial, schon am frühen Morgen ritten sie die Welle.

Am Schild «Tribüne betreten verboten» vorbei sprang Arielle die Treppe der steilen Holztribüne hoch.

«Hallo, ihr Schätze», sprach sie in ihrem gepflegt urbanen Zürcher Dialekt ins Mikro und hielt die Kamera so, dass das nachtblaue Oberteil ihres Kostüms sichtbar wurde. «Ich freu mich, dass ihr bei ‹Arielles Welt› dabei seid. Bevor die Probe beginnt, zeige ich euch die beste Aussicht ever.»

Im Laufen streamte sie gute Laune in die Kamera, *nicht* ausser Atem, selbstverständlich. Sie wollte ihre Follower zu einem positiven Lifestyle motivieren. Hätte Arielle jemand nach ihrem Herzensanliegen gefragt, hätte sie gesagt: «Die Welt retten.» Wenn nur die Schuhe nicht wären. Arielle schlüpfte aus den High Heels, während sie eine Leichtglasflasche aus der Tasche zog und sich beim Trinken filmte, darauf bedacht, die Farbkombination ideal ins Bild zu bringen: das Grün des Kohl-Smoothies und das Blau des Greifensees. Bis sie mit der Kamera auf dem Textbuch landete. «Viel Lärm um nichts».

Es sprang ins Auge, weil sie den Titel mit Farben und Emojis aufgepeppt hatte. Arielle liebte Emojis. Sie brachten Sonne ins Leben.

«Nun muss ich Text lernen. Wünscht mir Glück.» Fertig und posten.

Der Beitrag kam an, es gab ein «Gefällt» nach dem anderen. Unter den üblichen Kommentaren ploppte auch ein kritischer: *«Habt ihr ein Textbuch aus echtem Papier? Kein Tablet?»*

Arielle fühlte sich bestätigt. Genau dasselbe hatte sie ihrem Regisseur Simon Perron bei der Leseprobe gesagt. Ökologisch gesehen war das ganze Papier ein Verbrechen. Er hatte sie ausgelacht. Von Anfang an hatte sie vermutet, dass er sie nur auf Druck der Sponsorbank engagiert hatte. Sie, Arielle, die noch nie auf einer Bühne gestanden hatte, spielte Beatrice, die Hauptrolle. Dafür brachte sie eine riesige Community mit, über eine Million Fans, wenn sie alle Kanäle zusammenzählte. Ihre Follower, ihre Familie. Seit dem ersten Probentag informierte sie täglich über alles, was abging.

Die Proben waren anstrengend und mühsam gewesen, die Kollegen nicht immer sehr freundlich. Arielle war froh, wenn die Premiere vorbei wäre und sie endlich frei spielen konnte, ohne die ständigen Unterbrechungen. Aber das würde sie niemals öffentlich sagen, stattdessen lächelte sie und biss auf die Zähne. Das hatte sie von ihrer Mam gelernt. Ihre Mam war ihr Vorbild. Und ihre Agentin Kleo Zürcher, von allen Kleo Z. genannt. Wenn beide Frauen Arielle dazu rieten, einen guten Job zu machen, um die Früchte später zu ernten, musste was dran sein. Das Erntebild gefiel Arielle, es hatte mit Selflove zu tun und mit Achtsamkeit, ihrem Thema.

«Lasst das Gejammer, Ladys, lasst es sein», sagte sie den ersten Satz. Er ging ihr nicht leicht über die Lippen. Dass dieser Shakespeare so ein komplizierter Typ sein musste und dauernd verschwurbelte, was einfach ginge.

«Über die Worte sollen im Kopf der Zuschauer Bilder entstehen», hatte Perron erklärt.

Wozu, wenn es doch Insta gab? Wäre es nach Arielle gegangen, hätten sie Fotos projiziert.

Perron blieb hart. «Arielle, mein Schatz, du bist gold, und der Vorverkauf läuft super, dank dir. *Aber* bis zur Premiere bist du nur Schauspielerin. Nix Influencerin, nix Insta-Girl, nix Snapperin. Es gibt diesen einen Text, Buchstaben für Buchstaben. Hänger liegen nicht mehr drin, klar?»

In diesem Moment wurde Arielle von einem Sonnenstrahl geblendet. #Morgenstimmung. Noch ein spektakuläres Hammerbild, dann würde Arielle Text lernen. Versprochen, heute würde sie die Souffleuse kein einziges Mal brauchen. Gerade als sie nach oben zum Mischpult klettern wollte – obwohl schwindelfrei, schluckte sie leer: links und rechts ging es steil runter –, nahm sie aus dem Augenwinkel eine Bewegung wahr. Arielle blieb stehen.

«Hallo?»

Wer von den anderen war denn schon so früh hier? Yannik? Nun glaubte sie, ein Geräusch zu hören. Schritte? Sie drehte sich um. Es musste Istvan Tschirky sein, Simons rechte Hand, ein doppelzüngiger Arschkriecher. Arielle benutzte das Wort äusserst selten. Achtsam war sie auch in der Sprache, aber sie mochte Tschirky nicht, seit er ihr mehrfach angeboten hatte, sie nach der Probe Text abzufragen. Oder war es der Bühnenmeister? Ein Bulle, um den sie gern einen Bogen machte, und der sie gleich kritisieren würde, weil sie sein Verbot missachtet hatte und auf die Tribüne geklettert war. Aber da war niemand, sie hatte sich getäuscht.

Flink wie ihre Lieblingsratte überwand Arielle die letzten Stufen und stellte sich am Rand der Plattform in Pose, die Kamera hielt sie im steilstmöglichen Winkel. Klick. Als sie das Foto kontrollierte, stachen Arielle die blassen Fingernägel ins Auge. Ignorieren? Nein, dazu war sie zu perfekt. Was aussah wie ein Schnappschuss, war eine ausgefeilte Komposition. Aus Liebe zu ihrer Community.

Schon schraubte Arielle die Flasche mit dem Lack auf, pinselte Metallica über den Nagel des Zeigfingers.

«Arielle?»

Ihre Hand rutschte aus, der Farbrand zerfranste.

«Easy. Ich komme gleich.» Wer auch immer sie zur Probe rufen wollte, er musste warten, bis sie das Bild gemacht hatte. Arielle holte den Nagellackentferner heraus, ihre Tasche war ein ganzes Überlebenscamp. Plötzlich fiel ein Schatten auf ihre Hand.

«Ich bin gleich da.» Sie lächelte.

Dieses Selfie musste einfach sein. Es war das letzte. Das perfekte.

***

Instagram-Account von **WinWinny/Story**
Helles Phosphorlicht auf Stirn und Wangen. Die Augen zwei glitzernde Neonsterne. Der Hals lang, ein ärmelloses Neoprendress, mit Löchern an Brust, Bauch und Beinen
Gefällt 0 Mal
WinWinny *Hello Instagram. Ich bin Winny und freu mich, wenn du mein Profil besuchst. #whodareswins #folgtmir #followme*
Aufrufe: 10
Kommentare: 0

2

«Fertig.» Zufrieden sah sich Werner Meier um. Seit dem frühen Morgen hatte er sein kleines Büro in der Kantonspolizei Uster aufgeräumt. Nachdem er mit Zita und den Kindern aus dem Piemont-Urlaub zurückgekommen war, nutzte er den Umstand, dass er noch einige Tage Ferien hatte. Es war ein gutes Gefühl. Alle Akten waren eingeordnet, ein ganzes Regal voll abgeschlossener Fälle, die er auf Papier haben wollte; Digitalisieren war nicht seine Sache.

«Danke, Rahmadini, gut gemacht», wandte er sich an den jungen Mann mit dem Hip-Hop-T-Shirt und den Tattoos auf den Armen, der gerade das Fenster öffnete, um den Staublappen auszuschütteln und frische Luft hereinzulassen.

Miro Rahmadini, Meiers Praktikant. Oder Assistent. Eine genaue Bezeichnung gab es nicht, das Organigramm der Kantonspolizei sah eine solche Position nicht vor. Er hatte seine Lehre abgeschlossen und liebäugelte nun mit dem Polizeiberuf. Meier kannte ihn aus einem früheren Fall, Rahmadini war eine Art Projekt von ihm. Als Teenager war er einmal haarscharf an einer Verurteilung vorbeigeschrammt, jugendlicher Blödsinn. Für einen jungen Albaner schien es besonders schwierig, diesen Ruf wieder loszuwerden. Umso stolzer war Meier, dass Rahmadini es geschafft hatte. Der Antrag auf Schweizer Staatsbürgerschaft lief, und dann stünde dem Eintritt in die Polizeischule kaum etwas im Wege.

«Voll viel Platz», sagte Rahmadini.

Das stimmte, Meiers Kabuff wirkte aufgeräumt viel grösser. Es fühlte sich gut an, etwas vollbracht zu haben, das er seit vielen Jahren vor sich herschob. Meier sah in den strahlenden Nachmittag hinaus. Es hätte auch Juni sein können, nur die leicht verfärbten Blätter der Linde zeigten, dass der Sommer bald vorbei sein würde.

Es klopfte. Im Türrahmen stand Regierungsrat Mike König,

in Anzug und Krawatte, adrett und hellwach. Wieso wusste er, dass Meier hier war? Offiziell hatte er noch Ferien. König war ein unermüdlicher Schaffer und mediensüchtig. Es war ein offenes Geheimnis, dass er jeden Morgen um vier aufstand, um sämtliche Netzwerke auf den neuesten Stand zu bringen.

«Meier, ein Wort», sagte er mit seiner voluminösen Stimme und zu Rahmadini: «Holen Sie uns Espresso, zweimal schwarz.»

Rahmadini zupfte sein T-Shirt lang, wippte auf den Fussballen und wiederholte gewissenhaft, was der Regierungsrat für Justiz und Inneres gefordert hatte. Und jetzt geh, signalisierte ihm Meier, der Rahmadinis Eigenheit, Aufträge mehrfach zu wiederholen, kannte.

«Ich brauche nichts, danke, Rahmadini.»

Als er weg war, betrat König das Zimmer. «Haben Sie noch nicht gepackt?», fragte er mit einer Handbewegung zum Regal.

«Gepackt?»

«Ab nächster Woche sind Sie im Aquarium.»

Was meinte König?

«Steht im Vertrag.» Er deutete auf die gehefteten weissen Blätter in der Mitte der ansonsten leeren Schreibtischplatte. «Ist er unterschrieben?»

Das hatte Meier verdrängt, obwohl er die Stelle noch vor den Ferien zugesagt hatte. Der demografischen Entwicklung geschuldet, wurde die Kantonspolizei See/Oberland in zwei eigenständige Teile aufgesplittet, und Meier war angefragt worden, das Oberland zu übernehmen. Irgendwie war es ihm nicht geglückt, mit Zita darüber zu reden, obwohl sie in den drei Wochen Ferien ununterbrochen zusammen gewesen waren. Es hatte sich einfach nicht ergeben.

König zückte einen Stift, golden und schmal. «Erledigen Sie das doch gleich. Übermorgen ist die offizielle Feier, wie Sie wissen. Da wäre es nett, wenn wir einen Vertrag hätten.»

Meier zögerte. Er hatte sich das Papier nicht genau angesehen. Das Einzige, das ihn interessiert hatte, war die Zahl. Ein sechsstelliger Jahreslohn, so viel hatte er noch nie verdient. Damit würde er seine Familie locker alleine ernähren können. Zum ersten Mal wären sie nicht mehr auf Zitas Gehalt angewiesen. Dies erfüllte Meier mit tiefer Befriedigung. Woher kam dieses absolut archaische Gefühl? Es musste etwas mit Jagen zu tun haben, mit Beschützen, mit Verteidigen. Verrückt vielleicht und aus der Zeit gefallen, aber es fühlte sich richtig an. Dafür würde er sein geliebtes Büro gegen das Aquarium mit den zehn Arbeitsplätzen und den minergetisch versiegelten Fenstern eintauschen.

Der Stift rutschte Meier aus den verschwitzten Fingern, er musste ein zweites Mal ansetzen. Seine Unterschrift wirkte eckig.

«Spielt keine Rolle, es gilt auch so.» König lächelte und nahm Meier das Papier aus den Händen. «Wer war der Junge?»

Genau das hatte Meier vermeiden wollen. «Rahmadini? Er schnuppert hier.»

«Seit wann? Mir scheint, ich hätte ihn schon mal gesehen.»

«Das war vor meinen Sommerferien. Als er sich vorgestellt hat.»

«So ein Einsatz dauert bei uns normalerweise einen Tag, im besten Fall eine Woche.» König nahm Meier ins Visier. «Klar, Herr Meier?»

Damit ging er hinaus, nur um im Türrahmen fast mit Rahmadini zusammenzuprallen. Ein paar Tropfen Kaffee landeten auf Königs polierter Schuhspitze. «Für mich nicht mehr, ich muss weiter», sagte er und verschwand.

Meier klopfte dem verdatterten Rahmadini auf die Schultern. «Geben Sie her, mein Junge. Ich habe ihn überredet, dass er mir seinen Kaffee abtritt. Schliesslich bin ich bald Chef hier.»

«Okay, Chef. Übrigens soll ich Sie daran erinnern, dass Sie die Kinder in der Kita abholen. Dienstag ist Papa-Tag, eigentlich sollten Sie gar nicht hier sein, weil Sie noch Ferien haben.»

Gleich darauf stand Meier am Bahnhof Uster, die Lederjacke, die früh am Morgen noch knapp vertretbar gewesen war, über der Schulter gelegt und rechnete aus, ob er es rechtzeitig schaffen würde. Als die Abfahrtszeit der S-Bahn erneut nach hinten korrigiert wurde, musste er sich etwas einfallen lassen. Nur, wen sollte er um Hilfe bitten? Den Kontakt zu anderen Spielplatzvätern hatte er vermieden, seit einer von ihnen, so einer mit Dreitagebärtchen, Schirmmütze und karierter Hose, zum brüllenden Theo gesagt hatte: «Suchst du deinen Grosspapi? Der steht da hinten und isst ein ungesundes Fleischkäsesandwich.»

Nein, danke. Dann lieber ... schtärnesiech. Es musste doch jemanden geben, der ihm helfen konnte.

«Barras, wo sind Sie?», sagte Meier in den Hörer und entschuldigte sich sogleich für den ruppigen Tonfall.

Seine ehemalige Assistentin Beanie Barras, seit einiger Zeit erfolgreiche Ermittlerin bei Leib und Leben der Kriminalpolizei Zürich, hatte gerade ihre Schicht hinter sich.

«Andi und ich schauen uns die Location an, Sie wissen schon, für die Hochzeit.»

Musste Barras Meier unter die Nase reiben, dass sie mit ihren fünfundzwanzig Jahren weiter war als er mit seinen knapp fünfzig?

«Taugt sie was? Die ... *Location*?» Wie Meier diese englischen Worthülsen hasste.

«Es ist ein Kajak.»

«Sie wollen auf einem Kajak heiraten? Und wo sind die Gäste?»

«In den Beibooten. Es ist toll. Auf dem Wasser weht 'ne leichte Brise.»

«Ist eigentlich ein Meereswind.»

«Seien Sie nicht so pingelig, Herr Meier. Hauptsache kühl.»

Auch das noch. Meier hasste Bootsfahren fast so sehr wie hohe Berge. Er sah sich nächsten Sonntag schon ins Wasser reihern, während Barras und IT-Andi, sein Mitarbeiter von der Datenabteilung, sich das Jawort gaben.

«Hören Sie, ist dort, wo Sie jetzt sind, weit entfernt vom Kreuzplatz?»

Falls sich Barras über die Frage wunderte, sagte sie keinen Ton. «Nö. Warum?»

Gleich darauf war sie instruiert. Sie würde die Kinder abholen und mit ihnen auf den Spielplatz gehen. Ein Abschiedsgeschenk, weil sie ab nächster Woche für drei Monate in die Flitterwochen verschwinden würde.

Dass die Zeitangabe der Zugsabfahrt erneut verschoben wurde, kostete Meier nur noch ein Lächeln. Er ging zum Bahnhofskiosk, um sich ein Feierabendbier zu gönnen.

Da summte sein Handy.

«Ciao, amore mio», sagte Meier.

Aber es war nicht Zita. Es war Gritli Gut, die Empfangsfrau der Kantonspolizei Uster, sehr aufgeregt. «Werner. Am See wurde eine Leiche gefunden.»

Meier zögerte. «Eine Leiche? Ich habe noch Ferien.»

Ohne darauf einzugehen, fuhr Gritli fort: «Es ist bei den Greifensee-Festspielen passiert, du weisst schon, seit Wochen spricht man von nichts anderem.»

«Nicht schon wieder ein Fall im Theater, einmal hat mir gereicht.»

Nun kam ein Wortschwall. «Es handelt sich um ein Mitglied des Ensembles. Ich hoffe sehr, dass sie weitermachen, ich habe mich so darauf gefreut. Theater wie zu Shakespeares Zeiten. Du weisst ja, dass ich Mitglied des Theaterclubs bin. Meist sehen wir nur Kleinkunst aus der Region. Mit den Festspielen kommt endlich mal was Rechtes. Simon Perron, der Regisseur, ist ein ganz Grosser. Und die Kolb ist dabei, Grete Kolb. Nach der Premiere hat unser Club ein Gespräch mit ihr arrangiert. Es wäre eine Katastrophe, wenn das nicht stattfinden würde.»

Als Meier aus dem Bus stieg, traf er als Erstes seinen Mitarbeiter Heinz Lips, der unter dem Seehundschnauz das übliche Süssholz kaute.

«Du hier? Du hast doch Ferien?», sagte Lips.

Meier winkte ab. «Ich war im Büro, um aufzuräumen. Gritli hat mich aufgescheucht. Sie hat Angst, dass ihre Eintrittskarten verfallen. Soll ich wieder gehen?»

Lips zuckte die Achseln. «Wenn du schon hier bist, vier Augen sehen mehr als zwei. Ausserdem könnte es dein letztes Mal sein.»

«Wieso?»

«Du wirst ja unser Oberchef. Gratuliere übrigens, wir sind stolz auf dich. Obwohl …» Die Sorge über die Veränderung stand ihm ins Gesicht geschrieben.

Keine Angst, es bleibt alles beim Alten, wollte Meier entgegnen. Nur, das würde es natürlich nicht. «Noch ist es nicht offiziell. Also …» Er klopfte Lips auf die Schulter. «Instruier mich mal.»

«Routine. Schräge Kulisse. Coppola hat Stalldrang. Und Kneubi muss das Donnerwetter austricksen.»

Er ging voraus, während Meier im Kopf Lips kryptischen Satz auf das Wesentliche analysierte. Die Notfallärztin, die hiess wie der amerikanische Filmregisseur, war auf dem Sprung, und der Spurensicherungschef Kneubühler befürchtete ein Gewitter.

Eine Aussage, die sich bestätigte, als Meier hinter Lips um die Ecke bog. Die Nachmittagssonne über dem Pfannenstiel verschwand hinter einer dunklen Wolke, und die verbleibenden Strahlen tauchten die Umgebung in ein magisches Licht, untermalt von der Sturmwarnung am anderen Ufer, obwohl der See so glatt war wie eine Scheibe. Die Szenerie vor dem Schloss, einem turmartigen Gebäude aus dem Mittelalter mit einem Satteldach und Mauern aus Bollersteinen, war atemberaubend. Auf der rechten Seite war eine überdachte Tribüne aufgebaut, fast gleich hoch wie die Birke mit dem efeuumhüllten Stamm. Ihr gegenüber lag die Bühne, eine Holzfläche, umgeben von einem Metallgerüst, an dem Stoffbahnen hingen.

Dort standen und sassen eine ganze Reihe von Menschen in historischen Kostümen und Halbmasken, die Meier von den auffälligen Plakaten her kannte, die ganz Uster pflasterten. Alle waren still, erstarrt geradezu, und die Art, wie ihre Körper zueinanderstanden, sagte mehr als tausend Worte. Die Männer hatten sich auf der einen Seite zusammengerottet. Sie trugen Anzüge, deren Farbe sich in den Oberteilen der Frauen spiegelte, welche auf der rechten Seite standen. Dazwischen, Zita würde es als echten Gender-Graben bezeichnen, sass eine ältere Dame im Männeranzug auf einem thronartigen Stuhl. Sie stützte sich auf einen Stock und überstrahlte alle mit ihrer schieren physischen Präsenz. Im Hintergrund lümmelten die Bühnenarbeiter, angeführt von einem bulligen Typen. Vorne links ein Mädchen in einem Overall, ihre Rastafrisur zu einem Turban geschlungen. Als Einzige sah sie nicht zu einem Mann, der vor der Bühne stand. Er musste der Regisseur sein. Mittelgross, mit dunkelgrau gelocktem Haar, einer schwarzen Brille, einem zerknitterten Sommerhemd, das sich über seinem Bauchansatz wölbte, einer Plastiktüte neben sich, ganz offensichtlich verschwitzt und genauso schockiert wie das Ensemble.

«Chef», zischte es plötzlich neben Meier. «Hat es dir ins Hirn geschissen? Machst du hier einen auf Statue?»

Bevor Meier den nächsten Schritt tun konnte, kam die Notfallärztin auf ihn zu. Zuletzt hatten sie sich bei einem Skelett in einem verschneiten Garten gesehen. Damals hatte er noch keine Ahnung gehabt von der Existenz seiner kleinen Tochter. Einen Moment lang wurde Meier übermannt vor Sehnsucht nach Lily und ihrer Art, sich in seinen Nacken zu schmiegen. Wie verletzlich er doch geworden war, mit jedem Kind ein wenig mehr.

«Hallo, Frau …» Meier stockte. Lips hatte den Namen doch eben erwähnt. Hiess sie nun Ford oder Coppola?

«Kommen Sie bitte mit», unterbrach ihn die Ärztin, bevor es peinlich werden konnte. Sie führte ihn auf die Seite der Tribüne, ganz nach hinten zur Birke, wo Kollege Kneubühler von der Kriminaltechnik gerade die 3D-Kamera ein- und das weisse Spurensicherungszelt auspackte.

Er musterte Meier. «Bist du nicht in den Ferien?»

Erklärung, Brummen, Achselzucken. So lief das mit Leuten, die seit Jahren zusammenarbeiteten.

«Sie ist gefallen.» Kneubühler deutete nach oben zur Tribüne, die von hier aus schwindelerregend aussah. «Da fehlt das Geländer. Sollte morgen montiert werden. Grob fahrlässig. Tribüne betreten ist streng verboten.»

In der Tat, ein handschriftliches Schild wies darauf hin.

«Darf ich?» Meier trat zur Leiche. Ein makelloses Gesicht,

die Lippen leicht geöffnet, die Augen zu; sehr, sehr jung. Sie sah aus, als ob sie schliefe. Dornröschen, dachte Meier, man möchte ihr Prinz sein und sie wach küssen. In achtzehn Jahren könnte es Lily sein. Meier unterdrückte einen Laut.

«Wer ist sie?», fragte er.

«Arielle Bergmann, eine bekannte Influencerin», sagte die Ärztin. Meiers Gefühlsausbruch schien sie nicht wahrzunehmen. «Ihre Freundin hat die Tote gefunden.»

Bevor Meier nachfragen konnte, kam eine Gestalt vom Schlosscafé her über den Platz geeilt. Lilo Lienert, Kräuterhexe, Leiterin des Naturschutzgebiets «Silberbirke», Bierbrauerin und Kinderhüterin von Finn, Theo und Lily ... was um Himmels willen machte sie hier?

«Grüezi, Werner. Ich musste schnell auf die Toilette im Schlosscafé oben. Ist das nicht tragisch?», sagte sie. Ihre Handbewegung umfasste die Szenerie, bevor sie auf die Tote deutete. «Sie spielt die Hauptrolle. Offenbar hat sie tüchtig gebechert.»

Auf dem Tisch, der unter einem Sonnenschirm stand, bemerkte Meier Gläser, eine Weinflasche und ein Textbuch.

«Alkohol», fuhr Lilo fort. «Ich hab die Fahne gerochen, als ich mich über sie beugte. Es war nicht unser Waldbacher-Weizen, das kann ich dir sagen. Und dabei führen sie es hier ganz offiziell als ‹Shakes-Bier›.»

Shakes-Bier?

«Meier, wir sollten Gas geben, das Gewitter ...», unterbrach Kneubühler.

«Gib mir noch eine Minute», sagte Meier.

Lilo war als Erste am Tatort gewesen, und ihre Eindrücke waren wertvoll. Zumal sie an unberechenbarer Vergesslichkeit litt. «Was ist dir sonst noch aufgefallen, Lilo?»

«Ich habe den Schluss der Probe angeschaut. Die Souffleuse hat den Text der Schauspielerin eingelesen, weil sie nicht hier war. Alle waren ziemlich genervt darüber, schien es mir. Als ich heimgehen wollte, habe ich das Mädchen zufällig gefunden. Es lag verdeckt hinter dem Baumstamm und der Tribüne. Ich wette, dass sie herausfinden wollte, wo die beste Stelle für ihren

Auftritt ist. Und dann ist sie gefallen, aus Eitelkeit. Typisch für die jungen Menschen von heute.»

Die Sonne verschwand hinter einer Wolkenwand, die gleich darauf von einem Blitz zerrissen wurde, ein Windstoss fegte die Vorhänge in die Luft. In der Stille nach dem Donner hörte Meier das Geräusch der aneinanderprallenden Boote am Steg. Bevor jemand reagieren konnte, ging es los. Blitz, Donner, Windböen, alles gleichzeitig. Während Leben in die Menschengruppe kam und alle zum Schloss hochrannten, versuchte Kneubühler, eine Abdeckplane über die Leiche zu zerren. Meier griff sich zwei Ecken, aber der Wind riss sie ihm aus den Fingern. Er rannte der Plane hinterher bis zur Bühne, wo ihm eine Stange samt Vorhang entgegengeweht wurde, knapp an seinem Kopf vorbei.

«Ich hab sie, Kneubi», brüllte Meier und lief zurück, um die Leiche zu bedecken.

«Wir müssen zum Schloss», rief Kneubühler.

Der Wind legte noch mehr zu. Dann ein Blitz. Unheimlich nah. Unheimlich schön. Meier wurde zu Boden geschleudert. Sofort sprang er wieder auf, taumelte, brachte sich unter der Tribüne in Sicherheit, wo das Toben weniger wurde und er in seine Lederjacke griff, um das Taschentuch, ein Requisit aus längst vergangener Zeit, hervorzuholen. Er wischte das Gesicht ab, seine Hände zitterten. War er eben dem Tod nur knapp entronnen? Als er wieder klar sah, fiel sein Blick auf ein Handy am Boden. Auf dem Bildschirm lachte Arielle Bergmann, die Tote, direkt in die Kamera, im Hintergrund der Greifensee in seiner ganzen Pracht. Hier ist ein brutales Verbrechen passiert. Dieser absurde Gedanke packte Meier unvermittelt, unmotiviert und mit grosser Wucht.

***

Instagram-Account von **AriellesWelt/Story**
Schmales Gesicht, weinrote Lippen, blondes, flatterndes Haar
Gefällt 3925 Mal

AriellesWelt *#Morgenstimmung #prerehearsal #VielLärmumnichts #Beatrice #Hauptrolle #ichliebedasLeben #seidachtsam*
Aufrufe: 9896
Kommentare: 462

Kommentar **@WinWinny**: *Bitch. Spielt die Hauptrolle und ist völlig unbegabt. Kennt den Regisseur, wenn ihr wisst, was ich meine.*
Kommentar **@poisonlulu**: *Selber Bitch. Arielle ist gross.*
Gefällt 22 Mal

3

Allan Äbischer hatte einen der wenigen Stühle ergattert, die auf dem Sechseläutenplatz im Schatten standen, trank in grossen Schlucken das Industriebier und starrte auf die Wurst in seiner Hand. Schlechte Gewohnheit, dass er sich die gekauft hatte, wo er doch zum Essen verabredet war und ohnehin keinen Hunger hatte. Allan hatte den ganzen Tag im Büro seiner Firma Strahland verbracht und eine schlimme Botschaft nach der anderen erhalten: eine Betreibung, das Problem mit dem Getränkelieferanten und die Dauerbaustelle des Ticketvorverkaufs. Allan war sich einiges gewöhnt, aber die Taktzahl, mit der die Nachrichten einschlugen, hatte ihn auf die Strasse getrieben. Eine ganze Stunde lang war er durch die Hitze gegangen, ohne Handy- und Mailkontakt. Normalerweise ein probates Mittel, um den Kopf freizubekommen, doch diesmal hatte es nicht gewirkt. Als ein kleiner Mops vor Allan stehen blieb, liess er die Wurst fallen und suchte in seiner Jacketttasche nach einem Paracetamol. Ich muss es verdrängen, einfach weg damit. Probleme in Schubladen packen, anschreiben und erst wieder hervorkramen, wenn sich eine Lösung offenbarte; darin war er gut. Noch einen Schluck, noch ein Paracetamol. Alkohol und Medikamente zeigten Wirkung, die Konturen wurden weniger scharf, das Licht sanfter, sein Herzschlag beruhigte sich.

Allan sah zum Hotel Conti, wo das Business-Abendessen stattfinden würde. Für Tosca Badovic, die junge Bankerin der Usterner Regiobank, war es offenbar ein Leichtes gewesen, einen Platz zu bekommen, im Gegensatz zu Allan, der am Oberkellner gescheitert war. Ob es sich bereits herumgesprochen hatte, wie es um Strahland stand? Dabei würde Allan den Kurs korrigieren. Schon oft hatten sie Durststrecken erlebt und waren jedes Mal wiederauferstanden. Wie Phönix aus der Asche. Warum sollte es diesmal anders sein?

Noch einen letzten Schluck, dann gab Allan den Stuhl frei

an zwei junge Mädchen, die sich zusammen daraufquetschten. Gott, waren die süss, trotz der Zahnspangen, zumindest die eine. Allan deutete eine kleine Verbeugung an, legte sich das Sakko aus Schurwolle über die Schulter und ging davon. Mit einem Plopp klatschte die Aludose am Schlitz des Abfallkübels vorbei und landete auf dem Boden. Als Allan sich bückte, um sie aufzuheben, entdeckte er aus dem Augenwinkel Badovic auf der anderen Strassenseite.

Die Bankerin stand vor der Mövenpick-Bar und leckte an einem Schokoladenglacé. Brauchte sie eine Ladung Zucker vor dem Kalbsschnitzel? Und dabei war sie rank und schlank.

Dass Allan für die Greifensee-Festspiele mit der Vertreterin einer Regionalbank zusammenarbeiten musste, war eine Blamage. Mit der ganz grossen Kelle hatten sie anrühren wollen. Für die Rolle des Urvaters Leonato, dem Gastgeber in «Viel Lärm um nichts», hatten sie vom Schweizer Schauspieler Stefan Kurt geträumt oder vom Deutschen Udo Samel, sogar vom Briten Michael Caine. Dessen Agent war ein Bekannter von Allans Kompagnon Simon Perron, zumindest hatte er das behauptet. Ein Superstar in der Besetzung, besser zwei, war die Auflage der Grossbank gewesen. Nachdem alle abgesagt hatten, war die Bank ausgestiegen. Beim Gedanken an die demütigenden E-Mails verspürte Allan wieder das Brennen im Bauch.

Dass der Star des Stücks – neben Simon Perron und Grete Kolb – nun diese zwar ausserordentlich sympathische, aber leider vollkommen unbegabte Schauspielerin Arielle Bergmann war, war für Allan ein Alptraum. Ein künstlerischer Tiefschlag, entstanden im Kopf von Tosca Badovic und ihrer Regiobank, dem einzigen Sponsor, der sich hatte finden lassen. Zu erschütternden Bedingungen: kaum Werbung, dafür Dauerberichterstattung von den Proben per Instagram und Livestream. Diese neue Art der Öffentlichkeit war Allan zuwider. Doch er hatte keine Wahl gehabt. Eine Zeit lang hatte es so ausgesehen, als ob sich das Ganze dennoch lohnen würde, der Vorkauf war gut angelaufen. Leider hatte sich der Partner in Süddeutschland als unzuverlässig erwiesen. Einen Moment nur, einen kleinen Moment, war Allan nicht aufmerksam gewesen, und gleich erhielt er die Quittung.

Allan lief der Schweiss in Strömen, und sein Herz klopfte unregelmässig, während er zusah, wie die Bankerin auf ihren hohen Schuhen auf und ab wippte. Natürlich, er, Allan, war zu spät. Ein Text brummte. Bevor er den Platz überquerte, zog Allan sein Handy hervor. *«Allan, du musst sofort kommen. Arielle Bergmann ist tot.»*

***

«Eine Cola Zero, bitte», sagte Zita zu Georgis, dem Koch von Malous Café an der Chorgasse in der Zürcher Altstadt. Sie liess sich auf den freien Stuhl im Schatten eines gestreiften Sonnenschirms fallen, schlüpfte aus den Sandalen und genoss einen Moment die Kühle des Kopfsteinpflasters. «Kannst du Malou Bescheid geben? Ich muss sie sprechen.»

Der erste Arbeitstag nach den Ferien war immer anstrengend. Und bei der Hitze ganz besonders. Seit dem frühen Morgen war Zita an der Uni unterwegs gewesen, und bevor sie in den täglichen Familienwahnsinn tauchte, musste sie noch eine Sache erledigen.

«Hi, Zita.» Auf die Art strahlen wie Malou Apt, die Besitzerin des Cafés, konnte niemand sonst auf der Welt. Sie stellte das eisgekühlte Getränk und einen veganen Döner auf den Tisch, während sie sich neben Zita setzte.

«Wieso weisst du, dass ich fast verhungere?», fragte Zita und biss zu, den Gedanken an den Ex-Schwangerschaftsspeck verdrängend.

«Hmm», stöhnte sie auf. Es schmeckte unbeschreiblich. Keine Ahnung, woraus der Fleischersatz war, Zita war süchtig danach. Sie und viele hundert Studierende mit ihr. Malous Café war immer voll, selbst jetzt, kurz vor Ladenschluss.

«Du hast da was.» Malou deutete auf Zitas Mundwinkel.

Die tropfende Sauce, die absolute Krönung. «Wie macht Georgis die bloss?»

«Das fragst du jedes Mal, meine Liebe», sagte Malou.

«Und du verrätst es mir nicht, weil du es selbst nicht weisst. Was ich für einen Schwindel halte.»

Malou zog ihr Tanktop zurecht und nahm einen Schluck vom Espresso, den sie sich mitgebracht hatte. «Wie waren deine Ferien?»

Das richtige Stichwort für Zita. «Es war ein Actioncamp, mit zu wenig Schlaf, zu vielen Mücken und zu viel Pasta.»

Wenn Malou kicherte, klang sie wie ein Kind. «Gibt's auch etwas Positives zu berichten?»

«Klar.» Zita erzählte von ihrer Mutter Nora, die nach dem Tod von Zitas Papa den heissgeliebten Weinberg aufgeben wollte – «eine typische Männerarbeit, Zita, ich will das nicht allein machen» –, von Lily, die sich mit ihren zehn Monaten unsterblich in eine Barbiepuppe, Typ italienisches Model, verliebt hatte, von Finns Leidenschaft für Automarken mit Fokus auf Luxuswagen, von Theos Fussball-Gen, wie er am Strand einem Mädchen einen Schuss voll ins Gesicht gepfeffert hatte, und von dem beschämenden Schlichtungsgespräch mit den Gegeneltern.

Malou lachte. «Puppen für Lily, Autos und Fussball für die Jungs, durch eure Familie geht ein echter Gender-Graben. Was hat dein ...» Sie suchte nach dem passenden Ausdruck, sie wusste um Zitas Spitzfindigkeit, wenn es um Meiers Bezeichnung ging. «... Partner dazu gesagt?»

«Ist ausgeflippt über Theos Treffsicherheit. Er sieht ihn schon als Profifussballer. Ein richtiger Klischee-Vater, ich weiss auch nicht, was da schiefgelaufen ist.»

«Oh, Zita, das tut mir leid», sagte Malou. «Aber sonst ist dein Werner doch klasse. Ich könnte wetten, dass er jetzt gerade die Kinder von der Kita abholt.»

Darauf hätte Zita alles Mögliche zu erwidern gewusst, aber sie liess es bleiben. Ihre Laune war viel zu gut.

«Stell dir vor, eine private Stiftung hat für meine Dissertation ein Forschungssemester bewilligt. Du weisst, mein Thema ist Postmodernismus in der englischen Literatur. Das Schreiben war das Erste, das ich heute Morgen gesehen habe.» Auf ihr Nachfragen erklärte Zita der Freundin, wie kompetitiv die universitären Forschungskreise seien, gerade im Mittelbau, da, wo sie sich betätigte, und wie viel ihr dieses Stipendium bedeute. «Ich darf zum Recherchieren nach London. Ein ganzes halbes Jahr», schloss sie. «Und wohnen, das habe ich bereits abgeklärt, kann ich bei Beth Weisz.»

Schweigen.

«Wann soll das stattfinden?», fragte Malou nach einer Weile, in der Zita wie auf Nadeln sass.

«In vier Wochen.»

Malou zögerte. «Das ist sehr bald.»

«Typisch Universität. Du wartest monatelang auf eine Zusage, und dann geht alles blitzschnell.»

Als ob Malou fühlte, wie sich in Zitas Bauch ein kleiner Taifun erhob, wie immer, wenn sie in Zugzwang geriet, ihre Arbeit, ihr Liebstes auf der Welt, der Ort, wo sie am meisten Befriedigung verspürte, zu verteidigen, wog Malou ihre nächsten Worte sorgfältig ab. «Was machst du denn ein ganzes halbes Jahr lang mit deinen Kindern?»

«Ich sperre sie in den Putzschrank, zusammen mit einer Puppe, einem Blechauto und einem Fussball.» Zita legte den Döner auf den Teller und putzte sich die Finger an der Serviette ab. «Eigentlich sind es nur vierzehn Wochen. Ich habe meine Mutter gefragt, ob sie zu uns kommen kann.»

«Und?»

Zita gab keine Antwort, schämte sich für ihre Irritation über Noras Reaktion. «Es wäre eine ziemliche Aufgabe», hatte sie gesagt. «Und ich hatte Pläne für den Herbst, weisst du.»

Seit wann hatte Zitas Mutter Pläne, die nicht ihre heissgeliebten Enkelkinder einschlossen? Bei dem Gedanken hatte Zita sich ertappt.

«Meine Mutter überlegt es sich», sagte Zita, als das Schweigen unangenehm wurde. «Aber ich habe einen Plan B. Der Commissario kann seine Prozente reduzieren, ich fliege jedes zweite Wochenende nach Hause, und in den Ferien besuchen sie mich.»

«Ich würde nur schon bei der Vorstellung zusammenbrechen, so was zu organisieren», sagte Malou. «Und ich frage mich ... ich meine, Lily ist noch –»

«Wenn der Commissario eine solche Chance hätte, würdest du dann auch Lilys Alter ins Spiel bringen?», unterbrach Zita sie, nur um gleich darauf mit einem Scherz den Ton zu mildern. «Lily läuft bald ihren ersten Marathon. Ausserdem bin ich genau deswegen hier. Ich wollte deine Tochter fragen, ob sie einen Teil ihres Zwischenjahrs bei uns verbringen will. Letztes Mal hat sie mir gesagt, dass sie einen Job sucht.»

«Winny?» Das Leuchten in Malous Augen erlosch. «Sie hat keine Zeit.»

Winny Apt. Wunderschön, blitzgescheit und voller Energie, wenn sie loslegte und einen Popsong rappte, sodass Finn, Theo und Lily die Ohren schlackerten. Als Meier für ein paar Tage zu einer Weiterbildung wegfahren musste und Zita in echte Not gestürzt hatte, hatte Winny als Babysitterin bei Schnyder und Meiers ausgeholfen – über eine Anzeige an der Uni hatte Zita beide, Mutter und Tochter, im Frühjahr kennengelernt. Seither hatte Zita die junge Frau nicht mehr gesehen, dafür hatte sie sich mit Marie-Louise Apt, genannt Malou, befreundet. Malou kannte mittlerweile Zitas halbes Leben, während Zita nur wusste, dass Malou Winny jung bekommen hatte und dass Georgis, der gerade im Schwung einer Spotify-Playlist die Kochplatten schrubbte, nicht der Papa war.

«Ich versuche schon den ganzen Tag, sie zu erreichen», sagte Zita, «aber ich erwische sie nicht. Ist sie zu Hause?»

«Sie ist vor einigen Wochen ausgezogen.» Malous Augen verfolgten Georgis durch die Scheibe. «Ich habe keinen Kontakt mit ihr.»

Das erstaunte Zita. «Und wo wohnt sie?»

«Keine Ahnung.» Malou schob die Hände in ihre Jackenärmel, als ob sie frieren würde.

«So kenn ich dich gar nicht. Du bist doch eine Gluckenmutter.»

«Man muss loslassen können.» Sie klang wie aus dem Lehrbuch. «Eine Zeit lang hat sie bei ihrer Freundin gewohnt. Lara. Die jobbt auch als Babysitterin. Aber da ist sie nicht mehr.»

Zita wollte nicht weiter nachbohren. «Sollte Winny anrufen, gib ihr doch Bescheid bitte. Dass ich einen Job für sie hätte.»

Malou stand auf. «Sie hat eine Kontaktsperre verhängt. Was sie tut, weiss ich nur über Instagram.»

«Du folgst deiner Tochter auf Instagram?»

Zita sah wohl so schockiert aus, dass Malou sich zu einer Erklärung gezwungen sah.

«Warum nicht? Das machen viele Eltern. Sie postet politische Dinge, sehr interessant. Über Women's March Global und solche Sachen. Wenn ich das lese, bin ich immer stolz», sagte sie und fügte in übertrieben scherzendem Ton an: «Wart's ab, bis Lily gross ist, dann wirst du es auch tun.»

Zita hatte sich Social Media bislang immer verweigert, kürzlich sogar ihren Facebook-Account gelöscht.

«Kannst du Winny über Instagram kontaktieren und ihr Bescheid geben, dass ich sie brauchen könnte?»

«Nein», antwortete Malou. «Das musst du schon selber machen.»

Georgis kam heraus. «Malouschka, die Spitex-Frau hat angerufen, sie will heute früher gehen.» Er gab Malou einen Klaps auf den Hintern. «Los, geh hoch zu deiner Oma, Weib.»

Zita fielen fast die Augen aus dem Kopf. Dennoch schluckte sie einen Kommentar hinunter – Georgis war ein netter Typ, seine Hilfsbereitschaft wog das Machotum ein wenig auf – und stopfte ihr Handy in die Freitagtasche.

Plötzlich hielt Malou ihre Hand fest. «Wenn du Winny gefunden hast, gibst du mir Bescheid, bitte?»

4

Im Schlosscafé Greifensee herrschte eine bedrückte Stimmung. Die Luft im Raum stand. Da es nicht geregnet hatte, war die Abkühlung ausgeblieben. Die Leute sassen entweder an den Bistrotischen oder auf dem Boden, denn es gab beileibe nicht genug Stühle. Meier hatte die Befragungen zusammen mit seinen Kollegen durchgeführt, undenkbar, jetzt auf seinen Ferien zu beharren. Er hatte sich dabei ganz auf den kaufmännischen Leiter, Allan Äbischer, konzentriert – erst im letzten Moment gekommen, übergross, beleibt mit hängenden Schultern und einer Weste über dem blütenweissen Hemd –, der ihn mit vielen Informationen versorgt hatte, das Notizbuch war mittlerweile halb voll. Äbischer war ein ernsthafter Typ, Meier mochte ihn auf Anhieb. Mehrfach hatte er seine Ansicht kundgetan, Arielle Bergmanns Tod sei ein tragischer Unfall, eine Katastrophe für ihre Familie und für die Produktion. Und für Strahland, eine offenbar erfolgreiche Firma, die Filme und Theater produzierte. Strahland war für die Leitung der Festspiele verantwortlich, als Hauptsponsor zeichnete die Regiobank Uster, und der Erfolg war programmiert, fast alle Vorstellungen seien bereits ausverkauft. Das Ganze schien einzigartig. Sommerfestspiele gab es zuhauf, nicht aber Festspiele, die im Herbst und Winter stattfanden. In dieser Nische hatte Strahland sich platziert. Damit die Zuschauer im Trockenen und in der Wärme sitzen konnten, war ein teurer und ausgeklügelter Tribünenbau nötig gewesen. Die Schauspieler jedoch waren Wind und Wetter ausgeliefert, wie zu Shakespeares Zeiten. Das war Teil des Abenteuers, und die Beteiligten bis hin zu den Bühnenarbeitern waren mit Herzblut dabei.

Alle waren zutiefst betroffen über den tragischen Verlust der Kollegin Arielle Bergmann, die Beatrice hätte spielen sollen, eine Hauptrolle. Obwohl keine Schauspielerin, hatte sie sich offenbar mit Eifer in die Rolle geschmissen, zusätzlichen Unterricht genommen, um der Aufgabe gerecht zu werden. Auf die Frage, ob sie denn gut gewesen sei, hatte Meier allerdings keine Antwort bekommen, von niemandem. Dafür hatten einige beschrieben, dass Bergmanns Selfie-Besessenheit sie immer wieder in gefährliche Situationen getrieben habe. Zu diesem Punkt hatte Allan Äbischer versichert, dass alle mehrfach mündlich und schriftlich gewarnt worden seien, die Tribüne nicht zu betreten.

«Erst nach der offiziellen Freigabe ist es erlaubt», hatte er gesagt, kalkweiss im Gesicht. «Ich weiss nicht, warum sie das gemacht hat.»

Nun stand für Meier das Gespräch mit dem Star der Truppe an, Grete Kolb, der einzige Name, den er kannte. Im Shakespeare-Stück «Viel Lärm um nichts», dem Auftakt für die Schlossfestspiele Greifensee, spielte sie Leonato, eine Gender-Gegenbesetzung, an der Zita ihre Freude gehabt hätte. Endlich kam die Schauspielerin auf einen Stock gestützt aus der Toilette und ging, ohne Meier eines Blickes zu würdigen, nach draussen. In einer Mischung aus Amüsement und Staunen bestellte Meier einen weiteren Espresso und folgte ihr. Sie sass an einem Tisch am Ende der kleinen Terrasse und starrte aufs Wasser hinaus. Der fast volle Mond beleuchtete die Szenerie, die beiden Boote schaukelten kaum, einzig einige abgebrochene Äste neben der Tribüne erinnerten an den Sturm. Der Duft in der Luft war betörend, ein Gemisch aus Seewasser, Teer und feuchtem Gras.

«Sie spielen eine Männerrolle?», fragte Meier.

Eigentlich sollte er sich damit begnügen, die Frau nach ihren Eindrücken zu fragen, nach ihrer Beziehung zur Toten, ob sie auch der Ansicht sei, wie alle anderen, dass Arielle Bergmann sich zu weit hinausgelehnt hatte, im wahrsten Sinne des Wortes. Aber erstens hatte er das nun schon über dreissig Mal gehört, und zweitens reizte ihn etwas an der alten Dame.

«Das Theater scheint mich zu verfolgen. Ich hatte schon mal einen Fall –»

«Wieso denken Sie, dass es ein Fall ist?», unterbrach ihn Kolb mit vibrierender Altstimme. Wenn Meier die Augen schloss, hätte es auch ein Mann sein können, der da sprach.

«Ich frage mich, ob Arielle Bergmann ein gefallenes Mädchen ist.»

Kolb wandte den Kopf, sie schien die Anspielung verstanden zu haben. «Sind Sie Philosoph?»

«Immer, bei Shakespeares Komödien.»

«Nicht nur Komödie, darum ist ‹Viel Lärm um nichts› ja so brillant.»

«Worum geht es?»

«Intrigen.»

«Intrigen?» Was für ein herrlich altmodischer Ausdruck. «Spiegelt das Stück das Leben?»

«Das sollte es immer tun, sonst ist es kein gutes Stück.»

Meier beschloss, auf den Punkt zu kommen. «Arielle Bergmann und ihr Bühnenpartner, der den Benedict spielt, war zwischen den beiden etwas? Er schien geradezu zerstört.»

«Das Jüngelchen? Ihm geht's doch nur darum, dass die Aufführung stattfindet. Niemals hätte sich die Bergmann auf so einen eingelassen. Wenn Arielle sich für einen Mann interessierte, dann für Simon Perron.»

Meier verschluckte sich an seinem Espresso. «Sie meinen den Regisseur. Aber er könnte ihr Urgrossvater …»

«Sie übertreiben.» Kolb hob eine Augenbraue. «Zwischen jedem Regisseur und seiner Hauptdarstellerin ist Chemie.»

«Hat er keine Frau?»

«Doch. Er hat auch Kinder. Das sind zwei völlig verschiedene Welten.»

«Sie meinen, MeToo geht hier ab, und jeder weiss Bescheid?»

«Ach, dieses Gesuhle. Sie glauben gar nicht, wie mich das langweilt. Was denken denn all diese Frauen, die sich so ereifern, wie die grossartigen Leistungen auf der Leinwand zustande kommen? Oder im Theater?»

«Wie kommen sie denn zustande, die Leistungen?»

«Wie ich schon sagte: Sie beruhen auf der Beziehung zwischen Schauspielerin und Regisseur.»

«Und umgekehrt», fügte Meier an.

«Die Regisseurin und ihr Hauptdarsteller?» Zum ersten Mal

lachte Kolb. «Da müssen wohl noch ein paar Generationen durchmarschieren, bis das die Norm wird. Und ob das dann so viel besser sein soll, daran glaube ich keine Sekunde. Was über Jahre gewachsen ist, soll man nicht so mir nichts, dir nichts kaputt trampeln.»

Meier verschlug es die Sprache. Das blanke Mittelalter wehte ihn an, Zita hätte die Frau in Grund und Boden debattiert. Aber darum war er nicht hier. Er notierte sich den Namen von Perrons Ehefrau und beschloss, noch etwas weiterzubohren.

«Wie würden Sie denn die Beziehung von Arielle und Simon Perron beschreiben?»

«Als eine Arbeitsbeziehung, in der es darum geht, sein Innerstes herauszukehren. Das gehört zur beruflichen Prämisse. Und da hat vieles Platz. Wir sind dem Resultat verpflichtet.»

«Resultat?»

«Das Publikum soll glücklich nach Hause gehen. Weil es für zwei Stunden sein eigenes Elend vergessen hat, weil es mitfiebert, mitleidet, mitfühlt. Wir geben, sie nehmen. Damit sind sie in unserer Hand. Das wiederum macht uns glücklich. Auch Arielle Bergmann. Sie ganz besonders.»

«Wie meinen Sie das?»

«Arielle war ein Star der … wie heisst das noch … sozialen Medien und kein Schauspielprofi. Kleo Zürcher hat sie ins Rennen geschickt, ihre Agentin.»

Kleo Zürcher. Meier notierte sich auch diesen Namen. «Und was finden Sie? Hat sie gute Arbeit geleistet?»

Kolb überlegte. «Die sprachlichen Defizite und den, verzeihen Sie, grauenhaften helvetischen Akzent hat sie mit ihren hohen Beinen, der tadellosen Büste und dem dichten Haarwuchs wettgemacht.»

So spricht ein Bauer von seiner Milchkuh, dachte Meier. Arielle war wohl keine gute Schauspielerin gewesen, aber etwas musste an ihr sein. Kolb schien Respekt vor ihr gehabt zu haben.

«Hatte Perron eine Affäre mit ihr? Hat er sie belästigt?», fragte er ruppiger als geplant.

Ein Blick traf ihn. «Simon Perron ist ein wahrer Künstler. Und Arielle Bergmann war selbstbewusst. Wenn sie Ja sagte, meinte sie Ja. Da gibt es nichts zu entdecken, Herr Kommissar. Kommen Sie zur Premiere?»

«Die soll am Freitag stattfinden, in vier Tagen. Wie wollen Sie das hinbekommen, mit einer toten Hauptdarstellerin?»

Die Tür wurde aufgerissen, und Simon Perron betrat die Terrasse. Hinter ihm brachte eine Angestellte ein Tablett, je ein Glas Weisswein für sich und Kolb, dazu einen weiteren Espresso für Meier.

«Ensemble und Techniker sind erschöpft», sagte Perron und nahm Platz, die Plastiktüte, eine Art Demonstration von Einfachheit, die Meier schon davor aufgefallen war, stellte er neben sich. «Sie warten auf unseren Entscheid. Ob wir weitermachen oder nicht. Es mag gefühllos scheinen, aber es eilt.»

Bevor Meier etwas dazu sagen konnte, fing der Regisseur an, die künstlerischen Konsequenzen aufzuzählen, die ein Abbruch nach sich ziehen würde. Er sprach über seine Liebe zu Shakespeare, über die Stücke, die er im Verlauf seiner Karriere inszeniert hatte.

«Wie ein roter Faden folgen sie mir!», sagte Perron.

Von «Macbeth» in seinen Anfängen erzählte er, von seinem Durchbruch mit «Hamlet», vom «Wintermärchen», das er für die kommende Adventszeit geplant habe. Wie subtil Shakespeare Frauenrollen geschrieben habe und wie Perron mit seiner Interpretation einen wirklichen Nagel in die Gender- und MeToo-Debatte schlagen wolle. Ganz besonders mit Beatrice, der weiblichen Hauptrolle in «Viel Lärm um nichts».

«Arielle hätte darauf bestanden, dass wir weitermachen, gerade sie», schloss er seinen Wortschwall, nahm die dunkle Brille ab und strich sich über die Augen. «Aber dürfen wir das, können wir das überhaupt? Was meinen Sie, Herr Kommissar?»

Meier verspürte Mitleid. Er konnte nachvollziehen, was es bedeutete, wenn einem die Vision genommen wurde, bevor man sie in die Realität umgesetzt hatte.

«Chef!» Lips stand im Türrahmen.

Meier liess den Espresso stehen und erhob sich.

«Anna Quetes hat einen Befund. Wenn du sie gesprochen hast, musst du dringend die Mutter der Toten informieren», sagte ihm sein Mitarbeiter mit leiser Stimme.

«Wieso, ich dachte, das hast du bereits gemacht?», sagte Meier.

Lips zupfte an seinem Schnauz herum, und Meier verzichtete auf eine Ermahnung. Er kannte Lips' Abneigung, diese Art von Gesprächen zu übernehmen.

Als Meier sich von Perron verabschiedete, legte dieser seinen Arm auf Meiers Schulter. «Herr Kommissar, bevor Sie gehen: Ich brauche eine Antwort auf meine Frage.»

«Ob Sie weiterspielen? Es ist nicht an mir, das zu entscheiden. Wer würde denn die Rolle von Arielle übernehmen? Das müsste ja äusserst schnell passieren.»

***

«Was willst du von mir, Hannah?», fragte Carole Weder mürrisch. Es stand ihr ins Gesicht geschrieben, dass ein Treffen mit Hannah Frank das Letzte war, was sie gebrauchen konnte. «Entschuldige, aber ich habe keine Zeit.»

Sie wollte auf dem Absatz kehrtmachen, um vom Schlossgewölbe wieder ins Entrée zu kommen, aber Hannah packte sie am Arm. «Wir müssen sprechen, darum habe ich dich hergebeten.»

Vor Carole betrat Hannah den Gewölberaum, den sie für die Proben benutzt hatten. Es war dunkel hier unten, bestimmt nicht das, wovon Perron geträumt hatte. Sein Wunsch wäre eine Inszenierung im Zürcher Schiffbau gewesen. Das war Allan Äbischer einmal entschlüpft, als er betrunken mit Hannah an der Schlossbar gesessen hatte. «Er wollte Zürich West, bekommen haben wir das hier.»

So gross die Schlossfestspiele angekündigt waren, der Greifensee blieb der Greifensee.

«Magst du?» Hannah hielt Carole eine Tüte mit Gebäck hin.

«Nimm ruhig zwei.» Carole zögerte, bevor sie zugriff. Das Mittagessen war ausgefallen, das Abendessen auch, sie musste

Hunger haben. Hannah selbst hatte keinen Appetit, sie trank aus ihrer Wasserflasche. «Was besprechen sie, Carole? Was passiert jetzt?»

Hannah hatte schnell erkannt, dass sie den Tod der Influencerin, so tragisch er war, für ihren Plan nutzen konnte. Den Plan, den sie mit Hilfe von Winny Apt ausgeheckt und in den letzten Monaten verfeinert hatte.

«Sie diskutieren, ob wir trotzdem weitermachen», sagte Carole einsilbig. «Hast du Wasser?»

Hannah zeigte auf die leere Flasche. «Tut mir leid.»

Carole klammerte sich an den Griff der schweren Holztür. «Was willst du von mir, Hannah? Habe ich dir nicht alles gegeben, was du verlangt hast?»

Das war so. Aber Hannah brauchte mehr.

«Wie geht's deiner Tochter?», fragte sie sanft.

Carole hörte auf zu kauen, musterte Hannah, Hass blitzte auf in ihrem Blick. Hannah zuckte nicht mit der Wimper. Sie hatte herausgefunden, dass Perron der Vater von Caroles Tochter war, die aufgrund ihrer Autismus-Spektrum-Störung in einem Heim lebte. Niemand wusste etwas davon. Nicht Perrons Frau, nicht seine Kinder. Perron übernahm die Kosten, Carole behielt ihre Arbeit bei Strahland: ein faires Geschäft. «Faire» Geschäfte waren Perrons Spezialität. Hannah hatte Carole mit dem Wissen erpresst, es war ihr nicht leichtgefallen, aber es hatte sich gelohnt. Mit Caroles Hilfe war Hannah als Schauspielerin für die winzige Rolle der Kammerdienerin eingeschleust worden. Auch Winny Apt hatte Carole einen Job verschafft. Bereits am zweiten Tag hatte Perron nämlich nach einer Souffleuse verlangt, weil Arielle Bergmann ihren Text nicht konnte. Ein Glücksfall, Hannahs Plan stand unter einem guten Stern.

Die Chance, dass jemand aus der Truppe Hannah erkennen würde, war äusserst gering. Seit sie für Perron gearbeitet hatte, waren vierzig Jahre vergangen. Sie hatte nicht nur ihr Äusseres, sondern auch ihren Namen verändert. Aus der kleinen Anne war Hannah Frank geworden.

«Carole, du musst uns noch einmal helfen», sagte Hannah.

«Ich brauche frische Luft, mir geht's nicht gut», antwortete Carole. Die Hand vor dem Mund stolperte sie zur Tür.

Mit zwei Schritten stellte Hannah sich vor sie. «Bitte. Du musst sie vorschlagen.»

«Wen?», fragte Carole, obwohl sie wissen musste, was Hannah meinte.

«Winny. Sie kann Beatrice spielen.»

«Bist du von allen guten Geistern verlassen? Sie hat noch nicht mal eine Schauspielschule besucht.»

«Aber mehr Talent im Hintern, als Arielle je hatte.»

Carole verschränkte die Arme.

«Sie werden sie lieben, ich prophezeie es dir», sagte Hannah.

Carole schüttelte den Kopf. «Priss ist im Gespräch. Es ist so gut wie sicher.»

Die kichernde Priss. Das Mädchen, das die Nebenrolle der Margarete spielte. Sie war unreif und ehrgeizig.

Hannah fühlte, wie ihr Mund wieder trocken wurde. «Sprich mit Belle. Sie hat Einfluss auf ihren Vater. Perron wird tun, was sie sagt.» Belle, die Ausstatterin, ihrem Papa treu ergeben.

«Belle wird Priss vorschlagen», sagte Carole. «Das ist das Einfachste, sie hat die Rolle in ihrem Repertoire.»

«Priss ist ein Trostpreis.» Hannah beugte sich zu Carole. «Perron wird dir ewig dankbar sein.»

«Es geht nicht. Wenn er den Namen Winny Apt hört, wird Simon sofort die Verbindung zu Ellie machen.»

Ellie Apt. Winnys verschwundene Grossmutter, Perrons Geliebte während mehrerer Jahre.

«Wird er nicht. Weisst du nicht mehr? Ellie ist unter dem Namen Ophelia aufgetreten. Niemand kannte ihren Nachnamen.»

Carole wand sich. «Es ist noch nicht klar, ob wir überhaupt spielen können. Wir müssen das Einverständnis des Sponsors abwarten. Und das von Nika. Sie müsste den Medien sagen, dass ihre Tochter Arielle es so gewollt hätte. Sonst wird man uns als Leichenfledderer betrachten.»

«Nika?», fragte Hannah. Mehrfach hatte sie das Gespräch zu Arielles Mutter Nika Bergmann gesucht, probiert, sie zu einer

Aussage zu bewegen. Nika hatte entschieden, Perron auf seinem Sockel zu lassen.

«Nika hat ihre Tochter dem Teufel verkauft. Was für eine Ironie der Geschichte. So traurig es ist, aber Arielles Tod ist perfekt für uns.» Letzteres war Hannah entwischt.

Carole sah sie scharf an. «Perfekt? Wie kommst du darauf, so etwas zu sagen? Man könnte fast meinen, du hättest es arrangiert. Arielles Tod, meine ich.»

«Bist du verrückt?»

Carole packte sie am Arm, dem mit der Narbe. Es tat weh.

«Ich habe dich durchschaut, Hannah. Du hast mir vorgegaukelt, dass du noch einmal in deinem Leben Theater spielen möchtest. Aber das stimmt nicht. Du planst etwas, um Simon zu schaden. Ich mache das nicht mehr mit. Auch wenn du mich noch so lange erpresst.»

Es klopfte. Dreimal. Dann kam Winny hereingestürmt. Wortlos eilte Carole an ihr vorbei ins Treppenhaus.

«Können wir ihr wirklich trauen?», fragte Winny und sah Carole hinterher. «Ich denke, sie ist eine Doppelagentin.»

«Du hast eine wilde Phantasie.»

«Wir sollten sie genau beobachten, Hannah», sagte Winny.

«Wird gemacht.» Hannah freute sich über das «Wir», das ihr zeigte, wie sehr Winny ihre Sache zu ihrer eigenen gemacht hatte. Es war ein Geschenk, mit dem sie nicht gerechnet hatte. Es machte sie sentimental. «Wie geht es dir, Kleines?»

Sie biss sich auf die Lippen. Kleines, wie kam sie dazu, Winny so zu nennen? Winny schien es überhört zu haben, sie zog das Haargummi aus der Frisur und schüttelte ihre Rastas.

«Ich bin gerade von der Polizei befragt worden», sagte Winny.

«Vom Kommissar?»

Winny nickte. «Ich hab gelogen. Nicht mal schlecht. Und das Statement unterschrieben.»

Hannah lächelte. «Eine Notlüge. Ich hoffe, dieser Kommissar ahnt nicht, dass du seine Frau kennst.»

«Sie ist nur seine Freundin. Und er weiss nix.»

Hannahs kleine List, auf die sie sehr stolz war. Wenn sie erreichen wollte, dass Simon Perron für seine Vergehen ins Gefängnis kam, musste sie eine Kerbe in sein System schlagen. Monatelang hatte sie darum Nachforschungen angestellt, hatte probiert, nebst der Geschichte mit Carole weitere Schwachstellen zu finden. Gleichzeitig hatte Hannah einen verdeckten Kontakt zur Polizei gesucht. Dass ein Kollege von Winny, ein junger Student im Englischen Seminar, die Anzeige, in der Winny sich als Babysitterin anpries, am Schwarzen Brett aufhängen konnte, war ein weiterer Glücksfall gewesen.

«Wie heisst sie noch mal, Zita Schnyder? Hast du mit ihr gesprochen?», fragte Hannah.

«Nein.» Winny hatte plötzlich Tränen in den Augen. «Krass, die Sache mit Arielle. Ich habe sie gemocht, sie war auf ihre Weise ziemlich cool.» Sie schauderte. «Es war schlimm, Hannah. Ich habe noch nie ein Tote von so nah gesehen. Ihre Haut war ganz warm, die Finger weich. Den Nagellack aufzutragen, war ...» Sie verstummte. «Und Perron hat sie nicht mal angesehen. Er ist einfach verschwunden.»

«Bist du sicher, dass er sie nicht gestossen hat?»

«Er hat sie provoziert, sie ist darauf eingegangen und hat sich dabei zu weit rausgelehnt.»

«Trotzdem wird er dafür büssen. Die Polizei wird dahinterkommen, dafür sorgen wir. Und wenn sie ihn einmal im Visier haben, kracht alles zusammen.» Hannah legte einen Arm um Winny. «Dass sie gestorben ist, ist sehr traurig. Aber es war nicht vergeblich. Das war es nicht.»

Winny machte sich los und holte ihr Handy heraus. «Ich habe mein Profilbild geändert. Seither explodieren meine Abonnentenzahlen. Ich kann sie kaum mehr zählen.»

Hannah starrte auf das Foto, eine halb nackte Pose. «Was soll das? Lösch es wieder.»

«Es ist Teil meiner Strategie.»

«Es ist einfach nicht klug, dich so zu zeigen. Die politische Winny passt besser in unser Konzept.»

«Du hast gesagt, dass wir verschiedene Optionen brauchen.

Ich brauche eine Community. Mit politischen Statements kriegst du keine Follower. Es ist nämlich überhaupt nicht sicher, dass ich die Rolle bekomme, Hannah. Istvan Tschirky, diese kleine Made, hat sie Priss versprochen. Nun rennt Priss durchs Haus, als hätte sie den Oscar gewonnen.»

Hannah schüttelte den Kopf. «Sie täuscht sich. Die machen immer ein Riesenbrimborium, fachen Spekulationen an. Dabei ist alles geheim, nur der allerengste Kern darf in die Besprechung. Dazu gehören Carole und Belle. Im Zweifelsfall hört Simon auf seine Tochter. Mach dich darauf gefasst, sie werden dich vorsprechen lassen. Wenn wir Glück haben, im Büro in Zürich. Dann musst du einfach dein Bestes geben. Hüte dich vor Drinks, du musst einen klaren Kopf haben. Und halte Ausschau nach allem, was uns helfen könnte. Perron ist süchtig, manisch. Er wird unter Druck kommen und Fehler machen.»

«Das sagst du seit Wochen. Aber nichts passiert.»

Schweigen.

«Eine gute Nachricht habe ich», sagte Winny nach einer Weile und zog etwas aus der Tasche ihres Overalls. Ein Fläschchen, eingepackt in Zellophanpapier. «Perron hat es angefasst.»

Hannah staunte. «Nagellack. Metallica. Der hat Arielle gehört. Woher hast du den?»

«Ich hab dir doch erzählt, dass ich –»

«Stopp», sagte Hannah. «Behalt's für dich, ich will es nicht wissen. Sollte das hier auffliegen, nehm ich alles auf mich. Je weniger ich also von dir weiss, desto besser.» Hannah gab Winny das Fläschchen zurück.

«Wir werden einen guten Ort finden, um es zu platzieren. Zwei Dinge noch. Warst du zu Hause? Ist der Brief mit dem Resultat gekommen?»

«Nein.»

Das Resultat des Tests. Es müsste längst da sein.

«Winny, den brauchen wir. Und was ist mit Ellies Tagebuch? Hast du da etwas herausgefunden?», drängte Hannah weiter.

Winny verzog den Mund. «Ich geh nicht mehr heim. Luma hält mich auf dem Laufenden, wenn etwas ist.»

Luma, Winnys Urgrossmutter. Hannah fühlte eine Gänsehaut an ihrer Narbe am rechten Arm.

«Ich will selber mit Luma sprechen. Kannst du ihr Bescheid geben? Heute Nacht noch. Sag ihr, am alten Treffpunkt. Sie wird wissen, was ich meine. Davor gehe ich bei Rose vorbei. Sie wartet auf mein Zeichen.»

«Gut. Ich bin gespannt, sie kennenzulernen. Rosalind Guareschi. So ein toller Name.»

Hannah entwich ein Laut. Ihre Truppe bestand im Moment aus Rose, der Obdachlosen, Carole, der Opportunistin, Winny, der Rebellin, und Luma, der vergesslichen Urgrossmutter.

«Wo schläfst du eigentlich?», fragte Hannah zum Abschied.

«Irgendwo.»

«Ich muss dich jederzeit kontaktieren können.»

«Dafür gibt es Handys.»

«Was ist, wenn der Brief ankommt und du nicht da bist? Winny, so geht das nicht.»

Winny zwinkerte ihr zu, wirkte einen Moment verspielt. «Wieso? Je weniger du von mir weisst, desto besser.»

Hannah entwischte ein Lächeln. «Geh jetzt.»

Damit schubste Hannah Winny hinaus und folgte ihr einige Sekunden später. Im Treppenhaus kreuzte sie erst Carl, den Bühnenmeister, seine Pranken in die Seite gestützt, das Kinn vorgeschoben. Hinter ihm kam Perron. Er streifte Hannah mit jenem Blick, den er für Frauen über vierzig bereithielt.

«Wollt ihr wirklich weitermachen? Das ist doch pietätlos. Ob das Publikum das gutheisst?», fragte Hannah.

Perrons Augen flackerten unwillkürlich zu ihrem rechten Arm, bedeckt von den langen Ärmeln des Rollkragenpullovers, den sie immer trug.

«Was meinst du damit?», fragte er.

Perron kannte ihren Namen immer noch nicht. Nach sechs Wochen Probenarbeit.

«Ich heisse Hannah. Einfach nur Hannah.» Damit drehte sie sich um und ging davon.

Auf dem Weg zur Busstation kam sie an der Tribüne vorbei,

wo das Zelt der Spurensicherung stand. Die Techniker waren bereits gegangen, es sah verwaist aus.

Hannah trat näher. Ein Opfer mehr. Ein verdammtes Opfer mehr. Es war Zeit, diesem Stück eine andere Richtung zu geben.

5

«Wir sollten absagen», sagte Simon Perron.

«Das wäre voreilig», entgegnete Allan Äbischer und wirkte lächerlich in seiner Weste. «Lasst uns die Entscheidung auf morgen verschieben.»

«So viel Zeit haben wir nicht.» Istvan Tschirky, Simons Assistent, stellte die Flasche Rotwein und fünf Gläser auf den Tisch des Gruppenraums im zweiten Stock, der für die Dauer der Proben und der Vorstellungen in ein Produktionsbüro umfunktioniert worden war. Das Treffen war nur für den kleinen Kreis bestimmt.

«Die Kollegen warten immer noch unten im Schlosscafé. Die Nerven liegen blank. Wir haben ihnen eine Entscheidung bis Mitternacht versprochen», fügte Tschirky an.

Während Carl sich wie immer als Erstes ein Glas einschenkte, ergriff Grete Kolb das Wort und tat ihre Meinung kund.

Tschirky hasste die alte Schabracke, seit er sie Ende der siebziger Jahre kennengelernt hatte, als Aushängeschild ihrer aufstrebenden Schweizer Truppe in Konstanz. Auch Tschirky selber war Teil des Ensembles gewesen. Bis ihn Simon diskret zur Seite genommen hatte. «Sorry, mein Freund, aber der Intendant will dich nicht.»

Noch heute spürte Tschirky das Gefühl der Demütigung. Seine Karriere zerschmettert, seine Träume von der Schaubühne Berlin den Gully hinuntergespült. Wenn Simon nicht gewesen wäre, er hätte sich im Bodensee ertränkt.

«Ich könnte einen zweiten Assistenten brauchen», hatte Simon gesagt.

Assistent? In Windeseile war Tschirkys Leben vor seinem inneren Auge abgelaufen. Und er wusste, dass dies seine einzige Chance war, im Theaterbetrieb zu bleiben. Simon Perron war ein Stern. Und er selbst ein Staubpartikel auf dessen Schweif. Aber das war immer noch besser, als zu «stempeln». Tschirky hatte zugesagt. War zum ersten Assistenten aufgestiegen und hatte die Position sogar mit einem juristischen Titel vergoldet. Der gekauft war. Aber das wusste niemand. Wo Simon war, war auch Tschirky. Dass für Äbischer das Gleiche galt, damit musste Tschirky leben. Äbischer und Tschirky. Jeder von ihnen hatte seinen Platz, sie liessen sich in Ruhe, und die anfängliche Feindschaft hatte sich im Verlauf der Jahre in eine Form von Akzeptanz verwandelt.

«Hast du mit Nika gesprochen?», fragte Simon gerade, und Tschirky merkte, dass er die Diskussion verpasst hatte.

«Das übernimmt der Polizist», sagte Äbischer. Sie sprachen von Nika Bergmann, Arielles Mutter, auch sie war früher ein Teil ihrer Meute gewesen.

Simon schob die Lesebrille nach unten, musterte alle mit seinen blauen Augen, in deren Weiss rote Äderchen schimmerten. Ein Zeichen, dass er müde war. «Was für eine Katastrophe. Dem Stück haftet Blut an.»

«Das hat noch nie geschadet», entschlüpfte es Tschirky. «Entschuldigt, aber die Ticketverkäufe sind auf jeden Fall nicht eingebrochen, oder, Äbischer?»

«Ich weiss es nicht, ich hatte anderes im Kopf», murmelte Äbischer.

Lügner, er war dauernd auf der Website, zählte vermutlich jedes einzelne verkaufte Ticket.

«Mach einen Vorschlag.» Auch Simon sah den kaufmännischen Leiter an. «Wenn die Bankerin kommt, müssen wir uns einig sein.»

Äbischer seufzte. «Verschieben und transparent kommunizieren. So haben wir genügend Zeit, vernünftig umzubesetzen und den Respekt der Leute zu behalten.»

Kolb lachte auf. «Respekt? Wir brauchen keinen Respekt, wir brauchen Geld. Schliesslich haben wir alle mitfinanziert.»

Damit traf sie Äbischer ganz offensichtlich, der geschlagen wirkte, der Unfall schien ihn herzunehmen. Im Gegensatz zu ihm, Tschirky. Er hatte die Bergmann nicht gemocht, um es sanft auszudrücken. Abgesehen davon, dass sie eine völlig unbegabte

Schauspielerin war, hatte ihn ihre Handysucht gestört, wie sie dauernd Probenfotos gepostet hatte.

Erneut ergriff Kolb das Wort. «Die Bank wird auf jeden Fall weitermachen wollen. Und es wäre schön, wenn *wir* die Bedingungen diktieren und nicht umgekehrt.»

Wie aufs Stichwort wurde die Tür aufgerissen, und Tosca Badovic stürmte herein, in schwarzem Rock und blütenweisser Bluse, makellos wie immer. Sie nickte allen zu und lehnte sich an den historischen Kachelofen.

«Es ist verheerend», sagte sie. «Bei der Bekanntheit der Bergmann kann es sich nur noch um Minuten handeln, bis die ganze Sache öffentlich ist. Ihr letzter Post wird laufend kommentiert.»

«Was?», fragte Äbischer. «Der ist noch online? Hat ihn niemand runtergenommen?»

«Nein, das muss die Mutter veranlassen. Ausserdem nützt das im Netz nichts. Ich gehe davon aus, dass Sie sich etwas überlegt haben, Herr Äbischer», sagte Badovic.

Kolb sah die Kollegen triumphierend an.

«Das ist die falsche Frage, Frau Badovic», schaltete Simon sich ein. «Ob wir weitermachen, ist noch unklar.»

Nacktes Entsetzen auf ihrem Gesicht. «Sie können nicht aussteigen. Unser Vertrag …»

«Wie können wir es drehen, dass wir nicht als Dreckschweine dastehen? Das wollen wir nämlich nicht. Wir haben Arielle sehr geschätzt.»

Um Simons Ausspruch zu bekräftigen, stellte Carl sein Glas mit Getöse auf den Tisch. Es zersplitterte, sogleich breitete sich der Geruch nach Rotwein aus. Carl nahm eine Scherbe in die Hand und besah sie sich von allen Seiten. Die Geste wirkte in ihrer Beiläufigkeit bedrohlich und Tschirky bewunderte Simon einmal mehr. Was für ein kluger Schachzug, Carl zu engagieren. Der rohen Masse des Mannes konnte sich niemand widersetzen.

«Sorry, es tut mir auch leid.» Badovic verhedderte sich, begann zu stottern: «Wir müssen auch ans Unternehmen denken, so viel steht auf dem Spiel, all die Tickets, die enttäuschten Zuschauer, die …»

«Der gute Name Ihrer Bank, Ihre Karriere», sagte Äbischer leise.

Badovic schoss herum. «Es geht nicht um meine Karriere, es geht um Ihre Festspiele. Sie müssen umbesetzen. Premiere ist am Freitagabend.»

Äbischer, Carl und Simon wechselten einen Blick.

Kolb warf sich in Positur. «Niemand besetzt eine Hauptrolle bei Shakespeare in drei Tagen um, Frau Badovic.»

«Alles ist möglich», gab Badovic zurück.

«Nur mit einem Verlust an Qualität.»

«Ich wünsche mir eine Steigerung.»

«Wenn wir es nicht schaffen, Frau Badovic», unterbrach Simon den Streit. «Was passiert dann?»

«Die zweite Tranche wird nicht ausbezahlt. Ich weise auf die Unglücksklausel im Vertrag hin.»

«Das können Sie nicht machen», sagte Äbischer und wurde bleich, während seine Hand zur Jacketttasche zuckte, da, wo er seinen Taschenrechner aufbewahrte.

«Verdammte Jugo-Tante», entschlüpfte es Tschirky.

«Was haben Sie gesagt?» Badovics Gesicht wurde zur Maske.

Simon schaltete sich wieder ein. «Können wir sachlich bleiben, bitte? Tschirky, entschuldige dich auf der Stelle.»

Tschirky senkte den Kopf, schwang sich zu einer Entschuldigung auf, sie seien alle mit den Nerven am Ende. Er habe Arielle geliebt wie eine Tochter und die Idee, ohne sie weiterzumachen, nur aufgrund von Geldfragen, würde ihn zutiefst beelenden.

«Was würde denn für uns herausschauen, wenn wir weiterfahren?», fragte Simon. «Es kostet uns Energie, zusätzliche Gagen und ist ein enormes Risiko. Ein künstlerisches Desaster wird an uns hängen bleiben und nicht an der Bank. Sprechen Sie mit Ihrem Boss. Und dann kommen Sie mit einem Angebot zurück.»

Damit war Badovic abserviert. Carl begleitete sie, immerhin gelang es ihr, die Tür zuzuknallen.

Kaum waren sie draussen, drehte Äbischer sich um. «Und wer soll Beatrice spielen?»

Darauf hatte Tschirky gewartet. «Unsere zweite Besetzung!»

«Priss?», fragte Äbischer ungläubig.

«Sie ist bereits am Proben.»

Prisca, die Zofe Margarete. Tschirky hatte sie ermuntert, Beatrices Text zu lernen, seit ihnen nach der ersten Probe klar geworden war, dass Arielle keine gute Schauspielerin war.

«Sie ist heiss auf die Rolle und wartet nur auf unseren Bescheid», fügte Tschirky an. Er fühlte sich siegessicher.

Simon sah zu seiner Tochter Belle, die hereingeschlichen war, wie sie das immer tat. «Was meinst du, mein Engel?»

Belle verzog keine Miene. «Ich habe einen anderen Vorschlag. Wieso testest du nicht Winny?»

Es wurde so still, dass Tschirky den Wirt durch die Fensterscheiben hören konnte, der die Terrasse aufräumte.

«Wer ist Winny?», fragte Simon.

«Die Souffleuse», antwortete Belle.

«Wie kommst du auf diese Idee?» Simon sah seine Tochter erstaunt an.

«Sie ist hervorragend. Ich habe sie auf YouTube gesehen. In einem Schülertheater.»

Simon wandte sich an Tschirky. «Hilf mir, wieso ist sie bei uns als Souffleuse engagiert?»

Tschirky fühlte, wie ihm angst und bange wurde. «Ich weiss es nicht. Hör mal, Simon –»

Simon klemmte ihn ab und wandte sich an Äbischer. «Hast du sie ins Spiel gebracht, Allan?»

Äbischer hob abwehrend beide Hände. «Ich dachte, sie käme über dich.»

Wieder ergriff Belle das Wort: «Ich war das.»

Tschirky war schockiert. Was lief hier ab?

«Sie ist eine Bekannte von Carole, sie hat nach der Matura einen Job gebraucht.»

«Und wir dringend eine Souffleuse», mischte sich Kolb ein. «Darf ich euch erinnern …», sie klang süffisant, «… die Bergmann konnte kein Wort auswendig.»

Simon schüttelte sich ein wenig, nur ungern wurde er an die erste Probenwoche erinnert.

«Und du sagst, sie ist begabt?», wandte er sich erneut an Belle.

«Extrem. Und sehr schön. Ausserdem kann sie bereits den ganzen Text. Das hilft.»

Simon schien es sich ernsthaft zu überlegen, auch Äbischer sah plötzlich ganz aufgeräumt aus.

Nein, das lief hier völlig falsch. Tschirky sprang auf. «Wir können keine Unbekannte nehmen, sorry. Priss hat immerhin schon einiges gemacht, aber eine Souffleuse? Sie wird das Stück ruinieren.»

Das hätte er nicht sagen sollen. Damit hatte er Simons Interesse endgültig geweckt. «Holt sie mal her. Sie soll eine Runde vorsprechen.»

6

Bei ihrer Heimkehr erblickte Zita als Erstes Beanie Barras, die die tief schlafende Lily auf dem Arm wiegte.

«Was machst du denn hier?», fragte Zita erstaunt.

«Meier hat mich angerufen. Ich hab eure Kids von der Kita abgeholt.»

«Wieso das denn? Es war seine Aufgabe. Er hat immer noch Ferien.»

«Ein dringender Notfall. Du kennst doch Meier, kann er da Nein sagen?»

Oder war er schon nach einem Tag mit den Kindern überfordert?

Finn und Theo kamen um die Ecke gestürmt. «Mama, Hunger.»

Auf Zitas fragenden Blick lachte Beanie entschuldigend. «Keine Zeit zum Essen, wir mussten spielen.»

Nachdem Zita Lily ins Bett gepackt hatte, ohne sie aufzuwecken, griff sie zu ihrem bewährten Schnellmenu: Arme Ritter. Während sie altes Brot in Scheiben schnitt, versuchte sie vergeblich, Meier zu erreichen, und kontrollierte gleichzeitig ihre Mails. Schon wieder ihre Professorin. Drängte sie zu einer baldigen Entscheidung, dass es viel zu organisieren gäbe. Genau das hatte sie mit Meier besprechen wollen. Was das wohl für ein Fall war? Erneut wurde Zita auf die Voicemail umgeleitet. Sie hinterliess eine Nachricht.

«Autsch.» Fett spritzte aus der Pfanne auf ihre Hand. Beim Brotscheibenwenden googelte sie Winny Apt, fand aber weder bei Facebook noch bei Instagram einen Eintrag. Eine Weile lang suchte Zita weiter, bis sie genug hatte. Wozu war Beanie mit Meiers Datenexperten Andi zusammen? Sie konnte ihr bestimmt helfen.

«Beanie, kommst du mal?»

Beanie kam in die Küche gehoppelt, Finn auf dem Rücken,

Theo auf dem Arm, und riss die Pfanne vom Herd. «Zita, pass auf!»

Es stank. Die Jungs verzogen den Mund, sie hatten Hunger, und zwar jetzt. Zita hatte die letzten Eier verbraucht, und Brot gab es auch keines mehr.

«Wir bestellen Take-away beim Chinesen. Und ihr könnt eine Runde ‹Bob der Baumeister› schauen, während ich etwas mit Tante Beanie bespreche.»

Jubel. Die Jungs sassen zufrieden aneinandergekuschelt auf dem Sofa, und Zita hatte einmal mehr ihre Prinzipien über Bord geworfen. So war der Abend nicht geplant gewesen. Aber der ganze Ärger war vergessen, als Zita auf dem Balkon ihre Zigarette anzündete, die heimliche Tagesration, ein Überbleibsel aus ihrer Studentenzeit. Dann verschluckte sie sich allerdings fast am Rauch.

«Dein Haar!», sagte sie zu Beanie, die ihre Mütze vom Kopf genommen hatte.

«Geil, nicht? Sich einmal im Leben so glatt fühlen wie Barbie. In der dunklen Version natürlich.» Beanie schüttelte die geföhnte Pracht. «Ich verstehe ab sofort, wieso Michelle Obama nur so rumläuft.»

Zita kannte Beanies angespannte Beziehung zu ihrem Kraushaar.

«Wie lange hast du dafür beim Coiffeur gesessen?»

Beanie winkte ab. «Das willst du gar nicht wissen.»

«Und wie lange hält es?»

«Auf jeden Fall bis zu meiner Hochzeit.» Beanie zog die Mütze wieder auf den Kopf. «Wenn ich es gut schütze.»

Der ganze Aufwand für vier Tage Föhnfrisur und eine überflüssige Hochzeit. Zita verkniff sich eine Bemerkung. «Ich habe noch eine Frage, Beanie. Wie funktioniert Instagram?»

Beanie bekam einen Lachanfall. «Wieso willst du das wissen? Du bist doch gegen all das Zeug. Digital Detox: deine Rede. Wegen dir habe ich Andi überredet, dass wir nur ein Prepaid-Handy auf die Reise mitnehmen.»

«Wenigstens du hörst auf mich.» Zita zeigte aufs Display.

«Ich suche Winny, unsere Babysitterin. Sie meldet sich nicht, obwohl ich ihr mehrere Nachrichten hinterlassen habe. Ihre Mutter sagt, dass sie auf Instagram aktiv ist. Vielleicht kann ich sie da erreichen.»

Beanie winkte ab. «Ich muss packen und alles Mögliche erledigen. Falls es dir entfallen ist, wir düsen am Montag los.»

Zita schüttelte den Kopf. «Wie könnte ich eure Hochzeitsreise vergessen? Du sollst mir auch nur kurz helfen. Ich näh dir dafür Vorhänge für euren Hippiebus. Karierte.»

«Wir haben bereits kleine Rollos montiert. Sieht klasse aus. Kein bisschen bieder.»

Die Ausstattung des umgebauten VW-Busses, in dem Andi und Beanie die Reise zum Nordkap machen wollten, war Beanies neustes Hobby.

«Ausserdem kannst du gar nicht nähen.»

«Daran erkennst du meine Not. Bitte, Beanie.»

Beanie gab sich geschlagen. «Also gut, ich helf dir. Winny, sagst du, Winny heisst sie?»

Einige Klicks später hatte Beanie Winny tatsächlich gefunden. «WinWinny nennt sie sich. Ein origineller Name.» Plötzlich pfiff Beanie durch die Zähne. «Sie ist mixed race. Wie ich.»

So einen Kommentar konnte nur Beanie sich leisten.

«Malou, ihre Mam, ist Schweizerin», erklärte Zita, «über Winnys Vater spricht sie nicht.»

«Könnte Kolumbien sein.» Beanie vergrösserte Winnys Profilbild. «Uhuh, sie provoziert wohl gern. Schauen wir uns mal ihre Beiträge an.»

Zita sah Beanie über die Schulter. «Es ist eigenartig. Früher war sie politisch aktiv. Hat Michelle Obama zitiert, genau wie du. Women's March Global. Jetzt macht sie einen auf Pornogirl. Was ist denn da passiert?» Zita wunderte sich. «Dass sich junge Frauen so darstellen? Ich dachte, die Zeiten wären vorbei.»

Beanie sah sie erstaunt an. «Mach mal halblang, Zita, bist du eine Oma? Du hast das Instagram-Prinzip nicht begriffen. Es basiert auf Bildern. Also inszeniert man Bilder. Je origineller, desto besser, das sind die Spielregeln. Ich wette, die Aufrufe von Winnys Beiträgen haben sich durch das Profilbild massiv vermehrt. Bald kann sie die Welle reiten», sagte Beanie und ergänzte auf Zitas fragenden Blick: «Wer viele Follower hat, reitet die Welle. Der Gradmesser von Instagram.»

«Hat sie das nötig?»

«Das Doppelleben der jungen Frauen. Davon könnte ich dir ein Lied singen. Die sind ganz schön tough heute, die Jungs haben nichts zu lachen.» Beanie klopfte Zita auf die Schultern. «Ich muss los. Wenn du mehr herausfinden willst, mach dir einen eigenen Account. So wie ich.»

«Spinnst du!»

«Willst du ein Medium verstehen, musst du es nutzen. Spätestens wenn Lily im Kindergarten einen Chat eröffnet, wirst du an meine Worte denken. Ich helf dir auch.»

Zita gab nach. Innert zwei Minuten hatte Beanie einen Account kreiert, als Profilbild wählten sie Finns Kuschelglubschi, die Monsterversion mit roten Augen und gezackten Öhrchen.

Nun musste Zita sich noch einen Namen geben. «TheO» von Theo. Beanie fand's gut.

«Hallo Instagram, TheO ist jetzt unter euch», schrieb Beanie.

Blitzschnell folgte sie den Kontaktvorschlägen bis sie Winny fand, anklickte und Zita das Gerät zurückgab.

«Sie ist online», sagte Beanie. «Schau mal, wie sie den Beitrag einer Influencerin kommentiert hat. Sie lästert richtig ab. So was provoziert Gegenkommentare, damit macht sie sich interessant. Sie kommentiert laufend zurück, mit originellen Hashtags und Rosen-Emojis. Das zeigt, dass sie es stachlig meint, ironisch. Ich würde sagen, WinWinny hat's echt drauf.»

«Mist», stöhnte Zita. «Da stecken Codes dahinter? Ich werde es nie kapieren.»

Beanie packte ihre Freitagtasche, das gleiche Modell wie Zita. «Probier's aus. Aber Vorsicht, man wird schnell süchtig.»

«Keine Zeit für so was», sagte Zita, die das Experiment bereits wieder bereute. «Ich versuche, sie anders zu erreichen.»

«Ciao, bis Sonntag.» Beanie stand im Türrahmen. Das Haar so glatt wie ihre Ausstrahlung.

«Du willst es also wirklich tun?», entschlüpfte es Zita. «Und dabei passt heiraten nicht zu dir.»

Beanie reagierte gelassen. «Das sagst du nur, um mich zu provozieren, Zita. Wenn man weiss, dass es der Richtige ist, wieso dann noch Jahre warten?»

***

Die reinen Stimmen des englischen Chors im Ohr, verliess Rose Guareschi die Kirche am Stauffacher. Der Dienstagabend-Choral, nichts Christliches, nur ein paar Menschen, die gern englische Chormusik hatten und das Klima der zweckentfremdeten Kirche schätzten, war ein festes Ritual in ihrem Leben. Eines der wenigen, das sie noch pflegte, seit sie den «Sonnenbogen» verlassen hatte, das Obdachlosenheim, das den Insassen das Gefühl geben sollte, jemand zu sein. Denn den Sommer über wollte Rose frei sein, ohne feste Essenszeiten, ohne Gesprächstermine und Untersuchungen.

Seit einigen Wochen hatte sie ihr aufklappbares Zelt inmitten einer Ansammlung von dichten Büschen am Schanzengraben aufgeschlagen, unweit des Alten Botanischen Gartens. Bis jetzt hatte niemand den Schlupfwinkel entdeckt, und sie achtete sorgfältig darauf, dass es so blieb. Ihr ganzes Hab und Gut steckte in einem Einkaufswagen mit Blattmuster, das mit den Büschen verschmolz. Das Feng-Shui der Obdachlosen.

Rose hatte Humor, und wenn ihr jemand Geld in die Wollmütze warf, die sie vor dem Karton aufbaute, auf dem sie die Stunden verbrachte, bis die Polizei sie wegwies, bedankte sie sich mit einem kleinen Witz: «Einmal Himmel ohne Halt» oder «Vergelt's der Teufel».

Im Geist liess Rose den Chorgesang noch mal erklingen. Musik konnte sie sich besser merken als Worte. In der «Sonnenbogen»-Zeit, wenn sie dringend etwas Bargeld brauchte, weil sie das Essen dort satthatte, hatte sie es sich mit Singen verdient, und noch früher hatte es ihr richtig viel Geld gebracht. Bis sie ihre Stimme verloren hatte und aus ihrer Kehle nur noch Laute kamen.

Rose setzte gerade zu einem stummen Halleluja an, als ein Pulk von Jugendlichen von der Europaallee auf sie zukam. Automatisch duckte sie sich in einen Hauseingang, wo es nach Urin stank. Darin hatte sie Übung. Einmal nur hatte sie es auf einen Streit hinauslaufen lassen, und sie hatte sofort die Quittung bekommen. Das hätte sie fast nicht überlebt. Trotzdem war die Zeit der Genesung im Triemlispital nett gewesen. Allan hatte sie da besucht. Ihr alter Freund, den sie immer mal wieder traf und der jedes Mal versuchte, sie auf den rechten Weg zu bringen. Er hatte ihr sogar einen Schlüssel zu seinem Haus an der Langstrasse angeboten, den Rose abgelehnt hatte.

«Hast du mir dreizehn Franken fünfzig?», erklang eine Stimme.

Die Albanerin von der Notschlafstelle, Rose nannte sie Alba. Sie war oft in der Gegend. Erzählte jedes Mal die gleiche Geschichte. Dass sie ihre Medikamente in ihrer Wohnung in Luzern vergessen habe und dringend Geld für ein Zugbillet brauche. Früher hatte sie doppelt so viel verlangt, bis Rose ihr erklärt hatte, dass der hohe Betrag abschreckend wirkte. Je weniger, desto aussichtsreicher, das Geld zusammenzubetteln. Natürlich brauchte sie es für Heroin. Rose war froh, dass ihr diese Sucht erspart geblieben war. Sie drückte Alba einen Franken in die Hand, ein Teil der Ausbeute vom Nachmittag. Es würde ihr genug bleiben, für Brot und einen Cappuccino. Rose liebte Cappuccino, das war ihr Luxus.

Aber Alba begann zu schimpfen. «Ich brauchen Geld, du mir geben alles, wo du hast. Ich auch für dich beten, bei heilige Mutter Gottes, du gute Frau.»

Schon zupften die Finger am Einkaufswagen herum.

Rose hielt sie zurück und klaubte einen Fünfzigräppler aus der Manteltasche. Das hätte sie nicht tun sollen. Die andere glaubte offenbar, sie wäre ein Sesam-öffne-dich.

«Du mehr Geld, du mir alles geben, ich dir gebe zurück.»

Ja sicher, dachte Rose, klar bekomm ich es wieder, wenn ich gestorben bin, oder so.

Aus den Augenwinkeln sah sie die Gruppe der Jugendlichen

von eben aus der Gegenrichtung kommen. Sie wirkten frustriert, auf jeden Fall schimpften sie und fluchten. Eine Begegnung mit denen wollte sie unter allen Umständen vermeiden. Beim Versuch, die Albanerin abzuschütteln, stolperte Rose und fiel auf die Knie, als einer der Jungen vor ihr stand: Anzug, weisses Hemd, offen bis zum Brustansatz, in der einen Hand eine Halbliterflasche mit einem farblosen Getränk, voller Lust, an diesem Dienstagabend etwas zu erleben, wofür ihn seine Kumpels feiern würden.

«Hei, Alte, was geht ab?»

Rose liess den Kopf aufs Jochbein sinken und tat, als ob sie nichts bemerkte.

Der Junge liess nicht locker. Er kam so nah, dass sie seine Fussspitzen sah, schwarze Turnschuhe mit Rand. «Du machst dich breit, ey.»

Rose rührte sich nicht. Treiben lassen, so lang, bis ihm langweilig wurde. Nun hob er den Fuss. Rose blieb unbeweglich, sie hatte es noch nie erlebt, dass einer dieser jungen Anzugsträger wirklich tätlich wurde. Letztlich waren sie zu gut erzogen.

«Geh weg, du Sau!»

Er war schwer betrunken, einer von denen, die glasklar wirkten, sich aber am nächsten Tag an nichts mehr erinnern konnten.

Rose schwieg weiter.

«Damian, komm jetzt.»

Die anderen hatten offenbar genug. Damian jedoch fühlte sich angestachelt.

«Erst räumen wir hier auf», sagte er.

«Seit wann bist du ordentlich?», fragte ein anderer.

«Immer, wenn ich Nestbeschmutzer sehe.»

Nun hatte er sie beleidigt, gedemütigt, es musste reichen. Rose sank noch mehr in sich zusammen, um ihm das Gefühl von Grösse zu geben. *Ich* erlegtes Tier, *du* Sieger, diese Körperhaltung konnte sie gut. Diesmal war es ein Fehler. Das wurde ihr in dem Moment klar, als sein Fuss ihren Kopf traf und das Blut strömte.

«Ey, Leute. Die Alte verdreckt das Trottoir.»

Nun rief er die anderen zurück, wollte nicht nur prahlen, sondern zeigen, was er noch alles draufhatte. Erneut hob er den Fuss, um eine ganze Reihe von Tritten auszuteilen, der letzte traf Rose frontal in den Brustkorb. Sie fühlte warme Flüssigkeit an den Beinen.

«Sie pisst», kreischte der Junge. «Pfui Teufel.»

Nun kam ein Kollege zurück. «Du bringst sie ja um.»

Endlich hörte Damian auf.

Rose lag da wie eine tote Katze, den Kopf auf die Pfoten gebettet. Als die Jungs sich in einen Streit verwickelten und Damian meinte, er wolle sie ficken, begann sie zu lachen. Ansatzlos, auf der Stelle, die Schmerzen im Kopf ignorierend.

«Bitte sehr, mein Sohn, nur zu, wenn's dir Spass macht.»

Die tonlosen Worte schraubten sich zu einem Krächzen empor, so hoch, dass ein Hund in der Nähe zu jaulen begann. Rose raffte sich auf und wühlte in der Manteltasche nach dem Messer, das sie brauchte, um das Brot für die Enten zu zerkleinern. Irgendwie schien das die Jungs zu erreichen.

«Hauen wir ab», sagte der eine.

«Die ist völlig durchgeknallt.»

Als Damian sich erneut auf sie werfen wollte, zogen ihn seine Kumpels weg. Rose huschte davon, all ihre Kräfte mobilisierend, ihren Wagen hinter sich herziehend, nur ein Ziel vor Augen, ihr Zelt am Kanal, mit dem Gaskocher und der italienischen Espressokanne. Bei der Abzweigung zum Botanischen Garten warf sie einen Blick zurück. Damian stand da und sah in ihre Richtung, die Hand an der Kehle. Er würde nicht ruhen, bis sie tot war.

Endlich sah Rose die schmutzig grüne Plane hinter den Büschen hervorblitzen, die Wäscheleine mit dem Pulli und den beiden Unterhosen, die sie am Morgen im Kanal gewaschen hatte. Schon wollte sie die Hand heben, um den Reissverschluss zu öffnen. Da bemerkte sie ein Stück Papier, mit Klebeband am Zeltrahmen befestigt.

«Es geht los, wir brauchen dich. Die Kriegerin.»

7

«Hallo?» Meier klopfte an die Scheibe des kleinen Ladens an der Seefeldstrasse. Nika Bergmann war nicht zu Hause gewesen, und eine Nachbarin hatte Meier an ihren Shop verwiesen. «Sie arbeitet oft bis spät.»

Meier machte noch einen Versuch. Trotz des «Sorry, we're closed»-Schildes glaubte er, einen Schatten zu sehen. Und er behielt recht. Eine Frau kam an die Tür. Als Meier seinen Ausweis ans Fenster hielt, schob sie eine bunte Brille auf die Nase und liess ihn erst herein, nachdem sie alles genau gelesen hatte.

«Ein Polizist?», fragte sie. «Was habe ich falsch gemacht? Wegen eines Strafzettels werden Sie wohl kaum jemanden vorbeischicken.»

Sie wirkte sympathisch. Silbergraues Haar, karierte Bluse, grüne Hose, ein Hauch von herbem Parfüm, eine Frau seines Alters, Besitzerin des Ladens, dessen Name «Bergmann – Allerhand» Programm war. Gepunktetes Emmentaler Geschirr und ein veganes Kochbuch teilten sich den Platz auf den Regalen mit Tischlampen, Stiften und Schmuck; ein erlesenes Sammelsurium an Gegenständen, minimalistisch arrangiert und warm beleuchtet.

«Die ist ja toll», entschlüpfte es Meier. Er meinte eine Glaskugel mit eingearbeiteter Strandlandschaft.

«Sehen Sie.» Schon hatte die Frau die Kugel gedreht. Eine Minisonne strahlte auf.

Da würde Lily juchzen.

«Sind Sie Frau Bergmann?», fragte Meier.

Als die Frau nickte, schluckte er. Wie oft schon hatte er das erleben müssen. Diesen einen Moment, in dem er und nur er wusste, dass sich das Leben des Gegenübers gleich unwiederbringlich verändern würde, der Teil seines Berufs, der ihm bis heute schwerfiel.

«Es tut mir leid, ich habe eine traurige Nachricht. Können wir nach hinten gehen?»

Nika Bergmann blieb stehen. «Ist es Arielle?», fragte sie tonlos.

Meier nickte. Und dann fasste er die Informationen, die er eben von der Pathologin Anna Quetes erhalten hatte, zusammen. Den Sturz, dass Arielle sofort tot gewesen sein musste. Das gebrochene Genick kleidete er in sanftere Worte.

«Hätten Sie einen Kaffee für mich?», fragte er in Nika Bergmanns erstarrtes Gesicht.

Das Zauberwort wirkte. Sie ging vor Meier her in das kleine, ordentliche Büro, wo sie ganz offensichtlich am Laptop gearbeitet hatte. Sie stellte eine winzige Ausgabe der gepunkteten Tassen in die Kaffeemaschine.

Wenn ich den auch noch trinke, werde ich kein Auge zumachen, dachte Meier, als er Nika Bergmann gegenübersass.

«Brauner Zucker», sagte er und nahm sich zwei Löffel. «Den bekommt man selten. Vielen Dank.»

Nika Bergmann begann zu weinen. Tonlos. Reglos. Nur die Finger zerknüllten ein Papiertaschentuch. Es dauerte lange. Meier sass mit ihr, bis der Kaffee kalt war. Der Löffel hatte einen Fleck auf dem Tisch hinterlassen, und der Alltag hatte Schlieren bekommen. Nach den Tränen kamen die Fragen. Geduldig wiederholte Meier die Geschichte, bis Nika Bergmann plötzlich den Kopf schüttelte.

«Aber es kann nicht sein, Sie müssen sich irren. Arielle hat heute ein neues Profilbild gepostet, sehen Sie!» Sie holte ihr Handy hervor und zeigte ihm auf dem Bildschirm das Foto.

«Wir wollten Sie zuerst informieren. Falls Sie es wünschen, können wir nun alle Accounts für Sie löschen lassen.»

«Zehntausend ‹Gefällt›-Herzen», sagte Nika Bergmann abwesend. «Das …» Hatte sie sagen wollen, dass es ihre Tochter freuen würde?

«Man hat mir erzählt, dass Arielle eine Influencerin ist», sagte Meier.

Nika Bergmann nickte. «Sie ist berühmt.»

«Wie kommt man dazu?»

«Es hat ganz klein angefangen. Arielle hat einige Fotos aus

meinem Laden gepostet. Ein schönes Notizbuch, ein besonderes Schreibset. Richtig gut angekommen sind die da.» Sie deutete auf Meiers Tasse. «Plötzlich habe ich sie prima verkauft. Und noch besser, als Lebensmittel dazukamen. Kleine Törtchen und Cupcakes, Latte macchiato aus Hafermilch, alles vegan.»

«Backen Sie hier?», fragte Meier mit einem Blick auf die kleine Küchenzeile.

«Nein, bei uns zu Hause. Arielles Foodblog hat fast hunderttausend Abonnenten.»

«Ist das viel?»

«Rang zwölf im Ranking.»

«In welchem Ranking?»

«Der Top Influencer.» Nika Bergmann benutzte die Ausdrücke ganz selbstverständlich, sie schien vertraut mit dem Vokabular. «Arielle ist auf dem Weg nach oben. Roger Federer kann niemand toppen, aber Platz drei hat sie im Visier.»

Sie verstummte. War ihr klar geworden, dass sie die falsche Zeitform benutzte, das aus dem *ist* ein *war* geworden war?

Die Kaffeemaschine schaltete in den Off-Modus. Nun war es ganz still im kleinen Hinterzimmer.

«Sie und Ihre Tochter stehen sich nah?», fragte Meier.

«Wir wohnen zusammen in einem Flarzhaus in Küsnacht, nah beim See. Sie ist da aufgewachsen.» Ihre Stimme verlor sich, sie suchte nach Worten, aber Meier verstand auch so.

«Der Vater?»

Sie zögerte. «Er war nie präsent.»

«Sie haben keinen Kontakt?»

Schon wieder dieses Zögern. Meier würde ein anderes Mal nachfragen. Er besah sich seine Notizen. «Von der Influencerin zur Schauspielerin … Ihre Tochter hat viel erreicht. War es ihre erste Rolle?»

Nika Bergmann nickte. «Sie wurde geholt, weil sie so berühmt ist. Sie sollte die jungen Zuschauer ins Theater bringen.»

«In dem Fall ist sie ein Naturtalent.»

«Sie musste viel dafür arbeiten.»

«Hat es ihr gefallen?»

Nika Bergmann verzog den Mund. «Ich glaube, dass sie überfordert war.»

Die Kaffeemaschine gurgelte.

«Hatte Ihre Tochter einen Freund?»

Nika Bergmann schüttelte den Kopf. «Keine Zeit. Social Media hat sie in Anspruch genommen. Und wenn sie nicht hier war, dann war sie im Fitnessstudio.»

Unwillkürlich zog Meier seinen Bauch ein. Diese junge Generation, die sich gegen ihre fress- und genusssüchtigen Eltern mit Disziplin abgrenzte ... auch Arielle Bergmann hatte also dazugehört.

«Mochte sie ihren Kollegen? Yannik Turner, glaube ich, heisst er.»

«Der den Benedict spielt? Mama, hat sie gesagt. Ich flirte mit ihm, das hilft der Rolle.»

«Und Perron?» Meier sah von seinem Buch hoch. «Den Regisseur?»

Nika Bergmann schwieg eine Weile. «Von ihm hat sie nie erzählt.»

Meier beschloss, das Ganze ruhen zu lassen. «Ein Letztes noch. Wie hat Arielle den Job bekommen?»

«Über Kleo Zürcher. Ihre Agentin.»

«Waren Sie mal auf einer Probe?»

«Nein.» Aha. In dem Punkt waren sich Mutter und Tochter offenbar nicht einig gewesen. «Zur Generalprobe darf ich kommen», fuhr Nika Bergmann fort, «die ist am Donnerstag.» Sie biss sich auf die Lippen. «Wäre dann gewesen ... ich ...»

«Frau Bergmann, gibt es jemanden, den ich für Sie anrufen kann? Sie sollten jetzt nicht allein sein.»

«Es ist nicht nötig.» Mechanisch stand sie auf, ging vor Meier her zur Tür. «Was passiert jetzt?»

Meier erklärte ihr das weitere Vorgehen. Dass sie jeglichen Versuch, Hilfe zu organisieren, ablehnte, machte ihn traurig. Nika Bergmann war eine warmherzige und attraktive Frau, und es gab keinen einzigen Menschen in ihrem Leben, der ihr nahe genug stehen würde, um mit ihr zusammen um ihre Tochter zu weinen?

Meier spürte, wie er müde wurde. Er würde die weitere Untersuchung einstellen, genauso wie ihm Anna Quetes und Regierungsrat König geraten hatten.

«Eine Frage hätte ich noch: Hat Arielle häufig Alkohol getrunken?», sagte er im Türrahmen.

«Alkohol?» Nika Bergmanns Lachen wirkte wie Bachkiesel in einer Blechbüchse. «Nie im Leben. Wieso fragen Sie?»

«Reine Routine.»

«Ist etwas mit dem Tod meiner Tochter?»

«Nein. Es war ein Unfall, ein tragischer Unfall.»

Warum glaubte Meier seinen eigenen Worten nicht?

***

Es war tiefe Nacht. So spät, dass die Stadt fast still war, die ruhigste Stunde. Die Wolken am Himmel hatten sich verzogen. Der Mond war fast voll und beleuchtete Hannahs Weg. Den Bürkliplatz hatte sie hinter sich gelassen, nun überquerte sie die Rathausbrücke zum Limmatquai. Rose war nicht da gewesen, obwohl Hannah lange gewartet hatte. Sei's drum. Früher oder später würde sie auftauchen und den Zettel finden, den Hannah ihr dagelassen hatte. Dass Rose Guareschi, ihre alte Freundin, ihnen einen Zugang zum Strahland-Büro verschaffte, war wichtig.

Hannah bog gerade ins Limmatquai ein, als sie in der Ferne einen Typen entdeckte, der bedrohlich wirkte. Schnell überquerte sie die Tramschienen und verschwand im Gassengewirr des Niederdorfes, wo es nach Urin roch, nach Teer und ein wenig nach Pizza. Wurde sie überwacht? Mit klopfendem Herzen duckte Hannah sich hinter einen dieser versenkbaren Mülleimer am Rosenhof. Sie hörte nichts, der Typ war weg.

Die Turmuhr schlug ein Viertel vor. Sie musste sich beeilen. Nach dem Café Zähringer erreichte sie den Predigerplatz, kam vorbei am Taschenladen «Boule Rouge», vorbei am Veloladen, am Kleiderladen, am Möbelladen. Damals, als sie eine Zeit lang hier gelebt hatte, war sie mit allen befreundet gewesen, man hatte sich gegrüsst, ein Dorf in der Stadt. Beim Neumarkt hielt Hannah inne. Das Restaurant-Schild wackelte sanft, ein Lüftchen war aufgekommen und brachte die Kühle, die dem Sturm gefehlt hatte. Das Baugeschichtliche Archiv der Stadt, dann die Spiegelgasse. Ich finde den Weg im Schlaf, dachte Hannah, als ob es gestern gewesen wäre. Wie es Winny wohl beim Vorsprechen gegangen war? Einmal mehr kontrollierte Hannah ihr Handy. Da war nichts. Winny meldete sich nicht. Hannah machte sich Sorgen. Aber sie konnte nichts tun. Ausser darauf vertrauen, dass Winny es richtig machen würde. Nun schlug die Turmuhr zwei. Hannah stand vor dem Haus mit der Nummer 22. Hier hatten sie gewohnt. Im Mondlicht sah sie die rankende Rebe an der Wand, das Schaufenster daneben, der Anbau war erhalten geblieben. Die ehemalige Schlosserei. Ob der Schlosser noch lebte? Gern hätte Hannah geklingelt, hätte ihr altes Zimmer angeschaut, eines von dreien, die miteinander durch einen Flur verbunden waren. Wie sie es genossen hatten, nachts auf der Terrasse zu sitzen nach den Vorstellungen und alles zu besprechen. Hannah, Rose, Ellie – drei Freundinnen.

Tief atmete Hannah ein, sie glaubte, einen Hauch von Linde zu spüren, auch wenn sie längst verblüht waren. Das Tor zum Spielplatz war geschlossen. Hannah ging an der Mauer entlang. Moos hatte sich darauf festgesetzt, darum war es nicht ganz einfach, den richtigen Stein zu finden. Sie irrte sich, ging noch mal zurück, zählte ganz genau. Der zweite Stein nach dem dritten Eisenpfosten. Er sass fest. Hannah holte das Taschenmesser hervor. Mit wenigen Handgriffen hatte sie die Ritze freigelegt. Der Stein bewegte sich. Vorsichtig zog sie ihn heraus, ihre Finger tasteten die Vertiefung ab. Da war nichts. Noch ein Versuch. Ganz langsam liess sie die Finger durch die Öffnung gleiten, fühlte den bröckligen Mörtel, wie er in ihre Fingernägel drang.

«Suchst du die Klinke?» Die Stimme klang tief und klar.

Hannah zuckte zusammen, drehte sich um. «Erwischt. Nun kennst du unser Geheimnis.»

«Ich habe es immer gekannt. Aber ich wollte euch den Spass nicht verderben.»

Hannah musterte ihr Gegenüber. Luise Apt, genannt Luma, Ellies Mutter, Winnys Urgrossmutter. Alt war sie geworden.

«Schön, dich zu sehen.»

«Und dich. Komm.»

Während Hannah den Stein zurückschob, schob Luma eine Art Klinke in das eiserne Törchen. Nur Anwohner besassen so eine, denn nur sie hatten Zutritt. Die Schaukel war verschwunden, dafür gab es einen Pingpongtisch. Sie gingen ein Stück bis zur hintersten Bank, mit Blick auf den Nachbargarten.

«Hannah, mein Kind, was ist los? Warum bestellst du mich mitten in der Nacht hierher?»

«Du hast Zeitpunkt und Ort vorgeschlagen.»

«Hab ich das?» Luma sah sie aus blauen Augen an.

Hannah setzte sich.

«Ich brauche Ellies Tagebuch.»

«Warum?»

Hannah seufzte, sie hätte es wissen müssen. Luma wollte den Dingen immer auf den Grund gehen. Sie war Ärztin gewesen. Hatte in einer Zeit, wo Frauen wenig zu sagen hatten, ein Kind alleine grossgezogen und genug Geld verdient, um sie beide durchzubringen, mehr noch, sie hatte sich ein Haus gekauft, eine komfortable Existenz. Für das Theater hatte sie sich nie erwärmt. Als Ellie daran zerbrochen war, war Luma hart geworden, hatte jedoch ohne zu zögern ihre Enkelin aufgezogen und nun die Urenkelin.

«Winny hat dir von unserem Plan erzählt. Das Tagebuch könnte wichtig sein», sagte Hannah.

«Warum soll ich es ausgerechnet dir in die Hand drücken?»

Hatte Luma gerade zugegeben, das Buch in ihrem Besitz zu haben? «Weil ich es brauche. Weil darin vielleicht Namen stehen, Ereignisse, Beweise …»

«Wozu brauchst du Beweise? Die machen Ellie nicht mehr lebendig.»

«Weil ich für Gerechtigkeit sorgen will.»

«Du als Mutter Teresa mit Heiligenschein?»

«Es geht um Belästigung, um Missbrauch, um verletzte Grenzen. Nebst Ellie gibt es andere betroffene Frauen.»

«Das hat Winny bereits heruntergebetet, aber es interessiert mich nicht. Warum machst du das alles, Hannah?»

Lumas Augen ruhten auf Hannah. Und einen winzigen Moment lang war es so, als ob sie direkt in ihre Seele sehen könnten.

«Ich weiss. Perrons Baby. Du hast es abgetrieben. Ein Glück vielleicht, sonst wäre es behindert, wie das von Carole. Wie würden die Kinder zueinander stehen? Wären es Halbgeschwister?»

Jedes Wort schmerzte. Hannah brauchte eine Weile, um sich zu fassen.

Bis sie ihre Stimme wiederfand. «Weisst du, Luma, das Kind zu retten, hätte mir mehr bedeutet als das eigene Leben!»

Der Mond verschwand. Die Schaukel, die nicht mehr da war, bewegte sich leicht, die Kette machte ein feines Geräusch. Hannah fuhr mit der Hand über den Pulloverärmel, der die Narbe bedeckte.

«Perron ist ein Schwein. Hilfst du mir, ihn zu stellen?»

Lumas Blick, eben noch scharf, wanderte.

«Hast du das Tagebuch überhaupt?», bohrte Hannah nach. «Luma? Hallo? Wo bist du? Hörst du mir zu?»

Keine Reaktion, bis Luma aufstand. «Hannah, mein Kind, was ist los?»

«Das habe ich doch gerade erzählt.» War das ein Witz? Winny hatte prophezeit, dass es schwierig sein könnte.

«Begleitest du mich ein Stück?», fragte Luma und streckte ihren Ellbogen aus. «Das Buch ist das Einzige, was von ihr übrig war. Sie war meine Tochter … Sie zu retten hätte mir mehr bedeutet als das eigene Leben. Deine Worte, Hannah.»

Hannah verstand. «Und du weisst nicht, wo es ist?»

«Doch, ich weiss es. Es ist bei Rosalind. Sie hat es ihr gegeben. Das habe ich respektiert.»

Rose. Rose war der Schlüssel. Das war schon damals so gewesen.

Schweigend gingen die beiden Frauen den Weg zurück zu Lumas Haus.

Vor der Tür in der Chorgasse blieb sie stehen.

«Weisst du, wo Winny wohnt?», fragte Hannah zum Abschied.

Luma lächelte. «Sicher. Aber ich kann es dir nicht sagen.»

Die Tür klappte zu. Ganz leise nur, kaum zu hören. Hannah war wieder allein. Der Mond war kleiner geworden. Als sie sich umdrehte, um wieder zurückzugehen, glaubte sie erneut, den Typen zu sehen. In seiner Hand blitzte es auf.

8

«Schsch, my girl, schau mal der schöne Mond», versuchte Zita, Lily zu beruhigen. Aber ihre Tochter brüllte weiter, hochrot im Gesicht, die Stirn in Falten gelegt. Lily musste Koliken haben. Es war morgens um zwei, Zita war dabei, im Kopf eine Antwort an Rike Daniel zu formulieren, ihre Professorin, die bis morgen früh um acht Zitas Stellungnahme brauchte, um das Prozedere wegen des Forschungsstipendiums in Gang zu bringen.

Als sie eben telefoniert hatten, war Rike ganz pragmatisch gewesen. «Ich bin dir nicht böse, Zita, wenn du ablehnst. Niemand von uns hat mit der Zusage dieser Stiftung gerechnet. Eine Chance von eins zu hundert. Du wärst natürlich prädestiniert dafür. Aber deine familiäre Situation, zwei Kleinkinder und ein Baby … unmöglich. Wir verstehen das alle.»

Die Worte hallten in Zita nach, während sie mit Lily auf dem Arm im Wohnzimmer einen Haufen Wäsche zusammenlegte. Je länger sie darüber nachdachte, desto wütender wurde sie.

«Wir verstehen das alle», hatte Rike gesagt. Verdammt noch mal. Die Studie war Zitas Ding. Ihr ureigenes Ding, ohne sie gäbe es weder das Gesuch noch die Zusage.

Das durfte ihr niemand wegnehmen. Wütend stampfte Zita mit dem Fuss auf. Ein Fehler. Lily begann zu weinen, während aus dem Schlafzimmer der Jungs ein verschlafenes «Mama» erklang. In diesem Moment öffnete Meier die Wohnungstür.

«Oh, mein Lieblingsmädchen ist noch auf.» Er strahlte, als ob zwischen Zita und ihm alles in bester Ordnung wäre. «Hast du es nicht geschafft, sie einzuschläfern? Da braucht's die warme Papahand. Was gibt's zu essen? Ich rieche Kartoffelstock mit Hackbraten.»

«Wie kommst du auf die Idee, ich hätte gekocht?», fragte Zita.

«Weil Menschen abends essen.»

«Es ist mitten in der Nacht.»

«Ich bin mit Resten zufrieden.»

«Der Kühlschrank ist leer, weil du nicht eingekauft hast. Und dabei hast du Ferien!»

«Es gab eine Tote am Greifensee.»

«Und bei mir eine lebenswichtige Entscheidung.»

Sie starrten sich an und brachen in Gelächter aus. Meier zog sie an sich, darauf bedacht, Lily nicht zu zerquetschen, und vergrub sein Gesicht in ihrem Hals. Wie gut es tat, sein Gewicht zu spüren.

«Es tut mir leid, Zita. Wirklich», murmelte er in ihr Haar. «Mein Team war überfordert, da musste ich helfen.»

Ach. Sein gluckernder Bauch unterbrach den Kuss.

«Ich muss was essen. Leistest du mir Gesellschaft?» Schon nahm er ihr Lily ab und begann, sie zu huckeln.

«Ich bin pappsatt, ich war nach der Uni bei ‹Malous›», entschlüpfte es Zita.

«Das ist jetzt nicht wahr?» Ein Grinsen überzog sein Gesicht. «Du hältst mir hier Vorträge, während du einen Kebab intus hast.»

«Ich brauchte einen Rat. Der Kebab war eine Begleiterscheinung.» Zita langte an Meier vorbei in den Kühlschrank und holte Fleischkäse und Gurken hervor. Das hatten sie immer zu Hause, selbst wenn nichts mehr da war.

«Mama», klang es erneut aus dem Zimmer der Jungs.

«Ich werde mal für Ordnung sorgen. Vielleicht lass ich sie ‹Halloween› schauen», sagte Zita.

Als sie zurückkam, nachdem sie die Jungs mit einer «Findus und Petterson»-Geschichte wieder eingeschläfert hatte, blieb sie im Türrahmen stehen. Meier sass ins Essen vertieft, die schlafende Lily an die Brust gepresst, auf ihrer Wange prangte ein Senffleck.

«Magst du Tee?» Kauend deutete Meier auf den Wasserkocher.

«Mir ist nach Starkstoff.» Zita holte den Whisky für besondere Momente und füllte die weissen Tassen mit rotem Herz.

«Also, pass auf …»

Das hatten sie beide gleichzeitig gesagt. Zita zündete die Kerze im verzierten Joghurtglas an, bevor sie Wasser über die Pfefferminzblätter goss und die Tasse bis zum Rand füllte. Jetzt noch eine Zigarette aus der verbotenen Packung und der Abend wäre perfekt. Schade, dass Zita ihn gleich verderben musste. Als sie Luft holte, kam ihr Meier zuvor. «Du zuerst.»

Die Müdigkeit hatte Falten in seine Wangen gegraben, sein Hemd war verschwitzt, die Stoppeln unregelmässig, in der Jeans manifestierte sich ein Loch.

«Nein, du.»

Ihr altes Lieblingsspiel. Nachdem Zita gehört hatte, was sich am Greifensee abspielte, vergass sie für einen Moment alles andere.

«Du meinst, die Hauptrolle ist tot? Und die wollen am Freitag die Premiere spielen?»

«Da ist viel Geld im Spiel, einige Millionen. Ich habe auf dem Heimweg die Plakate gezählt, bei fünfzig habe ich aufgehört.»

«Es ist Shakespeare, das lernt niemand so schnell auswendig.»

«Keine Ahnung, wie sie das machen wollen. Die Tote war eine Influencerin», erklärte Meier, und Zita amüsierte sich über seine Sorgfalt, das Wort auszusprechen.

«Engagiert worden, um Publikum anzulocken. War sie denn gut?»

Meier zuckte die Achseln. «Darauf habe ich keine Antwort bekommen.»

Während Meier in eine weitere Gurke biss, googelte Zita die Influencerin. Nachdenklich sah sie die Fotos an. «Ich habe das Gefühl, dass ich sie kenne.»

«Es geht vielen so.» Meier tippte nun auf seinem Handy herum. «Schau, das ist das letzte Selfie, das sie gepostet hat. Wir haben es vom Netz genommen.»

Fassungslos starrte Zita auf das Bild. Vor wenigen Stunden erst hatte sie es mit Beanie Barras zusammen angeschaut, denn Winny Apt, Malous Tochter, hatte es als WinWinny kommentiert. *«Bitch. Spielt die Hauptrolle und ist völlig unbegabt. Kennt den Regisseur, wenn ihr wisst, was ich meine.»*

«Zita, hörst du mir überhaupt zu?»

Zita zwang ihre Aufmerksamkeit auf Meier zurück, der dabei war, ihr den Rest der Geschichte zu erzählen.

«Im Moment sieht alles nach einem Unfall aus. Das bestätigt auch die Pathologin.»

«Wo liegt dann das Problem?»

«Es gibt Unklares. Die sind alle zu nett. Die Influencerin hat nach Alkohol gestunken …»

«Wer sagt das?», fragte Zita.

«Lilo Lienerts Geruchssinn. Sie war vor Ort.»

«Sehr vertrauenerweckend. Du weisst, ich liebe Lilo. Aber du konstruierst da was zusammen. Lass es bleiben. Es war ein Unfall.»

Zita fühlte ihren Herzschlag. Wieso hatte Winny Apt diesen gehässigen Kommentar auf dem Instagram-Account der Influencerin hinterlassen? Die, wie es sich herausstellte, tot war. Was ging hier ab? Zita musste sich unbedingt mehr Informationen verschaffen, mit Winny reden. Am liebsten hätte sie gleich zum Handy gegriffen.

«Ein Unfall?» Meier schüttelte den Kopf, schraubte das Gurkenglas zu. «Wahrscheinlich hast du recht.» Er fuhr Zita über die Wange, Essiggeruch streifte sie. «Ich muss dir was sagen. Heute Morgen war ich in Uster, um König zu treffen.»

«Bekommst du einen neuen Chef?», fragte Zita. Davor hatte Meier Angst, das hatte er ihr mal verraten.

Meier nickte. «Das könnte man so sagen.»

Auf der Stelle hatte Zita Winny Apt vergessen. Wenn Meier kündigte, und das würde er, sollte der Chef jünger sein als er, dann könnte er für einige Monate ganz zu Hause sein. Und sie könnte unbesorgt nach London.

«Nimm es nicht tragisch», sagte sie und gab sich Mühe, nicht allzu sehr zu strahlen. «Es löst ganz viele Probleme auf einen Schlag.»

Meier sah sie erstaunt an. «Kannst du Gedanken lesen? Ich hätte nicht gedacht, dass du es so locker nimmst. Die beste Lösung wäre, wenn wir alle zusammen wieder aufs Land zu Helen ziehen würden.»

Zita unterdrückte ein Lächeln. Der Commissario. Hatte vergessen, dass ihre ehemalige Zimmerwirtin von ihrer späten Slam-Poetinnen-Karriere und ihrem Lover, dem Pfarrer, voll in Anspruch genommen wurde. Ausserdem würde Zita Zürich niemals aufgeben.

«Wir schaffen das, mit Kita, Babysittern …» Zita biss sich auf die Lippen. Winny Apt ins Spiel bringen, das würde sie im Moment lieber nicht. «Nimm dir alle Zeit der Welt für eine Umorientierung. Und mach dir keine Sorgen wegen des Geldes, wir könnten meine Mutter fragen, ob sie uns etwas leiht, nur für die Übergangsphase.»

«Das brauchen wir doch nicht, Schatz», unterbrach Meier. «Ich werde genug verdienen für uns alle.»

Zita verstand nicht.

«Mit dem Arbeitslosengeld?»

«Wieso das denn? Nein, mit meinem Lohn, schliesslich bin ich dann Chef.»

«Wovon sprichst du?»

«König hat mir die Stelle angeboten.»

«Welche Stelle?»

«Leiter der neuen Kantonspolizei Oberland.»

Zita war fassungslos. «Heute?»

Er wurde tatsächlich rot. «Vor den Ferien.»

«Und du hast zugesagt?»

«Ich habe hin und her überlegt. Aber man muss sich manchmal überfordern, um weiterzukommen.»

«Wer sagt das?»

«Eli Apfelbaum.»

Meiers Feldenkrais-Lehrer, sie hätte es wissen müssen.

«Er meint, dass meine Teamfähigkeit erheblich gewachsen ist.»

«Mit ihm hast du es besprochen? Wieso nicht mit mir?»

«Weil ich wusste, dass du Nein sagst.» Meier packte ihre Hand. «So ein Angebot kriegst du nur einmal im Leben. Wir haben sämtlichen Fusionsplänen getrotzt, die Pathologie wird ausgebaut, als ‹IRM 2›, ein Satellit der Rechtsmedizin Zürich.»

«Du wolltest nie Leiter werden.»

«Da war ich jung und kinderlos. Weisst du, was ich verdiene? Es reicht locker für uns fünf.»

«Und wie viel Prozente?»

«Chef geht nur hundert. Darum gibt's ja auch so wenig Frauen in diesen Positionen. Deine Worte, Zita!»

Was?

Meier sah kein bisschen schuldbewusst aus. «Du hast völlig recht, es ist total ungerecht. So einen Job kann man nur machen, wenn man Unterstützung hat.»

«Mit Unterstützung meinst du mich?»

«Das heisst nicht, dass du nicht mehr arbeiten darfst.»

«Du denkst, es wäre eine Gnade?»

«Vielleicht kannst du ein wenig reduzieren. Nur für einige Jahre, bis Lily im Kindergarten ist, andere Mütter machen das auch.»

«Wieso reduzierst nicht du, bis Lily im Kindergarten ist?»

«Das ist ja wohl rhetorisch gemeint. Ich bin einiges kürzergetreten in den letzten Jahren –»

«Nun findest du, du bist mal dran?»

Er lachte ein wenig, es klang unsicher, an Zitas Ausbrüche war er gewohnt, aber nicht an ihre eisige Ruhe. «Ja, irgendwie schon. Es ist ja ein Geben und Nehmen.»

Nun reichte es. Zita knallte die Tasse auf den Tisch, dass die Pfefferminz-Whisky-Mischung überschwappte.

«Mir wurde auch ein Chefjob angeboten. Ein Forschungsprojekt zum Thema Männer als Machtgockel und Torhüter zum beruflichen Erfolg. Also eigentlich über dich.»

«Aber deine Eingaben werden nie bewilligt, darüber jammerst du doch immer.»

«Diesmal ist es anders.» Zita griff nach ihrem Handy, während ihr die Worte nur so aus dem Mund schossen. «Aus über hundert Eingaben bin ich ausgewählt worden. Und du?»

«Der Job wurde nur pro forma ausgeschrieben.»

«Wie viele Bewerber?» Sie starrte ihn zu Boden.

«Es gab drei Anwärter.»

«Alles Männer?»

«Zita, es geht um einen Polizeiposten auf dem Land.»

«Trotzdem, ich habe dich überflügelt. Ausserdem ist es ein lebenswichtiges Thema, wie diese Diskussion gerade zeigt. Darum werde ich nach London fahren.»

«Nach London?»

«Ein Semester.»

Meier blieb der Mund offen stehen. «Und wie sollen wir das schaffen?»

«Du reduzierst auf sechzig Prozent.»

«Geht nicht. Übermorgen ist die Einsetzungsfeier. Kannst du die Forschung nicht verschieben?»

«Ich habe gerade zugesagt.»

«Zita, du kannst nicht sechs Monate ins Ausland abhauen. Was sollen deine Kinder …» Er deutete auf Lilys Köpfchen. «Sie brauchen dich.»

«Unsere Kinder brauchen uns beide, wir ziehen dieses Projekt zusammen durch.»

«Es sind zwei Projekte.»

«Dann nehmen wir meins. Die Studie, das bin ich, Commissario. Es ist mein Atem, mein Alles.»

«Ich dachte, das sind deine Kinder. Und ich.»

«Nur wenn's mir gut geht, kann ich für euch da sein.»

«Jetzt klingst *du* wie Eli Apfelbaum. Ich kann den Job nicht mehr absagen.»

«Du willst nicht.»

«Es hängen Menschen von mir ab.»

«Die mehr wert sind als wir.»

«Wie kannst du nur mein Team gegen meine Familie ausspielen?»

«Du hast dasselbe gemacht.»

«Da ist es was anderes.»

«Warum?»

Weil du eine Frau bist. Hatte er den Satz gesagt? In ihrem Kopf dröhnte das Echo.

«Dann nehme ich die Kinder halt mit.» Sie zuckte die Achseln.

«In London gibt's viele Mütter wie mich.» Sie nahm ihm Lily aus dem Arm.

Nun schoss er hoch, dass die Herztasse auf den Boden knallte und in tausend Stücke zerbrach. Die Kleine wachte auf und fing an zu brüllen.

«Wenn du gehst Zita, dann ...»

«Was dann? Lässt du dich scheiden?»

***

Instagram-Account von **WinWinny/Feed**

Foto: Winny im gelben Kleid, vor dem Vorsprechen

Gefällt 34 Mal

WinWinny *#drücktmirdieDaumen #Vorsprechen #Hauptrolle #zeigmirwerdubist*

Kommentare: 2

Januar 2019

Die Mittagspause war vorbei, Hannah wurde wieder in den Zeugenstand geführt. Bevor sie sich setzte, konnte sie nicht umhin zu bemerken, dass der Saal des Bezirksgerichts noch voller war als am Vormittag, Carole Weder sass neben Perrons Familie. Niemand hatte gelüftet, die Luft war zum Schneiden.

Gleich zu Beginn brachte der Staatsanwalt den Tod der Influencerin zur Sprache, wie Hannahs Anwältin vorausgesagt hatte. Immerhin, da war Hannah auf sicherem Boden. Für den Todeszeitpunkt hatte sie ein Alibi. Als der Staatsanwalt Winny Apts Beteiligung erwähnte, dass sie, instrumentalisiert von Hannah Frank, Arielle Bergmann möglicherweise zu ihrem todesmutigen Selfie animiert habe, wurde er von der Richterin unterbrochen.

«Ein anderer Fall, Herr Staatsanwalt.»

Und so kam er wieder auf den eigentlichen Punkt zurück. Die Premierenfeier bei den Schlossfestspielen. Als Hannah die Kontrolle verloren und Simon Perron in aller Öffentlichkeit angegriffen hatte.

«Hannah Frank, haben Sie Herrn Perron ein Schwein genannt? Ein betrügerisches, ekelhaftes …»

Bevor die Richterin ihn erneut ermahnen konnte, verstummte der Staatsanwalt. Dennoch hingen die nicht gesagten Worte in der Luft, zu oft hatte er sie in allen Variationen präsentiert.

Das Schweigen dehnte sich. Für falsche Anschuldigungen standen im Extremfall bis zu zwanzig Jahre Freiheitsstrafe auf dem Spiel. So viel wie für Mord. Die Verteidigerin hatte es Hannah beim Kaffee ein letztes Mal erklärt und sie gebeten, um Gottes willen nachzugeben und auf diese Weise zwar eine Verurteilung zu riskieren, aber ein wesentlich geringeres Strafmass.

Hannah verzog keine Miene. Auch nicht, als die Verteidigerin für den Bruchteil einer Sekunde die Beherrschung verlor und sichtlich frustriert den Kopf schüttelte.

Ungeduldig – bis in die kleinste Bewegung inszeniert – trat der Staatsanwalt einen Schritt vor und liess seine Hand auf den Tisch fallen, dass die Leute im Saal zusammenzuckten, allen voran Perrons Entourage, seine Frau, seine Kinder, umrahmt von Anwältinnen und Mitgliedern des Schauspielensembles. Caroles Tochter bekam einen Weinkrampf und musste hinausgebracht werden. Eine Oper der Entgeisterung als Demonstration für die Presse, das Gerichtspersonal und die Richterin. Wir sind die Meute. Wir sind eine Einheit. Wir empfinden wie ihr.

«Ein letztes Mal, Frau Frank. Haben Sie …», das Zögern wirkte einen Tick zu theatralisch, das war doch offensichtlich, «… den wirtschaftlichen Ruin von Strahland bewusst in Kauf genommen?»

Hannah rührte sich nicht.

Die Verteidigerin sprang auf, räusperte sich. «Wie gesagt, Hannah Frank hat diese Aussage nur ein einziges Mal öffentlich gemacht. Im kleinen Kreis …»

«Vor über dreihundert Menschen …»

«… auf der Premierenfeier in Schloss Greifensee. Es war eine Reaktion auf Perrons Verhalten, nachdem er Winny Apt, Hauptdarstellerin in Shakespeares Stück ‹Viel Lärm um nichts› –»

«Nicht relevant», unterbrach der Staatsanwalt.

«Nicht relevant?» Die Verteidigerin erhob ihre Stimme, fixierte die Richterin. «Simon Perron hat Winny Apt während der Premiere öffentlich provoziert.»

«Nicht relevant, ein anderer Fall», beharrte der Staatsanwalt.

Die Verteidigerin blieb hartnäckig, nutzte es aus, dass die Richterin nicht intervenierte. «Frau Franks Worte waren eine Reaktion auf eine ganze Reihe von Ereignissen. Das ist relevant für diesen Fall. Simon Perron hat unter anderem im laufenden Stück anzügliche Gesten gemacht, Winny Apt nicht einvernehmlich berührt, er hat sie abfällig kommentiert, er hat …»

«Das gehört nicht hierher», sagte der Staatsanwalt mit lauter Stimme.

«Er hat sie blossgestellt», sagte die Verteidigerin.

«In einem Theaterstück von Shakespeare?» Unter den Worten des Staatsanwalts lag wohldosierter Sarkasmus.

«Es war eine öffentliche Anmache, gegen die sie sich nicht wehren konnte», antwortete die Verteidigerin.

«Es war Teil der Theaterinszenierung.»

«Stimmt nicht», sagte die Verteidigerin. «Es wurde nicht so geprobt. Und es gibt tausend Zeugen, die Tribüne war bis auf den letzten Platz besetzt.»

«Gleich darauf hat Winny Apt Simon Perron geküsst», warf der Staatsanwalt ein. «Auch das haben Tausende von Augen gesehen. Ich verzichte darauf, das Video einzuspielen.»

«Es war improvisiert.»

«Winny Apt hat also, wie nennen Sie das ...», er spuckte das Wort aus, «... ‹improvisiert›? Gelten für sie andere Regeln als für ihn? Er darf nicht berühren, sie darf küssen. Nennen Sie das Gleichstellung?»

«Es war kein Kuss. Sie hat ihm etwas zugeflüstert.»

Gespielt hilflos hob der Staatsanwalt die Hände. «Auf offener Bühne? Was denn, dass er ein Schwein ist?»

Mit rotem Kopf sah die Verteidigerin zur Richterin.

Diese nickte dem Staatsanwalt zu. «Mässigen Sie sich, Herr Kollege. Ich sage es zum letzten Mal: Es geht hier nicht um Winny Apt.»

Der Staatsanwalt wirkte erleichtert. «Vielen Dank für die Klarstellung.» Zur Verteidigerin sagte er: «Hätten Sie die Güte, Ihre Mandantin zu einer Aussage zu bewegen?»

Er liess einige Blätter Papier fallen, als ob er plötzlich sehr erschöpft wäre. Ich bin müde, alle sind wir müde, wir wollen den Fall abschliessen und nach Hause, dies signalisierte seine Geste. Ein Raunen ging durch den Saal.

Die Richterin wandte sich an Hannah. «Beantworten Sie die Frage, Frau Frank.»

Hannah schwieg. Ihr Blick wanderte zu Simon Perron. Er sass zurückgelehnt, die Hände am Hinterkopf verschränkt, seine grauschwarzen Locken in der Stirn, die legendäre Plastiktüte mit seinen Habseligkeiten vor sich auf dem Tisch, getragen von einer

Welle von Sympathie. Während die Blicke, die Hannah streiften, hasserfüllter waren denn je. Sie war ausgezogen, einen Mann zu Fall zu bringen, der das Leben von unzähligen Menschen ruiniert hatte, und nun stand sie da, als verbitterte alte Schachtel, die versuchte, andere für ihr Scheitern verantwortlich zu machen.

«Frau Frank?»

Ein Lächeln umspielte Perrons Lippen. Dann verzog er sie in einer sanften Bewegung.

Schachmatt, signalisierten seine Augen. Du hast keine Chance, Hannah Frank.

Hannah fuhr ein Schauder über den Unterarm. Einen kurzen Moment nur schwankte sie.

«Ich bitte um eine kurze Pause, Frau Richterin», sagte die Verteidigerin, ohne Hannah anzusehen. «Meiner Mandantin ist schlecht.»

9

Allan Äbischer erwachte mit einem Schrei und hatte keine Ahnung, wo er war. Draussen war es dunkel. Dann erkannte er das Licht im roten Haus, das an der Sihlhallenstrasse gegenüber lag. Die Studenten feierten wieder, der Geruch nach Haschisch zog in sein gekipptes Fenster. Stöhnend richtete Allan sich auf. Wie immer fiel ihm als Erstes der Stapel Rechnungen ins Auge. Dann entdeckte er die Lache auf dem Boden. Dunkel erinnerte er sich, dass sie nach dem Vorsprechen hergekommen waren, Simon, Tschirky, Carl. Und die Souffleuse, Winny Apt. Eine sehr schöne, junge Frau. Ausgesprochen attraktiv.

Allan hatte nicht trinken wollen, hatte es sich fest vorgenommen, aber er hatte wohl nicht durchgehalten. Sein Flachmann war leer, die Notfallfläschchen im Schrank auch und die eiserne Ration im kleinen Spiegelschrank im Bad ebenfalls. Das erklärte den kompletten Filmriss in seinem Kopf. Gott im Himmel. Sie mussten gefeiert haben, Dampf abgelassen, darauf deutete der gekippte Scheinwerfer.

Allan hob seinen Fuss, Blut tropfte von der Sohle, er war in eine Scherbe getreten. Er holte das Taschentuch hervor, um sich den kalten Schweiss von der Stirn zu wischen. Bilder fluteten sein Hirn, Bilder des Vorsprechens, Bilder von früher, aus alten Inszenierungen, alles vermischte sich. Er sah tanzende Glieder, ein Gesicht in Ekstase, erst verzückt, dann entsetzt, von Schmerz verzerrt, hörte Schreie, splitterndes Glas, fühlte Zärtlichkeit und Ohnmacht. War das real oder nur in seinem Kopf?

Taumelnd erreichte Allan das Waschbecken und liess sich auf die Bank daneben sinken. Als er zwei Paracetamol genommen und drei Glas Wasser getrunken hatte, ging es ihm besser. Draussen war es ruhig geworden, die Party war zu Ende, Morgenluft kam durchs Fenster. Das kleine Stück Himmel zwischen den Hausdächern wurde hell.

Allan stand auf, holte den Erste-Hilfe-Koffer. In Ermangelung einer Schere zog er das Pflaster mit den Zähnen von der Rolle und mit der Pinzette Splitter aus der Wunde. Dann verklebte er das Ganze und zog die Socken darüber.

Schuhe, Hose, Hemd, Weste, Jackett, jedes Kleidungsstück gab ihm ein Stück Würde zurück, ein dreifacher Espresso aus der Maschine tat sein Übriges. Allan ging in den kleinen Abstellraum, nebst Akten, Unterlagen, Textbüchern lagerten sie da auch das Putzzeug. Professionelle Mittel und Geräte aus der Zeit, als sie sich eine Putzfrau geleistet hatten. Er zog sich Einwegplastikhandschuhe über. Zuerst räumte er auf, methodisch, keine halbe Stunde, dann war alles wieder in Ordnung, die Scherben und die leeren Flaschen warf er in einen Züri-Sack, ein gelbes Kleid, das unter dem Sofa lag, zerschnitt er. Für einmal würde er den Abfall nicht trennen. Danach benutzte er den Staubsauger, und schliesslich nahm er alles feucht auf, fuhr mit dem getränkten Lappen über Ablageflächen und Möbel, verrieb die Flecken auf dem Sofa, der Duft nach Zitrone verbreitete sich. Bevor er den Kehrichtsack zuband, entsorgte er auch die Handschuhe. Dann klappte er seinen Laptop auf und begann zu tippen.

Eine Stunde später stand die Pressemitteilung, jedes Wort sorgfältig überlegt. Ein Journalist der Gratiszeitung war der Erste, der einen Artikel online schaltete. Dass die Polizei nicht informiert war, dieses Risiko nahm Allan in Kauf. Gebannt starrte er auf den Bildschirm und schluckte noch ein Paracetamol. Die Kommentare liessen nicht auf sich warten, unglaublich, wie viele Menschen schon um fünf Uhr früh ihre Meinung in die Welt posaunten. Immerhin, nebst einigen kritischen Stimmen mehrten sich die positiven: *«Gut, dass die Truppe weitermacht. Die Influencerin Arielle hätte das so gewollt.»*

Allan entspannte sich. In der Besprechung, die sie gleich hätten, würde er die kluge Wortwahl seiner Marketingfrau loben. Niemand würde wissen, dass es weder eine Putzfrau noch eine fürs Marketing gab, dass er, Allan, alles selbst erledigte und die dafür bestimmten Gelder verwendete, um die anderen Löcher zu stopfen.

Allan schaute sich um. Alles wieder in Ordnung. Das Sofakissen bekam seinen Platz und die Kamera ihre übliche Position. Ein letzter Blick. Das Plakat vom Greifensee, an der unteren Ecke, da, wo das Logo, die beiden Halbmasken, platziert war, wies einen Riss auf, die Ecke baumelte. Allan ging zum Schreibtisch, zog die zweite Schublade auf. Zwischen Leim, Schere und dem gesuchten Klebeband fand er eine Flasche mit Nagellack. Metallfarben. Wie kam die hierher? Allan wischte sie ab, liess sie in seine Westentasche gleiten. Noch einmal versuchte er, sich zu erinnern. Er sah die Souffleuse vor sich, die sich verneigte. Hörte Klatschen. Simons Verzückung. Die Fratze der Kolb. Was hatten sie gemacht? Falls es weitere Spuren gab, musste er sie verwischen. Das war sein Job, seit immer. Der Spurenverwischer. Das Geräusch, als er die Schublade schloss, war dumpf und laut.

Allan ging zur Tür. Erst würde er die Ochsentour hinter sich bringen, danach käme er wieder her und würde überlegen, was zu tun sei. Auf dem Weg zur Tür holte er den kleinen Schuhkarton vom obersten Regalbrett, wo er das Bargeld aufbewahrte. Sorgfältig zählte er die Scheine heraus, es waren wenige. Sie würden nicht ausreichen. Allan steckte sie ein. Vielleicht geschah ja ein Wunder. Wunder gibt es immer wieder, die Liedzeile fuhr ihm durch den Kopf. Wie weit bin ich gesunken, um auf Wunder zu hoffen? Sorgfältig schloss er die Tür zum Büro hinter sich und danach den Eingang. Der Hof war menschenleer, aus dem Kühlaggregat des Containers dampfte es.

Allan hinkte zum grossen Tor und sperrte es auf. Vor der Bar ein paar Häuser weiter sassen zwei Typen vor einem Bier, rauchend, und im Hauseingang gegenüber wie immer das Junkie-Mädchen.

«Hallo, Süsse.»

Allan wusste nicht, wieso er sie so nannte, es hatte sich eingebürgert.

Sie reagierte nicht, war wohl eingeschlafen. Als Allan beim «Rothaus» um die Ecke bog, schrak er zusammen. Vor ihm stand eine Frau, eine Obdachlose. Rose. Seit er sie zum letzten Mal gesehen hatte, waren Monate vergangen.

10

«Schtärnesiech», sagte Werner Meier, «wieso gibt's hier keinen Kaffee?»

Der Automat hatte noch nie funktioniert. Das war das Erste, das er ändern würde, wenn er Chef wäre, nur schon dafür lohnte es sich.

Peter Trösch, sein langjähriger Mitarbeiter, braun gebrannt wie immer, zeigte auf Miro Rahmadini. «Der Chef will Kaffee.»

Rahmadini zog sofort los. Meier wartete, bis er draussen war.

«Wer hat die Pressemitteilung der Strahland-Produktion autorisiert?», fragte er dann. «Die machen weiter. Und dabei sollten sie abwarten, bis wir ihnen das Okay geben. Wart ihr das?»

«Wir wurden gar nicht gefragt», antwortete Trösch. «Aber was ist schlimm daran? Nach Durchsicht deines Berichts handelt es sich bei der Geschichte doch klar um einen Unfall.» Als er Meiers Gesicht sah, fügte er schnell an: «Vielleicht weiss Gritli Bescheid.»

Kommentarlos stand Meier auf und rannte den langen Flur entlang zum Empfang.

Er fühlte sich gerädert. Der Streit mit Zita hatte sich noch Stunden hingezogen, bis sie – sie im Bett, er auf dem Sofa – für wenige Stunden in Schlaf gefallen waren. Die drei Kinder waren am Morgen an Zita gekuschelt gewesen, in einem Durcheinander von Ärmchen und Beinchen, Schnullern und Milchflaschen, aber ihr Anblick hatte Meier nicht wie sonst gerührt. Nie würde er verstehen, warum Zita all das aufgeben wollte, wegen einer Forschung, deren Resultate ein paar Insider aus Universitätskreisen auf der ganzen Welt lesen und im besten Fall als Diskussionsgrundlage für weitere folgenlose Arbeiten hernehmen würden. In was für ein Arbeitsmonster hatte er sich da verliebt? Sie musste doch einsehen, dass eine Mutter in den ersten Jahren einfach zu ihren Kindern gehörte. Die Nabelschnur war der Beweis. Meier hatte ja erlebt, wie es war: Trotz seines leidenschaftlichen Einsatzes, trotz endlos durchwachter Nächte, spielte er nur die zweite Geige.

«Guten Morgen, Herr Neuer-Leiter-der-Kapo-Oberland. Wir freuen uns schon alle total auf die Feier von morgen.» Gritli Guts Lächeln erlosch, kaum hatte sie Meiers Gesicht gesehen. «Was ist los, Werner?»

Nachdem sie ihm von ihrem eigenen, frisch gebrühten Kaffee eine Tasse abgetreten und erklärt hatte, dass niemand aus ihren Reihen der Firma Strahland das Okay für eine Pressemitteilung gegeben habe, versuchte Meier es erst bei Äbischer und Perron. Vergeblich. Schliesslich erwischte er den Assistenten, diesen Tschirky. Er entschuldigte sich für das Missverständnis, beteuerte, das Vorgehen sei mit Arielles Mutter abgesprochen, in wenigen Stunden würde die erste Umbesetzungsprobe stattfinden.

Meier war konsterniert. Die setzten sich einfach über ihn hinweg. Er hatte doch Zurückhaltung empfohlen und den Eindruck gehabt, dass die ihn ernst nahmen. Auch Nika Bergmann, vor allem sie. Was für ein trauriger Schöngeist er doch war, im letzten Jahrhundert stehen geblieben. Meier fühlte sich schwindlig, musste sich abstützen. Der Blitz von gestern, er hatte die Folgen gegoogelt, die Symptome waren klassisch. Vielleicht sollte er sich untersuchen lassen.

Da kam Dr. Anna Quetes durch die gläserne Eingangstür, im weissen Arbeitsmantel und mit hohen Absätzen, die Brille ins kupferrote Haar geschoben.

«Werner, das mit deinen Ferien glaubt wohl keiner mehr?», sagte sie mit ihrer Altstimme, der ironische Unterton war deutlich zu hören.

Meier holte Luft. «Ich … egal.»

Hinter Anna her ging er in die frisch renovierte Pathologie im Untergeschoss des Polizeigebäudes. Ob diese je bezogen werden konnte, hatte monatelang in der Schwebe gestanden. Mit dem Entscheid für eine selbstständige Kantonspolizei Oberland war diese Frage gelöst.

«Klein, aber fein», sagte Anna. «Willkommen zur ersten Leiche.»

Meier unterdrückte einen Anfall von Übelkeit. Er vermied es, die Leiche anzusehen, seine erprobte Art, das Zusammensein mit toten Menschen zu ertragen.

«Sag mir einfach, dass es ein natürlicher Tod war und dass mein elender Instinkt mich trügt.»

Annas Augenbraue schnellte in die Höhe. Ohne darauf einzugehen, trat sie zum Untersuchungstisch aus Stahl und erklärte kurz und knapp, warum nichts darauf hinweise, dass Arielle Bergmann hinuntergestossen worden sei.

«Todeszeitpunkt?»

«Es war sehr heiss, und die Leiche wurde am Nachmittag entdeckt. Früher Morgen, circa sechs Uhr dreissig.»

Meier nickte. «Andi hat ihre Social-Media-Aktivitäten analysiert.»

«Ich dachte, er ist in den Flitterwochen.»

«Barras und er fahren erst nach der Hochzeit. Ich weiss nicht, was wir ohne Andi tun werden.» Meier zog sein Notizbuch hervor. «Das letzte Profilfoto wurde am Morgen um sechs Uhr zehn gemacht und um sechs Uhr dreissig hochgeladen, eine Minute später der Beitrag.»

Anna pfiff durch die Zähne. «Dazwischen liegen zwanzig Minuten. Posten Influencer ihr Zeug jeweils nicht sofort?»

Meier wunderte sich, wieso kannte Anna sich aus?

«Meine Kinder», erklärte sie.

Meier schluckte, familiäre Erwähnungen vertrug er grad schlecht.

«Es könnte hinkommen. Sie scheint das Foto noch bearbeitet zu haben, das braucht ja auch Zeit.» Er überflog seine Notizen. «Soweit ich das sehe, haben praktisch alle ein Alibi für diesen Zeitpunkt. Haben wir zur Sicherheit bereits erfragt. Die Bewegungen der ganzen Truppe im Verlauf des Morgens. Erstaunlicherweise schlief, bis auf Äbischer, niemand allein.»

«Vielleicht sollte ich mir einen Freund bei der Truppe da suchen», sagte Anna. «Kannst du mir jemanden empfehlen?»

Ein kurzer Blickwechsel.

«Was ist mit den Schuhen?», fragte Meier ruppiger als beabsichtigt. «Wieso hat sie die ausgezogen?»

Hohe Absätze, Annas eigenen ähnlich. Wie ein Stillleben hatten sie oben auf der Plattform gelegen.

«Das kann ich dir zeigen.»

Schon lief auf Annas Tablet die Rekonstruktion eines möglichen Unfallhergangs, ihre neue Spezialität, nach einem Sabbatical-Semester am Forensischen Institut von Harvard. Mit ein Grund, warum sie nun die kleine Pathologie Uster führen und genau solche fallbezogenen Untersuchungen als verlängerter Arm der Rechtsmedizin Zürich durchführen konnte.

Eine Frauenfigur bewegte sich leichtfüssig die Tribünentreppe hoch, im Hintergrund sah man den See, die ganze prächtige Kulisse. Im Gehen sprach sie in die Kamera.

«Basierend auf der Videostory der Influencerin», erklärte Anna.

Auf halber Treppe hielt die fiktive Arielle Bergmann inne und schlüpfte aus den Schuhen. «Kneubühler hat an der Stelle Blutspritzer von einer Blase an der Ferse sichergestellt. Die hat sie selbst zu verantworten, ich kenne die Schuhmarke. Mörderisch.»

Im wahrsten Sinne des Wortes, fügte Meier geistig an und sah gebannt zu, wie die animierte Arielle weiterkletterte, mit einer dem Original täuschend ähnlichen Stimme Hinweise auf das Stück gab, sich, oben angekommen, mit ihrer Trinkflasche in Positur stellte, weiterblabberte, das Handy im schrägen Winkel hielt, noch schräger, auf Effekt aus.

«Stopp!», schrie Meier unwillkürlich, aber es war zu spät.

Der Frauenkörper fiel rückwärts aus dem Bild und prallte Bruchteile später auf den Boden, das Handy flog davon, an die Stelle, wo Meier es später gefunden hatte.

Danach kam Schwarzbild. Diesmal lächelte Anna nicht.

Meier presste die Hand an die Schläfen, der Schwindel war unerträglich. «Was für ein dummes Kind.»

«Junge Frau. Gewöhn dir die korrekten Bezeichnungen an, Werner.»

Dass er auch immer in die Falle tappen musste! Immerhin, Annas Stimme klang amüsiert, nicht aggressiv.

Eine Nachricht brummte. Kneubühlers Bericht. Viele Spuren von anderen Ensemblemitgliedern.

«Fast jeder war mal auf der Tribüne, trotz des Warnschildes. Die halten sich an keine Regeln, diese Schauspieler. Liederliches Pack», hatte er in den Begleittext geschrieben.

Warum fühlte Meier sich frustriert? Wollte er ein Verbrechen herbeireden, wo keines war?

«Tut mir leid.» Annas Fingerspitzen strichen nur wenige Millimeter von der Haut entfernt über Arielles Körper, zärtlich und brutal zugleich. «Bis auf die Blase am Fuss und den gebrochenen Nacken vom Fall war sie völlig unversehrt und kerngesund, ein gefundenes Fressen für Organspenden. Die Niere: ein Gedicht, das Herz: wie das einer Spitzensportlerin, die Leber: könnte von einem Baby stammen. Die Muskulatur …»

Meier verschluckte sich am kalten Kaffee. «Was ist mit dem Bluttest?»

«Negativ. Keine Drogen, kein Alkohol.»

Hatte Lilo Lienert sich getäuscht?

Anna zuckte die Achseln. «Weder Kaffee- noch Teespuren an den Zähnen, im Magen nur Pflanzen, keine Pigmentschäden von zu viel Sonne.»

«So weiss wie Schnee, so schwarz wie Ebenholz, so rot wie …» Meier verstummte. Diesen Gedankengang hatte er schon gestern gehabt.

«Du bist grün im Gesicht.» Über den Brillenrand sah Anna ihn an. «Darf ich dir einen Eimer anbieten? Der Boden ist gerade frisch renoviert.»

«Danke, ich schaffe das. Einen Espresso könnte ich vertragen. Gritlis Schwachstrombrühe hat nichts gebracht.»

Während Anna an ihrer kleinen Supermaschine aus Italien herumhantierte, las Meier Kneubühlers Bericht zu Ende.

«Schau mal», sagte er, als Anna zurückkam.

«Alkoholspuren auf dem Kostümoberteil.»

«Findest du das nicht eigenartig?», fragte er.

«Vielleicht hat jemand ein Glas ausgeschüttet, und ein paar Spritzer sind dem Stoff gelandet.» Anna nickte ihm zu. «Wirf selber einen Blick, vier Augen sehen mehr als zwei.»

Langsam sah er die Leiche an, Zentimeter für Zentimeter, lauschte Annas Ausführungen. Bis er etwas entdeckte.

«Was ist das?»

Anna bückte sich. Ein Duft nach Maiglöckchen.

«Die Delle am Zeigefinger? Das ist typisch für die Schreibhand.»

Meier griff zu seinem Notizbuch. «Sie war also Linkshänderin?»

Anna schüttelte den Kopf. «Sie war beides.»

Für alles gab es eine Erklärung. Wieder packte ihn der Schwindel.

«Da der Todeszeitpunkt klar ist und alles plausibel scheint», sagte Meier, «soll ich die Untersuchung einstellen?»

«Ja. Such keine Nadeln im Heuhaufen, Werner. Arielle Bergmann ist beim Selfiemachen gestürzt. Sie ist nicht die Erste.» Sie verzog den Mund. «Es ist traurig, aber nicht deine Sache. Morgen wirst du Leiter der Kantonspolizei Oberland.»

Er schwieg.

Sie musterte ihn. «Warum so grimmig? Passt dir das neue Büro nicht?»

Musste sie ihn daran erinnern?

«Da ist noch nicht das letzte Wort gesprochen.»

«Du solltest feiern.»

Meier war nicht danach.

Auf dem Rückweg holte er sich eine Toblerone und ordnete, über sein Notizheft gebeugt, seine Gedanken. Nebst Arielle Bergmanns Namen waren einige andere umkreist. Der Regisseur Simon Perron, der Bühnenpartner Yannik Turner und die Casting-Lady, Kleo Zürcher, genannt Kleo Z. Sie war gleich dreimal erwähnt worden. Was würde Hannes Sutterlütti sagen, sein alter Chef und Mentor, im Ruhestand und zurzeit in New York? Da war es jetzt sechs Uhr. Sutterlütti war zum Glück Frühaufsteher. War gerade von seiner Joggingrunde im Prospect

Park zurück und genoss einen grünen Smoothie. Barras hätte ihre Freude an ihm, dachte Meier.

«Dann erzähl mal, Werner, wo drückt der Schuh?»

Es war wie Heimkommen. Und eine Stunde später wusste Meier, was er zu tun hatte. Den Stein umdrehen, die andere Seite der Geschichte suchen.

11

«Guten Tag, Allan.»

Rose schaute ihn mit ihren dunklen Augen an. Allan fühlte sich plötzlich schwach, musste sich am Laternenpfahl halten, um nicht umzukippen.

«Rose.» Langsam hob er die Hand und fuhr ihr über die Wange. Eine Bewegung, die sich fremd und vertraut anfühlte. «Was haben sie denn mit dir gemacht?»

«Ein Wohlstandsbubi hat Dampf abgelassen.» Ihre Stimme klang so, als ob sie schon lange mit niemandem mehr gesprochen hätte.

«Ganz schön viel Dampf. Zeig mal.»

«Hat mich ein Stück von mir gekostet.» Unten links, da fehlte der Eckzahn. «Immerhin, er hat seine Kreditkarten verloren.»

«Warst du bei der Polizei?»

«Das hat ein Freund übernommen.»

Sie lachte ein wenig, um gleich darauf den Mund zu verziehen. Ihrer Bewegung nach musste es auch einige Rippen erwischt haben.

«Dann warst du auch nicht im Spital?»

Ihre Augen verneinten.

«Bist du deswegen zu mir gekommen? Soll ich dich verarzten?», fragte Allan. Er zeigte ihr seinen verbundenen Fuss. «Wir hatten wohl beide eine wilde Nacht.»

Rose ging noch langsamer als er. Der Lahme versorgt die Lahme, dachte er.

«Ich bin nicht sonderlich gut ausgerüstet.» Im Büro holte er ein Handtuch und liess Wasser ins Lavabo laufen. Dann begann er, ihr Gesicht zu waschen, langsam und sorgfältig. Sie zuckte kein Mal zusammen.

«Die Nase ist gebrochen», sagte er leise.

Sie nickte.

«Es tut mir leid, aber da kann ich nichts tun, magst du vielleicht in die Permanence beim HB, die fragen nicht gross, ich kann dich auch begleiten.»

Dass sie es nicht wollen würde, war ihm klar. Nachdem das Blut weg war, sah es nicht mehr ganz so schlimm aus. Und die Zahnlücke wirkte charmant. Seit sie nicht mehr im Heim ist, ist sie aufgeblüht, dachte Allan. Erstaunlich. Lebt auf der Strasse und ist glücklich.

«Wo steht dein Zelt?», fragte er.

In ihren Augen spielte ein Lächeln. Er wusste genau, was sie dachte, ihm wurde warm.

«Magst du einen Kaffee?», fragte er.

Aber sie deutete auf den Rücken. Offenbar gab es noch mehr Verletzungen. Vorsichtig half er ihr aus dem Mantel. Aus dem weiten Wollpullover, aus der geblümten Bluse. Sie war getränkt mit Blut. Ein teurer Preis, den sie für ihre Freiheit bezahlte. Obwohl es einfacher gewesen wäre, wenn sie sich aufs Sofa gelegt hätte, machte er den Vorschlag nicht. Aufrecht sass sie auf dem Stuhl und bedeutete ihm, ihr das Unterhemd auszuziehen. Meinte sie es ernst? Sie schloss die Augen. Langsam fuhr Allan über die Schulter und die Seite. Unter dem linken Rippenbogen hatte sie eine Platzwunde, die Haut darum herum war violett verfärbt.

«Es tut mir so leid», murmelte er und holte einen Spülschwamm. Damit ging es einfacher als mit dem faserigen Tuch. Rose machte keinen Mucks, sass stoisch da und liess zu, dass er ihren ganzen Oberkörper vom Blut reinwusch. Wischen, auswringen, trocknen. Seine Bewegungen waren langsam und methodisch. Auch die linke Brust hatte es erwischt, auf der Seite, da wo die Haut in den Rücken überging. Wie weich ihre Haut war. Wie weich und warm. Allans Zeigefinger fuhr weiter, über die Stelle am Armloch, vor der Falte, verweilte da. Längst war alles Blut weg. Ein Schauder durchfuhr ihn, er hob beide Hände, wie in Trance, zog Rose an sich, vorsichtig, um ihr ja nicht wehzutun, und sie liess sich in diese Umarmung gleiten.

Allan seufzte, aber sie machte keinen Laut. Als ob er aus Seidenpapier wäre, drückte er ihren Kopf an sich. Irgendwann gingen sie zum Sofa, legten sich hin, in absoluter Synchronität. Ihre Bewegungen waren langsam, zärtlich und voller Schmerz. Dann lagen sie ganz dicht zusammen. Wenn es nur so bleiben könnte. Aber Allan wusste, dass es Teil des Abschieds war. Rose war vom Leben vergessen und er auf dem Weg in die Hölle.

Später gingen sie zusammen hinaus. Der Hof war mittlerweile belebt, aus dem Kühlcontainer der Metzgerei dampfte es immer noch. Allan versuchte, Rose an Kundert vorbeizuschleusen, vergeblich. Er kam dienstfertig herbeigeeilt, grüsste freundlich. Auch er kannte Rose, bot ihnen Schnitzelbrot an, seine Spezialität. Sie lehnten ab.

«Ich hätte da noch eine Frage, wegen der Würste», sagte Kundert.

Allan hatte es geahnt. «Ich bezahle sie am Samstag. Wie verabredet.»

Kundert sah das anders. «Nicht am Samstag, heute sollten Sie zahlen, hatten wir eigentlich gesagt.»

Allan versuchte, erstaunt auszusehen. «Das muss ein Missverständnis sein. Entschuldigen Sie bitte.» Dann klopfte er auf seine Taschen. «Sie kennen das ja, niemand trägt heute mehr Bargeld herum. Schon gar keine hohen Beträge.»

«Draussen ist ein Automat», sagte Kundert listig, die kleinen Augen schmal.

«Nicht von meiner Bank.»

«Wegen der Spesen? Die dürfen Sie mir abziehen.»

«Ach so.» Allan hob die Hand. «Meine Kreditkarten sind alle im Produktionsbüro am Greifensee.»

«Das ist nicht gut. So kann ich die Würste nicht liefern, tut mir leid.»

Dann eben nicht, dachte Allan. Machen wir es ohne Würste, oder vielleicht finde ich noch einen in Uster, einen Billigmetzger.

Da hielt Rose Kundert fünfzig Franken hin. «Das reicht für mindestens sechzig Würste. Und mit Rabatt gibt's sogar noch zehn obendrauf.»

Kundert wand sich. «Herr Äbischer hat fünfhundert Stück bestellt.»

Rose sah Allan an. «Du darfst das Publikum nicht enttäuschen, Essen und Trinken sind wichtig.»

Sie hatte recht, er musste Prioritäten setzen. Der Schreiner würde sich gedulden müssen. Allan zog das Couvert hervor und zählte Kundert die Scheine in die Hand. Den letzten behielt er.

Kundert versprach, die Würste am Freitag für die Premiere höchstpersönlich zu liefern, samt Grill und einer feschen Maid, die ihn bediente.

«Warum kein Knabe?», fragte Rose.

«Hä?»

«Ein fescher Knabe am Grill. Ins Theater gehen mehr Frauen als Männer.»

Damit hinkte Rose davon. Kundert sah ihr verblüfft nach, er verstand nicht, was sie gemeint hatte. Allan folgte ihr.

«Ein ganz lieber, der Herr Kundert», sagte sie.

So konnte man es auch nennen.

Bei der Eingangstür blieben sie stehen.

«Willst du einen Schlüssel?»

Die Frage war ein Ritual. Manchmal stellte Allan sie alle paar Monate, es hatte aber auch Jahre gegeben, wo er keine Gelegenheit gehabt hatte.

Zu seinem grossen Erstaunen nickte Rose. «Es wird bald regnen», sagte sie, obwohl die Hitze unerträglich war.

Allan ging noch mal hinein und holte den Ersatzschlüssel aus der Schublade.

«Wir sehen uns heute Abend wieder, versprochen?»

Sie hob ihre Hände, diese feinen langen Finger. Legte sie um seinen Kopf. Zog ihn zu sich herunter. Und fragte ihn. Die Frage, mit der er hatte rechnen müssen. Die er selbst seit Jahren verdrängte und nicht hören wollte. Als er sich nicht zu Worten durchringen konnte, die einer Beichte gleichgekommen wären, als er diese Worte verschluckte, bevor sie den Mund verliessen, strich sie ihm ein letztes Mal mit den Fingern über die Wangen. Sie nahm den Schlüssel und verschwand. Es dauerte, bis Allan sich gefasst hatte und sich auf den Weg machen konnte. Dass er den Abfallsack hätte entsorgen müssen, fiel ihm erst später auf dem Weg an den Greifensee ein.

***

Kleo Zürcher ging sofort ans Handy. Ihre Stimme klang tief und heiser, fast wie die eines Mannes. Nachdem sie Meier angehört hatte, schlug sie einen Termin am nächsten Tag vor, sie sei auf dem Weg für ein Casting in Zürich.

«Wunderbar. Hätten Sie jetzt Zeit für ein kleines telefonisches Vorgespräch?»

Sie hatte. Musste nur erst den Speisewagen verlassen. Meier hörte, wie sie inhalierte. In den Zügen war doch Rauchverbot?

«E-Zigarette. Darf man überall.»

Meier nahm seinen Stift hervor. «Haben Sie Arielle persönlich gekannt?»

«Sie ist eines meiner Pferdchen. Und zu denen hat man immer ein enges Verhältnis.»

Ein Moment das Schweigens, in dem sich das «ist» in ein «war» verwandelte. Er erinnerte Meier an den Besuch bei Arielles Mutter.

«Sie kennen Nika Bergmann?»

«Eine Freundin von mir.»

«Waren Sie darum Arielle Bergmanns Agentin?»

«Ich war von ihrem Talent überzeugt. Dank ihr läuft meine Agentur grossartig, besser als die Castings.»

Was war der Unterschied?

«Eine Agentur vermittelt Produkte, Locations und Menschen. Arielle war meine Erfolgsgeschichte.»

«Sie haben zwei Firmen? Wieso?»

«Als Agentin bin ich am Honorar beteiligt, als Casterin bekomme ich eine Pauschale.»

Meier machte die Rechnung im Kopf. «Was verdienen Sie an Arielle?»

Sie blieb zurückhaltend. «Genug.»

«In Zahlen?»

«Das sage ich Ihnen nur, wenn Sie mich zwingen.»

Meier musste lachen. «Im Shakespeare-Stück war Arielle als Schauspielerin engagiert.»

«Als Mischform. Ein Hybrid, könnte man sagen.»

«War es ihre erste Theaterrolle, als Hybrid?»

Zögerte Kleo Z.? Es schien Meier so.

«Sie hatte davor schon einige Vorsprechen. In Konstanz zum Beispiel oder für ein Sommerfestspiel in Hersfeld. Dass es hier in ihrer Heimat geklappt hat, war natürlich ein Glücksfall.»

«Man hat mir erzählt, sie hätten Arielle für die Rolle gecoacht?»

«Was für ein Wort, *gecoacht*. Ich habe sie ein wenig Text abgefragt und ihr bei den Betonungen geholfen. Shakespeares Sprache war eine Knacknuss für sie.» Sie hielt inne. «Ist etwas? Ich dachte, Arielle sei beim Selfiemachen gefallen. Ein tragisches Unglück.»

«Es gibt Stimmen, die andeuten, Arielle Bergmann wäre eine schlechte Schauspielerin gewesen. So gesehen wäre ihr Tod ein Glücksfall für das Stück.»

«Wer sagt das?»

«Ich.»

Kleo Z. am anderen Ende überlegte. Damit holte sie endgültig Meiers Respekt.

«Arielle war sehr talentiert. Sie war ihr ureigenes Produkt und hat es geschafft, innerhalb des ganzen Social-Media-Zirkus ihre Persönlichkeit zu bewahren. Als Simon mit der Bitte an mich herangetreten ist, jemanden zu finden, wusste ich sofort, dass sie es sein musste. Sie hat insgesamt über eine Million Follower, ist Ihnen klar, was das bedeutet?»

«Ich kann es mir vorstellen.»

«Die jetzt alle am Boden zerstört sind. Die Reaktionen sind unglaublich.»

«Aber es bleibt dabei, als Schauspielerin war sie –»

«Die Leute haben Tickets gekauft, sie wären in Scharen gekommen. Auch aus dem Ausland», unterbrach ihn Kleo Z. «Und sie hätten sie geliebt.»

«Es hätte auch kritische Stimmen geben können.»

«Sie meinen das Feuilleton?» Sie machte einen Laut, der wie ein Schnauben klang. «Die hätten sie mit Sicherheit zerrissen. Ihrer Community ist das egal, die wissen nicht mal, wie man es schreibt: Feuilleton.»

Sie spuckte das Wort aus, als wäre es eine Krankheit. «Ihre Follower hätten sie zum Star gemacht. Wen interessiert heute noch, was diese ambitionierten Blätter schreiben? Damit füllt man keine Zuschauertribünen mehr.»

«Sie kennen sich aus.»

«In meinem Beruf muss ich das. Wäre ich nicht mit der Zeit gegangen, wäre ich beim Arbeitsamt gelandet, wie viele Kollegen. Kommen Sie morgen ins Schloss Greifensee zu einem Casting, wir besetzen Simons nächstes Projekt. Dann sehen Sie, wie das Business funktioniert.»

«Strahland will weitermachen», sagte Meier.

«Simon hat es mir gesagt.»

«Und wie stehen Sie dazu?»

«Wir haben uns gefragt, was Arielle gewollt hätte.»

«Wer ist wir?»

«Nika Bergmann und ich.»

Meier machte sich eine Notiz. Waren die beiden private Freundinnen?

«Die Antwort war klar», fuhr Kleo Z. fort. «Darum unterstützen wir das Ganze auch.»

«Die Rolle der Beatrice spielt die zweite Besetzung, soweit ich es verstanden habe. Haben Sie sie vorgeschlagen?»

«Priss?» Zum ersten Mal entglitten Kleo Z. die Emotionen. «Das ist unmöglich. Eine Ja-Sagerin, ohne jegliches Temperament. Eine völlige Fehlbesetzung.»

Ein gewisser Ärger machte sie gesprächig, den Umstand wollte Meier weiter ausnutzen. «Können Sie mir etwas über Strahland erzählen? Wie ist diese Firma aufgestellt?»

«Sie gehört Simon, Allan, Tschirky und Grete, eine Aktiengesellschaft, ich bin minimal beteiligt.»

«Solide?»

«Das will ich hoffen.»
«Höre ich da Zweifel?»
«Es sind Freunde, Herr Meier, und mit Freunden soll man eigentlich keine Geschäfte machen.»
«Das Risiko nehmen Sie in Kauf?»
«In der Branche kennen sich alle. Da wird die Welt zum Dorf.»
«Strahland produziert Opern, Kino …»
«… und Theater. ‹Viel Lärm um nichts› reiht sich nahtlos in eine Erfolgsserie ein. Wobei: Eine geheizte Tribüne im Herbst, das ist einzigartig.»
«Bis jetzt haben sie Glück, es ist der wärmste September, den es je gab.»
«Sie wollen bis Weihnachten spielen. Auf ‹Viel Lärm um nichts› folgt das ‹Wintermärchen›.»
«Worum geht's in dem Casting von morgen?»
«Um einen neuen Spielfilm. Die Finanzierung ist gerade zustande gekommen. Wenn das der Fall ist, muss man sofort anfangen, lieber gestern als heute.»
Ein schnelles Geschäft, dachte Meier. «Mir scheint, Perron hat eine volle Agenda.»
«Er ist ein Arbeitstier. Und ohne Theater kann er nicht sein. Das ist seine ganze Welt. Uns gibt er ein Stück davon ab.»
«Mögen Sie ihn?»
Diese Frage ging ihr offenbar zu weit, dachte Meier.
Kleo Z. klemmte ihn ab. «Der Zug hält, ich muss aussteigen. Bis morgen, Herr Kommissar.» Dann fügte sie mit veränderter Stimme an: «Wenn Sie etwas finden sollten, einen Beweis, dass Arielle nicht natürlich gestorben ist …»
Sie hat sie geliebt, schoss es Meier durch den Kopf. Sie war ein Tochterersatz. Im Netz hatte er gesehen, dass Kleo Z. allein lebte, über ihr Privatleben war nichts bekannt.
«Eine letzte Frage.»
«Sie haben zehn Sekunden.»
«Wer profitiert von Arielles Tod?»
«Da fällt mir nur eine ein. Ihre Nachfolgerin.»

«Priss, die zweite Besetzung?», fragte Meier.

«Nein. Niemals wird Simon sie spielen lassen. Sie würde die Inszenierung ruinieren. Er wird eine andere im Kopf haben.»

***

Instagram-Account von **WinWinny/Story**

Ein nachtblaues Kostüm, grosser Ausschnitt, eine Frisur wie die ägyptische Königin Nofretete, geschminkt

Gefällt 99 Mal

WinWinny *Winny, Superstar. #Vorsprechen #Hauptrolle #Beatrice #SechserimLotto #plötzlichPrinzessin #zeigmirwerdubist*

Aufrufe: 157

Kommentare: 14

12

Winny, in ihrem üblichen Overall, eine Sonnenbrille auf der Nase, die Rastas zu einem Pferdeschwanz gebunden, betrat das menschenleere Schlosscafé, in dem es fast unangenehm kühl war. Hannah wartete schon einige Zeit, den Pulli über das Kostüm gezogen. Ihr war übel von all dem Kaffee, und der Nacken tat ihr weh, weil sie den Kopf gesenkt hielt, so tat, als ob sie in ihrem Textbuch las, während sie gleichzeitig das Geschehen draussen auf der Terrasse, wo das Ensemble versammelt war, beobachtete.

«Wieso benutzt du dein Handy nicht?»

Winny stiess einen Schrei aus und schoss herum. «Musst du mich erschrecken, Hannah? Ich habe Werbespots gesprochen, für das Stück hier. In das du mich reingezogen hast.»

«Komm mit.»

«Ich habe Hunger.»

«Gibt's kein Frühstück, da, wo du wohnst?»

Hannah nahm ein Stück Kuchen aus der Vitrine und murmelte der Barfrau zu, dass sie es später bezahlen würde. Sie drückte es Winny in die Finger und ging voraus, verliess das Gebäude durch die Seitentür und betrat eine schattige Gasse, in der es nach Moos und Tang roch. Sie führte der Schlossmauer entlang über den Parkplatz zur Landstrasse. Plötzlich wurde es noch dunkler. Ein Schatten schob sich vor den Ausgang. Der Typ von gestern Nacht. Hannah hatte es nach dem Treffen mit Luma ziemliche Mühe gekostet, ihn abzuhängen. Sie hatte keine Ahnung, was er von ihr wollte.

«Was ist, warum bleibst du stehen?», fragte Winny.

In die Mauer eingelassen war ein kleines Tor. Blitzschnell drückte Hannah die Falle, einmal, zweimal. War es verhockt oder verschlossen? Noch einmal rüttelte Hannah, und wie durch ein Wunder ging das Tor auf. Schnell zog sie Winny mit sich und legte den Zeigfinger auf die Lippen. Sie standen beide ganz still. Eine ganz und gar eigene Welt. Halbhohe Sträucher, verwilderte

Büsche, Astern, Dahlien, in der Mitte ein Brunnen, umgeben von einem kleinen Labyrinth. Nächstes Jahr würde der Garten neu angelegt werden, darum liessen die Schlossbesitzer ihm jetzt seinen Willen. Wunderschön. Von draussen war nichts mehr zu hören.

Aufatmend setzte Hannah sich auf die eiserne Bank in der Mitte des Labyrinths. Der Garten war vom Schlossturm aus einsehbar, aber hier waren sie von Blicken geschützt durch die hohe Birke mit den ungewöhnlich weitläufigen Ästen.

«Was soll das, Hannah?», fragte Winny und biss gierig in den Kuchen.

«Wovon sprichst du?»

«Der Typ da draussen. Hat er dir den Weg versperrt?»

«Nein, ich will nur nicht, dass man uns zusammen sieht.»

«Er sah gewalttätig aus.»

«Du hast eine wilde Phantasie.»

«Ich glaube, es war der Bühnenmeister.»

Hannah stutzte. Carl. Baute Bühnen auf und ab und war Perron treu ergeben. Konnte das sein? Hatte Perron ihn auf Hannah angesetzt? Weil er Verdacht geschöpft hatte, ahnte, wer sie war? Wusste, dass Hannah Frank früher Anne geheissen hatte, mal Teil einer Inszenierung, Teil seines Lebens gewesen war?

«Wieso sollte Carl mich bedrohen? Er war bestimmt auf dem Weg zur Probe», sagte Hannah leichthin. «Wo wir auch gleich hingehen. Aber vorher muss ich wissen, wie das Vorsprechen lief.»

Winny wischte sich den Mund ab.

«Ich habe versucht, dich zu erreichen», sagte Hannah. «Das muss sich ändern, hörst du. Ich hatte Angst um dich.»

«Du sagst mir auch nicht alles. Quid pro quo.»

«Du hättest dich melden sollen.»

«Willst du jetzt wissen, wie das Vorsprechen war?»

«Unbedingt.»

Winny zögerte.

«Was ist passiert?», fragte Hannah alarmiert.

«Nichts.»

«Wo hat es stattgefunden? Im Gewölbesaal?»

Winny nickte. «Mit Perron und Yannik. Er hat mir die Stichworte gegeben. Er ist nett.»

Plötzlich stopfte Winny die Hälfte des Kuchens in den Mund.

«Hat er dich belästigt?»

«Yannik?», frage Winny kauend.

«Du weisst, wen ich meine.»

Schweigen. Leises Schmatzen.

«Winny, bitte, es tut mir leid, dass ich dich angeschrien habe. Sag mir, was abgelaufen ist.»

«Alles ganz normal. Bis wir nach Zürich gefahren sind, ins Produktionsbüro an der Langstrasse.»

Das hatte Hannah gehofft.

«Sie wollten es auf Video aufnehmen.»

«Wer ist ‹sie›?»

«Perron, Tschirky, Äbischer.»

«Die Kolb auch?»

«Nein.»

«Und dann?»

«Nichts.»

«Du lügst», sagte Hannah.

«Ich habe von mir erzählt und ein paar Sachen ausprobiert. Getanzt.»

«Getanzt?»

Nun legte Winny den restlichen Kuchen auf die Bank neben sich. Er zerbröselte.

«Ich sollte zeigen, wer ich bin.»

Hannah wurde eiskalt, sie fühlte die Gänsehaut an ihrer Narbe. *Zeig mir, wer du bist.* Es war Jahre her, dass sie diesen Satz zuletzt gehört hatte, und doch kam es ihr vor, als wäre es gestern gewesen.

«Und?»

«Ich habe es ihm gezeigt. Es blieb mir nichts anderes übrig. Ich wollte die Rolle.» Winny schwieg. Sie sah jung aus, verletzlich. «Hannah, hast du mich absichtlich da reingeschickt? Wolltest du mich als Zeugin?»

Hannah schüttelte den Kopf. «Du solltest fühlen, wie man sich fühlt.»

Winny holte tief Luft. «Ziemlich beschissen von dir, weisst du das?»

Hannah fühlte die Röte am Hals unter dem Rollkragenpullover. «Entschuldige.»

Winny schwieg.

Vorsichtig hob Hannah die Hand, strich Winny über die Schulter. «Es lohnt sich.»

«Das sagst du die ganze Zeit. Aber für wen? Für dich? Was willst du mit der ganzen Aktion, Hannah? Ich dachte, es ginge darum, etwas über meine Grossmutter herauszufinden. Ellie, Ophelia, erinnerst du dich? Das hast du mir erzählt.»

Hannah nickte. «Über sie und alle anderen Frauen.»

«Du machst dir was vor, es geht in Wirklichkeit nur um dich.» Nun klang Winny wie Luma.

«Ich will Gerechtigkeit, Winny, und wenn dir das zu wenig ist, bitte sehr, dann steig aus.»

Winny sah sie an, ein spöttisches Blitzen in ihren Augen. «Die heilige Johanna der MeToo-Debatte.» In diesem Moment brummte Winnys Handy. «Schon wieder Zita», murmelte sie. «Die Freundin des Polizisten. Sie versucht, mich zu erreichen, sie braucht eine Nanny. Soll ich mich melden?»

Hannah fühlte sich erleichtert. Endlich etwas, das klappte. «Versuche herauszufinden, ob die Polizei im Fall von Arielles Tod etwas unternimmt.»

Winny verzog den Mund. «Ich mag Zita nicht anlügen, sie ist nett.»

«Sie ist uns nützlich.»

«Du bist berechnend, Hannah», sagte Winny. «Unsympathisch.»

Hannah verzog den Mund, es war hart, das zu hören. «Wir sind beide in dem Stück, bis jetzt hat niemand uns erkannt oder eine Verbindung zu früher gemacht. Das grenzt an ein Wunder. Der Todesfall der Influencerin, so tragisch er ist … wir profitieren davon.»

«Kriegsgewinnler?»

Hannah fühlte eine Welle, Wut, Scham. «So kann man es auch sehen. Ich betrachte es als eine Verkettung von Umständen. Wenn wir dadurch Perrons System zum Einsturz bringen können, wird sich vieles verändern. Die Mauer bekommt Löcher. Hinter jedem einzelnen Stein steckt ein Mensch.»

Stille. Winny wischte sich die Hände am Overall ab.

«Ist dir sonst etwas aufgefallen in diesem Büro?», fragte Hannah schliesslich.

«Ich musste eine Geheimhaltungsvereinbarung unterschreiben.»

«Eine Geheimhaltungsvereinbarung?» Auf der Stelle vergass Hannah alles andere. «Wie sah die aus?»

«Viel Kleingedrucktes und ein Satz, mit dem du ihnen alle Rechte am gesamten Material überlässt.»

«Wegen der Aufnahme?»

«Jep. Ausserdem verpflichtet man sich zum Schweigen.»

Hannah schwieg, ihr Herz hämmerte. Das war es. Darum kämpfte sie. Beweise. Papier. Ein Draht zu all den Frauen, die Perrons Weg gekreuzt hatten. Niemals würden alle schweigen. Eine von ihnen würde sprechen.

«Ein Papier, sagst du?»

«A4, vorgedruckt.»

«Wer hat es dir gegeben?»

«Tschirky. Eigentlich sollte es Äbischer tun. Aber der war weggetreten. Ein Alkoholiker, schätze ich. Er war auf die Seite gekippt, hat geschnarcht. Es war fast rührend.»

«Sein Problem ist, dass er Perron begegnet ist, und darunter leidet er seit Jahren. Ihm würde es wirklich guttun, sich zu befreien.» Hannah beugte sich vor. «Erzähl weiter von diesem Papier.»

«Ich habe unterschrieben, aber rausgestrichen, was mir nicht passte. Tschirky hat das Papier anschliessend in einen Ordner versorgt. Einen altmodischen blauen Ordner. Ich fand's lächerlich. Wer braucht heute noch so was?»

Wer keine Spuren hinterlassen möchte, dachte Hannah. Ein

einzelnes ausgedrucktes Papier ist sicherer als ein Computerdokument. «Wo ist er?»

«In einem Regal. Ich hab's nicht fotografiert, falls du das fragen willst.»

«Waren noch mehr Papiere in dem Ordner?»

«Er war voll.»

Endlich. Endlich wurde es konkret. Hannah zog Winny von der Bank hoch.

«Rose hat hoffentlich den Schlüssel zu Äbischers Büro aufgetrieben, dann holen wir den Ordner. Vielleicht können wir damit zur Polizei gehen, das wäre mir das Liebste.» Sie strich Winny über die Rastas. «Zieh dich um, gleich fängt die Probe an. Die Kolb hat überall herumposaunt, was sie von dir hält. Nun wird sie versuchen, dir das Leben schwer zu machen. Lass dir einfach nichts anmerken und vor allem, nicht weinen. Die Mittel der Kolb sind grausam.»

***

«Mama», schluchzte Lily auf dem Arm der Betreuerin. Zita küsste ihre Tochter noch einmal, bevor sie sich zum Lachen zwang und Finn, der sich nach Kräften bemühte, die Schwester abzulenken, einen Blick zuwarf.

«Easy, Mama, das macht sie immer», sagte er.

Klug, ihr Sohnemann, für seine vier Jahre. Zita gab ihm eine Extraumarmung. Kaum war sie draussen, stoppte das Gebrüll. Alles so, wie es sein sollte. Nur dass Zita viel zu spät war. Am Kreuzplatz verpasste sie das Tram um den Bruchteil einer Sekunde. Ihr Handy brummte. Schon wieder eine Nachricht der Professorin. Nachdem sie ihre Skepsis über Zitas Zusage zum Forschungsprojekt ausgedrückt hatte, hatte sie eine dringende Sitzung anberaumt. Darum hatte Zita sich so beeilt. Es wäre nicht nötig gewesen. *«Meeting verschoben, auf achtzehn Uhr»*, stand da.

Na toll. Um die Zeit musste sie die Kinder abholen, und das wusste ihre Chefin genau. So würde das ab jetzt immer sein, Zita ahnte es. Rike Daniel wollte ihr beweisen, dass dieses Projekt nicht zu schaffen war mit drei Kleinkindern.

Zita biss die Zähne zusammen und tippte einen Smiley. *«Okay für mich.»*

Das Einzige, was sie brauchte, war eine gute Nanny. Winny Apt ging nicht ans Handy. Und so klickte Zita ihren Instagram-Account an, wo sie Winnys neuesten Post fand.

Instagram-Account von **WinWinny/Feed**
Foto: lachende Winny im nachtblauen Kostüm mit dem Textbuch von «Viel Lärm um nichts»
Gefällt 313 Mal
WinWinny *#drücktmirdieDaumen #Vorsprechen #Erfolg #zeigmirwerdubist*
Kommentare: 34

Zita musste zweimal lesen, bis sie verstand. Durch eine mirakulöse Fügung hatte Winny für die Rolle der Influencerin vorgesprochen, deren Todesursache der Commissario gerade ermittelte, gegen die Meinung seines Teams, gegen den Rest der Welt. Weil er überzeugt war, es sei kein Unfall gewesen. Es sei mehr so ein Gefühl, verstärkt durch einen Blitzschlag, dem er nur knapp entronnen war. Das Thema war im Trubel des Streits untergegangen, umso lauter tönten Meiers Worte nun in Zitas Kopf. «Da ist etwas Grauenhaftes passiert, Zita, und ich werde es aufdecken.»

Noch einmal las Zita Winnys Post. Der Commissario hatte ihren Namen nicht erwähnt. Er würde nicht mal wissen, dass er Winny kennen müsste. Die wenigen Male, da sie bei ihnen gehütet hatte, war er nicht da gewesen. Aber es würde nicht mehr lange dauern, bis sie auf Meiers Radar auftauchte. Vor allem, wenn Winny weiterhin diese provokativen Texte schrieb, begleitet von Fotos, die Zita so aggressiv machten, dass sie fast explodierte. Ohne zu überlegen, kommentierte sie den Post als «TheO». Fragte nach, was der Hashtag #zeigmirwerdubist solle. Fand, er habe das Niveau einer Primarschülerin.

Einige Minuten später stand Zita im Hafen Riesbach und winkte Beanie, die über den See ans Ufer glitt. Auf einem dieser Surfbretter, ein Paddel in der Hand, das Haar durch eine neonorange Badekappe geschützt. Sie grinste breit und sah völlig entspannt aus.

«Sorry, dass ich dich stören muss.»

Beanie deutete auf ein zweites Brett. War sie verrückt?

«Ich muss gleich zur Uni. Es geht um Winny Apt. Wegen der Instagram-Account-Geschichte.»

«Ich hab dich gewarnt. Du bist bereits süchtig.»

«Hör zu –»

«Zita», unterbrach Beanie. «Wenn du was von mir willst, musst du paddeln. Es ist ganz einfach, es ist gut für dich, und es macht Spass.»

Spass? Wann hatte Zita zum letzten Mal das Gefühl gehabt, etwas mache Spass?

«Tu nicht so selbstmitleidig, du hattest doch gerade Ferien.»

«Mit drei kleinen Kindern?»

Zita nickte.

«Sorry, manchmal ist alles ein wenig viel. Ich will dich auch gar nicht lange stören, ich brauche nur kurz deinen Rat.»

«Hast du nicht gehört? Wenn wir in der Mitte des Sees sind, spreche ich mit dir.»

Und ehe Zita sich versah, stand sie in T-Shirt und Unterhose auf dem Brett, Kleider und Tasche in Beanies wasserdichtem Rucksack, und paddelte hinter ihr her.

«Arsch rein.» Beanie machte eine eindeutige Handbewegung. Leichter gesagt als getan, wenn gerade eine Serie heftiger Wellen Zitas Board zum Schaukeln brachte. Sie überlebte es, ohne ins Wasser zu fallen. Paddel eintauchen, vorwärtsschieben, leicht in den Knien hängen, wachsam, aber nicht verkrampft.

«Und jetzt schiess los», sagte Beanie.

Als Zita ihr vom Tod der Influencerin erzählt hatte, pfiff Beanie durch die Lippen.

«Reg dich ab, Zita. Denkst du im Ernst, dass Winny sich als Souffleuse eingeschlichen, die Bergmann von der Tribüne geschubst und danach diesen Eifersuchtspost abgesetzt hat?»

«Wieso nicht? Sie will Schauspielerin werden, das ist ihr grösster Wunsch. Und Malou ist dagegen.»

«Eine schmollende Mutter ist heute kein Hinderungsgrund mehr.»

«Aber warum hat Winny die Influencerin eine Bitch genannt?»

«Weil sie vielleicht recht hat, weil sie ...», Beanie überlegte, «... jung und naiv ist, weil sie ... Zita, die wenigsten Menschen schubsen andere von einer Tribüne, um eine Rolle zu bekommen.»

«Du ziehst es ins Lächerliche.»

«Es würde ja nicht gerade für deine Menschenkenntnis sprechen, wenn du eine Killerin als Nanny für deine Kinder engagierst.»

«Winny ist nicht so», sagte Zita. «Vielleicht wird sie gezwungen.»

Beanie verstand nicht. «Wieso bist du nur so versessen mit der Frau?»

«Weil sie nett ist.»

«Nett? Dafür vernachlässigst du deinen Job, deine Kinder, deinen Mann?»

«Beanie, du bist eine blöde Kuh.»

Eine Weile paddelten sie schweigend vor sich hin.

«Kannst du für mich herausfinden, ob sie die Rolle bekommen hat, Beanie?», fragte Zita schliesslich.

«Das sind Festspiele mit bekannten Namen, wieso sollten die einer Souffleuse eine Hauptrolle geben?»

Als wäre es das Selbstverständlichste der Welt, zog Beanie ihr Handy aus dem Hüftgurt und googelte.

«Achtung, ein Schiff», schrie Zita.

Die Panta Rhei, ein Schiff von Mississippidampfer-ähnlichem Ausmass, pflügte vorbei.

«Du liegst leider falsch, Zita», meinte Beanie nach einer Weile, die Wellen locker mit den Knien abfedernd. «Ich glaube, Winny ist eine Angeberin.»

Da kam eine Riesenwelle.

«Geh in die Knie, Zita, verdammt noch mal», sagte Beanie.

Leichter gesagt als getan. Schon kam die nächste Welle. Zita konnte sich gerade noch halten. Adrenalin pur. «Der Commissario ermittelt, Beanie.»

«Wieso sollte er? Du spinnst doch, du übertreibst, weil du gestresst bist. Logisch, bei drei kleinen Kindern, zu wenig Schlaf und dem Vollmond.»

«Unterstellst du mir etwa geistige Umnachtung? Ich kenne den Commissario, da läuft etwas.»

«Dann frag ihn selbst.»

«Das geht nicht.»

«Habt ihr euch gestritten?»

Zita winkte ab, was das Board erneut ins Schwanken brachte.

«Kannst du bei Andi nachfragen? Ich will wissen, was Meier unternimmt.»

«Du bist sicher, dass Menschenliebe dein einziges Motiv ist? Geht es nicht vielmehr darum, eine Kinderfrau zu bekommen, damit du deinen Job machen und Meier eine reinsemmeln kannst?»

«Was erzählst du für einen Mist?»

«Oder noch schlimmer, du willst ihm in seine Untersuchung pfuschen, damit er entlassen wird und zum Hausmann mutiert.»

«Spinnst du?»

«Aha. Du wirst rot, ich habe ins Schwarze getroffen.»

«Nein.»

Das Letzte hatte Zita so laut geschrien, dass zwei Männer auf einem Segelboot in ihre Richtung sahen.

«Alles in Ordnung, Mädels? Sollen wir rüberkommen und euch retten?»

«Lasst mal, Jungs», rief Beanie zurück. «Wir wollen keine Grossväter ausbeuten.»

Die Männer waren beleidigt. «Halt die Klappe, Mohrenkopf.» Sie zischten ab.

Zita war entsetzt und wollte reagieren. Aber Beanie sah das locker. «Es lohnt sich nicht.» Nahtlos ging sie wieder zum Thema über. «Lass die Finger von der Geschichte, Zita.»

«Das kann ich nicht. Malou ist eine gute Freundin. Winny

ist ihre Tochter. Wenn es um Lily ginge, würde ich dasselbe von meinen Freundinnen erhoffen.»

Lilys Erwähnung brachte Beanie endlich ins Trudeln.

«Ich habe dir auch schon oft geholfen», drängte Zita. «Erinnere dich an den vorletzten Winter, dein Bänderriss …»

«Du erpresst mich?»

«Nein. Ja. Bitte.»

Ein letzter prüfender Blick. Bis Beanie nachgab. «Also gut», sagte sie und rief ihren zukünftigen Mann an.

Während Zita sich bemühte, ihre Stellung neben Beanie zu halten, hatte diese schon alle Informationen.

«Andi sagt, dass die Untersuchung vor dem Abschluss steht. Arielle Bergmann ist gestürzt, ohne Anzeichen auf Fremdeinwirkung. Winny ist nicht die Einzige, die negative Posts über Arielle gemacht hat. Menschen wie sie polarisieren. Ich wette, achtzig Prozent ihrer Follower haben sie gehasst. Sie ist zu perfekt, zu dünn, zu schön, zu erfolgreich.» Da stiess Beanie einen Laut aus. «Fuck!»

«Was ist los?»

Beanie starrte auf den Bildschirm. «Das glaub ich jetzt einfach nicht.»

«Was?»

«Winny hat einen neuen Post abgesetzt. Darin sagt sie deutlich, dass sie die Rolle von Arielle Bergmann übernommen hat.» Sie sah zu Zita. «Eben hat sie auch ein neues Profilbild hochgeladen. Praktisch nackt. Dazu immer wieder diesen Hashtag #zeigmirwerdubist.»

Zita war herangeglitten, versuchte, Beanie über die Schulter zu sehen. «Beanie, fahr an den Greifensee. Und sprich mit ihr.»

Beanie war unentschlossen.

Zita insistierte. «Ich muss zur Uni, ein Proseminar, danach habe ich eine Frauengruppe.»

«Sorry. Es geht nicht», sagte Beanie.

«Dann bitte wenigstens –»

«Andi kann auch nicht. Meier, dein Ex-Nicht-Ehemann ist sein Chef. Interessenkonflikt.»

«Schwindle.»

«Zita!», schrie Beanie, sichtlich wütend. «Was ist eigentlich los mit dir?»

Zita erschrak und fiel in den See. Ihr Herz setzte aus, eine Talfahrt in den Abgrund und wieder zurück. Wie ein Fisch, so kam es ihr vor, schoss sie aus dem Wasser, schnappte nach Luft. Um auf den Rücken zu klatschen und liegen zu bleiben, bis ihr Atem zur Ruhe kam. Weit entfernt hörte sie Beanie rufen, ob alles okay sei. Zita mochte keinen Finger heben. Sie trieb einfach so vor sich hin, über ihr der Himmel, zerrissenes Blaugrau, auf dem sich die Wolken jagten. Davonfliegen, einfach davonfliegen. Zita schloss die Augen. Sie sah Winny vor sich. Winny, die junge Frau auf der Suche nach Identität, hatte sie tief berührt. Warum, konnte Zita nicht sagen. Wenn es stimmte, was sie gerade gelesen hatte, würde sie Schwierigkeiten bekommen. Hatte Malou nicht etwas von einer Freundin gesagt? Lara? Sie war bestimmt auch auf Instagram. Und hoffentlich zugänglicher als Winny.

***

Instagram-Account von **WinWinny/Story**
Winny in Siegerpose
Gefällt 315 Mal
WinWinny *Lebe deinen Traum. Winny übernimmt Beatrice. #yeswecan #zeigmirwerdubist*
Aufrufe: 753
Kommentare: 157

13

«Eine Überprüfung der flüssigen Mittel? Wieso das denn?»

Allan Äbischer sah Tosca Badovic an und versuchte, sich keine Panik anmerken zu lassen. Sie standen vor dem Eingang der Regiobank in Uster, ein rosa Gebäude in der Nähe des Bahnhofs, etwas zurückversetzt von der Hauptstrasse.

«Sie sind selbst schuld. Sie wollten, dass mein Chef noch nichts vom Tod der Influencerin erfährt», antwortete Badovic.

«Nicht vor der Pressekonferenz, die findet in diesem Moment statt.»

«Sie haben die Wirkung von Social Media vollkommen unterschätzt. Die Geschichte ist mittlerweile in den Fernseh-News angekommen. Nun will mein Chef natürlich wissen, was sein Geld macht. Sie haben doch die Unterlagen ausgedruckt? Der Alte ist ein Papiertiger.»

Allan nickte und klopfte auf die Aktentasche, eine Bewegung, die ihm Schmerzen verursachte.

«Hoffentlich ist alles dabei», sagte Badovic und leckte an ihrem unvermeidlichen Schokoladenglacé.

«Natürlich. So wie immer.»

«Dann ist ja gut.» Sie sah ihn an. «Sonst noch was?»

Allan holte Luft. Die hatte Nerven. «Geschätzte Frau Badovic, ich wäre Ihnen sehr verbunden, wenn Sie mir die – notabene etwas überfällige – Tranche des Kredits überweisen könnten, die Sie mir seit Wochen versprechen. Im Moment sind einige Forderungen offen, und die Schweizer Ticketeria bezahlt erst am Schluss der ersten Vorstellungsserie. Aber das wissen Sie ja bestimmt.»

«Ich tue, was ich kann.» Badovic nickte, Allan schien den richtigen Ton getroffen zu haben. «Wollen Sie auch ein Glacé?» Sie deutete auf die Bäckerei Steiner gegenüber. «Ist nicht so gut wie das von der Gelateria di Berna in Zürich. Aber besser als nichts.»

Allan entwich ein Laut.

Badovic sah ihn an. Zum ersten Mal schien sie zu bemerken, wie lädiert er war. «Woher haben Sie die Kratzer? Haben Sie jemanden vergewaltigt?»

«Meine Katze.»

«War's schön?»

«Schmerzhaft.» Er lachte gezwungen. Als die Bankerin ihr Glacé vor dem Zusammenbruch retten musste, nutzte Allan den Moment, eine weitere Schmerztablette zu schlucken. Am liebsten wäre er gleich umgedreht und wieder zu Rose gegangen. Er könnte Strahland hinter sich lassen, sie könnte ihr Zelt zusammenklappen, mehr hatte sie ja nicht. In sein Auto steigen und weg. Ob sie den Schlüssel zu seinem Büro benutzen würde? Die Nächte würden kühl werden, irgendwann würde es mit diesem goldenen Altweibersommer vorbei sein.

Ein Mann kam des Wegs, sicher zehn Jahre älter als Badovic, makellos in seinem dunklen Anzug, mindestens so gross wie Allan, durchtrainiert. Ohne sie zu beachten, ging er etwas zu dicht an ihnen vorbei. Die Verwandlung, die mit der jungen Bankerin vorging, war erstaunlich. Das Lächeln verschwand, das Glacé entsorgte sie in einem Abfalleimer.

«Auch Ihnen einen guten Morgen, Kim», sagte sie in seinen Rücken und flüsternd zu Allan gewandt: «Haru Kim, mein Kollege. Keine Ahnung, was er hier macht.»

Zu viert sassen sie ein paar Minuten später am grossen Konferenztisch.

An der Längsseite Dr. Karl Spühler, der Patron der Bank, mit einem Bauch, der fast seine Jacke sprengte, ihm gegenüber Badovic und Allan, an der Stirnseite residierte Haru Kim, beladen mit Papieren, voller Tatendrang.

«Ich habe es von Anfang an gesagt. Die falsche Jahreszeit, zu viel Geld und zu viel Risiko. Wir können die Katastrophenklausel anwenden, versicherungsrechtlich kein Problem, das habe ich abgeklärt. Die Strahland-Produktion muss in dem Fall die erste Tranche des Kredits per sofort zurückbezahlen», schloss er seine Ausführungen und schob eine halb tote Nachtmotte über den Tischrand. «Ansonsten werden wir Sie betreiben.»

Stille.

Allan unterdrückte ein Lächeln. Wenn die wüssten … das Firmenauto war der einzige Besitz, der übrig geblieben war. Das Haus an der Langstrasse war bis unter die morschen Dachziegel verschuldet. Allan hatte die Hypothek vor einigen Wochen bei einem Geldinstitut mit sehr hohen Zinsen und einer Bonitätsprüfung, die kaum fünf Minuten dauerte und jeglicher Beschreibung spottete, bis an die Grenze des Möglichen erhöht. So konnte er den Einbau der Heizstrahler auf der Tribüne bezahlen, weil der Schreiner, ein alter Fuchs, auf Barzahlung bestanden hatte.

Dr. Spühler spielte am Haarbüschel, das aus seinem linken Ohr wuchs. «Nun, Tosca, was meinen Sie?»

Badovic sprang auf. «Herr Kim mag in allen Belangen recht haben. Aber Karl Spühler wäre nicht Karl Spühler, wenn er das Risiko nicht liebte.» Sie wartete die Antwort ihres Chefs nicht ab. «Ich will Ihnen etwas zeigen.»

Sie holte ein Tablet hervor und schob Kims Papierstapel zur Seite. Spühler sah milde interessiert aus, während Kim sich ostentativ mit der Motte befasste. Badovic legte los: führte sie so gekonnt durch die Welt von Social-Media-Marketing, dass Allan für einen Moment seinen pochenden Fuss und seine Sorgen vergass. Was die Frau da aufgefahren hatte, war wirklich bemerkenswert. Von der Plakatkampagne mit den Halbmasken und einem Imprint des Banklogos bis zu einer Best-of-Arielle-YouTube-Filmserie, in der die Bank jedes Mal prominent erwähnt wurde.

«Das könnt ihr nicht mehr senden», sagte Kim und gab der Motte den Gnadenstoss. «Die Community würde euch killen. Das ganze Material ist unbrauchbar geworden.»

«Eben nicht.» Mit einer Handbewegung in Richtung Allan unterstrich Badovic ihre Aussage. «Herr Äbischer hat mit Arielles Mutter ausgemacht, dass alles weiterverwendet werden darf.»

Allan fühlte, wie ihm heiss und kalt wurde. Er hatte gelogen, er hatte keine Ahnung, wie Simon mit Nika Bergmann diesbezüglich verblieben war.

Trotzdem nickte er. «In der Tat.» Gleich nach dem Gespräch würde er es nachholen, und wenn nötig, würde er sie auf Knien bitten.

«Jetzt kommt der Höhepunkt», sagte Badovic.

Plötzlich erklang Musik aus dem Gerät. Dazu eine Frauenstimme wie flüssige Schokolade, die aus Beatrices Anfangsmonolog zitierte und mit einer Aussage endete: «Viel Lärm um nichts. Am Greifensee. Unterstützt von der Regiobank Uster.»

Badovic strahlte. «Unsere Radiospotkampagne. Läuft seit zwei Stunden.»

«Sie werben mit Radiospots für unsere Bank?», fragte Spühler. In seine Stimme mischte sich Erstaunen, Entsetzen und Bewunderung. «War das mit mir abgesprochen?»

«Hätte ich Sie gefragt, hätten Sie Nein gesagt.»

Bevor Spühler etwas entgegnen konnte, unterbrach ihn Badovic erneut, was Kim mit Kopfschütteln quittierte. «Davor war Arielle Bergmanns Stimme drauf. Nun haben wir es mit der neuen Beatrice vertont. Ich komme gerade vom Studio. Viel besser als Arielle, das sind Welten.»

«Hört, hört», sagte Kim. «Als Sie die Bergmann angeschleppt haben, waren Sie begeistert von ihr.»

«Weil sie eine Influencerin war. Das hat uns wahnsinnig geholfen für die Publicity. Allein ihre Follower waren es wert. Nun, da sie nicht mehr da ist, sollten wir mehr auf die Qualität der Darbietung achten.»

«So plötzlich?»

«Ich will nicht verhehlen, dass das Ganze künstlerisch gesehen ein Glücksfall ist. Arielle Bergmann war leider eine sehr schlechte Schauspielerin.»

Ein Glücksfall? Allan war entsetzt. Aber keiner schien sich an der Bezeichnung zu stören. Hier ging es um andere Werte.

«Was ist unser Vorteil?», fragte Spühler. «Ich warne Sie, Tosca, ich will Fakten.»

Badovic machte ein Pokergesicht. «Die Anfragen von Privatkunden sind heute Morgen in die Höhe geschnellt. Um zweihundert Prozent.»

«Aber ...»

«Halten Sie den Mund, Kim.» Spühler machte eine abwehrende Handbewegung.

Er stand auf und trat vor ein Ölgemälde, ein Porträt des Firmengründers vermutlich, das den hellen modernen Raum fast erschlug. «Was meinst du, Grossvater? Können wir das Risiko eingehen und die Produktion weiterhin unterstützen? Und welche Garantien verlangen wir dafür?», fragte er.

Allan fühlte, wie ihm eng wurde in seiner Brust. Was auch immer Spühler gleich vorschlagen würde, er musste ihm etwas anbieten. War er nicht jahrelang ein guter Geschäftsmann gewesen? Dass das Geschäft so desolat war, lag an den ganzen Verpflichtungen. Unterstützungsgelder, Schweigegelder, Rückzahlungen ... die Summen waren im Lauf der Jahre gewachsen. Es hatte immer Zeiten gegeben, wo wenig hereinkam. Früher hatten sie die locker überbrückt. Heute ging es nur noch darum, Löcher zu stopfen. Aus dem ganzen Schlamassel hinauszukommen ... diese Hoffnung hatte Allan längst begraben. Aber Flächenbrände, die konnte er noch löschen.

«Sagen Sie schon, Herr Äbischer, bringen Sie uns eine Lösung», drang die grobe Stimme Spühlers wieder in Allans Bewusstsein.

***

Meier stand vor der Magnetwand, er musste sich auf eine Stuhllehne stützen, so schwindlig war ihm. Auf das Papier in Weltformat hatte er alles aufgezeichnet, was er bisher erfahren hatte. Eines seiner klassischen Spinnennetze war entstanden. Die pompöse Grete Kolb, der duckmäuserische Istvan Tschirky, der nette Allan Äbischer, Carl, der bullige Bühnenchef, Geschäftsfrau Kleo Z. ... es gab viele Verwicklungen in und um diese Strahland-Truppe, die sich seit vielen Jahren kannte, in ihren Anfängen gemeinsam am Theater Konstanz engagiert gewesen war, um danach getrennte Wege zu gehen, die sich immer wieder kreuzten.

Was ging Meier das an? Hatte es etwas mit dem Tod der Arielle Bergmann zu tun? Im Geiste hörte er Staatsanwalt Kretschmers Fragen nach Verdachtsmomenten, Ungereimtheiten, Zweifeln, die er ihm nicht beantworten konnte. Prisca, die zweite Besetzung, die vielleicht von dem Tod der Influencerin profitieren würde, ins Zentrum einer Ermittlung zu stellen, schien völlig absurd. In Meiers Kopf drehte sich alles. Schtärnesiech, was war das nur? Plötzlich spürte er Sehnsucht nach Zitas analytischem Blick. Im Gegensatz zu ihr war Meier nicht nachtragend. Bereits ein paar Stunden später hatte er jeweils vergessen, warum sie gestritten hatten.

Er holte sich einen Kaffee und setzte sich mit dem Handy an seinen leeren Schreibtisch.

Sie ging sofort ran. Ein gutes Zeichen.

«Ciao, amore mio!» Er kam nicht dazu, seine Frage zu stellen.

«Sorry, ich muss gleich ins Proseminar.»

«Aber du hast dieses Semester doch gar keines.»

«Hab ich von meiner Kollegin übernommen, sie ist krank. Danach habe ich eine Sitzung und muss die Kinder holen. Wir gehen zum Essen zu ‹Malous›, es wird spät.»

Meier schnappte nach Luft. Zitas kalte Wut war schlimmer als jeder Streit.

«Es tut mir leid, Zita. Das mit der Scheidung habe ich nur so gesagt. Zum Glück sind wir nicht verheiratet. Können wir uns vertragen, bitte?»

Schweigen im Hörer.

«Wie geht's den Kindern?»

«Finn ist erkältet.»

Sofort war Meier alarmiert. «Soll ich mit ihm zum Arzt gehen?»

«Wegen einer Erkältung? Du weisst nicht mal die Adresse der Praxis.»

«Du hast das immer gemacht.»

Was willst du damit sagen?, hätte er am liebsten in ihr beredtes Schweigen gebrüllt. Aber er kannte die Antwort.

«Gehst du morgen zu dieser Feier?», fragte sie schliesslich.

«Natürlich, keine Feier ohne Meier.» Schlechter Scherz. «Muss ich wohl, wenn es um mich geht.»

«Du hast also nicht abgesagt?»

«Zita, ich –»

«Ich muss los. Du kannst in Waldbach übernachten. Frag Helen, sie hat immer ein Bett für dich.»

Meier legte auf. Er dachte über alles nach, während der Kaffee kalt wurde. Überlegte, wo er die Weichen falsch gestellt hatte, wo er nicht aufmerksam gewesen war. Vielleicht lag das Übel ganz am Anfang, bei der Wahl Zitas als Mutter seiner Kinder. Sie war aus einer anderen Generation, ihre Vorstellungen und seine klafften zu weit auseinander. Er war anders erzogen worden. Eine Mutter gehörte zu ihren Kindern. Das sass tief in seinen Genen.

Er trank den Kaffee aus und warf den Becher in den Müll, sah sich in seinem aufgeräumten Kabuff um. Auf seltsame Weise fühlte Meier sich vogelfrei. Den neuen Job noch nicht angetreten, mit einer Ermittlung, die bereits wieder abgeschlossen war, in einer Beziehung, die keine mehr war … er würde alles stehen und liegen lassen und einen kleinen Ausflug machen. «Zurück zu den Anfängen …» Das war der zweite Ratschlag, den ihm sein Mentor Sutterlütti am Telefon erteilt hatte. «Noch mal ganz vorne beginnen, das kann nie schaden.»

Und genau das würde Meier tun. An Gritli vorbei, die ihn daran erinnerte, morgen für die Feier ein Hemd zu tragen – «nicht zerknittert, danke sehr» –, ging er zum Ausgang.

«Wenn mich jemand sucht, ich geniesse meinen letzten Ferientag.»

«Du hast doch noch bis Montag frei.»

«Das glaubst du ja selbst nicht, Gritli. Nach der Feier morgen ist alles anders.»

Beim Ausgang wäre Meier fast mit Miro Rahmadini zusammengestossen. Er hatte total vergessen, dass er seinen Praktikanten für eine Besprechung bestellt hatte. Rahmadini hatte zwei Becher in der Hand und reichte ihm den einen mit einer eleganten Bewegung, die nicht zu seinem Hip-Hop-Outfit passte.

«Ist so, wie Sie ihn mögen. Doppelter Espresso, schwarz, mit viel Zucker.»

«Haben Sie mal als Kellner gejobbt?»

Rahmadini nickte. «Ich habe eine Barschule in Dublin gemacht. Hat mir meine Nene zum zwanzigsten Geburtstag geschenkt. ‹Zur Not gehst du in den Gastrobereich›, hat sie gesagt.»

Und dann hatte Meier eine Idee, wie er gleich zwei Fliegen mit einer Klappe schlagen könnte. «Rahmadini, was haben Sie heute noch vor?»

«Telefondienst für Frau Gut. Und danach mit Trösch …», er korrigierte sich, «… mit Herrn Trösch zu einem Bauern, dem ein Rind geklaut wurde.»

«Das kann Trösch allein. Trauen Sie sich zu, im Schlosscafé Greifensee auszuhelfen?»

«Sie meinen bei den Festspielen?»

«Genau. Es kann nicht schaden, jemanden vor Ort zu haben. Nicht offiziell natürlich, wir müssten es für uns behalten.»

Rahmadinis Augen leuchteten auf. «Undercover? Die werden mich kaum nehmen.»

«Das lassen Sie meine Sorge sein», antwortete Meier. «Respektive die von Frau Gut. Es gibt keinen Ort, wo sie nicht eine Freundin hat. Sie wird sie unterbringen. Kommen Sie mit.»

14

«In zehn Minuten starten wir.» Simon Perron, wie die anderen Schauspieler im Kostüm, die Halbmaske in die Stirn geschoben, öffnete die Arme. «Wir sind Arielle Bergmann im Geiste verbunden. Sie hätte gewollt, dass wir weitermachen, das hat mir ihre Mutter Nika noch einmal bestätigt. Sie lässt euch grüssen. Todtraurig, wie wir alle, aber gefasst.»

Er schwieg. Eine spontane Schweigeminute, im Licht der untergehenden Sonne, der Himmel hell, nur im Osten mit einem Schimmer von Nachtblau, die Luft erfüllt von Zirpen und Summen und Mücken, ein Duft nach Erde und Seewasser. Don John, der Bösewicht im Stück, nahm seinen Hut ab, ebenso Carl, der Bühnenmeister.

Hannahs Augen wurden schmal. Die Art, wie er dastand, Winny hatte recht: Carl war der Typ, der sie verfolgte.

Perron öffnete die Augen. «Lasst uns anfangen. Mit unserer neuen Beatrice sind wir alles durchgegangen, nun spielen wir die Hauptprobe. Bei der Generalprobe mit Publikum morgen Abend muss alles sitzen, die Premiere ist wie geplant am Freitag.»

Ein Gemurmel setzte ein. Hannah stand am Bühnenrand, wie es sich gehörte für eine Zofe. Er ist sehr gut, dachte sie. Ein Magier, wenn es darum ging, seine Meute hinter sich zu verschwören.

«Winny, alles klar?», fragte Perron.

Unglaublich, wie ruhig sie wirkte. Vor allem im Vergleich zum Rest des Ensembles. Am schlimmsten war Priss. Es war, als ob sie ihre Niederlage mit Aktionismus überdecken müsste. Ab und zu, wenn sie sich unbeobachtet glaubte, sah sie zu Winny. Es war purer Hass.

Perron ergänzte seine Ansprache um die Aussage, dass man es eigentlich nur in der Oper schaffe, eine Hauptrolle in drei Tagen umzubesetzen, wo die Partituren dieselben waren, egal, wie die

Inszenierung aussah. «Oder bei uns. Mit einem Ausnahmetalent wie Winny Apt, das jede Probe gesehen hat und mehr weiss, als alle Schauspieler zusammen. Winny, wir verneigen uns vor dir.»

Tschirky begann zu klatschen, Belle Perron machte es ihm nach, gefolgt von Yannik. Erst als Simon sie unterstützte, fiel auch der Rest des Ensembles mit ein; die beiden Darsteller von Hero und Claudio, die dauernd aneinanderklebten, weil sie privat ein Paar waren, sahen noch nicht mal auf. Winny war nicht beliebt. Das merkte man. Ihre Social-Media-Aktionen waren schwierig. Doch Winny liess sich nicht davon abhalten. Sie gab einem der Musiker, dem Gitarristen Res, einem Blondschopf mit Zauberfingern, ihr Handy. Er solle sie während des Durchlaufs fotografieren. Res war offenbar unentschieden, die Umstehenden schüttelten die Köpfe. Natürlich, gerade war Arielle gestorben, Selfies waren pietätlos. Aber Winny schien die Bedenken zu zerstreuen, und Res nickte schliesslich. Sie erreicht alles, was sie will, dachte Hannah.

«Viel Glück, Leute», schloss Perron. «Ich setze mich für einen Moment nach oben, ich muss den Anfang sehen.»

Ein Getümmel setzte ein, alle suchten ihre Position auf. Die Männer, angeführt von Yannik, verschwanden in Richtung Uferweg. Hannah wischte einen Grashalm von ihrem Mieder – als Einzige trug sie lange Ärmel – und trat zu den Frauen: Hero, Winny und Priss. Da sah sie, wie Carole den Weg heruntterhetzte. Wenn sie gehofft hatte, sich unauffällig an ihren Sitzplatz zu begeben, hatte sie sich getäuscht. Grete Kolb, den Mantel zuknöpfend, in dem sie schwitzen musste wie ein Tier, winkte Carole gebieterisch herbei.

«Es sitzt nicht», sagte sie und deutete auf Winnys Kleid. «Das Kleid der Beatrice-Darstellerin sitzt nicht.»

Zu dritt standen sie um Winny herum und sahen auf ihr Kleid, das eng um die Hüften sass und etwas zu locker an der Brust. Hannah ahnte, was kommen würde. Kolb suchte nach einer Gelegenheit, um Winny loszuwerden und Priss einzusetzen. Yannik hatte Hannah eben zugeflüstert, Grete Kolb sei nach dem Vorsprechen über Winny hergezogen, habe sogar versucht, ihre Aktienanteile ins Spiel zu bringen, um sie zu verhindern. Tschirky habe genickt und Allan Äbischer habe sich zugeschüttet.

«Was gedenkst du dagegen zu tun, Carole?»

Carole zögerte. Sie hatte Angst vor Kolb, das war schon damals so gewesen. Vor den Kostümproben mit ihr schlief Carole zwei Nächte lang nicht. Und hinterher hatte sie einen Ausschlag am Arm. Auch jetzt begann sie sich zu kratzen.

«So kann ich nicht spielen», sagte Kolb.

Carole sah zu Winny, die starr in die Ferne blickte, als ob das Ganze sie nichts anginge.

«Was hast du denn, Grete?», fragte Carole mit flatternder Stimme. «Winny sieht toll aus.»

«Man sieht die Nippel nicht. Und die haben eine dramaturgische Funktion, Carole», sagte Kolb.

«Können wir anfangen?» Perrons Stimme klang durch das Megafon.

Kolb brummte etwas und ging zum Steg, wo ihr Boot wartete. Hannah wappnete sich, noch war das Ganze nicht gegessen.

«Ladys, zu eurem Auftritt, bitte!», dröhnte Perron.

Winny rannte voraus, dass ihr Kleid nur so flog, Hero und Priss hinterher, Hannah folgte etwas langsamer, schliesslich war sie die Alte, die Weise, die Unauffällige. Die warme Luft war erfüllt von Fiebrigkeit. So viele Jahre lang habe ich das nicht mehr erlebt, aber nun ist es, als ob es gestern gewesen wäre, dachte Hannah. Die Stimmung vor einer Hauptprobe in Kostüm, Bühnenbild und Maske – in dem Fall sogar mit Pferden, Booten und Musikern –, wenn man zum ersten Mal alles erlebte, ohne zu wissen, ob es denn wirklich funktionierte, war unbeschreiblich.

Hannah warf einen Blick zurück. Perron stand oben auf der Tribüne, der restliche Stab sass vorn in der ersten Reihe, nur Allan Äbischer fehlte. Dafür drückte sich ein Junge herum, den Hannah zum ersten Mal bemerkte. Lederjacke, Jeans, olivfarbene Haut, ein Tattoo auf dem Arm. Jemand von der Presse? Hatte es nicht geheissen, nicht öffentlich? Werde ich paranoid, fragte sich Hannah, und sie erkundigte sich bei Priss, der besten Quelle, wenn es um Neuigkeiten ging.

«Er arbeitet seit heute im Schlosscafé, süss, gell.»

«Und wieso sitzt er auf der Tribüne?»

«Das Service-Personal darf zuschauen, hat Simon erlaubt. Die anderen werden auch noch kommen.»

Die Musiker stellten sich in Position, Belle Perron eilte nach vorn, um einen Vorhang zu richten. Gleich darauf kam die Bankerin, auf ihren hohen Hacken, ein Glacé in der Hand. Der Gong ertönte. Das Zeichen für den Anfang. Für den Auftritt der Frauen hatte ein Anwohner mit Seeanstoss seinen Garten geöffnet, den Hannah jetzt durchquerte, um auf der anderen Seite beim Garnhänkisteg, der normalerweise den Fischern vorbehalten war, auf die anderen zu treffen. Als der Gong verklungen war, setzte vom Bootshaus her Hufgetrappel ein, Rufe, Schreie.

Winny holte Luft. «Lasst das Gejammer, Ladys, lasst es sein», rief sie, verstärkt von einem Mikrofon, und rannte los, dass die Kieselsteine auf dem Uferweg nur so wegspritzten. Es war wie ein elektrischer Schlag. Seit sechs Wochen probten sie dieses Stück, hatten es Szene für Szene zusammengebaut, mühsam, detailversessen, angestrengt, nun floss eine Energie hinein, die das Ganze aus dem braven Greifensee-Setting in eine neue Dimension hob. Niemals hätte Hannah das erwartet. Winnys Strahlkraft überwand mühelos die ganze Arena, vom Schilfgürtel zu Bühne und Schloss über die Tribüne bis hin zum Waldrand. Mit einem einzigen Sprung, die Beine zu einem Bogen gespannt, hüpfte sie auf die Wiese vor der Bühne, winkte Priss als Margarete dazu, Hero, die Statistinnen, sie selbst, Hannah als Ursula. Während Winny von ihr abfiel, gewann Beatrice an Gestalt, sprach, lachte, sang und lud sie alle ein auf diese vibrierende Reise, die zwei Stunden später mit einem Happy End aufhören würde.

Nun kamen die Pferde neben dem Bootshaus zum Halt. Benedict und Claudio voraus, gefolgt von Don John und seinen Getreuen Borachio und Conrad. Während die Pferdejungen, drei Statisten, die Tiere festhielten, sprangen die Schauspieler aus den Sätteln. Pingpong-Pingpong ging der Dialog zwischen den Geschlechtern. Frauen und Männer liefen aufeinander zu, trafen sich, verbanden sich, drifteten auseinander, um sich auf der Bühne zu versammeln, wo alle gemeinsam Kolbs Ankunft als Leonato verfolgten. Ein grossartiger Auftritt der alten Dame. Musste Hannah zugeben. Wie eine Eins stand sie in dem kleinen Motorboot, wackelte keine Sekunde, ihr Kostüm glänzte kornblumenblau im Licht des Verfolgerscheinwerfers.

In diesem Schwung fing der erste Akt an: Winny gewann das Wortduell mit Benedict, Hero und Claudio waren verliebter denn je, Don John finster und attraktiv, Perron als Don Pedro – auch er war nun dazugekommen – witzig, charmant, schwer zu durchschauen, und selbst sie, Hannah, hatte ihren Moment, als sie sich von Beatrice in einen Reigen locken liess, ganz die Alte, die ihre Hemmungen verliert.

Alles lief wie am Schnürchen ... bis Kolb ihren Einsatz verpasste.

«Kommt, ihr Frauen», flüsterte Winny automatisch, wie sie das in den Proben jeden Tag gemacht hatte. Kolb konnte sich keinen Text mehr merken, das war bekannt. Es war nicht so aufgefallen, weil Arielle noch viel schlimmer war. Aber Arielle war weg. Und Kolb hing wie eine Glocke, nie war der Ausdruck passender gewesen. Alles kam zum Erliegen. Zum zweiten Mal flüsterte Winny den Text. Um Himmels willen, konnte sie das nicht lassen?

«Ich dachte, Sie sind hier als Schauspielern, nicht als Souffleuse», sagte Kolb laut.

Hannah hielt den Atem an, fing Winnys Blick auf, signalisierte ihr: Halt dich zurück!

Die Pause zog sich, Hannah spürte, wie die Magie verflog, wie das Stück wieder zurück ans Ufer des Greifensees trudelte.

«Was ist los? Grete, warum unterbrichst du?», fragte Perron.

«Ich habe euch gewarnt.» Kolbs Handbewegung war verächtlich. «Wir erwarten pralle Orangen.» Sie schnaubte. «So funktioniert der Witz nicht.»

Nun sahen alle auf Winnys Ausschnitt.

«Überspiel es, Grete», kam Perrons Stimme.

«Das geht nicht. Ich als Frau spiele einen Mann und unterstreiche seine Männlichkeit mit meiner Weiblichkeit, deine Rede, Herr Regisseur. Demonstriert an meiner Reaktion auf Beatrices Busen. Das ist die Grundlage der Rolle.»

«Grete ...» Perrons Stimme wirkte genervt.

«Ich kann so nicht spielen. Sieh es dir an. Und diese Farce einer Kostümfrau soll sich auch herbewegen.»

Hannah hielt den Atem an. Wie konnte Kolb es wagen? Und dabei zog ihr Name nicht mehr wie früher, sie war ein untergehendes Schlachtschiff und merkte es nicht, so beschäftigt war sie mit ihrem Getue. Wieso bot Perron ihr diese Bühne? Weil sie ihn in der Hand hat, dachte Hannah. Ihn oder jemand anderen aus dem Team. Allan vielleicht, der immer noch nicht da war. Hannah hatte eben aufgeschnappt, dass der Mineralwasserlieferant samt seinen Flaschen wieder abgerauscht war, wütend, weil er Bargeld wollte und keines bekam. Es gab finanzielle Probleme, das ahnte Hannah seit Beginn der Proben. Sie war sicher, dass auch die anderen noch keine Gage bekommen hatten. Niemand redete darüber, das war nicht üblich. Eines von vielen Tabus.

Perron stand mittlerweile auf der Bühne, winkte Carole herbei.

«Kannst du den Ausschnitt enger machen?», schallte seine Stimme durch die Arena. Offenbar hatte der Techniker aus Versehen das Mikrofon lauter gedreht. Oder war es Absicht? Hannah sah hoch zu ihm. Das Mischpult war erleuchtet, der Beleuchter drehte an Knöpfen herum, nervös, wie es schien. Steckte er mit Kolb unter einer Decke?

«Ich bezweifle, dass da was zu holen ist. Verschrumpelte Datteln», sagte diese verächtlich, auch sie überlaut, während ihre Hand in Winnys Ausschnitt kroch und, das sah Hannah ganz deutlich, Winnys Brustwarze massierte. «Seht! Da steht nichts.»

Stille. Priss als Margarete konnte ein Grinsen nicht unterdrücken. Yannik, der Darsteller von Benedict, privat eher ein ruhiger Typ, sah aus, als ob er Kolb am liebsten ein Messer in die Brust gerammt hätte.

«Was schlägst du vor?», wandte sich Perron an Carole.

«Vielleicht ein Push-up-Modell …», piepste sie.

«Wo nichts ist, kann man auch nichts pushen», zischte Priss.

Einzelne Lacher waren zu hören.

«Kann mal einer die Mikroports ausmachen?», sagte Perron.

Der Tonmann schrie eine unverständliche Antwort.

«Und ihr seid ruhig!» Das ging an den Rest des Ensembles. «Carole, die Kostüme sind deine Domäne!»

«Wir müssen eine andere Lösung finden.»

Nun warf Kolb sich in Positur. «Warum hört ihr nicht auf mich? Wäre eure Wahl auf Priss gefallen, hätten wir das Problem nicht.»

Alle Blicke schwenkten zu Priss, der Zofe Margarete. Kleiner als Winny, mit einem nichtssagenden Gesicht, mausbraunem Haar und Brüsten, die das Mieder fast sprengten. Später, im zweiten Teil, wenn es dunkel war und die Scheinwerfer die Bühne erhellten, würde es irisierend leuchten, und im Kontrast zu den nachtblauen Röcken – der gleichen Farbe wie die Kostüme der Männer – würde es aussehen, als ob die Frauen oben herum hellhäutig und nackt wären.

Bewegung kam in die erstarrten Menschen, die Schauspieler, Musiker, in den Stab auf der Tribüne. Alle begannen, miteinander zu flüstern. Hannah sah das Feixen des Tonmanns und Perrons Blick zu Winny.

«Sorry», formten seine Lippen, bevor er eine Entscheidung traf. «Wir streichen den Effekt.»

Die Stille war ohrenbetäubend.

«Was?» Kolb gab sich schockiert. «Dann ist die Szene im Arsch, wenn ich das so formulieren darf.»

«Winny ist nicht Arielle.» Perrons Stimme klang kalt.

Kolbs Augen blitzten. «Simon, ich warne dich …»

«Hör auf zu keifen.» Er legte den Arm um Winny. «Unsere neue Beatrice hat das nicht nötig.»

Winny schüttelte ihn ab.

«Genau, ich bin nicht Arielle. Darum mache ich mein Ding.» Sie sah zu Kolb. «Wenn du mich noch einmal anfasst, bist du tot.»

***

Instagram-Account von **WinWinny/Story**
Winny auf der Bühne, im schwingenden nachtblauen Kostüm, loses Oberteil, weiter Ausschnitt, die Brüste sind zu sehen
Gefällt 620 Mal
WinWinny *Verschrumpelte Datteln. So kommentieren die Kollegen. Was meint ihr? #zeigmirwerdubist*
Aufrufe: 1421
Kommentare: 236

15

«Warten Sie im Foyer, die Probe ist zu Ende. Frau Lomitz kommt gleich.»

Die Kassendame entliess Meier mit einem Lächeln. Alle waren entspannt hier im Stadttheater Konstanz, ganz anders als bei den Schlossfestspielen am Greifensee. Auch die Herfahrt war nett gewesen, mit dem Zug, im Speisewagen. So absurd es klang, aber Meier hatte die kleine Auszeit genossen. Da er zu früh gewesen war, hatte er einen Spaziergang durch die Altstadt gemacht, im Buchladen «Homburger & Hepp» für die Jungs zwei neue Walter-Wimmelbücher gekauft, und für Lily die «Good Night Stories for Rebel Girls». Sie war noch zu jung für die Porträts von Frauen aus aller Welt, aber Zita würde sie ihr dennoch vorlesen.

Zita. Sie hatte sich nicht gemeldet. Komplette Funkstille. Ob Meier ihr einen Text hinterlassen sollte? «Ciao, amore mio …» Die Leichtigkeit der Sommerferien, wie weit entfernt sie plötzlich war.

«Herr Meier!» Vor ihm stand eine junge Frau. Mara Lomitz, Intendantin des Theaters Konstanz, seit zwei Monaten im Amt. Schlank, fast mager, rotes halblanges Haar, das in alle Richtungen stand, orange Brille, eine helle knielange Bluse, regenbogenfarbene Turnschuhe. Das einzig Dezente an ihr waren die schwarzen Leggins. Ihr Händedruck war fest, ihr Blick direkt – sie war ihm sofort sympathisch.

«Wir machen gerade Pause. Aber ich muss im Saal bleiben.»

Sie ging vor ihm her durch die Eingangstür. Wie lange es schon her ist, dass ich ein Theater betreten habe, dachte Meier. Und dabei hatten wir es uns fest vorgenommen. Es ging unter, wie das geplante Wochenende zu zweit oder der Feierabend-Whisky am Küchentisch. Ach!

«Wie bitte?»

«Mögen Sie sitzen?»

Lomitz' blaue Augen wirkten amüsiert, offenbar hatte sie zu ihm geredet, ohne dass er reagiert hatte. Nimm dich zusammen, Meier, das ist kein Sonntagsausflug.

Sie wies auf den Sessel neben dem Regiestuhl. «Wir sind in den Endproben, da geht's drunter und drüber.»

Ein schönes Theater, nur halb so gross wie Zürich, einige Schauspieler waren auf der Bühne in ein Gespräch vertieft, Bühnenarbeiter überprüften im hinteren Teil einen übergrossen Tisch, das einzige Möbelstück.

«Der Gott des Gemetzels», erklärte Lomitz. «Von Yasmina Reza.»

Meier kannte weder den Titel noch die Autorin. Sollte er sich als Theaterbanause outen? «Ich hab's mehr mit der Oper.»

«Oh.» Ein prüfender Blick. Dann holte sie eine Zigarette aus ihrer Laptoptasche und steckte sie hinters Ohr. «Sie haben einige Fragen zur Shakespeare-Inszenierung am Greifensee, hat mir meine Assistentin gesagt. ‹Viel Lärm um nichts›, eine Komödie.»

Meier nickte. «… aus der ein Drama geworden ist.»

«Leider, ich habe davon gehört.»

«Woher?»

«Diese Branche ist ein Dorf, jeder kennt jeden. Wer spielt denn nun die Beatrice?», fragte Lomitz.

«Sie haben eine zweite Besetzung, die soll die Rolle spielen, hab ich gehört.»

«Schade. Ich hätte es Perron gegönnt, wenn er mal eine vor den Latz geknallt bekommen hätte.»

Meier war erstaunt über die klaren Worte. «Sie meinen, dass er hätte absagen müssen? Hör ich da Neid und Missgunst heraus?»

Lomitz lachte. «Ich denke, Typen wie Perron und ihr Umgang mit Stoffen und Menschen sind vorbei.»

Das erste Mal, dass Meier etwas Abfälliges über Perron hörte. Deswegen war er hergefahren, wurde ihm klar, weil er am Lack kratzen wollte.

«Die Bühnen-Halbgötter?»

«Die von einem Ruf zehren, den sie längst nicht mehr erfüllen können. Solche Festspiele sind mir ein Graus. Typisch, dass die eine Influencerin für eine Hauptrolle genommen haben.»

«Wieso? Ihre Generation müsste das doch toll finden.»

«Da haben Sie was verpasst. Wir gehen zurück zu den Wurzeln und bringen die Klassiker als Klassiker. Weil die alten Zeiten viel zu erzählen haben.»

Sie gefiel Meier immer besser. «Und das kommt an?»

Lomitz zuckte die Achseln. «Mal sehen. Ich bringe Handwerk und Talent und ein motiviertes Ensemble, der Frauenanteil liegt bei sechzig Prozent. Aber deswegen sind Sie nicht hier.»

Im Zug hatte Meier sich die Geschichte zurechtgelegt. Bei grenzüberschreitenden Aktionen hätte er eigentlich den Leiter von Leib und Leben aus Zürich informieren sollen, der wiederum die Konstanzer Kollegen angefragt hätte. Meier hatte sich für den inoffiziellen Weg entschieden.

Er erzählte, dass es ihm darum gehe, ein möglichst genaues Bild der Toten, Arielle Bergmann, zu bekommen, da die Umstände ihres Unfalls noch nicht ganz geklärt seien. «Man hat mir berichtet, sie habe am Theater Konstanz vorgesprochen. Mich dünkt das eigenartig, weil sie ja keine Schauspielerin ist.»

Lomitz schüttelte den Kopf. «Ich bin erst seit dieser Spielzeit hier.»

«Gibt es jemanden aus alten Tagen, der mir weiterhelfen könnte?»

Sie musste keine Sekunde überlegen. «Wer weiss, wo Röve ist?», fragte sie in die Runde.

Ein paar Minuten später stand Meier in einem Zimmer mit einem Flügel, wo der Gesangslehrer Jens Röve mit den Darstellern des Musicals einsingen würde. Röve war am längsten im Haus, seit über vierzig Jahren. An ihm komme niemand vorbei, er wisse einfach alles, hatte Mara Lomitz gesagt und dabei vergnügt gewirkt. Röves Informationen hätten ihr viel Zeit erspart im Umgang mit einem motivierten, aber heterogenen Ensemble.

«Lauter kleine Diven.»

«Ist das nicht immer so?», hatte Meier gefragt. «Nicht nur die Schauspieler, auch die Regisseure. Und die Regisseurinnen.»

Lomitz hatte die Breitseite locker eingesteckt, ihre Zigarette in den Mund geschoben und Meier den Weg zum Musikzimmer beschrieben. Es lag ganz oben, im Dach des Hauses, mit wunderbarer Aussicht auf den Bodensee.

Als Röve den Raum betrat, war Meier überrascht. Vor ihm stand ein Greis, ziemlich aus der Form gelaufen, so sehr, dass die Wollweste über dem Bauch klaffte. Wallendes weisses Haar und ein Bart vervollständigten den Eindruck.

«Eine Schauspielerin namens Bergmann?», fragte Röve, nachdem Meier die Sache erklärt hatte, und schnaufte. «Die war tatsächlich einmal hier, muss viele Jahre her sein, da war ich selbst noch ein Frischling.» Seine Finger glitten über die Tasten, eine Melodie erklang. «Ich hoffe, es stört Sie nicht, ich muss mich warmspielen.»

«Kein Problem.» Meier nickte. «Sind Sie sicher? Arielle Bergmann? Sie ist erst Mitte zwanzig.»

Röve musterte ihn durch eine schmutzige Lesebrille. «Ich bin alt, aber ich kann zählen.» Ein Fingerwirbel über zwei ganze Oktaven. «Bergmann hiess sie ganz sicher. Das Stück war ‹Hamlet›, sie war erst als Ophelia geplant und hätte singen müssen. Weil das nicht ging, wurde sie umbesetzt. Und hat eine Wurze bekommen.»

«Eine was?»

«Eine winzige Rolle. Ich meine, sie wäre mit Kleopatra befreundet gewesen.»

«Kleo Z.?»

Röve lachte schallend. «So nennt sie sich heute, ich weiss. Damals war sie einfach Kleolein. Eine scharfe Hexe.»

«Wie? Schauspielerin?»

«Natürlich, warum denken Sie, gilt sie heute als Vorsprechbesen? Sie kennt die Gesetze von innen heraus.»

Meier machte sich eine Notiz.

«Und die andere, diese Bergmann –»

«Muss die Branche verlassen haben», unterbrach Röve.

«Könnte sie Nika geheissen haben? Nika Bergmann?»

Röve nickte. «Sie haben absolut recht. Nika, die Scheue. Das war ihr Spitzname.»

Meier war baff.

«Auch sie eine Schauspielerin?», sagte Meier mehr zu sich als zu Röve. «Warum sie mir das wohl nicht erzählt hat …»

«Ich denke, sie hat diese Phase ihres Lebens verdrängt.» In schnellem Konstanzerisch, zumindest schätzte Meier den Dialekt so ein, erzählte Röve, dass Nika eine Affäre mit dem Regisseur gehabt habe.

«Sie meinen Simon Perron? Der war doch damals bereits verheiratet.»

Da bekam Röve einen Lachanfall. «Wir Theaterleut heiraten gern und haben gern was zu schnackseln. Das eine schliesst das andere nicht aus.»

Nika Bergmann und Simon Perron. «Hat seine Frau davon gewusst?»

«Ruth Perron? Sowieso. Hat ihren Männe machen lassen. Ab und zu hat sie die Zügel gestrafft. Und jedes Mal ist er zurückgedackelt. Sie war irgendwas Höheres, drei Kinder, ein Haus. Er wäre dumm gewesen, das aufs Spiel zu setzen.»

Meier sah von seinem Notizbuch auf. «Wann war das?»

«Ende der Siebziger. Perron und ich haben den gleichen Jahrgang.»

Das erstaunte Meier. Perron sah viel jünger aus als Röve. «Und der wäre?»

«Sag ich nicht laut, hier haben die Wände Ohren. Sonst kommt die Lomitz drauf, mich zu entsorgen.»

«Das glaub ich nicht. Sie hat sie gelobt.»

«So soll es sein.» Wieder liess Röve ein paar Takte erklingen.

Meier erkannte die Melodie. «My fair lady», wunderte er sich. «Dass so was heute noch gespielt wird.»

«Die Jungen entdecken das Alte. In den Musicals haben wir sechzig Prozent Studenten.»

Meier hörte die Melodie bis zum Ende.

«Die scheue Nika ist Ladenbesitzerin geworden», sagte er

dann. «Ihre Tochter heisst Arielle Bergmann. Eine Influencerin, bekannt in den sozialen Medien.»

Röve seufzte. «Ohne die geht heute nichts mehr. Was ist mit dem Mädchen?»

Meier störte sich an der Bezeichnung. War er zum Feministen mutiert? «Kein Mädchen, eine junge Frau, Schauspielerin in Perrons Inszenierung am Greifensee. Sie ist bei einem Unfall gestorben. Ich kläre die Umstände.» Er beschrieb, was passiert war. «Kleo Z. hat mir gesagt, Arielle sei zum Vorsprechen hier gewesen.»

«Das ist gut möglich. Unter Maras Vorgänger haben viele junge Frauen vorgesprochen, je älter er wurde, desto jünger wurden sie.»

«Das klingt nach Besetzungscouch.»

«Nennen Sie es ruhig beim heutigen Namen: MeToo.» In seinem Konstanzerisch war das Wort kaum zu verstehen. «Und wir haben alle mitgemacht.»

«Wieso?»

«Konnten wir anders? Der da oben, der war ein Torhüter. Daumen hoch, das konnte dein Leben verändern. Daumen runter ... und du bliebst in der Misere. Wer ist da mutig, das frage ich Sie? Die wenigsten von uns. Vor allem, wenn sie Kinder zu ernähren haben.»

«Haben Sie welche?»

«Vier.»

«Kinder?»

«... mit drei verschiedenen Frauen. Das Theater ist seltsam. Wir verstehen uns alle als Familie, wir wollen die Familie, brauchen die Familie und tun gleichzeitig alles, um sie zu zerstören.» Als Röve Meiers Gesicht sah, grinste er ein wenig. «Im Alter wird's besser. Mit Hilde, der dritten, bin ich seit zwanzig Jahren zusammen. Sie ist jünger als ich, grad fünfzig geworden, das hilft.»

Ein Gedanke machte sich in Meiers Kopf breit. «Könnte Perron Arielles Vater sein?»

Röve schien einen Moment so schockiert wie Meier. «Sie

meinen, Perron hätte sich seine Kuckuckstochter ins Theater geholt? Das glaub ich nicht.» Röve stand auf, wirkte kleiner als im Sitzen. «Ich muss mir was zum Futtern holen, bevor die Zöglinge kommen.»

Meiers Stift flog nur so übers Papier. Simon Perron: genialer Theatermann, leidenschaftlicher Förderer junger Frauen, Familienvater ... und notorischer Betrüger. Viele Facetten. Meiers Erfahrung nach waren alle Verbrechen im Kern zutiefst menschliche Geschichten. Eine SMS ploppte auf. Staatsanwalt Kretschmer wollte wissen, ob die Gerüchte stimmten, dass Meier am Ermitteln sei. Er verlangte dringend ein Gespräch.

Röve kam mit einem Stück Kuchen zurück.

«Ich habe eine letzte Frage. Wer war bei der Hamlet-Inszenierung damals im Ensemble?»

Röve ging zu einem Schrank in der Ecke, wühlte herum. Meiers Magen knurrte. Er starrte auf das Stück Kuchen. Und eh er sich's versah, hatte er sich einen Bissen in den Mund geschoben. Der Genuss währte nur kurz, Röve kehrte zurück, und Meier täuschte einen Hustenanfall vor.

«Ein altes Programmheft, ich sammle sie alle.» Meier sah ihm beim Blättern über die Schulter.

Ein Porträt nach dem anderen, alle schwarz-weiss, es glich mehr einem Verbrecheralbum als einem Theaterprogramm. Meier erkannte dennoch einige, Allan Äbischer, etwas steif, Tschirky, mit demselben öligen Grinsen, Grete Kolb als herbe Schönheit, Kleo Z., damals noch die Schauspielerin Kleopatra Zürcher.

«Wer ist das? Carole Weder ...»

«Die Kostümfrau.»

«Erstaunlich. Sie ist immer noch bei ihm.»

«Niemand sonst würde ihr Arbeit geben. Und das ist die junge Nika Bergmann, sehen Sie.»

Meier hätte sie nicht erkannt. «Und wer ist die Frau neben ihr?»

«Ophelia? Sie war die Ophelia.»

«Wie hiess sie privat?»

«Auch Ophelia, ohne Nachnamen. Ophelia war ihre Marke. Ich fand's affig. Sie war Perrons Liebling.»

Ophelia … Meier notierte sich alles.

Röve war immer noch mit den Fotos beschäftigt. «Die da heisst Rosalind, und den Namen von der kleinen Unscheinbaren da kann man nicht mehr lesen.» Röve überlegte. «Anne, möglicherweise hiess sie Anne.» Röve spielte einige Takte Musik, etwas Schweres, Düsteres.

«Und wer war Hamlet?»

Röve klappte die erste Seite auf. Ein Foto von Simon Perron.

«Regie und Hauptrolle. Wie Orson Welles. Oder Laurence Olivier. Er hatte das Zeug zum Weltstar.» Röve drückte Meier das Programm in die Hand. «Vielleicht können Sie es brauchen. Auf Wiedersehen, kommen Sie uns mal besuchen.»

***

Nachdem Zita das Haus in der Nähe des Albisriederplatzes problemlos gefunden hatte, klingelte sie zum dritten Mal. Hier musste Lara wohnen, Winny Apts Freundin. Zitas Handy summte. Eine Nachricht von Winny. Winny Apt. Wenn man vom Teufel sprach … Selten war das Sprichwort passender gewesen.

«Sorry, dass ich mich nicht gemeldet habe», schrieb sie. *«Ich werde gern Nanny bei dir. Nach meinem Engagement bei den Schlossfestspielen. Winny. P.S. Kannst du mir sagen, ob die Polizei Arielle Bergmanns Tod weiter untersucht? Ich habe ihre Rolle übernommen, es interessiert mich.»*

Zita las den Text zweimal. Da versuchte sie, Winny zu erreichen, mehrfach und auf allen Kanälen, und dann diese banale Nachricht. Nie im Leben hatte Winny vor, bei Zita Nanny zu werden. Das Einzige, was sie interessierte, geradezu beschämend offensichtlich, waren die Polizeiinterna. Sorgfältig formulierte Zita ihre Antwort. *«Keine Ahnung, wir trennen Job und privat. Kann ich dich sprechen, Winny? Am besten später, bei dir zu Hause.»*

Nun kam nichts mehr. *«Schickst du mir deine Adresse?»*

Schweigen. Zita schickte erneut eine SMS. Und noch einmal. *«Oder wollen wir uns beim Rondell am Bellevue treffen? Das liegt auf meinem Heimweg.»*

Null Reaktion. Zita versuchte, Malou anzurufen. Über WhatsApp, übers Telefonnetz, auch da: keine Antwort. Plötzlich ging die Wohnungstür auf. Der Geruch nach Windeln, Suppe und etwas Scharfem haute Zita fast um. Ein kleines Mädchen im Alter von Finn stand da: laufende Nase, glühend rote Wangen, Schmodder in den Augen. Sofort war Zitas ganze Aufmerksamkeit bei ihr.

«Hallo, kleine Frau.»

Die Kleine schob den Schnuller in den Mund.

«Ist Lara da?»

Keinen Ton sagte das Mädchen, sah Zita nur aus den verklebten Augen an. Da kam eine junge Frau in den Flur, auf dem Arm ein Baby, ein kleiner Hund schwänzelte um ihre Füsse, ihr Gesicht war von einem Hidschab umgeben.

«Was wollen Sie?», fragte sie.

«Lara?», fragte Zita zurück. Auf dem Instagram-Profilbild sah sie völlig anders aus.

Das Gesicht der jungen Frau verschloss sich. «Gehen Sie, Mam ist bei der Arbeit.» An Zita vorbei, versuchte sie die Tür ins Schloss zu drücken. «Und mein Stiefdad schläft, Schichtbetrieb. Das solltet ihr eigentlich wissen. Dili, komm rein.»

Die Kleine rührte sich nicht, nur der Hund hörte auf Lara und bellte Zita an.

«Sorry, aber ich wollte *dich* sprechen, nicht deine Eltern.»

Lara schüttelte den Kopf. «Scheiss-Kinderschutzbehörde. Ich geh nicht mehr in die Schule, da können Sie sich auf den Kopf stellen, ich bin neunzehn. Ich darf machen, was ich will.»

«Ich bin nicht von der Behörde. Es geht um Winny, deine Freundin Winny Apt. Ich suche sie dringend.»

Laras Ausdruck veränderte sich, sie sah Zita neugierig an. Eine männliche Stimme ertönte aus der Wohnung, in fremder Sprache, Zita tippte auf Arabisch.

«Alles okay», rief Lara. «Ich hole die Wäsche. Passt du auf Dili auf?»

Lara schob das kleine Mädchen in ein Zimmer, den Hund ebenfalls, gab Zita das Baby auf den Arm und griff sich einen übervollen Wäschekorb.

Das Treppenhaus war schmutzig, in den Ecken ein Haufen Kippen, auf einem Fenstersims lag eine Spritze, unter den Briefkästen Flaschen.

«Verdammter Müll», sagte Lara und schob die Kellertür mit dem Fuss auf.

Zitas Hand, mit der sie das Baby hielt, war nass geworden. «Müsste mal gewickelt werden.»

In der Waschküche holte Lara Kleidungsstücke aus der Maschine und begann sogleich, T-Shirts an die gespannte Plastikleine zu hängen. «Sie wollen wissen, wo Winny ist? Die chillt beim Theater rum, hab ich auf Instagram gesehen. Reitet voll die Welle.»

«Wo wohnt sie?»

«Keine Ahnung.»

«Ihre Mutter hat mir gesagt –»

«Die ist ätzend», unterbrach Lara. «Da ist mir meine noch lieber.»

«Sie wohnt also nicht hier?»

«Wir haben eine Drei-Zimmer-Wohnung.»

Für fünf Menschen. Das klang nach engen Verhältnissen. Etwas an der rohen jungen Frau berührte Zita.

«War das dein Stiefvater eben?»

«Bassim. Marokkaner.»

«Und warum trägst du einen Hidschab?»

«Meine Mam ist konvertiert.» Lara strich dem Baby über die Wange. «Der Kleine und Dili sind meine Halbgeschwister. Mein Stiefdad will es so. Wenn meine Mam ihm nicht gehorcht, schlägt er sie. Wollen Sie noch mehr wissen?»

Zita war schockiert, für einen Moment vergass sie den Grund ihres Hierseins. «Das klingt entsetzlich, aber hör mal, es gibt Leute, die dir helfen können. Er darf dich nicht zwingen.»

«Und meine Geschwister?»

«Für sie findet sich eine Lösung. Und für deine Mutter», sagte Zita spontan. «Wenn du willst, kann ich jemanden anrufen.»

Da lachte Lara auf. «Ihr seid so leicht reinzulegen. Es stimmt alles nicht. Mein Stiefdad ist ein Weichei, er liebt meine Mam. Den Hidschab trägt sie freiwillig, mich zwingt sie dazu. Sie ist völlig extrem, rennt nur noch mit dem Koran durch die Gegend. Ich hau ab, sobald ich genug Kohle habe.» Lara öffnete ihre Jacke. «Hier unten zieh ich mich immer um. Darum mach ich auch die Wäsche.»

Sie streifte das Kopftuch ab, zog T-Shirt und Jeans aus, stand ohne Scham halb nackt vor Zita, während sie ein Glitzertop aus dem Wäschekorb zog. «Können Sie das Baby nach oben bringen? Meinem Stiefdad sagen Sie irgendwas, er versteht es eh nicht.»

«Moment», sagte Zita. «Du bist mir eine Antwort schuldig, vor allem, nachdem du mich so angeschmiert hast.»

«Sie müssen mich verstehen! Die von der Schutzbehörde tanzen dauernd hier an. Sie ahnen, dass nicht alles sauber ist. Weil meine Mutter so gut Arabisch spricht, hält es niemand für nötig, eine Übersetzung zu organisieren. Sie übersetzt für Bassim, völlig falsch natürlich, aber keiner merkt es.» Wie ein Wasserfall hatte Lara gesprochen, ihre Wortkargheit war verschwunden.

«Und was bezweckt deine Mutter damit?»

Lara zwängte sich in ein Paar Netzstrümpfe. «Die Familie meines Stiefdads ist reich. Sie will nach Marokko. Neben seinem Elternhaus bauen sie, im Frühling soll es fertig sein. Da will Mam die Diva spielen. Zum Glück hat ihr das Schicksal den Kleinen geschenkt.» Sie deutete auf das Baby. «Ein Sohn, gesund, stark, ihr Eintrittsticket.» Plötzlich verzog sie den Mund. «Ich werde niemals mitgehen. Darum arbeite ich in der Bar.» Sie klopfte auf ihre Gesässtasche. «Ich habe fast fünftausend Franken zusammen. Genug für Dili und mich.»

«Wieso für Dili?»

«Sie ist nicht von meinem Stiefdad. Da war noch ein anderer, der hat meine Mam überhaupt auf den Islam gebracht.»

Zita war sprachlos. Was für eine schreckliche Geschichte. Und wie passte Winny da rein?

Als hätte sie ihre Gedanken gelesen, gab Lara Antwort. «Winny hat mir geholfen, mich gedeckt, früher, wenn ich die Schule geschwänzt habe. Wir haben alles zusammen gemacht. Aber plötzlich war sie weg, hat einfach nicht mehr geantwortet. Hat mich voll verarscht. Dann hatte ich auch noch ihre Mam am Hals, sie hat mich dauernd angerufen.»

Aha. Malou hatte es völlig anders dargestellt.

«Sie hat gesagt: ‹Ich glaub dir nicht, Lara, du musst doch wissen, wo sie schläft, bei einem Mann?›», fuhr Lara fort. «Ich habe ihr gesagt, dass ihre verfickte Tochter von ihr weg sei, weil sie sie erstickt mit ihrer Scheissliebe. Seither hat sie aufgehört.»

Lara stieg in superhohe Schuhe und schminkte sich mit Hilfe eines Taschenspiegels.

«Warum zieht Winny diese Nummer ab?», fragte Zita.

«Keine Ahnung.»

«Wer's glaubt. Du hast sehr viel Ahnung, Lara.»

Ein Lächeln. «Winny hat keinen Vater. Genau wie ich.»

Ging es darum? «Sucht sie ihren Vater?»

«Der ist irgendwo, in Mittelamerika, Kolumbien, Neuseeland, auf jeden Fall weg. Nein, Winny sucht ihre Grossmutter. Die Mutter ihrer Mam. Die ist verschwunden. Keiner spricht darüber. Das grosse Familiengeheimnis. Jede Familie hat so eines. Wenn ich es Ihnen sage, tun Sie dann auch etwas für mich?» Letzteres hatte kindlich gewirkt. Zita sah in grosse braune Augen.

Sie schluckte. «Kommt drauf an.»

Lara überlegte, entschied sich, weiterzusprechen. Ihr Mitteilungsdrang war grösser als ihre Skepsis. «Es gibt ein Tagebuch. Von Winnys Grossmutter. Sie denkt, Luma hat es versteckt, ihre Uroma, die bei ihnen lebt. Sprechen Sie mit ihr.»

Ein konkreter Hinweis, damit hatte Zita nicht gerechnet. «Danke, das ist ein guter Tipp», sagte sie. «Und jetzt bist du dran, Lara: Wie denkst du, kann ich dir helfen?»

«Meine Mutter will früher abhauen als geplant. Um mich reinzulegen, damit ich keine Wahl habe. Die Koffer sind gepackt, irgendwo müssen die Flugtickets sein. Mich werden sie nicht bekommen, das sag ich Ihnen. Aber Dili ist zu klein, um sich zu wehren. Können Sie mir helfen, Dili zu retten?»

Zita zögerte. «Es tut mir leid, aber ich glaube nicht, dass das geht. Deine Mutter ist für deine Schwester zuständig, da kann ich nichts tun.»

Lara wandte sich ab. Die Enttäuschung strahlte aus ihrem hageren Körper und schnitt Zita ins Herz.

«Ich kenne jemanden bei der Schutzbehörde, eine Studienkollegin», sagte sie schnell. «Ich kann sie fragen.»

Auf dem Weg zu Malou dachte Zita über die Begegnung mit Lara nach. Am liebsten hätte Zita alle Hebel in Bewegung gesetzt, um ihr zu helfen. Im Geiste hörte sie Meiers Stimme: «Dass du die Welt retten willst, in Ehren, Zita, aber komm endlich nach Hause und kümmere dich um deine Kinder.»

Das würde sie tun. Ehrenwort. Sobald sie mit Winny gesprochen und alles andere erledigt hatte. Ihre To-do-Liste war einfach zu lang, um innezuhalten. Davon hatte Meier keine Ahnung. Er kannte das Gefühl nicht, abends ins Bett zu fallen, nach einem durchorganisierten Tag ohne Pause, nur um zu merken, dass die Liste länger anstatt kürzer geworden war.

16

Allan Äbischer fuhr in seinem geleasten Luxus-Van in Richtung Autobahn. Die Einnahmen aus den schweizerischen Ticketverkäufen würden direkt an die Bank überwiesen, so lange, bis die Hälfte des Kredits zurückgezahlt war. Dafür würde die Bank die gesamte zweite Tranche freischalten. Diesen Kompromiss hatte Allan Dr. Spühler herausgeleiert.

Das ganze Elend hatte angefangen, als die Holzlieferung der Tribünenbaufirma, ein Unternehmen aus Estland, das auf Vorinkasso bestand, nicht angekommen war. Eine Briefkastenfirma, wie sich herausstellte. Somit war das Geld weg, und sie hatten kein Holz. Am selben Tag war die Nachricht gekommen, dass Strahlands zweite Immobilie, ein historisches Mehrparteienhaus in Köln, abgebrannt war. Allan hatte darin das Firmenvermögen investiert, welches er mit der Produktion einer TV-Serie erwirtschaftet hatte. Ein Kurzschluss im veralteten Stromnetz machte Schluss mit dem Traum der Wertvermehrung. Es stellte sich ausserdem heraus, dass Allan, der Rechnungen nur nach absoluter Notwendigkeit bezahlte, die Gebäude-Versicherungsprämie wenige Tage zu spät überwiesen hatte. Das Haus war nicht versichert. Strahland musste nicht nur den Verlust tragen, sondern eine Busse bezahlen. Dazu kamen die ganzen Auslagen für die Infrastruktur der Festspiele, alles war teurer als offeriert, ständig klappte hier etwas nicht, da musste etwas dazubestellt werden.

Allan hatte Simon nichts davon erzählt, in der Hoffnung, der Wind würde sich drehen und Bargeld in Form von Ticketverkäufen in die leeren Kassen spülen. Der Nachteil, dass die Beträge ab sofort direkt an die Bank gingen, wurde immerhin wettgemacht mit der Überweisung des Bankkredits. Damit konnte Allan die schlimmsten Schulden begleichen und die Sache wieder in Bewegung bringen. So gesehen, war sein Vorschlag ein kluger gewesen. Ein Glück, dass Spühler darauf eingegangen war.

Während Allan hinter einem Traktor herzockelte, überlegte er das weitere Vorgehen. Die Summe, die die Regiobank Uster gleich überweisen würde, würde reichen, um sämtliche Gläubiger zu beruhigen, die Handwerker vor Ort auszuzahlen, dazu die laufenden Kosten, die Schweigegelder und die Fixlöhne des Stabs, den von Simon und den anderen. Die Darsteller würden warten müssen, bis die Zahlungen der süddeutschen Ticket-Ecke hereinkam, der Firma, die die Tickets in Österreich und Süddeutschland unter die Leute brachte. Die tausend Sitzplätze mussten jeden Abend gefüllt werden, die Zuschauer sollten mit Bussen zum Festspiel gefahren werden.

«Der Greifensee, so schön wie Bregenz, so prickelnd wie Salzburg, so gemütlich wie München», das war der Werbeslogan einer Internetkampagne der Ticket-Ecke. Die Firma hatte Allan Zahlen versprochen, die ihn schwindlig werden liessen. Nach der Vertragsunterzeichnung hatte er leider nie mehr etwas gehört. Er mochte diese Art des Geschäftemachens nicht. Er war von der alten Schule, schaute seinen Partnern gern in die Augen und besprach das Kleingedruckte mündlich, so wie mit dem alten Spühler von der Regiobank. Das war heutzutage die Ausnahme. Allan sandte eine Textnachricht an die Ticket-Ecke. Er brauchte endlich Zahlen.

Der Traktor vor ihm wurde noch langsamer. Es stank nach Gülle. Allan war in einem Bauerndorf gross geworden. Er wusste, warum er nie mehr dahin zurückkehren wollte. Endlich gab es eine Lücke zum Überholen. Allan schoss nach vorn. Da kam ihm einer entgegen, doppelt so schnell wie er, während der Traktor neben ihm beschleunigte. Allan sah zur Seite, bemerkte das gleichgültige Gesicht des Traktorfahrers und die Kippe, die ihm aus den Mundwinkeln hing. Er hupte, bremste, und Allan konnte auf seine Spur zurückschwenken. Sein Herz klopfte. Millimeter hatten gefehlt, und es hätte einen Unfall gegeben.

Eine SMS brummte. Allan fuhr rechts ran.

Die Antwort der Ticket-Ecke. Endlich. Erst auf den zweiten Blick bemerkte Allan, dass es sich um eine automatisch ausgelöste Massen-E-Mail handelte.

«Mit grossem Bedauern teilen wir mit, dass die Firma Ticket-Ecke insolvent ist. Wenden Sie sich mit Zahlungsforderungen an das Justizamt.»

Das konnte doch nicht sein. Auf der Stelle brach Allan der Schweiss aus. Als er anrief, war der Anschluss ausser Betrieb. Auch die Website ploppte nicht mehr auf. Es war, als hätte es die Firma nie gegeben. Die Telefonzeiten des Justizamtes waren nur vormittags, da nahm auch keiner ab, eine Mailadresse gab es nicht. Zunehmend panisch googelte Allan sich durchs Web, wo er nach einer Weile fündig wurde. Laut einem regionalen Zeitungsartikel war die Firma Ticket-Ecke bankrott. Sämtliche Zahlungsforderungen waren in der Konkursmasse, sollte Allan je etwas bekommen, würde das Monate bis Jahre dauern.

Wie betäubt sass Allan da. Einen anderen deutschen Ticketverkäufer zu finden, war unmöglich, so kurzfristig hätten sie horrende Konditionen. Jetzt, da Arielle weg war, sank das Kaufinteresse an den Tickets rapide. Eben in der Bank hatte Allan dies wohlweislich verschwiegen, die ausverkauften Vorstellungen, von denen er geschwärmt hatte, waren ein Märchen. Auf der Produktion lag ein Schatten, den begeisterte Kritiken allenfalls wegmachen könnten. Was aber, wenn nicht?

Plötzlich wusste Allan, was er zu tun hatte, was er längst hätte tun sollen.

Die Gegend um die Gessnerallee war zugeparkt. Zur Abendessenszeit war das Quartier hinter der Bahnhofstrasse voller Menschen, das wusste Allan aus Erfahrung. Und so stellte er sich in die Einfahrt beim Botanischen Garten und liess das Auto stehen. Das grosse Tor war geschlossen. Er ging der Mauer entlang bis zur kleinen Treppe, die zum Schanzengraben hinunterführte. Beim zweiten Mauervorsprung hatte sie gesagt, Richtung stadteinwärts, zum See?, fragte sich Allan. Die Promenade am kleinen Kanal war ziemlich belebt. Die Chance, dass Rose ihr Zelt hier aufgebaut hatte, war klein.

Allan drehte um. Die Sonne stand tief, die Luft war mild, der Himmel im Osten bereits dunkel. Die vielen Schattierungen von Blau hatte Allan in den vergangenen Wochen kennengelernt. Simon war besessen davon, wollte dem Stück einen farblichen Stempel aufdrücken. Wieder kam Allan am Botanischen Garten vorbei und folgte dem Kanal in die andere Richtung. Bei der Männerbadi lief ein Wasserballspiel. Die Schwimmer trugen Neoprenanzüge und waren hochkonzentriert bei der Sache. Allan wartete einen günstigen Moment ab und fragte einen jungen Mann nach einer Obdachlosen. Doch, da weiter vorne, etwas versteckt im Gebüsch und vom Weg aus kaum einsehbar, da stünde manchmal ein Zelt. Das musste Rose sein. Zweimal ging Allan am Gebüsch vorbei, bis er die kleine Plane im Immergrün der Büsche entdeckte. Das Zelt war winzig, ein Klappmodell.

«Rose?»

Vielleicht schlief sie. Er trat näher. Eine Wäscheleine war gespannt, vom Stamm einer Buche zum Efeubusch. Eine Bluse, ein Unterhemd, ein Frottiertuch, alles hing nebeneinander.

«Rose? Ich bin's», sagte Allan.

Langsam öffnete er den Reissverschluss, bückte sich und spähte hinein. Ein Schlafsack in Karomuster, zusammengerollt, ein Campingtisch, ein Butangaskocher, die Teile einer Kaffeemaschine, gespült und zum Trocknen hingestellt. Eine Tasse, der Kaffee lauwarm. Allan atmete auf. Bestimmt war ihr der Zucker ausgegangen, sie liebte ihren Kaffee süss.

Auf einer Kartonschachtel lag ein Buch. «Hundert Jahre Einsamkeit». Er spürte, wie er müde wurde. Sehr, sehr müde. Er schaffte es gerade noch, den Schlafsack zu entrollen. Kaum berührte sein Körper das Nylon, fiel er in Schlaf.

Von einem Geräusch wurde er geweckt. «Die Bitch bekommt, was sie verdient», kreischte eine Stimme.

Mit geschlossenen Augen blieb Allan liegen.

***

«Mir reicht's, du kannst mich mal, lass mich in Ruhe.»

Carole hatte sich umgedreht und stapfte den Weg zurück.

«Sei nicht so eine Mimose», sagte Hannah. «Es war wirklich

schwierig, gegen die Kolb anzukommen. Du hast das gut gemacht.»

Carole blieb stehen. «Das sagst du nur, weil du den Schlüssel willst.»

«Es tut mir leid, Carole. Ich war nervös.»

«Du und nervös?»

Hannah zog Carole mit sich zur Holzplattform, die mitten im Schilfgürtel in den See ragte. «Lass uns ein wenig plaudern, bis Winny da ist.»

Es dauerte über eine Stunde, in der Carole und Hannah auf dem Floss sassen, beleuchtet vom Vollmond. Carole taute auf, erzählte von den tollen Aufführungen, einer lebendigen, glücklichen Theaterfamilie. War sie blind? Das jahrelange Den-Kopf-in-den-Sand-Stecken war chronisch geworden.

«Was ist mit den Geheimhaltungsvereinbarungen?», kam Hannah auf den Grund des Gesprächs.

Carole stockte. «Was meinst du damit?»

«Ich habe Kenntnis, dass Perron nach den Vorsprechen Geheimhaltungsvereinbarungen unterschreiben lässt. Die soll er in einem Ordner aufbewahren. Weisst du etwas davon?»

«Nie gehört. Ich werde bald pensioniert, ich will nichts als meinen Frieden.»

«Da ist kein Friede, Carole. Du bist feige!»

«Und du? In Wirklichkeit geht es nur um dich. Es ist dein Racheplan an Simon Perron, der dir einmal zu nahe getreten ist, vor hundert Jahren. Mein Gott, lass die Vergangenheit ruhn.»

«Du glaubst, so was verjährt? Oder hat überhaupt nicht stattgefunden. Perron hat dich nie vergewaltigt?»

Caroles Lachen klang hysterisch. «Nie.»

«Damals hast du anders gesprochen.»

«Ich war zwanzig.»

«Du hast Nein gesagt.»

«Nicht wirklich.»

«Wie kann man ‹nicht wirklich› Nein sagen?»

In der Ferne sahen sie, wie Winny aus dem Wald kam und auf das Floss zurannte.

Carole stand auf. «Lass es bleiben, Hannah. Nika, Kleo Z., Rose, keine von ihnen hat Interesse, in der Vergangenheit zu wühlen.»

«Ich werde andere Frauen finden, diese Geheimhaltungsvereinbarungen …»

«So ein Quatsch. Die hat Winny erfunden. Trau ihr nicht, Hannah, die macht, was sie will. Du bist bei ihr zu emotional, du behandelst sie wie eine Tochter.»

Wie konnte Carole es wagen? Hannah holte Luft. «Das sagst ausgerechnet du. Du musst mir helfen, Perron dranzukriegen, egal, mit welchen Mitteln. Sonst werde ich seiner Frau erzählen, dass du eine Tochter hast von ihm.»

Carole versteinerte.

«Gib mir den Schlüssel», sagte Hannah leise.

Carole griff in die Tasche ihres unförmigen Kleids. «Rose hat mich nicht erkannt. Sie sieht schrecklich aus, eine richtige Pennerin ist sie geworden. Auf dem Rückweg bin ich übrigens fast in Äbischer gelaufen. Eigenartig, nicht?» Sie holte den Schlüssel heraus. «Es war das letzte Mal, Hannah. Das absolut letzte Mal.» Damit war sie weg.

Allan und Rose? Eine neue Verbindung? Hannah würde später darüber nachdenken.

«Was ist denn mit der los?», fragte Winny, liess sich neben Hannah fallen, um sogleich die Füsse ins Wasser baumeln zu lassen. «Hat mich wie immer nicht gegrüsst.»

«Ist egal. Wie war's?»

«Perron hat Kritik gemacht, wirklich sehr gut, er bringt's voll auf den Punkt.»

«Dein Auftritt mit der Kolb eben war dumm. Zu provokativ.»

«Aha. Ich dachte, du würdest mich loben.»

«Wofür?» Hannah hob die Augenbrauen, zitierte Winnys Ausbruch. «Wenn du mich noch einmal anfasst, bist du tot.»

Winny japste auf. «Die Kolb an meinen Möpsen? Das konnte ich echt nicht auf mir sitzen lassen. Das finden übrigens einige andere auch. Sie tauen allmählich auf. Perron, Don John, seine Getreuen, Yannik. Nur noch Hero und Claudio schneiden mich,

Priss natürlich. Und die Kolb. Die hasst mich jetzt, sie ist voll vor die Wand gefahren. Es war richtig geil.»

«Halt dich einfach in Zukunft zurück.» Aus den Augenwinkeln glaubte Hannah, einen Schatten zu erspähen. Carl? Sie drehte den Kopf, starrte in die Büsche. Da war nichts. «Wir sollten gehen. Nicht, dass uns jemand zusammen sieht.»

Auch Winny stand auf. Sie zog die Kapuze über die Rastas.

«Hast du mit der Frau des Polizisten geredet?», fragte Hannah.

«Zita Schnyder?» Winny zögerte. «Sie drängt mich zu einem Treffen, will wissen, wo ich wohne. Ich vermute, sie schwindelt. Sie braucht mich gar nicht als Babysitter, da steckt meine Mam dahinter.»

«Und weiss sie den Stand der Polizei?»

«Ich glaube schon. Lass mir noch etwas Zeit.»

Winny log. Hannah sah es ihr an. «Wir können nicht länger abwarten. Morgen wird ein wichtiger Tag. Der wichtigste vielleicht.» Sie zog ein Foto hervor. Arielles Profilfoto. «Eine Vergrösserung. Die Fingernägel sind deutlich zu sehen. Ich bringe es zur Polizei. Und du hast die Aufgabe, beim Produktionsbüro vorbeizugehen.» Sie holte den Schlüssel hervor, den Carole ihr eben gegeben hatte.

Winny machte grosse Augen. «Woher hast du den?»

«Unwichtig. Damit kommst du rein. Es gibt einen Haustürcode, wie du weisst. Den findest du heraus. Im Nachbarhaus wohnen Studenten, einer von denen wird dir helfen. Dann siehst du nach, ob du diesen blauen Ordner findest.»

17

Zita erwachte. Einmal mehr war sie zwischen den Kindern, die Leselampe an die Unterlagen geklemmt, eingeschlafen. Vorsichtig wand sie sich heraus. Nur ja keinen wecken, weder Finn noch Theo und ganz besonders nicht Lily.

Auf Zehenspitzen tappte Zita in den Flur. Zehn nach fünf. Zitas Herz hüpfte: Im Wohnzimmer vorne brannte Licht. Meier war heimgekommen und schlief auf dem Sofa. Plötzlich hielt Zita es kaum mehr aus. Sehnte sich nach seinen Armen, dem Moment, wenn sie alles gesagt hätte. Aber Meier war nicht da. Sie hatte bloss vergessen, das Licht zu löschen.

In der Küche merkte Zita, dass er doch hier gewesen sein musste. Auf dem Tisch fand sie eine Seite aus seinem Notizbuch, an die frisch geklebte Herztasse gelehnt. Wie immer konnte Zita seine Schrift kaum entziffern. Er habe den Schlaf nicht gefunden, sie nicht wecken wollen und sei ins Büro gefahren. «Bitte komm zur Einsetzungsfeier. Es würde mir sehr viel bedeuten.»

Zita zerriss den Zettel.

Er nahm den Job an. Und dabei hatte er nie Chef werden wollen. *Die Menschen, Zita, ich mache diesen Job wegen der Menschen. Die liegen mir am Herzen. Karriere machen können andere.* Offenbar galt das nicht mehr.

Zita ging in die Dusche und stellte den Regler auf kalt. Sie überschrie den Wasserstrahl, beschimpfte Meier, beschimpfte ihre Professorin, beschimpfte die ganze Umgebung, für die Gleichstellung blosse Koketterie war, ein Accessoire, das man sich gern umhängte, aber nur, wenn's federleicht und plüschig war. Sobald es anspruchsvoll wurde, kehrte man ins rechte Gleis zurück. Dann drehte Zita das Wasser ab und ging, in ein Badetuch gewickelt, auf den Balkon. Die schmale Quartierstrasse war ruhig, alle Parkplätze belegt, kein Fenster erleuchtet ... Der Mond war winzig, dafür fast voll, der Himmel im Osten bereits morgenklar.

Nachdem Zita ihre Zigarettenpackung aus dem Versteck geholt hatte, liess sie sich in den Korbstuhl fallen, die Beine ausgestreckt, den Laptop auf dem Schoss. Sie checkte die Mails, beantwortete zwei Fragen von Rike Daniel, die um ein Uhr und um drei Uhr zwei hereingekommen waren. Meine Antwort kommt um fünf Uhr sieben, dachte Zita. Wer ist jetzt das bessere Arbeitstier? Noch zwei, drei weitere Mails, Anfragen von Studenten, die sie gleich erledigte. Sie klappte den Laptop zu. Als sie Malou gestern nach dem Tagebuch fragen wollte, war diese nicht da gewesen. Yoga, hatte Georgis gesagt. Zita nahm das Handy. Keine Nachrichten. Weder von Malou noch von Meier oder Winny. Ihr könnt mich alle mal. Zita klickte auf Instagram.

WinWinny war offenbar online. Sie hatte ein Foto gepostet, man sah sie über die Freilichttheaterbühne irrlichtern, im Hintergrund den Greifensee und den Himmel, der auf jedem Foto dunkler wurde. Winny würde die Premiere am Freitag spielen. Ein Märchen, das wahr wurde. Wenn den Umständen nicht der traurige Tod ihrer Vorgängerin anhaftete. Wie Winnys Abonnentinnen das wohl sahen? Wachsende Aufrufe, «Gefällt»-Herzen, Kommentare, manche begeistert, einige skeptisch, Anhänger von Arielle vermutlich.

«Voll daneben», das fand eine PoisonLulu.

Gleich darauf ploppte eine Story auf. Winny im Gespräch mit dem Regisseur. Zita googelte Simon Perron, staunte über sein Alter. Siebzig, er wirkte wie fünfzig. Es gab viele Einträge, viele Besprechungen, Shakespeare war seine Leidenschaft. Zurück auf die Website der Schlossfestspiele. Die Bekanntgabe von Arielles Tod, die Ankündigung, dass sie weitermachten ... alles stand da, war dezent und bescheiden formuliert. Wer auch immer die Texte schrieb, verstand das Geschäft. Winny Apt wurde als neue Beatrice genannt.

Zita fröstelte, obwohl die Luft lau war, eine fast tropische Nacht im September. Sie holte Meiers Hemd vom Sofa, schnüffelte seinen Geruch. Ach! Zurück auf den Balkon. Ein neuer Beitrag im Feed. Ein Dialog zwischen Beatrice und Benedict. Schnell und fetzig brachten Winny und ihr Kollege Yannik Turner Shakespeares Wortwitz auf den Punkt. Zita staunte. Sie war nicht die Einzige, der Post generierte ein «Gefällt» nach dem anderen. Und dann packte es Zita. Sie schrieb einen Kommentar als TheO: *«geil»*, fünf Herzen und einen Smiley.

Postwendend schrieb Winny zurück. Bedankte sich. Postete noch einen Beitrag. Ein Foto, wie sie von der Bühne flog, fast im Spagat. Dazu: *«#zeigmirwerdubist»*. Damit brachte sie die Community auf ihre Seite, die Herzen flogen. Unter #zeigmirwerdubist entstanden laufend Folgebeiträge. Während Zita zusah, wie sich der Hashtag durch die Instagram-Welt verbreitete, begann ein Vogel zu pfeifen. Es war Morgen geworden, gleich würde Lily erwachen. Da kam eine SMS von Meier. *«Ich weiss, dass du meinen Zettel zerrissen hast. Kommst du bitte? Steht ganz oben auf deiner To-do-Liste, amore mio. Dafür musst du doch freinehmen können.»*

***

«Chef, wir müssen los», ertönte Lips' Bass vom Flur. Gleichzeitig brummte Meiers Handy. Die Medienmitteilung war vor einer halben Stunde online gegangen, und schon kamen die ersten Gratulationen. Anna Quetes, Beanie Barras, Andi, sogar Beanies Chef bei der Zürcher Kriminalpolizei, alle hatten es gelesen. Nur Zita nicht. Dabei hatte Meier sich solche Mühe gegeben. Wie würde sich das machen? Er würde der neue Chef, aber die Frau war nicht dabei. Die ist an der Uni, forscht über Gleichstellung, was bedeutet, dass sie alles darf und ich nichts.

Meier war müde nach der durchwachten Nacht. Ausserdem war ihm immer noch schwindlig, die Wirkung des Blitzschlags hielt an.

Ein weisser Nachtfalter flog durch das Kabuff, hatte sich verirrt. Als Meier das Fenster öffnete, kam warme Luft herein, über zwanzig Grad, schon am Vormittag.

Mit seinem Notizbuch versuchte Meier, dem Insekt den Weg zu weisen. Vergeblich, das Buch fiel ihm aus der Hand. Der Agendateil öffnete sich. Es gab einen Eintrag in dieser verrückten Ferienwoche, die längst keine mehr war: die Verabredung mit Kleo Z. Eigentlich sollte er sie absagen. Er hatte im Trüben gefischt, dabei allerlei Schmutz zutage gefördert, aber nichts, womit er weitere Ermittlungen rechtfertigen konnte. Das Telefonat mit Staatsanwalt Kretschmer, ein Frühaufsteher wie Meier, hatte dies bestätigt. Dass Perron in seinen Stücken die Hauptrolle spielte, dass in Konstanz allerlei Machtspiele abgegangen waren, dass die Firma Strahland nicht so erfolgreich war, wie sie nach aussen schien ... das alles waren keine Verbrechen, und sie standen vor allem nicht im Zusammenhang mit dem Tod der Influencerin. Meier wollte Anna Quetes' Meldung abwarten, die er gebeten hatte, sich die Ergebnisse der Obduktion noch einmal anzusehen. Der Nachtfalter sass auf der Fensterbank. Gleich bist du in der Freiheit, dachte Meier. Aber das Insekt wählte den falschen Weg, zurück in den Raum.

Ein Klopfen. Diesmal war es Gritlis zirpender Sopran. «Werner, wir fahren ohne dich und sagen den anderen, dass du nachkommst.» Eine kurze Pause. «Sich bei der eigenen Feier verspäten, das ziemt sich nicht.»

Seine Feier. Chef von über hundert Leuten. Sein Vater fiel ihm ein, dreiundzwanzig Jahre alt war er gewesen, als er ihn zum letzten Mal gesehen hatte, bevor er mit Meiers Mutter in die Ferien gefahren war. Ein Lastwagen, der ausscherte. Es hatte kein Wiedersehen gegeben. Meier schluckte. Sein Vater hatte sich gewünscht, dass er Polizist würde.

Meier überprüfte sein Aussehen in der Scheibe. Das Hemd war sauber und gebügelt, Gritlis Werk, die Lederjacke hing über der Schulter, sodass man den Riss nicht sehen konnte, die Turnschuhe, seine geliebten Converse, waren fast neu. Einmal mit der Hand durchs Haar, um den fliehenden Ansatz zu kaschieren. Der Nachtfalter flatterte um ihn herum.

«Chef, haben Sie einen Moment?»

Miro Rahmadini steckte den Kopf durch die Tür. Mein letzter Tag im Kabuff, schoss es Meier durch den Kopf. «Was ist los? Ich muss gleich gehen.»

Rahmadini blinzelte. «Soll ich nicht rapportieren? Ich war gestern auf der Hauptprobe.»

Während Rahmadini nach Worten suchte, gelang es Meier, den Falter mit einer gezielten Bewegung nach draussen zu befördern.

«Wissen Sie was, begleiten Sie mich.»

«Aber ich soll hier die Stellung halten, hat Frau Gut gesagt.»

Meier winkte ab. «Sie kann den Empfang auf ihr Handy umleiten. Na los, da gibt es bestimmt was zu essen, und Sie können mir unterwegs alles berichten.»

Rahmadini hatte noch nicht gelernt, die Essenz einer Begegnung herauszuschälen. Als sie von der Hauptstrasse in die Parkanlage einbogen, die normalerweise von sattem Grün, nun eher sonnenverdorrt war, war er immer noch nicht auf den Punkt gekommen. Gerade erzählte er von der Diskussion um ein Kostüm, die ihn, Miro, an ein Verkaufsgespräch seines Onkels in Albanien erinnerte.

«Es ging zu wie auf einem Viehmarkt.»

Das weckte Meiers Interesse. «Wieso hat die Schauspielerin sich das gefallen lassen?»

«Die sind sich so was gewöhnt», sagte Rahmadini. «Meine Schwester ist vierzehn. Sie sollten sehen, was auf Instagram abgeht. Wer nicht mitmacht, ist tot.»

Während Rahmadini Meier Einblick in die Welt von jungen Mädchen gab, wuchs dessen Horror. Er beschloss, dass Lily niemals ein Handy bekäme.

Nun war die Villa am Aabach in Sicht, Ziel ihres kurzen Spaziergangs.

«Lassen Sie mir das Ganze als Bericht zukommen.»

Rahmadini nickte ergeben. Schreiben war nicht seine Kernkompetenz.

«War es das?», fragte Meier abschliessend, den Blick auf den Eingang gerichtet, wo sich eine Menschentraube drängte.

Rahmadini nestelte in seiner Hosentasche. «Nach der Probe ist der Regisseur das Stück mit allen durchgegangen, im Schlossgewölbe unten. Sie haben Ventilatoren aufgestellt wegen der Hitze. In der Zeit habe ich mich etwas umgesehen.»

Er zog einen Gegenstand aus der Hosentasche. Es war ein Wattebausch. Schmutzig. Als ob etwas damit abgewischt worden wäre. «Lag unter der Tribüne. Da, wo man nicht mehr hinkommt. Die Spurensicherung hat das Ding übersehen.»

«Und wie sind *Sie* dahingekommen, bitte schön?»

«Ich kann mich ganz klein machen. Kung-Fu», sagte Rahmadini.

Eine dieser Sportarten, von denen Meier keine Ahnung hatte.

«Es war in der Nähe des Fundorts der Leiche. Darum dachte ich, er könnte wichtig sein.»

Meier holte einen Plastikbeutel hervor. «Nie Beweisstücke anfassen, Rahmadini.»

Der Praktikant glühte vor Scham.

«Nicht so schlimm», meinte Meier. «Wir wissen ja gar nicht, ob es wirklich eines ist.»

Die Hand im Plastik hielt sich Meier den Wattebausch unter die Nase. Ein Geruch, mehr ein Hauch. Scharf irgendwie. «Bringen Sie das zu Kneubühler in die Spurensicherung. Dann kommen Sie wieder.»

Als Rahmadini davonspurtete, rief Meier ihm zu: «Gut gemacht.»

Nach den Ansprachen des Regierungsrats und der Stadtpräsidentin, nach Meiers eigener knapper Dankesrede, nach den Gratulationen und dem Geplauder mit den künftigen Mitarbeitenden, die alle bereits ziemlich beduselt waren – dreissig Grad im Schatten und ausreichend Prosecco –, nachdem Meier seinem Kernteam Lips, Trösch, Gritli und dem zurückgekehrten Rahmadini zugeprostet hatte und einen Schluck von seinem Rotwein nahm, zog Regierungsrat Mike König Meier beiseite.

«Die Untersuchung im Fall Bergmann ist abgeschlossen, Staatsanwalt Kretschmer hat mir berichtet.»

Meiers Blick blieb an einem Falter hängen, der schon wieder in seiner Nähe herumflatterte. Wurde er verfolgt?

«Alles deutet auf einen Unfall», sagte Meier. Er würde den Teufel tun und König erzählen, dass er gerade einen Hinweis bekommen hatte.

«Das heisst, die Schlossfestspiele finden wie geplant statt.»

Zufrieden nickte König. «Veranlassen Sie eine Pressemitteilung. Ich mache einen Tweet.»

Meier kannte den Königs-Twitter, den offiziellen Link von Königs Abteilung zur Öffentlichkeit, nur vom Hörensagen. Er wusste aber, dass die politischen Statements, vermischt mit einem Hauch Privatheit, sehr beliebt waren. Eine positive Erwähnung konnte die Zweifel aus dem Weg räumen und die Ticketverkäufe anheizen.

«Eine Sache noch, Meier.» Wenn das Büro aufs Tapet käme, würde Meier nachgeben und das Kabuff in Gottes Namen aufgeben.

«Wieso ist dieser Praktikant immer noch hier?»

Meiers Blick folgte dem Königs zu Rahmadini, der Gritli etwas auf dem iPhone zeigte. Er nahm das T-Shirt wahr, und die tätowierten Oberarme, fühlte sich zu einer Erklärung gedrängt. «Der Junge ist hoch motiviert. Vielleicht könnten wir die Schnuppertage etwas verlängern, in ein Dauerschnuppern umwandeln sozusagen.»

«Wie ich gesagt habe: Im Organigramm der Kantonspolizei Oberland sind keine Praktikanten vorgesehen», sagte König.

«Wäre Miro Rahmadini eine blonde Maturaabgängerin der Kantonsschule Uster, hätte er dann bessere Chancen auf einen Platz im Organigramm?», fragte Meier.

Königs Blick war kalt. «Regeln sind Regeln, Meier. Als Chef haben Sie sich daran zu halten.»

War das die Kehrseite der Medaille? Hatte Meier die Freiheit gegen goldene Fesseln getauscht? Er sah sich die Feiernden nochmals an. Viele Leute, die ihm ab jetzt vertrauen würden, einer von ihnen Rahmadini. Regeln waren dazu da, gebogen zu werden. Damit hatte Meier die Kantonspolizei Uster erfolgreich an die Spitze geführt.

«Ich kümmere mich darum.»

Eine SMS kam. Anna Quetes. Gleich nach dem offiziellen Teil war sie gegangen. Zu viel Arbeit. Sie bat Meier, später bei ihr vorbeizukommen. Sie habe Neuigkeiten.

18

Es brannte. Allan Äbischers Blick blieb am Arm hängen, da, wo er die Infusionsschläuche herausgezogen hatte. Das Blut hatte den Verband getränkt, nun wickelte er seine Krawatte darum. Verbrennungen zweiten Grades, dazu eine Entzündung am Fuss sowie eine Rauchvergiftung, diese Diagnose hatte der Arzt ihm mitgeteilt. Mindestens drei Tage müsse er im Spital bleiben.

«Sie haben grosses Glück gehabt, dass die Feuerwehr gleich da war. Die Typen haben das Zelt mit Benzin übergossen. Wäre der Wassersportler nicht gewesen, Sie wären verbrannt.»

Allan ging hinaus, biss auf die Zähne, um das Hinken möglichst dezent zu halten, an einer Pflegefachfrau vorbei.

«Sch!» Er drückte ihr den letzten Hunderter in die Hand. «Für die Kinder.» Er deutete auf das Foto an der Wand, das einen Clown, umrahmt von kranken Kindern, zeigte. «Warten Sie zehn Minuten, bis Sie dem Arzt Bescheid geben. Ich bitte Sie. Es geht um die Liebe meines Lebens.»

Das letzte Bargeld war damit weg. Die Frau ging nicht auf das Geschäft ein und holte ihren Chef. Erst nachdem Allan viele Papiere unterschrieben hatte, dass er sich auf eigene Verantwortung selbst aus dem Unispital entlasse, war er draussen.

Auf der Langstrasse herrschte Nachmittagbetrieb. Menschen hasteten zur Busstation, beim überteuerten Minimarkt hatte sich eine Schlange vor dem Take-away gebildet, eine Drogensüchtige stritt mit ihrem Hund, ein Mann kotzte in den Rinnstein.

So schnell er konnte, durchquerte Allan den Innenhof, wo er die Hitze des Asphalts durch die Schuhsohlen spürte, quälte sich die wenigen Stufen hoch, den Fuss konnte er kaum aufsetzen. Allan hatte die letzten Stunden nur ausgehalten, weil er wusste, dass er Rose wiedersehen würde. Doch sie war nicht da. Alles war, wie er es verlassen hatte. Den Hauch in der Luft, den er beim Hereinkommen verspürt hatte, musste er sich eingebildet haben. Den Schlüssel würde sie nie benutzen.

Ihre Begegnung, diese zärtliche, sanfte Begegnung, war ein Abschied gewesen. Zu viel war passiert. Zu schwer, ihm das zu verzeihen. Rose war nicht in Frieden gegangen. Das hatte er sich vorgemacht.

Allan setzte sich an den Schreibtisch und fuhr den Rechner hoch. Eine weitere Hiobsbotschaft war eingetroffen: Für die dritte Vorstellung seien nur elf Tickets verkauft, und das bei tausend Plätzen. Die auch nicht von Theaterfans aus Süddeutschland gefüllt wurden, wie Allan nun wusste.

Er schluckte ein Paracetamol, noch eines, die halbe Packung. Dann löschte er den Mailverkehr. Der Schreibtisch war dran. Allan ordnete die Papiere nach Dringlichkeit, schredderte fast alles und suchte auf dem Rechner nach alten Belegen. Diese konvertierte er in ein Schreibprogramm, änderte die Betreffzeile und setzte ein paar Zahlen ein, bevor er das Ganze ausdruckte, unterschrieb, neu einscannte und weiterleitete. Den Vorgang wiederholte er einige Male. Löschte alle Mails. Alle Dokumente. Alle Fotos. Danach den Papierkorb. Blank. Sein Computer war leer. Dasselbe machte er mit seinem privaten Handy. Die Kontakte, Nachrichten, alles weg. Nun füllte er den ganzen Müll in den Sack, den er beim letzten Mal nicht entsorgt hatte. Er musste einen zweiten dazunehmen, einen dritten.

Danach rief er Simon an, die Nummer kannte er auswendig. Sein alter Weggefährte liess ihn nicht zu Wort kommen, vor lauter Begeisterung über Beatrice.

«Sie ist unglaublich begabt, ich versichere es dir, wärst du gestern auf der Probe gewesen ... ihre Stimme, ihre Eleganz, die Kraft der Jugend. Zur Generalprobe musst du kommen, versprich es mir. Das ist in fünf Stunden, das schaffst du locker.»

Allan seufzte. Simons Feuer loderte wieder einmal. Wer es schaffte, seine Seele so zu berühren, den würde er lange nicht mehr loslassen. Allan konnte Simon verstehen. Die kleine Apt hatte das gewisse Etwas.

«Gib gut acht auf sie», sagte er.

Simon hörte ihm nicht zu, letztlich hatte er nie auf ihn gehört.

«Sie ist Gold, Allan. Die Kritiker vom ‹Tagi› und von der

‹NZZ› werden da sein, dazu die ‹Frankfurter Allgemeine› und die ‹Süddeutsche›. Es wird ein Feuerwerk. Der Wind wird sich drehen.»

Das Feuilleton! Simons Achillesferse, sein Schwachpunkt. Ein ganzes Künstlerleben jagten sie dem Feuilleton hinterher. Die grossen Kritiker, die Blätter, die etwas zu sagen hatten, sie hatten Simon nur einmal wirklich ernst genommen. Die Hamlet-Inszenierung in Konstanz, Regie, Hauptrolle, Produktion: Simon Perron. Es war sein Meisterwerk gewesen, von Ost bis West gefeiert. Das hatte er nicht mehr geschafft. Warum, wusste kein Mensch. Es war auch nicht wichtig, fand Allan, sie hatten dennoch Erfolge gehabt, schöne Erfolge, die Fernsehserie zum Beispiel. Aber «Hamlet» wollte ein einziges Mal übertroffen werden.

«Ich freu mich für dich», sagte Allan.

«Für mich? Für uns! Es wird ein Fest, und die Kassen füllen sich. Übrigens, ich soll dir von der Badovic ausrichten, ihr Boss will die Zahlen vom Schweizer und vom ausländischen Ticketverkäufer. Vorher überweist er die zweite Tranche nicht.»

Allan sah auf den leeren Bildschirm. «Ich schicke sie gleich.»

«Perfekt. Man sieht sich bei der Generalprobe. Gleich kommt ein Kurier. Kannst du ihm den Ordner mitgeben, bitte?»

Den Ordner? Allans Blick wanderte zum Regal. Da stand er, unscheinbar in dunklem Blau.

«Es ist nur so ein Gefühl, aber wir sollten ihn nicht aus den Augen lassen.»

«Schon erledigt. Ciao, alter Freund.»

Langsam stand Allan auf. Die Wirkung des Schmerzmittels war verflogen. Die Haut am Rücken brannte, da, wo es ihn am schlimmsten erwischt hatte. Als er den Ordner aus dem Regal nahm, schob sich Roses Bild vor seine Augen. War das die Gelegenheit, das Richtige zu tun? Wie in Trance nahm Allan Stift und ein Pergamentpapier und schrieb die Namen ab. Einen nach dem anderen, sorgfältig, damit sie lesbar waren. Es waren über zweihundert. Die Liste faltete er zusammen, einmal, zweimal. Wo würde Rose nachschauen? Allan fand einen

Platz. Nur einmal mit dem Besen über den Boden, etwas von dem Mittel gegen Mücken zerstäuben, der Duft nach Zitrone ... sein Ritual. Unter dem Sofa blitzte etwas hervor. Ketten aus Eisen. Requisiten, die sie auf den Proben benutzt hatten, um Hufgetrappel zu fingieren. Sanft fuhren Allans Finger über die Glieder. Letztlich hatte Simon sich durchgesetzt, sie hatten echte Pferde bekommen. Auch diese Rechnung war nicht bezahlt.

Es klingelte. Allan schreckte auf. Die Velokurierin. Hätte er der Pflegerin nur den Hunderter nicht gegeben. Die Frau lachte ihm zu, kein Problem, ihre Firma könne Rechnung stellen. Vergnügt fuhr sie los, den Ordner im Rucksack.

Allan schluckte die verbliebenen Paracetamol, rief Waldbachs Hirschenwirt an und bestellte eine grosszügige Menge des Bio-Weizens. Mineralwasser lehnte er ab, es sei genug da. Dann löschte er sämtliche Kontakte vom Produktionshandy.

An der Tür warf er einen allerletzten Blick in den Raum.

Die Kamera fiel ihm ins Auge. Herrgott, wie hatte er sie vergessen können? Eilig humpelte Allan zurück. Geräte bedienen war nicht seine Spezialität. Endlich leuchtete das Display. Allan suchte nach der Löschfunktion, drückte versehentlich auf Play. Schon liefen die Bilder.

***

Instagram-Account von **WinWinny/Story**
WinWinny baumelt nackt und mit halb geschlossen Augen an einer Kette. Tanzt wie eine Puppe, von unbekannter Hand gesteuert. Close-up auf Winnys Gesicht. Ekstase kippt in Schmerz. Ihre Lippen formen ein Nein.
Gefällt 2998 Mal
WinWinny *#zeigmirwerdubist*
Aufrufe: 3111
Kommentare: 541

***

Abscheu erfüllte Zita, als sie Winnys Instagram-Story sah. Sie sass mit den Kindern im halb leeren Bus, Lily im Buggy war eingeschlafen, Finn und Theo nuckelten an einem Glacé, während Zita auf den Bildschirm starrte. Was hatte Winny da nur hochgeladen? Die Aufrufe hatten gerade die Viertausender-Grenze geknackt.

«Mama, wir müssen aussteigen.» Finn zupfte Zita am Arm.

Sie packte den Buggy und die beiden Jungs, nur um draussen zu merken, dass es zwei Stationen zu früh gewesen war. Entweder auf den nächsten Bus warten oder zur Chorgasse gehen, es wären nur wenige Schritte.

Einige Minuten später stiess Zita die Tür zum Café auf. Es war voll wie immer. Malous vor Schreck starren Augen sah Zita an, dass sie Winnys Post auch gesehen hatte.

«Nimm's nicht so tragisch», sagte Zita.

Malou fand keine Worte, Tränen in den Augen. Georgis kam aus der Küche, ein Tuch in die Taille geklemmt, verfiel in eine begeisterte Begrüssung, nahm die Jungs bei der Hand und bot ihnen einen Kebab an.

«Wenn ihr mir beim Schnippeln helft», neckte er sie. In Richtung Malou rief er: «Geht nur, Ladys, eine Runde plappern.»

«Hat er das Video gesehen?», fragte Zita Malou, als sie die enge Treppe nach oben stiegen. Der erstickte Laut war wohl ein Nein.

Das Altstadthaus war schmal und hoch, voller Winkel und Erker. Die Wohnung von Malou und Georgis im ersten Stock war zu einem weitflächigen Raum umgebaut geworden. Zwei von Georgis Freunden waren am Schleifen, das erklärte den Lärm, den man bis ins Restaurant hörte. Ein Stockwerk weiter oben befand sich Winnys Reich, es war das Erste gewesen, das Georgis in Angriff genommen hatte, als sie das Geld für den Umbau zusammen hatten.

Zita staunte. Zwei grosse Zimmer, eines nach vorne, das andere nach hinten, mit einer geschwungenen Aussentreppe und direktem Zugang zum Hof.

«Das ist ja toll», entfuhr es ihr. «Wieso gefällt es Winny nicht?»

Zita biss sich auf die Lippen, die Antwort lag auf der Hand, zu viel Hotel Mama. Sie deutete auf die Treppe. «Und was ist da oben?»

«Meine Grossmutter.»

Die ominöse Luma. Vielleicht war das die Gelegenheit, um sie nach dem Tagebuch zu fragen.

Malou unterdrückte ein Schluchzen. «Wir haben uns solche Mühe gegeben. Dieses Video …» Dann drehte sie sich um, rannte würgend ins Badezimmer, kam gleich darauf zurück, blass, mit einem Waschlappen vor dem Mund. «Hast du herausgefunden, wo sie wohnt, Zita?»

«Leider nicht.»

«Soll ich an den Greifensee fahren? Da ist gleich die Generalprobe. Das hat sie gepostet, bevor sie diese grässlichen Bilder hochgeladen hat.»

«Es könnte peinlich werden.»

«Es ist meine Tochter.» Malou schüttelte den Kopf. «Eben noch haben wir alles zusammen unternommen, alles.»

Zita hatte keine Lust mehr auf das Gejammer. «Warum hat sie das gemacht? Ich denke, du hast mir etwas verschwiegen, Malou.»

«Kehrst du jetzt die Psychologin heraus? Dann schau erst mal bei dir, bevor du andere anklagst.» Das klang unerwartet angriffig. «Warum musst du eigentlich der ganzen Welt beweisen, dass du Karriere machen und Super-Mom sein kannst? Du riskierst deine Beziehung, ist dir das klar?»

Zita würde wütend. «Das ist meine Sache, ich habe dich nicht um Hilfe gebeten, ich poste auch keine Gewalt-Videos auf Instagram. Deine Tochter hat ein Problem.»

Malou zuckte zusammen, schob die Hände in die Pulloverärmel, eine vertraute Geste. «Es tut mir leid, Zita, dass ich dich so angefahren habe. Hilfst du mir, diese Story zu löschen?»

«Kann ich nicht», sagte Zita. Und gleich darauf, angesichts von Malous Panik: «Ich versuch's. Ich kenn da jemanden.»

Georgis' Ruf schallte durchs Haus. Malou machte eine entschuldigende Geste und rannte die Treppe hinunter.

Zita seufzte. Noch einmal liess sie Winnys Story laufen. Wie kam sie dazu, einen derartigen Scheiss hochzuladen?

Als TheO schrieb Zita einen Kommentar. *«Die Bilder sind nicht echt, WinWinny verarscht euch.»*

Dann rief sie Andi an. Der war nicht erreichbar. Beanie auch nicht. Waren die vom Paddelbrett gefallen?

Erneut klickte Zita auf den Insta-Account, kommentierte, dass alles nur ein Spiel sei.

«Voll der Fake. Reine Inszenierung. Porno-Shakespeare.»

«Wer ist der Dude Shakespeare?», postete jemand zurück.

Waren die alle hohl? Immerhin, die Kommentarschlacht erhielt eine überraschende Wendung. *«Wer ist Porno-Shakespeare?»* Die Online-Welt teilte sich in Kenner und andere. Von denen gab es erstaunlich viele. Die Aufrufe hatten die Neuntausendergrenze überschritten. Zita versuchte, Winny zu erreichen, versuchte es bei Lara. Vergeblich. Die Aufrufe waren bei 9100. Dann hatte Zita einen Geistesblitz. Invest-News von ScarLett Hammer. Zita hatte die Handynummer verloren, und Invest-News war nur online erreichbar. Um das Kontaktformular auszufüllen, musste Zita erst einen Account eröffnen. Es klappte auch beim dritten Mal nicht. Die Aufrufe waren mittlerweile an 9900 vorbei. *«Ketten-Porno ist geil.»* Und immer wieder der Hashtag #zeigmirwerdubist. Noch ein Versuch bei Andi und Beanie. Die mussten ertrunken sein. Dann brach die Telefonverbindung zusammen. Der beste Empfang sei auf der Treppe, rief Georgis von unten. Zita ging einen Stock höher. Kein Signal. Noch höher. Ganz oben klappte es.

Endlich konnte sie die Anfrage an ScarLett losschicken. Hoffentlich meldete sie sich bald. Dass sie gleichzeitig ein Abo für Invest-News gelöst hatte, wurde Zita erst klar, als ihre Kreditkarte verlangt wurde.

Auf Instagram war Winnys Community mit dem Shakespeare-Dude beschäftigt. Endlich klingelte Zitas Handy. Eine unbekannte Nummer.

«ScarLett?», fragte Zita atemlos.

«Hi, Zita. Was geht ab?»

Zita setzte sie ins Bild. Während sie sprach, sah sie ScarLett vor sich, das wallende Haar, der Ausschnitt ihrer Bluse, die hohen Absätze … ein Klischee auf zwei Beinen: von der Wetterfee zur News-Unternehmerin.

«Krass», meinte ScarLett schliesslich, als Zita geendet hatte. «Arielle reitet die Welle. Logisch wird ihre Story aufgerufen.»

«Ich hab versucht, kritisch zu sein.»

ScarLetts Lachen klang silberhell. «Ich hab's gesehen. Als TheO? Netter Versuch, Zita.»

«Kannst du die Story löschen?»

«Wieso?»

«Ihre Mam macht sich Sorgen. Ausserdem glaube ich, dass Winny sich damit schadet. Es geht um die tote Influencerin bei den Schlossfestspielen. Reicht dir das?»

«Ich muss ihren Account hacken.»

«Das hab ich mir gedacht.»

Schweigen. ScarLett dachte nach. «Okay», war ihre Antwort. Kurz und trocken. «Wenn ich die Rechte an der Geschichte bekomme. Exklusiv. Versteht sich von selbst. Wie heisst die Frau noch mal?»

Als Zita sich umdrehte, um wieder hinunterzugehen, unterdrückte sie einen Schrei. Vor ihr stand jemand auf der steilen Treppe.

19

Allan fuhr an den Anfang der Filmaufnahme. Die Kamera schwenkte von Istvan Tschirky über Grete Kolb zu Winny Apt, die im Türrahmen des Büros auftauchte. Eine vage Erinnerung tauchte auf in Allans Hirn, vernebelt, unscharf. Er war betrunken gewesen.

«Du bist spät.» Das war Simons Stimme. Er stand offenbar hinter der Kamera. Normalerweise war dies Allans Arbeit.

«Sorry, ich musste noch den Text ausdrucken», sagte Winny.

«Ich dachte, du kannst ihn auswendig. Unterschreib bitte.»

Tschirky schob die Vereinbarung über den Tisch.

«Was ist das?»

Allan hielt den Atem an. Noch nie, seit er in dem Geschäft tätig war, hatte jemand nachgefragt. Die waren immer so froh, dass sie überhaupt zum Vorsprechen eingeladen wurden, dass sie alles unterschrieben.

Obwohl nur Winny im Bild sichtbar war, ahnte Allan, wie Simon die junge Frau musterte. Von unten nach oben und zurück.

«Eine Bestätigung, reine Routine», erklang Tschirkys Stimme.

«Routine?»

Winny sah in die Kamera. Nicht zu Simon, sondern direkt in die Linse. Ein Wimpernschlag. Dunkle Augen, fast schwarz. Dann vertiefte sie sich ins Dokument. Ein nervöses Geräusch im Hintergrund: Kolb, die mit ihrem Gehstock auf den Boden trommelte. Was machte sie da? Sie hatte kein Hehl daraus gemacht, dass sie Winny nicht mochte.

«Hier steht, dass ich die Rechte für die Aufnahme abtrete. Was habt ihr vor?», fragte Winny.

Simon lachte. «Es ist für den internen Gebrauch.»

«Das steht hier nicht.»

«Ein ungeschriebenes Gesetz.»

«Dann solltet ihr es reinschreiben.»

«Winny, wenn du ein Interesse hast am Part der Beatrice, dann unterschreib, damit wir anfangen können.»

«Andernfalls holen wir Priss», klang es aus dem Hintergrund. Kolb hatte es nicht lassen können.

Die Kamera fuhr nah an Winnys Gesicht. Sie griff zum Stift, was sie danach tat, war nicht zu sehen. Bis die Bildführung einen Schlenker machte und die Hand gross im Bild war. Sie strich den strittigen Paragraphen durch.

«Holt Priss. Ich gebe keine Rechte ab.»

Ein Bild schob sich über Allans Netzhaut. Ophelia, Ophelia am Anfang, als sie noch strahlte.

«Akzeptiert», erklang Simons Stimme. «Du hast mich überzeugt. Dann zeig mal, wer du bist.»

Allan spürte den Schauer über den Rücken. So eisig, dass seine verbrannte Haut kühl wurde. Das war es, das Tor zu einer anderen Welt, davon musste sie seit Jahren träumen. Und Simon konnte es für sie aufstossen.

«Sei einfach du selbst», warf Tschirky ein.

Schon wieder ein Schlenker, Simons Reaktion, Allan kannte sie. Er fand Tschirkys Ergänzung abgedroschen, war aber grosszügig und liess ihm seinen Part. Tschirky, der erleben wollte, wie die junge Schauspielerin sich wand, verbog, im Versuch, sie selbst zu sein und deswegen eine Rolle zu bekommen. Für einen Moment vergass Allan seine Schmerzen, seinen Plan, seine Verzweiflung. Er wähnte sich im Raum mit den anderen, gespannt wie irgendwas. Würden sie ihren Wurf landen? Würden sie die einzigartige Beatrice finden, die sie brauchten, um das Stück zu einem Erfolg zu machen und die katastrophalen Ticket-Vorverkäufe ins Gegenteil zu kehren?

Winny begann langsam. Suchte nach Worten, ohne zu stammeln, die Augen voller Leben, voller Trauer und Freude. Erzählte von ihrer Rolle im Weihnachtsmusical und warum sie einfach auf eine Schauspielschule musste, trotz des familiären Widerstandes.

«Wann hast du den Wunsch zum ersten Mal gespürt?»

Sie hatte den Mut zur kompletten Pause. Hielt Tschirkys

Räuspern aus, Kolbs Schnauben. Bis sie wieder zu sprechen begann, mit ihrer tiefen, zärtlichen Stimme. Mit ihr zusammen setzte Musik ein. Allan lächelte. Den Effekt hatten er und Simon zusammen ausgeheckt: «Time after Time» von Cyndi Lauper. Im Takt der Musik erzählte Winny vom Balletttraining und dem Moment, als sie bemerkt hatte, dass sie es nie zur Primaballerina schaffen würde. Während Cyndi Lauper von Secondhand-Emotionen sang, zitterte das Bild. Wie Simon dieses Spiel liebte. Da war etwas zu holen, Material, aus dem er schöpfen konnte, in seinem Bestreben nach der perfekten Interpretation einer Rolle. Er spornte Winny an, die Musik umgarnte beide. Sie erzählte weiter, liess sich hinreissen, das war deutlich zu spüren. Allan wollte sie warnen, gib nicht zu viel preis, erzähl keine Dinge, die du nicht mal deiner besten Freundin erzählen würdest. Sie erwähnte die Chance, die sie im Sommerferienjob als Souffleuse gewittert habe, als sie zufällig davon gehört hatte. Irgendwann gingen ihr die Worte aus, nur die Musik war noch zu hören. Bis auch Cyndi Lauper verstummte.

«Bin ich fertig?», fragte Winny nach einer Weile.

Die Kamera schwenkte zu Tschirky, er machte ein Daumenhoch-Zeichen. Dann schwenkte sie weiter, aus dem Spotlicht heraus, durch den nachtblauen Raum zu einer Gestalt in der Ecke, halb an die Wand gelehnt, halb liegend am Boden. Er selber, eine Flasche Wodka neben sich, umgekippt, eine Lache am Boden, die hoffentlich vom Alkohol stammte.

«Den können wir vergessen», sagte Simon leise, nur für das Kameramikrofon bestimmt.

Allan schämte sich zutiefst. Zum ersten Mal nahm er diese Perspektive ein, sah aus Distanz, was sie mit den Menschen machten. Was die Macht mit ihnen machte. In einem Hinterhausbüro gaukelten sie den jungen Menschen vor, sie wären das Tor zu einer anderen Welt. Es war widerlich. Und dennoch drückte Allan erneut auf Play. Er musste sehen, was weiter passierte.

Simon wurde sachlich, bat Winny, sich zu drehen, linke Seite, rechte Seite, einmal die Haare streng nach hinten zu nehmen, die Rastas fliegen zu lassen.

Dann drückte er ihr Beatrices Textbuch in die Hand.

«Den musst du morgen auf der Hauptprobe auswendig können. Traust du dir das zu?»

«Voll.» Sie grinste und sah einen Moment aus wie ein Kind, das sein Weihnachtsgeschenk auf sicher hatte.

«Gib mir den Anfang. Ich weiss, den hast du eben in Greifensee schon mal gemacht. Das war auch ganz in Ordnung. Aber das reicht nicht. Diesmal muss es richtig gut sein. Gib uns alles.»

Winny war irritiert, das war deutlich zu sehen. «Lasst das Gejammer, Ladys, lasst es sein.»

Wochenlang musste sie diesen Text tonlos mitgesprochen haben, nun war er ihrer. Die Aufregung schimmerte plötzlich durch, sie verhaspelte sich etwas, wirkte nicht mehr so souverän.

«Entspann dich», unterbrach Simon, «es ist keine Prüfung.»

Doch, natürlich war es eine, und das wusste er, und das wusste sie. «Lasst das Gejammer, Ladys, lasst es sein.»

«Sorry», unterbrach er erneut. «Ich will die Lust spüren, die Freude. Gleich wird hier die grösste Party gefeiert, die man sich denken kann.»

Die Kamera zoomte auf Winny.

Nun stand sie stocksteif, wie gelähmt.

«Hast du Angst? Trink.» Eine Hand kam ins Bild, hielt ihr ein Glas an die Lippen.

«Am Freitag wollen tausend Leute deine Seele fressen», sagte Simon und an die anderen gewandt: «Lassen wir es. Grete hatte recht.»

Das Bild wackelte und war aus. War das alles? Allan konnte es nicht glauben, er scrollte nach vorn.

Plötzlich war Winny wieder da, ihr Gesicht füllte das Display.

«Als meine Mutter mit mir schwanger war, habe ich zu tanzen begonnen», sagte sie. «Sie hat mir erzählt, ich hätte im Takt mit der Musik ihre Bauchdecke gestreichelt.»

«Zeig mir deine Sehnsucht», flüsterte Allan, und wie ein Echo klang Simons Stimme aus dem Kopfhörer. Wie gut Allan seinen

Kompagnon kannte, wie entsetzlich gut. Musik setzte ein. Diesmal war es ein moderner Beat.

Das war ihre Chance. Ihre allerletzte Chance. Winny begann zu wippen, sich zu wiegen, schloss die Augen, fühlte die Musik in jeder Faser, machte die Knie breit, kreiste mit dem Becken, schnell und immer schneller.

«Gib mir den Text», sagte Simon.

Er glitt nur so über Winnys Lippen. Sie schrie, lachte und drehte sich. Allan sah Zofe Margarete vor sich, Hero, Beatrices Freundin, sah die Reiter auf sich zukommen, Don Pedro, den Realisten, Claudio, den Romantiker, und schliesslich Benedict.

«Lieber belle ich als Hund eine Krähe an, als dass ich einem Mann sage: Ich liebe dich. Bei deinem Gesicht könnte Kratzen nichts schlimmer machen. Ich bin eher ein Papagei als ein lahmer Gaul wie ihr!»

Klick-Klack schossen Beatrices Worte aus ihrem Mund.

«Zieh dich aus», Simons Stimme.

Der Schweiss lief Winny übers Gesicht, sie schleuderte die Turnschuhe weg, schlüpfte aus dem Overall, alles in einer Bewegung.

«Und nun Beatrice, die Tänzerin.»

Winny streckte ihre Beine durch bis zu den Zehen, dehnte sich, flog durch die Luft, landete sicher, nur um gleich darauf weiterzuwirbeln. Die Musik brach ab.

Atmen, Pumpen, Schweiss.

«Und jetzt den Riss!»

Sie verstand nicht.

«Zeig mir die Negerin.»

Hatte Simon noch nicht genug? Die Musik machte weiter und Winnys Beine mit ihr, der Rhythmus hielt sie gefangen.

Allan war klar, was Perron wollte: die Demütigung. Er wollte die Demütigung sehen.

Winny trommelte auf die Wand ein, keuchte, kickte, schnellte hoch, schrie auf.

«Dein Gesicht brauche ich. Deine Augen.»

Winny drehte den Kopf.

Tränen, Rotz, Wut, ein gellender Schrei. «NEIN!»

Sie taumelte, lehnte sich an die Wand, liess sich zu Boden gleiten, lag mit geschlossenen Augen da.

«Gut gemacht», erklang Simons Stimme. «Du hast die Rolle. Morgen um neun ist Kostümprobe.»

Die Bilder stürmten nur so auf Allan ein. Er sah sich selbst, in der Lache am Boden, Rose, ihr Blick, als sie ihn damals mit Ophelia erwischt hatte, Ophelia, die Simon eifersüchtig machen wollte, Allans Scham, die kleiner war als die Lust, Simons gleichgültige Reaktion, Ophelias Entsetzen, als ihr Plan scheiterte, ihr Gesicht, die Augenringe. Und dieses Muttermal unter der Lippe. Genau wie Winny eines hatte. Zum ersten Mal las er den Namen bewusst. Winny Apt. Apt? Wie hatte er das nur übersehen können? Den Job als Souffleuse hatte sie niemals zufällig bekommen. Hier war etwas im Gang. Allan wusste, dass er jetzt mit Simon sprechen müsste. Aber es war zu spät. Ein wenig schlafen, nur ein ganz klein wenig, bevor der letzte Akt begann.

***

Wo war die Frau hergekommen?, fragte sich Zita.

Weisses offenes Haar, ein schmales Gesicht, von Runzeln durchzogen, hager, mit einem grün-blauen Kleid und schwarzen Sandalen.

«Guten Abend, Hannah. Wo warst du so lange? Komm mit», sagte sie mit heiserer Stimme.

Es musste Luma sein, Malous geheimnisvolle Oma, die Hausbesitzerin, die etwas über ein Tagebuch und Winnys Verbleib wusste. Wieso nannte sie Zita Hannah? Ohne sich nach ihr umzusehen, stieg Luma vor Zita in den obersten Stock.

Das abgeschrägte Zimmer war hoch und schmal, zugestellt mit schweren Möbeln. Ein Himmelbett in der Ecke, dazu ein Tisch und eine Art Kirchenbank. Die Luft war schwer von Staub und etwas Scharfem, Zita mochte es sich gar nicht vorstellen. Sie wusste, dass die Spitex einmal am Tag vorbeikam, dass Malou den Rest machte. Aber offenbar reichte es nicht aus. Im nächsten

Raum stand seine Staffelei, auf der Seite eine Reihe von Leinwänden. Jeder Quadratmillimeter Wand war mit Bildern bedeckt. Bilder, Bilder, Bilder. Landschaften in Aquarell. Variationen des immer gleichen Sujets. Ein Strand an einer Küste, ein rotes Meer, rostfarbene Algen. Und, schemenhaft, eine Frau. Einsam, verloren, verletzlich … gleichzeitig stark. Im Profil, von der Seite, von oben.

«Haben Sie die gemalt?», fragte Zita.

Die alte Frau zuckte die Schultern.

«Wo ist das? Am Meer, in Griechenland?»

Luma gab keine Antwort. Sie kniff die Augen zusammen und sah das Bild auf der Staffelei an, das sie gerade in Arbeit hatte. Auch darauf war die Frau zu sehen, ihr lockiges Haar, die Schultern, die Arme, die Seite, die Beine, blosse Füsse. Lumas Hand fuhr den Konturen entlang, mit einer zärtlichen Geste, vertraut und besitzergreifend.

«Ist das Malous Mutter?», fragte Zita. Winnys Grossmutter. Im Kopf überschlug Zita die Jahreszahlen. «Sie ist es, nicht wahr?»

Obwohl Luma keine Antwort gab, war Zita sicher, dass sie ihr zuhörte.

«Sie ist wunderschön. Wie heisst sie?»

Luma tauchte den Pinsel in helles Rot, trat einen Schritt zurück. Sie benutzte die Stuhllehne als Halt, betrachtete das ganze Bild, die Komposition, die Art, wie das Mädchen mit der Landschaft verschmolz.

Von weit her hörte Zita Stimmen, ein Lachen. Es mussten die Kinder sein. Behutsam trat sie einen Schritt näher, überlegte, wie sie auf das Tagebuch zu sprechen kommen könnte. Luma schien ihre Anwesenheit vergessen zu haben, sie malte mit ausgestrecktem Arm. Das Hellrot verschmolz mit dem Gelb, bald war das Gesicht des Mädchens so blutig wie das Meer. Es sah brutal aus. Das hier sind Kunstwerke, dachte Zita. Luma ist eine Künstlerin und lebt auf dem Abstellgleis im Dach. Was war mit den Frauen dieser Familie passiert?

Die Stimmen von unten wurden lauter. Zita glaubte, Theo

schreien zu hören, das Lachen war in Weinen übergegangen. Sie ging Richtung Tür, als Luma den Pinsel auf den Tisch legte, einen anderen in dunkle Farbe tauchte und mit wenigen Strichen einen Gegenstand skizzierte, ein Buch.

Wie angewurzelt blieb Zita stehen. «Sie heisst Ophelia, nicht wahr? Sie hat ein Tagebuch geschrieben, und Winny sucht es. Alles hängt mit diesem Buch zusammen. Wissen Sie, wo es ist?»

Das Gebrüll von unten schwoll an. Zita musste zu ihren Kindern.

«Darf ich es fotografieren?»

Da begann die alte Frau zu schreien und richtete den Pinsel auf Zita, die dunkle Farbe tropfte zu Boden. Sie machte einen Schritt auf Zita zu, einen zweiten.

Will sie mich mit dem Pinsel erdolchen?

«Meine Tochter zu retten, hätte mir mehr bedeutet als das eigene Leben. Finden Sie das Buch. Und finden Sie sie.»

Was für ein Drama. Bevor Zita nachfragen konnte, ertönte von unten ein Schrei, der alles Bisherige übertraf.

«Mama!»

Zita rannte die Treppe hinunter.

20

An die Restaurantmauer gelehnt, sah Meier vom Hügel ins Tal. Er sah die Reben mit den goldenen Trauben, den blauen Bus, die Einfamilienhäuser, die Wiese mit den Kühen. Er sah den Golfübungsplatz, den glitzernden See, über den Bäumen mit viel Phantasie die Tribüne bei Schloss Greifensee … wie Meier die Gegend liebte. Er wusste nicht genau, wann sich seine Laune gehoben hatte. Ganz sicher hatte der Hackbraten eine Rolle gespielt, der Kartoffelstock und der schwere Jahrgangsrotwein aus der Schlosskellerei. Vermutlich waren auch die Reden daran beteiligt, die seine Kollegen zwischen Mittagessen und Dessert – ein Quittensorbet vom Feinsten – gehalten hatten. Meier hatte nicht gewusst, wie gross die Stücke waren, die Staatsanwalt Kretschmer auf ihn hielt, ebenso wenig wie er geahnt hatte, dass seine Freunde aus Waldbach, Helen Himmel, der Pfarrer und Lilo Lienert, gemeinsam ein Gedicht rappen würden. Am meisten gerührt hatte ihn Kriminaltechniker Kneubühlers Miniansprache.

«Meier, du warst schon immer unser Chef … es ändert sich nichts. Ausser auf deinem Gehaltskonto.»

Alle hatten geklatscht, die Stimmung war warm. Die meisten sassen immer noch im Garten des Restaurants und genossen den geschenkten Tag. Versöhnlich gestimmt griff Meier zum Handy. Er kam nicht dazu, seine Liebeserklärung auf die Combox zu reden oder seine Zuversicht, dass Zita und er die beiden Jobs irgendwie hinkriegen würden, denn Zita ging ans Telefon.

«Ciao, amore mio», sagte er.

«Entschuldige, ich habe keine Zeit. Ich bin grad mit Finn beim Arzt, danach habe ich ein vorverschobenes Tutorat.»

«Ist die Erkältung schlimmer geworden, soll ich kommen?»

Ihre Antwort klang unfreundlich. «Nicht nötig. Es geht ihm gut.»

«Aber Lily und Theo?»

«Die sind versorgt.»

Abgewatscht. Schon wieder. Eine Textnachricht ploppte auf. Anna Quetes. Wann er käme, sie wolle nach Hause. Meier warf einen Blick auf die Festgemeinde. Niemand schien ihn zu vermissen.

Eine halbe Stunde später sass Meier bei Anna am Schreibtisch, beide einen Espresso vor sich. Das Labor hatte die Analyse des Wattebausches geschickt.

«Nagellackentferner.»

Meier schwieg. Überlegte. «Darin ist Alkohol?»

Sie nickte. «Spuren davon haben sie auf Arielles Mieder gefunden.»

Das war es also, was Lilo Lienert gerochen hatte. Nagellackentferner.

«Sie hat eine feine Nase, Aceton verflüchtigt sich eigentlich.»

Meier versuchte sich zu erinnern. «Arielle hatte doch lackierte Nägel?»

«Ja.»

«Warum dann der Entferner?»

«Jetzt wird's interessant.» Anna zog ein Foto hervor. «War heute in der Post.»

Sie legte es vor ihm auf den Tisch. Eine ausgedruckte Vergrösserung von Arielles Profilbild.

«Ist mit der Momentfunktion aufgenommen worden», erklärte Anna.

«Bedeutet?», fragte Meier.

«Damit das scharf wird, braucht man eine ruhige Hand. Arielle war sehr professionell.»

Meier zog das Foto näher.

«Mit dem Nagellack stimmt etwas nicht.»

Sie nickte. «Das ist mir auch aufgefallen.»

Meier wurde aufgeregt. «Hast du es mit dem Scan der Leiche verglichen?» Analyse der 3D-Scans, ein weiteres Spezialgebiet von Anna.

«Unser Foto ist ein Still.» Sie schob ihm einen neuen Ausdruck über den Tisch. Diesmal war es das Bild der toten Arielle, am Fuss der Tribüne. «Das sind ihre Hände, so wie sie bei mir auf dem Tisch lagen.»

Meier interessierte Arielles linke Hand, an der ihm, daran erinnerte er sich, die kleine Erhebung am Mittelfinger aufgefallen war.

«Sie hat alle Nägel bemalt», sagte Anna, «mit grauer Farbe. Metallica, ein Produkt für junge Frauen. Nicht ganz billig und sehr beliebt. Arielle war Markenbotschafterin. Schau es dir in Ruhe an, nimm die Lupe.»

«Der Zeigefinger sticht heraus», murmelte Meier. «Der Lack ist da sehr genau aufgetragen.»

«Nicht nur das.» Sie schob ihm noch ein Foto zu, eine Vergrösserung diesmal. «Die Farbränder sind messerscharf, der Lack glänzt.»

Nun kam ein weiteres Foto. Eine Vergrösserung des Mittelfingers.

«Hier sind die Ränder verwackelt, der Lack dünn …» Meier zögerte.

«Was schliesst du daraus?»

«Als Laie meinst du? Dass sie gestört wurde beim Lackauftragen.»

«Das oder …» Anna schob das Profilfoto ins Zentrum. «Der Zeigefinger sieht identisch aus, eine klare Lackierung. Vom Mittelfinger ist nur ein Teil sichtbar, er ist leicht verdreht, wegen der Selfieperspektive, der Nagel ist überhaupt nicht im Bild. Darum habe ich es simuliert.»

Nun holte Anna eine extreme Perspektive des Fingernagels hervor. «Auch das ein 3D-Still. Wie der Nagel ausgesehen haben muss aufgrund der restlichen bildgebenden Informationen.»

«Kein Nagellack», sagte Meier langsam. «Auf dem veröffentlichten Profilfoto ist nur der Zeigefinger bemalt. Das bedeutet, der Nagellack auf dem Mittelfinger wurde später aufgetragen. Da Arielle eine Perfektionistin war und niemals ein schludriges Profilfoto hochladen würde …»

«... besteht die Möglichkeit, dass der Lack erst nach ihrem Tod aufgetragen wurde.»

Meier hielt es nicht mehr aus auf dem Stuhl. «Von einer zweiten Person, die möglicherweise ihre Fingerabdrücke auf dem Wattebausch hinterlassen hat. Kann man die nachweisen? Auf Watte?»

«Mittels Vakuum-Metallisierung. Vielleicht haben wir Glück und finden sogar DNA-Spuren», sagte Anna. «Du musst zu Kretschmer und eine Untersuchung beantragen.»

Damit hatte Meier nicht gerechnet. Nicht jetzt, nicht heute, an diesem eigenartigen Tag. Sein mulmiges Gefühl, das er dem Blitzeinschlag zugeschoben hatte, war das eine, das hier waren Fakten. Wo sollte er anfangen? Nach dem Ausschlussverfahren eine Lösung suchen? Leib und Leben informieren? Die Theaterproduktion stoppen? Das Ensemble zur Einvernahme bestellen?

«Gemach», sagte Anna und sah auf die Uhr. «Gleich ist Feierabend, es ist kein Notfall. Es kann auch eine ganz vernünftige Erklärung geben. Vielleicht hat Arielle den Nagellack abgemacht, neu aufgetragen und kam dabei ins Stolpern. Gab es keine Zeugen?»

«Niemand. Darum hat man sie ja so spät gefunden. Ausser mir scheint auch niemand ein Problem damit zu haben.»

Anna nickte. «Sie ist nicht die Erste, die beim Selfiemachen stirbt. Eine sehr plausible Unfallursache.»

«Und das Foto? Woher stammt das?» Meier zeigte auf den Umschlag, in dem die Vergrösserung gesteckt hatte.

«Das kann irgendjemand geschickt haben. Es gibt keine Spuren, die Adresse ist in neutraler Handschrift geschrieben. Selbstverständlich lassen wir es untersuchen. Ich muss dir ehrlich sagen, nach dem, was auf Social Media so abgeht, könnte dieses Foto jeder manipuliert haben, der ein Fotoprogramm hat. Das schliesst Arielles gesamte Community ein.»

«Warum würde sich jemand die Mühe machen?»

«Aufmerksamkeit. Ein Trittbrettfahrer. Jemand, der die Story weitererzählen will.»

Meier sah Anna nachdenklich an. «Oder jemand, der uns manipulieren will.»

«Ein Machtspiel, sonst wäre es nicht anonym passiert.»

«Möglich. Zumindest zwingt er uns, genau hinzusehen.»

«Wieso sagst du ‹er›? Es könnte auch eine *Sie* sein.»

Meiers Handy brummte. Kleo Z. Wenn er das Casting sehen wolle, müsse er sich beeilen. Natürlich, das war ihm komplett entfallen. Meier stand auf, stellte die Tasse ins Spülbecken.

«Genug für heute. Auf dem Heimweg schaue ich mir ein Vorsprechen für eine Filmrolle an. Hast du das schon mal live erlebt?»

«Nur im Fernsehen», sagte Anna.

«Ich bin gespannt.»

***

Hannah sah sich Winnys Instagram-Story auf Caroles Handy an. Die Kette, Winnys Nacktheit, der irre Blick, vor allem aber das Baumeln, wie eine Marionette. Provokativ und doppeldeutig. Hannahs erste Reaktion war Bewunderung. Sie wusste genau, was Winny damit wollte. Hannah bat Carole, ihr den Film noch mal zu zeigen. Sie hatten sich in der Gasse neben der Cafeteria getroffen, Hannah bereits im Kostüm, aber noch ohne Make-up, Carole auf dem Sprung zu den anderen, für die Vorstellung bereit. Ein Pressetermin war in letzter Minute angesetzt worden, die Aufregung war gross. Istvan Tschirky vertrat Perron, der noch bei einem Casting in der Jägerstube oben war, Priss war mit jemandem von einem Fernsehmagazin am Reden, Kolb wurde von einem Journalisten befragt.

«Bist du auf Instagram?», wunderte sich Hannah.

«Ja», sagte Carole und wurde rot. «Es vertreibt mir die Zeit an vorstellungsfreien Abenden. Ich kann meine Kostümentwürfe posten, die Leute mögen es. Ich habe viele Follower.»

Caroles Ticket aus der Einsamkeit heraus, wie es schien. Hannah sah sich den Film noch zweimal an. Er war wirklich provozierend.

«Das ganze Ensemble hat ihn gesehen», sagte Carole. «Es macht die Runde. Winny benutzt dich, sie ist eine Selbstdarstellerin und tut alles dafür.»

«Eine Beschreibung, die auf jede Schauspielerin zutreffen könnte.» Hannah klopfte aufs Display. «Sie will zeigen, wie man sich bei einem Vorsprechen fühlt.»

«Wieso? Es ist Teil des Geschäfts. Wer das nicht aushält, hat nichts darin verloren.» Carole ereiferte sich. «Sie ist eine Nestbeschmutzerin. Sieh dir mal die Ketten an, unsere Requisiten. Damit denunziert sie das ganze Ensemble. Das können die Leute nicht auf sich sitzen lassen. Sie rotten sich zusammen. Hero, Claudio, Priss, die Musiker, sie wollen Winny weghaben.»

Als Carole das Video erneut anklicken wollte, war es plötzlich verschwunden.

«Das gibt's doch nicht.» Ihre Finger fuhren hin und her. «Gelöscht. Siehst du, da mischt jemand mit. Die Sache ist dir entglitten.» Sie sah Hannah an, ihre Augen glitzerten.

Hannah verstand nicht, was sie meinte, fühlte Ekel. Wie hatte sie sich nur auf Carole einlassen können? «Ich werde das Problem lösen.» Sie nickte Carole zu. «Du weisst von nichts, wir haben nie zusammen gesprochen. Solltest du dich nicht daran halten, informiere ich Perrons Frau.»

«Dann tu, was du nicht lassen kannst.» Kopfschüttelnd ging Carole davon.

Selber schuld. Hannah biss sich auf die Lippen. Sie hatte die Warnung einmal zu oft ausgesprochen. Die Wirkung war verpufft. Dass Carole und Perron ein gemeinsames Kind hatten, war kein Druckmittel mehr. Sie machte Fehler. Ständig mit der Anspannung zu leben, ohne zu wissen, wie es ausgehen würde, zermürbte sie.

Mit Hilfe der spiegelnden Fensterscheibe trug Hannah das Bühnen-Make-up auf. Da sie nur eine kleine Rolle hatte, war die Maskenbildnerin einverstanden, sogar froh darum, es gab ihr mehr Zeit für die anderen.

Auf dem Kiesplatz prallte Hannah mit einem jungen Mann zusammen, seine tätowierten Arme stachen ihr ins Auge. Den hatte sie schon mal bemerkt. Ob er für Carl arbeitete? Sein Blick ging teilnahmslos an ihr vorbei. Hannah versuchte, sich zu entspannen. Du siehst Gespenster. Dann rief sie Winny an. Vergeblich. In weniger als einer Stunde würde die Generalprobe beginnen. Hannah fühlte, wie ihr der Schweiss ausbrach. Alles entglitt ihr, ein ungewohntes Gefühl.

Endlich bemerkte sie Winny. Sie stieg aus einem Shuttlebus, der die Leute vom Bahnhof her zum Festspielort brachte. Die Generalprobe war öffentlich, die Regiobank hatte ihre Kunden geladen, und die kamen in Scharen. Über dem Overall trug Winny eine Jacke, die Rastas waren unter der Kapuze versteckt. Sie sah aus wie ein Junge.

«Musst du dich tarnen nach deiner Videoaktion?» Blitzschnell schoss Hannah hinter der Birke hervor, packte Winny am Arm und zog sie mit sich in Richtung Wald.

«He, spinnst du?»

In dem Gerangel behielt Hannah die Oberhand. Zum Glück beachtete sie niemand, die Leute strebten aufs Festgelände.

«Was soll das, Hannah? Ich habe alles so gemacht, wie du es wolltest.» Winny versuchte, sich aus dem Klammergriff zu winden.

«Wo ist der Ordner? Doch nicht in diesem winzigen Rucksack? Du hast von einem grossen Ordner gesprochen. Hast du den Inhalt wenigstens fotografiert?»

«Ich habe ihn nicht gefunden. Er war nicht dort.»

«Deswegen bist du hingefahren, Herrgott noch mal!»

Hannah hatte sich eben ins Produktionsbüro im Schloss geschlichen, hatte den Schrank durchsucht. Der Ordner mit den Unterlagen war nirgendwo gewesen. Er musste bei Strahland sein.

«Hör auf, du tust mir weh», protestierte Winny.

«Du hast nicht gründlich genug gesucht. Und dabei habe ich dir genau das aufgetragen. Ich dachte, du bist ein Profi.»

«Es ging nicht.»

«Warum?»

«Allan Äbischer ist zurückgekommen. Ich musste mich verstecken.»

«Du lügst. Er ist hier.»

«Dann wäre er geflogen.»

Erst jetzt fiel Hannah auf, dass sie Allan schon länger nicht mehr gesehen hatte.

«Glaub mir, er kam ins Büro an der Langstrasse», sagte Winny. «Darauf bin ich abgehauen.»

«Hat er dich erkannt?»

«Nein. Er sah schrecklich aus.»

«Warum hast du dieses Pornovideo hochgeladen?»

«Porno nennst du das? Im Vergleich zu Porno ist meine Story ein Kindermärchen. Lass mich los.» Als Winny zappelte, packte Hannah noch stärker zu.

«Das Ensemble ist gegen dich. Das ist keine gute Grundlage für die Premiere von morgen», sagte sie.

«Willst du mich erwürgen?»

«Damit du das auch filmst und auf Instagram stellst? Du kommst mit mir.»

Die Wut gab Hannah die Kraft, Winny bis zum Pferdeunterstand zu schleifen, der, vor Blicken geschützt, zwischen dem Schilfufer und dem Weg lag. Er war leer. Der Reitstallbesitzer würde die Tiere erst kurz vor der Generalprobe liefern. Da liess sie Winny los.

«Ich könnte dich wegen Gewalt anzeigen», murrte Winny und rappelte sich auf.

Hannah seufzte. «Weisst du eigentlich, wie lange ich für dieses Projekt gearbeitet habe? Seit Monaten …»

«… und davor hast du deinen Hass jahrelang auf der Sparflamme geköchelt, ich weiss. Darum reagierst du jetzt völlig übertrieben. Dabei hast du mir immer gepredigt, keine Emotionen, Kopf über Herz, nur dann kommen wir zum Ziel.» Winny rieb sich den Hintern. «Das gibt einen riesigen Fleck. Aber bei meiner Haut sieht man es ja nicht so gut, nicht wahr, Hannah?»

«Was redest du für einen Blödsinn?»

Hannah hob die Hand.

«Schlägst du mich? Sind das deine Mittel? Du hast mir gesagt, dieses System produziere Schweine. Du wirst gerade auch zu einem.»

Hannah erstarrte. «Entschuldige», sagte sie und streckte Winny die Hand hin. «Es tut mir sehr leid. Wirklich. Ich wüsste nicht, was ich ohne dich machen würde.»

«Angenommen.»

Hannah half ihr, das Heu aus den Rastas zu ziehen.

«Vermutlich hätte ich dir Bescheid geben sollen, dass ich das Video drehe. Aber dann hättest du Nein gesagt», sagte Winny.

«Mit Sicherheit. Wo hast du es gemacht?»

«Im Büro von Strahland.»

«Als du den Ordner gesucht hast ...?»

Winny nickte. «Es musste einfach sein. Ich habe diesen Hashtag kreiert: #zeigmirwerdubist. Er verbreitet sich krass.»

«Es ist eine Werbeaktion für den Hashtag?»

«Nein. Nach dem Vorsprechen war ich stinksauer. Er hat mich Negerin genannt.»

Hannah hielt den Atem an. «Wieso hast du mir das verschwiegen?», sagte sie schliesslich.

«Weil es diesen Moment gab, wo es mir Spass gemacht hat, wo ich hätte fliegen können. Dieser Moment, als ich gewonnen, alle anderen ausgestochen und die Rolle bekommen habe ... der war richtig geil.» Plötzlich brach Winny in Tränen aus. «Ich hasse mich, Hannah.»

«Mach dir nichts draus», sagte Hannah. «Es ist normal. Es gab eine Zeit, da hatte ich dieselben Träume wie du.»

«Dieser Arsch hat mich benutzt», schluchzte Winny. «Und ich habe mitgemacht.»

«Er gaukelt dir vor, du würdest es freiwillig tun. Wenn du ganz unten bist, ist es schwierig, Nein zu sagen.»

«Darum die Story, Hannah, verstehst du? Ich will ein Zeichen setzen.»

«Deine Story ist super, Winny. Wenn man weiss, wie sie gemeint ist. Ich befürchte nur, die meisten deiner Follower werden sie falsch interpretieren.»

Mit dem Handrücken wischte Winny sich die Nase ab.

«Du hast übrigens Glück», sagte Hannah und reichte Winny ein Papiertaschentuch. «Sie ist bereits wieder weg.»

«Echt?» Winny griff zu ihrem Handy und klickte ihren Instagram-Account an. «Tatsächlich. Schräg. Normalerweise bleiben die Storys vierundzwanzig Stunden oben.»

Nun verstand Hannah Caroles Anspielung von eben. Sofort war sie alarmiert. «Hat jemand deinen Account geknackt? Du musst vorsichtig sein, Winny, ich kann es nicht oft genug sagen.»

«Ach, hör doch auf. Du übertreibst, und dabei passiert nichts. Nada. Nichts klappt. Nichts von dem, was du wolltest. Die Polizei hätte längst eingreifen müssen. Und wo sind sie? Nirgends. Arielles Tod ist das, was er war. Ein Unfall. Dein Plan ist nicht aufgegangen.» Winny sah Hannah an. «Menschen sind keine Schachfiguren.»

Sie will mich nur reizen, weil sie immer noch wütend ist auf sich. Und frustriert, weil wir keinen Schritt weiterkommen. «Die Generalprobe fängt bald an», sagte Hannah, ohne auf Winnys Ausbruch einzugehen. «Hat dich jemand gesehen, als du gekommen bist?»

«Nein, und wenn, hätte mich niemand erkannt.» Winny zeigte auf Kapuze und Sonnenbrille.

«Gut. Dann verschwinde. Nimm den nächsten Bus zum Bahnhof und die S-Bahn in die Stadt. Da machst du zwei Dinge. Du holst den Brief mit dem Testresultat. Danach gehst du noch einmal zu Strahland. Allan wird nicht mehr da sein, für die Generalprobe muss er herkommen. Du hast freie Bahn, um dich gründlich umzusehen. Wir brauchen diesen Ordner. Versuche, in den Computer zu kommen. Wenn wir Glück haben, hat Allan die Dokumente gescannt, er ist sehr genau.»

Winny sah Hannah an, das Gesicht fassungslos. «Und die Generalprobe?»

«Du spielst morgen die Premiere. Bis dahin bist du verschwunden.»

«Hannah, das kann ich nicht machen. Priss wird Beatrice übernehmen. Und ich bin draussen.»

«Bestimmt nicht.»

«Ich habe mich super vorbereitet. Es wird viel besser als gestern.»

«Gestern bist du geflogen, heute würdest du stolpern.»

Ein Kreuzfeuer der Blicke. Viele Fragen, keine Antworten. Alles basierte auf dieser hauchdünnen, brüchigen Schicht des Vertrauens.

Schliesslich gab Winny nach. «Dann geh ich halt. Schöne Probe.» Sie schulterte ihre Sporttasche.

«Wenn du den Ordner hast, gibst du mir Bescheid.» Das Bild des bulligen Verfolgers schoss Hannah durch den Kopf. «Melde dich jede Stunde. Per SMS. Sonst lasse ich dich suchen.»

Winny schulterte ihr Bag, begann plötzlich zu lachen. «Von der Polizei, hä? Das glaubst du ja selbst nicht. Grüss Yannik von mir.»

Bevor Hannah nachfragen konnte, war Winny weg. Warum war Hannah nicht überrascht? Yannik und Winny ... sie hatte es geahnt, seit sie den beiden gestern beim Spielen zugeschaut hatte. Es war pure Zauberei gewesen.

21

«Die vom Filmcasting? Die sind im grossen Gruppenraum im ersten Stock.»

Diese Auskunft bekam Meier vom jungen Benedict-Darsteller in Kostüm und Maske. Offenbar war im Schlosscafé ein Presseanlass gewesen, der sich gerade auflöste. Nun strömten alle zum Festplatz, die Vertreter der Presse Richtung Tribüne, die Schauspieler und der Stab in Richtung Bühne und zu ihren Auftrittsorten. Es war ein Gewusel auf dem ganzen Platz, der im Licht der beginnenden Nacht in wahrhaft magischem Glanz erstrahlte. Umso düsterer dünkte Meier das Treppenhaus des Schlosses.

Vor der Tür des Gruppenraums wartete eine junge Frau mit Kaugummi, Kopfhörern, abgekauten Fingernägeln und rezitierte mit geschlossenen Augen einen Text.

«Entschuldigung, geht's hier zum Casting?», fragte Meier.

Sie reagierte auch beim zweiten Mal nicht. Schliesslich klopfte Meier dezent, ging hinein und drückte sich sogleich an die Wand. Rollos verdunkelten den Raum, im schwachen Licht war ein heller Kachelofen zu sehen, neben dem sich eine junge Schauspielerin produzierte, etwas in eine Minikamera auf einem Stativ schluchzte. Vor ihr sass eine Frau am Holztisch, in ein Tablet vertieft. Das musste sie sein, Kleo Z. Mittelgross, mit glattem, zu straffem Gesicht und Haaren so schwarz, dass sie wie poliertes Leder wirkten. Die Kleidung, dezent elegant in gebrochenem Weiss und einem schwarzen Hosenanzug, an den Füssen passende Stiefel, deren Trommeln auf dem Boden ein Geräusch verursachten, das sich in dem Masse steigerte, wie die Schauspielerin stammelte.

«Wer ist das?», unterbrach diese plötzlich ihren Monolog und deutete auf Meier.

Das hätte sie besser nicht getan. Kleo Z. kanzelte die Frau kalt und knapp ab, wer nicht mit Störungen umgehen könne, habe auf einem Set nichts verloren, und warf sie hinaus. Anders konnte man den Vorgang nicht beschreiben.

Zwei graue Augen musterten ihn interessiert. Er sprang sogleich in medias res.

«Frau Zürcher, wieso haben Sie mir verschwiegen, dass Sie früher auch Schauspielerin waren?»

Sie reagierte zurückhaltend, holte einen Zigarillo hervor. «Wieso? Ist das wichtig?»

«Sie gehörten zur Truppe, mit der Perron seine ersten Erfolge feierte.»

«Sie waren also in Konstanz? Ich dachte, die Untersuchung sei eingestellt. Nika hat mir gesagt, dass die Beerdigung nächste Woche stattfinden kann.»

Meier fühlte sich grimmig. «Es gibt neue Hinweise auf ein Verbrechen, Frau Zürcher, und damit sieht alles anders aus.»

«Weiss das das Ensemble?» Sie machte eine Handbewegung zum Fenster.

«Spätestens morgen werden wir sie informieren.»

Sie schwieg, ihr Gesicht unbeweglich.

«Können wir einen Kaffee trinken?», fragte Meier.

«Hab ich eine Wahl?»

«Ich kann Sie auch zur Einvernahme bestellen, zusammen mit allen anderen.»

«Zehn Minuten. Kein Kaffee.»

Sie liess die Rollos nach oben, um etwas Licht hereinzulassen, setzte sich auf einen Stuhl im Erker, schlug die Beine übereinander, die Arme verschränkt.

Meier zog das Konstanzer Programmheft hervor und nahm den anderen Stuhl.

«Das ist die junge Nika Bergmann. Sie hatte ein Verhältnis mit Perron, er hat sie sitzen lassen. Jahre später engagiert er ihre Tochter Arielle, auf Ihre Vermittlung, Frau Zürcher. Ich kann einfach nicht verstehen, warum Perron, ein leidenschaftlicher Verfechter seiner Stücke, in denen er meist die Hauptrolle spielt, ein eitler Mensch mit narzisstischen Zügen, wenn ich das richtig einschätze … Ich kann nicht verstehen, warum dieser Perron eine

Arielle Bergmann engagiert, die eine riesige Community hat, aber keinen Shakespeare-Satz zustande bringt und die ganzen Proben über auf die Hilfe einer Souffleuse angewiesen ist.»

Meier holte Luft. «Es wäre eine Katastrophe geworden. Und darum, Frau Zürcher ...», er beugte sich vor, «... habe ich mir die Gründe überlegt, die zu Arielles Engagement geführt haben könnten. Hat Perron Ihnen einen Gefallen getan? War er Ihnen etwas schuldig?»

«Es war der Wunsch des Sponsors. Mehr habe ich dazu nicht zu sagen.»

Ein Blick auf sein Notizbuch half Meier bei der nächsten Frage.

«Rosalind Guareschi und Ophelia, so hiessen zwei junge Schauspielerinnen. Ich habe versucht, mehr über diese Frauen herauszufinden. Nicht mal meinem besten Mitarbeiter ist das gelungen. Sie sind einfach verschwunden, nicht mehr im Sozialsystem präsent, entweder sie sind gestorben, verschollen oder haben ihre Namen gewechselt. Zwei Frauen aus derselben Inszenierung.»

Kleo Z. steckte sich den Zigarillo zwischen die Lippen. Meier stand auf und nahm ihr die Streichhölzer aus den Fingern, gab ihr Feuer.

Ein Mann steckte den Kopf ins Zimmer. «Kleo, wir fangen an. Oh, nimm E-Zigaretten. Hier ist Rauchverbot.»

«Raus», sagte Kleo Z. und blies Rauch in seine Richtung. Der Mann verschwand. Als das Schweigen unangenehm wurde, begann sie zu sprechen. «Die vier Hexen, so hat er uns genannt. Wir waren alle frisch von der Schauspielschule. Simon war etwas über dreissig, seit sieben Jahren verheiratet ...»

«... mit Ruth.»

Kleo Z. sah Meier erstaunt an. «Meine Güte, Sie wissen Bescheid. Was wollen Sie noch von mir?»

«Die Zusammenhänge, wenn's recht ist.»

«Es ist schwierig zu erklären.»

«Versuchen Sie es. Ich habe früher Musik gemacht, ich kenne das künstlerische Umfeld.»

«Klassisch?»

«In einem Streichquartett. Alles Männer. Und eine Frau.»

Sie lachte. «Und was lief da ab zwischen Ihnen? Ausserhalb der Noten?»

Meier erinnerte sich an angespannte Proben, verhaute Töne, an schwitzende Finger, springende Saiten und an seine Gefühle für Mimi, die Violinistin, die mit dem Leiter des Konservatoriums liiert war.

«Es war … vielschichtig.»

«Jetzt geben Sie Shakespeares Worte dazu, und schon haben Sie das Drama. Es war eine wilde Zeit. Damals habe ich mir geschworen, die Seite zu wechseln.»

«Sie wollten selbst an die Macht?»

«Ich hab's geschafft.»

Meier zog sein Notizbuch. «Was ging denn zwischen Perron und den Frauen ab? Können Sie mir auf die Sprünge helfen?»

«Nika war eine unglückliche Affäre, Rosalind und das Mädchen, dessen Namen ich vergessen habe, waren Ausrutscher. Und Ophelia … Ophelia war Perrons grosse Liebe. Sie hätte ihn zähmen können, um es theatralisch auszudrücken.»

Meier holte Luft. «Das bedeutet, dass Simon Perron …», er zählte es an den Fingern ab, «… mit vier Frauen mehr oder weniger gleichzeitig liiert war, fünf, wenn man seine Frau mitrechnet.»

«Sechs. Mit mir.»

Nun blieb ihm der Mund offen stehen.

«Ein One-Night-Stand.» Sie inhalierte. «Im wahrsten Sinne des Wortes. Der Begriff kommt aus der Schaustellerbranche und meinte ursprünglich eine einmalige Aufführung.»

Wieder was gelernt, dachte Meier und notierte.

«Er war übrigens nicht der Einzige, der sich so verhielt», fuhr Kleo Z. fort. «Aber der Einzige, der so gut ankam. Er war …», sie überlegte, «… er war unglaublich. Jede wäre zu ihm ins Bett geschlüpft. Charisma auf zwei Beinen. Ganz abgesehen davon, dass er dir die Tür öffnen konnte. Ein Anruf von Perron bedeutete den Himmel auf Erden.»

«Was blieb davon übrig?»

«Ich kann nur sagen, was nicht übrig blieb. Ophelia verschwand direkt nach den Aufführungen, von Rosalind habe ich nie mehr etwas gehört, Perron ist zu seiner Frau zurückgekehrt. Nika war am Boden zerstört. Hat entschieden, dass der Beruf nichts für sie ist. Hat ihren Weg gemacht. Hat ihre Tochter bekommen, nicht von Perron, falls Sie das vermutet haben.» Sie deutete auf Meiers Namensnetz, das auf seinem Notizblock entstanden war. «Vergessen Sie dieses Motiv. Perron und Nika haben sich erst wiedergesehen, als ich Arielle vorgeschlagen habe. Der Sponsor bestand auf einer jungen Social-Media-Prominenten. Für Arielle war es eine Chance. Dass sie den Text nicht konnte, war ein Problem, das muss ich zugeben. Ich hatte es unterschätzt.»

Meier überlegte. «Sagen Sie mir, was Nika Bergmann dazu gebracht hat, Ihre Tochter Perron anzuvertrauen? Wenn Sie mich fragen, ist das eine Form von Kindsverkauf.»

«Man hat es ihr nicht angesehen, aber Arielle war eine toughe Geschäftsfrau. Sie wusste über die Verbindung zwischen Perron und ihrer Mutter Bescheid. Fand es einen Vorteil, er musste respektvoll bleiben, konnte nicht ausrasten.»

«Ausrasten?» Meier merkte auf. «Das hat im Zusammenhang mit ihm noch niemand erwähnt.»

«Er hat ein übles Temperament. Äbischer und Tschirky können beide ein Lied davon singen.»

«Und Sie haben wirklich keine Ahnung, wo Ophelia und Rosalind heute leben?»

Kleo Z. schüttelte den Kopf. «Fragen Sie Nika.» Kleo sah auf die Uhr. «Sie erwartet übrigens Ihren Anruf.»

Hatte Kleo gewusst, wie das Gespräch laufen würde?

Sie lächelte grimmig. «Wenn ich Sie zu Jens Röve schicke, musste ich damit rechnen. Wir sind eine einzige grosse Familie, das sollten Sie mittlerweile gemerkt haben.»

«Bis heute?»

«Manche Familienmitglieder verschwinden, andere sterben, andere werden geboren, ganz wie im richtigen Leben.»

Sie stand auf.

Meier tat es auch. «Eine Frage hätte ich noch. Arielles Nagellack …»

«Metallica, ihre Hausmarke.» Kleo Z. zeigte ihre eigenen Nägel her. «Nie ohne meinen Nagellack, ist unser beider Devise.» Sie unterbrach sich.

«Sie wird keinen Nagellack mehr auftragen», sagte Meier sanft. «Falls es irgendetwas gibt, das Sie mir verschweigen, etwas, das mir weiterhelfen könnte in meiner Bemühung nach der Wahrheit, dann melden Sie sich doch.» Er legte ihr seine Karte hin.

Kleo schwieg. Schliesslich machte sie den Zigarillo aus. Es stank, Meier war froh, hinauszukommen.

Erneut steckte der Assistent den Kopf herein. «Bitte, Kleo. Alle warten auf dich. Die Generalprobe beginnt gleich.»

Kleo bedeutete Meier, ihr zu folgen. «Schauen Sie zu! Wir leben nur für diesen einen Moment, für die Magie. Und sind bereit, alles dafür zu bezahlen.»

Sie betraten einen anderen Raum auf demselben Stock, ebenfalls verdunkelt. Spannung lag in der Luft, Meier spürte es sofort. Er sah eine Kamera, das grelle Licht von zwei Scheinwerfern, der Rest des Raums war dunkel. Ein Schauspieler, der Meier bekannt vorkam, streckte die Hand nach einem kleinen Jungen aus, der sich an die Heizung klammerte.

«Und bitte», ertönte Perrons Stimme.

Meier war überrascht. Er hatte nicht damit gerechnet, den Regisseur anzutreffen. Er trug das nachtblaue Kostüm, die Halbmaske auf die Stirn geschoben, eine Lesebrille auf der Nase, seine Füsse wippten, er sah gespannt aus, voller Energie, wie ein Schnellzug kurz vor dem Start und dennoch auf den Moment konzentriert. Beeindruckend irgendwie, bei dem Gedanken ertappte sich Meier.

Der Junge verharrte weiterhin stocksteif, hing an der Heizung wie ein Klotz. Dafür lebten seine Augen umso mehr, dunkle Augen, in denen alle Angst der Welt zu sehen war. Auch wenn er gewollt hätte, Meier hätte den Blick nicht mehr lösen können. Nun kam eine Hand ins Bild, schwebte über seinem Kopf, dem Haar, dem T-Shirt mit einem Star-Wars-Motiv, schwebte weiter, bedrohlich, sinnlich, geheimnisvoll. Halt, wollte Meier schreien, was geht hier ab? Seid ihr verrückt? Das ist ein Kind. Da sah er, wie Perron und Kleo Z. einen Blick tauschten, wie sie in einen Bildschirm schauten, auf dem das Gesicht des Jungen immer näher gezoomt wurde. Die Augen wirkten erschreckt und neugierig zugleich. Nun hielt die Hand inne, machte eine unmissverständliche Geste. Der Junge verharrte in seiner Lähmung.

«Wunderbar machst du das», schmeichelte Perron. «Danke, dass du deine Gefühle mit uns teilst. Wir sind gleich fertig, nur noch einen Augenblick. Streck mal deinen Kopf, fühl dich stark, als hättest du eine Sechs in Mathe gehabt. Und nun geh.» Plötzlich wurde seine Stimme scharf, peitschend. «Geh. Schneller, renne, laufe, er ist dir auf den Fersen, gleich hat er dich, du musst dich schützen.» Und dann wieder dieses Schmeicheln. «Entspann dich, mach dich winzig.»

Ein kleiner Mensch lag auf dem Boden, verloren, verlassen, schutzlos. Alle im Raum hielten den Atem an, auch Meier.

«Danke dir, du warst toll.» Perron kniete sich neben den Jungen, gab dem Kameramann das Zeichen, nicht aufzuhören, weiterzudrehen. «Du kannst aufstehen.»

Einundzwanzig, zweiundzwanzig ... dann rappelte der Junge sich auf und blinzelte unsicher. Das Licht ging an. Alle begannen gleichzeitig zu reden, Perron, der Kameramann und Kleo Z.

Plötzlich hielt Meier es keine Sekunde mehr aus. Draussen musste er sich erst fassen. Das war faszinierend und abstossend zugleich gewesen. Schnell ging Meier davon, beschämt über seinen Voyeurismus. Bis er hinter sich einen Laut hörte, im Spiegel den Jungen bemerkte, der sich durch den Türspalt nach draussen drückte, Tränen im Gesicht.

Die ersten echten Tränen, die Meier heute sah. Als er sich zu ihm beugen wollte, riss ihn eine Frau zurück. «Was machen Sie da?»

Die Mutter des Jungen, die im Treppenhaus gewartet hatte. Meier sah sich durch ihre Augen, ein Mann, mit verstrubbeltem Haar, das Hemd verschwitzt, die abgewetzte Lederjacke über der Schulter, eine leichte Fahne nach dem Festwein und Zigarillos.

«Ist das Ihr Sohn? Er ist komplett verstört. Sie sollten ihn diese Rolle auf keinen Fall spielen lassen.»

Bevor sie ihrer Irritation Ausdruck geben konnte, klappte hinter ihnen die Tür auf. Kleo Z. war nicht amüsiert, dass Meier noch da war.

Meier starrte sie an. «Sie benutzen ein Kind?»

«Kommen Sie zur Filmpremiere, dann sprechen wir uns wieder», sagte sie mit eisernem Lächeln, bevor sie sich der Mutter des Jungen zuwandte und ihre dezente Begeisterung über seine Leistung anbrachte. Die Mutter schmolz dahin.

Halt, stopp, du verkaufst deinen Sohn dem Teufel, wollte Meier schreien. Aber als er ihren strahlenden Stolz sah und den Jungen, der das traumatische Erlebnis offenbar bereits verarbeitet hatte, gab er auf. Diesen Film würde er ganz sicher nicht sehen wollen.

Eine Nachricht von Zita. Sie und die Kinder würden noch mal bei Malou essen. Fütterte sie seine Söhne jeden Abend mit Kebab, nur um nicht zu Hause sein zu müssen? Meier fühlte sich traurig und schwer. Was war das nur mit diesem Leben? Der Versuch, Zita zurückzurufen, scheiterte. Eine Nachricht zu schreiben, hatte er keine Lust. Er musste mit ihr reden, dieses Getexte war tödlich. Meier seufzte, er hatte Sehnsucht nach seinen Kindern, nach Finn, Theo, nach Lily. Zita war eine Rabenmutter, dass sie ihn einfach so aus dem Familienverkehr gezogen hatte, nur weil er ihren London-Plan nicht unterstützte.

Von der Schlossbrücke aus sah Meier zur Bühne. Die Generalprobe hatte noch nicht begonnen, konnte sie gar nicht, solange der Maestro in der Jägerstube die Seele eines kleinen Jungen frass. Angewidert wandte Meier sich ab, versuchte es bei Rahmadini. Der ging sofort ran, war bei der Getränkebar auf dem Pausengelände im Einsatz und freute sich über den Vorschlag, Meier nach der Probe zu treffen, um ihm seine Eindrücke zu schildern. Meier beschloss, in der Zwischenzeit in sein Kabuff zu fahren. Es schadete nichts, die Ereignisse dieses Tages festzuhalten und sich über das weitere Vorgehen klar zu werden.

22

Die Generalprobe hätte längst anfangen müssen. Nervös atmete Yannik Turner ein. Er konnte es kaum erwarten, Benedict zu spielen. Das Setting war einfach perfekt. Die Sonne war untergegangen, in der Luft lag ein Duft von gemähtem Gras. Von der Tribüne her war Lachen und Schwatzen zu hören. Neben der Bühne nahmen die Musiker Platz, im Stück spielten sie auch die Polizisten.

Tschirky, der die Funktion eines Inspizienten übernahm, schickte Yannik zu den anderen Schauspielern, sie sollten sich bereit machen.

«In fünfzehn Minuten fangen wir an.»

«Wo ist Winny?», wandte Yannik sich an das Liebespaar, deren wirkliche Namen niemand benutzte. Sie waren für alle einfach Hero und Claudio, die sich seit der ersten Probe an den Lippen hingen, auf und hinter der Bühne. So auch jetzt.

Yannik räusperte sich. «Sorry für die Störung. Wisst ihr, was los ist?»

Keine Antwort. Gerade als Yannik einen zweiten Versuch starten wollte, kam Don John dazu, der Bösewicht, im wirklichen Leben Bruno, ein netter Kollege.

«Simon ist eingetroffen. Die Pferde sind am See vorne bereit, es geht los. Keine Bange, Yannik, du kommst zu deinem Einsatz.» Er zwinkerte ihm zu. Bruno wusste, wie wichtig diese Probe für Yannik war.

«Winny ist noch nicht da.»

Es schien niemanden gross zu kümmern, zumindest gab es keine Reaktion. Da trat Hannah zu ihm, die Ursula im Stück. Mit der Perücke sah sie eigenartig aus. Yannik hatte bis jetzt kaum mit ihr geredet.

«Winny wird kommen, mach dir keine Sorgen. Ihr spielt das sehr gut zusammen, übrigens.»

«Findest du?»

«Du magst sie.»

Es war keine Frage.

Er zögerte, nickte, konnte ein Strahlen nicht verhindern.

Schon war sie weg, bereit für den Auftritt der Frauen.

Yannik nutzte die Wartezeit und beobachtete durch einen Spalt in den Stoffbahnen die vordersten Reihen. Sie waren voll. Sponsoren, Gönner und ihre Gäste. Ein erster Gradmesser, wie das Stück beim Publikum ankommen würde. Die Stimmung schien gut, voller Vorfreude.

Um einen Blick auf den oberen Teil der Tribüne zu erhaschen, machte Yannik einen Klimmzug an der Gerüststange. Zum Glück hatte er seine Brille noch an, später, während der Vorstellung, musste er sie ablegen.

«Benedict mit Brille, das geht gar nicht», hatte Simon gesagt.

Für Yannik war es nicht ideal, ohne sah er kaum etwas, Linsen vertrug er nicht. Während er das Publikum musterte, wurde er nervös. Er hatte das Gerücht gehört, dass die Castingfrau Kleo Z. angereist war. Es ging um die Besetzung von Simons nächstem Film, einem Thriller. Die männliche Hauptrolle, ein junger Mann, Missbrauchsopfer, der sich an den Tätern rächte, die Rückblenden in die Kinderzeit würden von einem Laienjungen gespielt. Es war eine internationale Koproduktion, ein Sprungbrett. Simon hatte mehrfach Andeutungen gemacht, dass er sich Yannik in der Rolle sehr gut vorstellen könne, aber ohne Kleos Okay entschied er nichts.

Die Castingfrau würde staunen, wenn sie Yannik als Benedict sehen würde. Seit Arielle weg war, machte das Ganze nämlich Spass. Mit Winny lief es rund, Yannik freute sich aufs Spielen, fühlte, wie er in jeder Szene besser wurde. Simon hatte ihn gestern bei der Kritik so oft gelobt wie die ganzen Wochen davor nicht. Zum ersten Mal in seinem Leben als Schauspieler fühlte Yannik sich sicher. Absurd. Immerhin hatte er eine Schauspielschule hinter sich und drei Jahre Stadttheater.

Mittlerweile war es nach zwanzig Uhr, und die Luft stand immer noch. Es würde eine weitere tropische Nacht werden. Yannik nahm einen Schluck Wasser. Am meisten freute er sich auf den Heiratsantrag am Schluss. Um ihm mehr Gewicht zu geben, hatte Simon diesen mit einer Textergänzung ausgestattet. Sie nahmen nochmals den Streit vom ersten Auftritt auf und verwandelten bissige Sprüche in Liebeserklärungen. Jedes Wort hatte eine doppelte Bedeutung. Yannik wurde schwach vor Freude, wenn er daran dachte, wie er Beatrice gleich in den Arm nehmen und küssen würde. Endlos hatte er sich die Szene vorgestellt. Für ihn war es ein Glück, dass Arielle weg war.

«Yannik!», sagte Priss, die neben ihm aufgetaucht war. «Hast du das gesehen?» Sie holte ihr Handy aus der Tasche des Kostüms, rieb sich dabei an seiner Seite. Niemals hätte er sich damals auf sie einlassen sollen. Aber durch sie war er überhaupt hergekommen. Drähte waren wichtig. Jeder Draht konnte deine Karriere einen Schritt weiterbringen.

«Schau mal.» Sie deutete auf den Bildschirm. Yannik bemerkte, dass auch einige Techniker und die Musiker auf ihre Handys starrten, grinsten.

«Ist das nicht eklig?»

Als Yannik Winnys irren Blick unter halb geschlossenen Augen sah, wie sie an der Kette baumelte, wurde ihm übel.

«Was ist das?», flüsterte er.

«Ein Video von der Apt», erklärte Priss.

«#zeigmirwerdubist, was meint sie damit?»

«‹Zeig mir, wer du bist›, sagen sie uns meist bei den Vorsprechen. Euch nicht?»

Yannik schüttelte den Kopf.

«Warum macht Winny so was?»

«Will ein Star sein, will absahnen um jeden Preis.»

«Das glaub ich nicht.» Yannik war verwirrt, so hätte er Winny niemals eingeschätzt. «Woher hast du diesen Film?», fragte er.

«Ist das ein Verhör?» Priss wirkte aggressiv. «Hat mir jemand geschickt.»

«Wer?»

«Niemand.» Priss' Blick flackerte.

Yannik bemerkte, dass sie zu Res schaute, einem der Musiker. Auch Claudio und Hero starrten mittlerweile auf den Bildschirm, eng aneinandergeschmiegt, nur die Lippen hatten sich gelöst. Etwas weiter vorne steckten Grete Kolb, Belle und die Kostümtante die Köpfe zusammen.

«Das ist eine Aktion.» Yannik packte Priss am Arm.

«Was?» Sie machte sich von ihm los.

«Res hat es geplant und den Film allen gleichzeitig geschickt. Ihr wollt Winny fertigmachen.»

«Wie kommst du auf diese Idee?» Priss' Stimme war hoch und ihr Gesicht rot.

«Weil sie euch die Show stiehlt.»

Tschirky kam angerannt. «Alle mal herhören.»

Als die Musiker sich nicht rührten, zischte er sie ungeduldig an, ebenso Claudio und Hero. «Auf der Stelle, bitte!»

Neugierig kam das ganze Ensemble zusammen.

«Es gibt ein Problem. Winny ist nicht hier.»

Yannik fühlte, wie ihm der Angstschweiss ausbrach. «Was ist passiert?», fragte er.

«Ich habe keine Ahnung, wollte euch nur mal informieren.»

Sie würden absagen. Yannik hatte es geahnt. Da war er einmal kurz davor, eine wirklich tolle Filmrolle zu ergattern … Yannik schluckte seine Enttäuschung hinunter. Was auch immer passierte, wichtig war, dass es Winny gut ging. Dieses Gefühl überwältigte ihn. Winny war wichtiger als alles andere.

«Und was sagen wir den Zuschauern, die Tribüne ist fast voll?», fragte Priss und wirkte scheinheilig.

Tschirkys Blick ruhte auf Priss. «Das Publikum heimzuschicken ist keine Lösung. Wir würden die Leute verärgern. Wir müssen einfach spielen. Wir brauchen eine neue Beatrice.»

Yannik bemerkte, wie Ekel Priss' Züge überzog. Bevor sie wieder dieses idiotische Lachen aufsetzte.

Da stiess Simon dazu, in Kostüm und Maske. «Sorry, liebe Leute, es ist einiges schiefgelaufen. Winny ist verhindert, morgen wird sie da sein. Heute Abend müssen wir improvisieren.»

Ein Gemurmel setzte ein.

«Wir spielen also nicht?», fragte Priss mit erstickter Stimme und sah zu Tschirky, der seine Hände hob. Ich kann nichts dafür, sagte seine Geste.

«Nein, wir machen etwas anderes», sagte Simon. «Dafür brauche ich die Musiker, die Technik und Grete. Und die grossen Rollen. Ihr anderen dürft nach Hause gehen, wenn ihr wollt. Ansonsten seid ihr herzlich zum Zuschauen eingeladen. Aber ...», damit erhob er seine Stimme, verfiel in einen scharfen Ton, «... nichts davon geht raus. Falls ich morgen in der Presse darüber lese oder im Netz, seid ihr draussen. Und ihr werdet nie mehr einen Job finden.» Mit einem Lachen lockerte er die Atmosphäre. «Das habe ich absolut ernst gemeint.»

***

Rose ging die Treppe hinunter zum Schanzengraben, sie war müde. Gestern war die Kostümbildnerin bei ihr aufgetaucht, im Auftrag von Hannah. Stumm hatte Rose ihr den Schlüssel ausgehändigt. Allans Geschenk für sie, der Zugang zu Heizung, Toilette, einem Bett. Und sie gab es einfach so her. Aber wenn die Kriegerin rief ... Mit Hannah verband Rose so vieles, sie musste ihr dankbar sein. Das phantastische Trio. So hatten sie sich genannt. Hannah war Anne, die Kriegerin, sie selbst Rosalind, die Abenteurerin, und Ellie Ophelia, die Magierin.

Hoffentlich fand Rose die Gelegenheit, Allan alles zu erklären. Aus der Helvti-Bar kam gemütliches Geplauder. Ein Cappuccino würde ihr guttun. Aber nicht mit diesem Gesicht. Die Menschen würden Angst bekommen. Es brauchte noch einige Tage, bis alles abgeheilt war.

«Hast du mir dreizehn Franken fünfzig?»

Alba. Die Hand ausgestreckt, die Augen gesenkt, sprach sie ihre Formel.

«Es tut mir leid, Alba, ich habe nichts mehr.»

Alba hob erstaunt den Kopf. «Rose? Seit wann kannst du sprechen?»

Seit ich wieder lebe, hätte Rose am liebsten gesagt. Alba war so überrascht, dass sie nicht weiter insistierte, und erst als Rose weiterging, schwang sie sich zu einem «ich würde auch weniger nehmen» auf.

Rose winkte ihr zu. Vielleicht beim nächsten Mal. Unten angekommen, verschnaufte Rose ein wenig, sah den Wasserballern von der Männerbadi beim Training zu. Das Atmen tat ihr immer noch sehr weh, sie hatte bestimmt eine Rippe gebrochen. Allan hatte ihr Medikamente versprochen. Rose spürte, wie ihr warm wurde, wenn sie an ihn dachte. Ein Missverständnis hatte damals ihre Liebesgeschichte beendet. Ihn nun so verletzlich und offen zu sehen, hatte sie weichgemacht.

Plötzlich blieb Rose stehen. Wo war ihr Zelt? Sie drehte sich um. Doch es blieb verschwunden. Noch einmal umdrehen. Wo es gestanden hatte, in der Nische zwischen Busch und Mauer, baumelte nur noch die Wäscheleine. Rose ging näher, die Schmerzen vergessend. Im Gebüsch, begraben unter frühzeitig verdorrten Blättern, fand sie einen verkohlten Rest des Schlafsacks, den sie an der karierten Stoffecke erkannte und am aufgenähten Teddy. Ihr Wagen war weg. Einzig der Seidenschal schaukelte im Wasser, verfangen in einem rostigen Eisenpfosten.

Rose erinnerte sich an den Jugendlichen, spürte die Härte seiner Schuhkappe, glaubte, seine Hand mit dem Streichholz zu sehen. Sie schnupperte. Es roch nach kalter Asche und Petroleum. Er hatte seine Drohung wahr gemacht.

Einer der Wasserballer hatte Rose entdeckt und rief ihr zu: «Alles abgebrannt. Tut mir sehr leid. Mitsamt dem Mann in deinem Zelt. Ich habe die Sanität gerufen. Ich hoffe, er hat überlebt.»

Rose versuchte zu verstehen. Hatte Allan sie besucht? Und war Opfer des Brands geworden? Rose fühlte sich wie gelähmt. Bis ein Geräusch ertönte, ein Frankenstück, das über den Boden rollte. Vor ihr stand ein älterer Herr. Sah sie auffordernd an. Bettlerin, da hast du deinen Lohn, sag gefälligst Danke.

Sie senkte den Blick. Sah dem Fluss beim Fliessen zu. Normalerweise gab es keine Wellen, nun wippten sie. Es war ein besonderer Tag, heiss und fiebrig. Bald würde ein Gewitter kommen. Rose rappelte sich auf, spürte kaum mehr Schmerzen, fischte das Halstuch aus dem Wasser, wrang es aus, schlang es um den Hals, drehte um und ging wieder zurück zum Botanischen Garten. Allan war ins Krankenhaus gekommen, das hatte der Wasserballer gesagt. Vielleicht konnte sie ihn dort besuchen. Die Kriegerin würde ihr helfen. Sie hatte es ihr versprochen. Rose würde auf sie warten. Nun, da sie den Schlüssel hatte, würde sie irgendwann in Allans Büro auftauchen.

«Haben Sie mir dreizehn fünfzig?» Albas Stimme.

«Da, habe ich bekommen.» Rose steckte ihr den Franken hin. «Ciao, meine Liebe, mach's gut.»

Über die Brücke und dem Sihlufer entlang erreichte Rose die Kaserne, wo im Garten ein Fest im Gange war. Es gab viele Stände, roch nach scharfem Essen, die Luft war erfüllt von Schwatzen und Lachen. Rose liess es hinter sich, ging über die Militärstrasse bis zu Allans Hof. Die Metzgerei war dunkel. Auf dem Trottoir herrschte die übliche Geschäftigkeit. Eine wie Rose wurde da nicht beachtet. Dennoch traf sie eine Vorsichtsmassnahme, noch einmal wollte sie nicht angegriffen werden, und zog sich in den Hauseingang gegenüber zurück, wo sie das Junkie-Mädchen bat, etwas zur Seite zu rutschen. Das Mädchen sah sie teilnahmslos an, machte aber, was sie sagte. Rose hockte sich neben sie, bastelte aus ihrem Mantel ein Kissen.

An die Wand gelehnt, döste sie weg, bis das Mädchen sie etwas fragte. Natürlich würde sie ihr helfen, ihren Schuss zu setzen. Rose stellte sogar ihr Halstuch zur Verfügung, das sauberer war als der Jackenärmel, den das Mädchen dafür nehmen wollte. Danach sank Rose in sich zusammen. Nur ihre Augen waren wach, durch die Haarsträhnen beobachtete sie das Tor gegenüber. Irgendwann musste Hannah kommen.

23

Hannah beobachtete durch die Glastür des Schlosscafés, wie Perron unter grossem Applaus die Bühne betrat, gefolgt von den beiden Musikern, Kolb, sowie der Bankerin, Tosca Badovic, die im Bleistiftrock und den Stilettos wie immer sensationell aussah. Perrons Plan war so einfach wie genial. Er würde dem Publikum ausgesuchte Stellen aus dem Stück vorlesen, Kolb würde dabei sämtliche Frauenrollen übernehmen, und Badovic würde ab und zu unterbrechen, um Fragen zu stellen. Die Hauptrollen, im Schneidersitz oder an die Stangen gelehnt, rahmten dieses Bild eines Werkstattgespräches ein. Das Ganze wurde als Überraschung präsentiert. Ein Einblick ins Leben vor der Generalprobe, intim und öffentlich zugleich.

Niemand im Publikum ahnte, dass dies eine Notlösung war. Es war Perrons Stärke, schon immer gewesen, in der Katastrophe lief er zur Hochform auf. Gleich mit seinen ersten Sätzen hatte er das Publikum in der Tasche. Er gestikulierte, warf Fragen in die Runde, Visionen, hörte zu, erklärte, ging weiter, meisterte elegant den Spagat zwischen Regisseur, Produzent und Schauspieler. Perron war ein Tausendsassa, ein Chamäleon, ein Alleskönner, der die Arschbacken zusammenkniff und Gas gab. Augen zu und durch, alle Kraft voraus. Das würde er sich vor jeder Produktion sagen, ab da lasse er sich verschlingen. Da gebe es kein Privatleben mehr, keine anderen Jobs, nur noch dieses Stück und die Umsetzung. Seine Mitarbeiter wüssten das, würden gelegentlich unter seinen Trips leiden, ihm aber bedingungslos folgen.

Das Publikum war fasziniert, wer wäre es nicht? Die Menschen liebten Macher und deren Energie, weil sie die Illusion hatten, sie könnten etwas davon für sich bekommen. Kolb gab sich Mühe, unterstützte Perron nach Kräften, Hero, Claudio, Yannik versprühten dekorativen Jugendcharme. Es war ein Feuerwerk. Nur Badovic hatte keine Chance, sie wurde auf eine reine Stichwortgeberin reduziert. Hier das Geld, da die Kunst.

Hannah warf einen Blick auf ihr Handy. Keine Nachricht von Winny. Und dabei musste sie längst im Strahland-Büro angekommen sein. Zum wiederholten Mal schrieb sie einen Text, bat Winny um Informationen, erinnerte sie an den Brief mit dem Resultat, den sie abholen müsse, drohte, schmeichelte. Keine Antwort. Hannah fühlte, wie sie nervös wurde, sie hielt es kaum mehr aus auf dem Sitz.

«Lass mich mal durch», flüsterte sie ihrem Sitznachbarn zu, dem netten Kollegen, der Bösewicht Don John im Stück. Der Einzige, der sich nicht von Perron auf die Bühne hatte locken lassen, er sei nicht gut im Improvisieren.

«Ich gehe heim. Hier braucht mich keiner», sagte Hannah.

Don John zwinkerte ihr zu. «Geniess den freien Abend. Ich sag's auch nicht weiter.»

Hannah ging über die Brücke zum Schloss. Eigentlich war die Garderobe für die kleinen Rollen im dritten Stock, aber Hannah liess ihre Sachen lieber in einem unbenutzten Schrank im Gewölbesaal. Dort angekommen, setzte sie sich vor den Spiegel, verrieb Abschminkcrème auf dem Gesicht, entfernte das Make-up, warf den Wattebausch in den Müll, rubbelte, bis der letzte Rest Farbe verschwunden war. Sie liebte den Moment des Abschminkens. Im Schein einer Kerze – vorsichtigerweise machte sie kein Licht – beobachtete Hannah, wie sie sich zurückverwandelte. Mit jeder Haarnadel, die sie herauszog, wurde sie ruhiger.

Die Perücke deponierte Hannah auf einem Puppenkopf aus Plastik, zog das Kostüm aus und hängte es an einen Bügel. Sie betrachtete das Loch in ihrem BH und das lose Gummi am Slipsaum, die Narbe am Arm. Sein und Schein. Dann schlüpfte sie in Hose und Rollkragenpullover. Die geschäftige Zofe Ursula war Geschichte, Hannah, die Kriegerin, war zurück. Die Erschöpfung von eben war verschwunden, das Spiel hatte Hannah die Energie zurückgebracht. Sie war voll da, konzentriert, fokussiert. Ob Winny bei Yannik wohnte? Erst war Hannah der Gedanke an diese mögliche Liebesgeschichte bedrohlich erschienen, nun eröffneten sich neue Möglichkeiten. Sie hätten einen Verbündeten, den sie brauchen konnten. Dass die anderen Figuren auf Hannahs Schachbrett nicht so berechenbar waren, wie sie es gern gehabt hätte, hatte Winny richtig erkannt. Was sie nicht wusste, Hannah war darauf vorbereitet. Sie war nicht naiv. Sie hatte immer einen doppelten Boden, manchmal sogar einen dreifachen. Darum schrieb Hannah jetzt eine Nachricht an Zita Schnyder, die Frau des Kommissars. Winny hatte sich vage gegeben, was diesen Kontakt betraf. Es war an der Zeit, dass Hannah sich selbst darum kümmerte. Zita konnte ihr behilflich sein. Aber die SMS konnte nicht gesendet werden. Natürlich, das Schloss hatte dicke Mauern, und der Empfang hier unten war nicht gut. Es gab nur eine Stelle, wo es funktionierte.

In diesem Moment hörte Hannah einen Laut. Sie zuckte zusammen. War jemand im Keller? Sie löschte die Kerze, ganz still stand sie da. Lauschte in die Dunkelheit. Schwach, weit entfernt glaubte sie, Atemzüge zu hören. Wer auch immer hier war, er gab sich nicht zu erkennen. Lautlos griff Hannah Tasche und Jacke, die Sandalen nahm sie in die Hand. Versuchte herauszufinden, woher das leise Atmen kam. Von der Tür, dem einzigen Ausgang. Carl? Was wollte er von ihr? Ganz bestimmt nichts Gutes. Hannah überlegte. Die vier Fenster waren in die Wand eingelassen, da hinauszukriechen wäre schwierig. Aber das Schloss hatte einen Weinkeller, der durch einen Gang mit dem Schlossgewölbe verbunden war. Hannah hatte ihn kurz nach Probenbeginn entdeckt, vor Wochen schon.

Darum schlich Hannah vorwärts, bis zu der kleinen Falltür, die in den Steinboden eingelassen war. Er war kalt unter ihren Füssen und trocken. Millimeter für Millimeter hob sie die Klappe, schlüpfte in die Spalte und kletterte die Stiege hinunter. Von da aus gelangte sie in einen Gang, schmal und stockdunkel. Hannah glaubte, ein wischendes Geräusch zu hören, ging schneller, ihre Ohren gleichzeitig nach vorn und nach hinten gerichtet.

Als sie um die nächste Ecke bog, stand sie im Weinkeller. Flaschen links und rechts, es roch nach Staub und Süsse, Trauben und Zucker. Der Raum war schwach erleuchtet – ein Glück für

Hannah, dass die Pächter des Schlosses so sorgfältig waren. Weit entfernt hörte sie Schritte. Zwischen einem Weinfass, Schläuchen und einem Tisch hindurch ging Hannah eilig zum Ausgang. Suchte den Griff, einmal fest zupacken, öffnen und gleich wieder hinter sich schliessen. Im Dunkeln setzte sie einen Fuss vor den anderen, über die Treppe nach oben. Einmal rutschte sie aus, wäre fast gefallen. Eine Stufe, noch eine, bis sie oben war. Durch die Hintertür, die unauffällig in die Schlossmauer eingelassen war, nach draussen, wo der Vollmond den kleinen Platz beleuchtete. In Ermangelung eines Verstecks duckte sie sich hinter den Anhänger eines Fahrrads neben der Schlossmauer. Keine Sekunde zu früh. Die Tür ging auf, und ein Mann trat heraus, eilte ohne sich umzusehen auf die Gasse zu, die zum Festgelände führte. Carl, der Bühnenmeister. Von der Tribüne her kam der Schlussapplaus.

Ein Geräusch liess Hannah zusammenfahren. Es war die Tür, die erneut aufklappte. Ein weiterer Mann kam die Treppe herauf. Derselbe, der ihr vor der Probe aufgefallen war, Hannah erkannte ihn an den Tätowierungen. Das war kein Angestellter des Restaurants. Bespitzelte der Junge Carl, den Bühnenmeister, und dieser wiederum Hannah?

Als sie den Bus kommen sah, beeilte sie sich, sie wollte weg sein, bevor das Publikum den Heimweg antrat. Ausser Atem setzte sie sich hin. Holte ihr Handy heraus. Schickte die SMS und wählte gleich darauf auch die Nummer an.

«Frau Schnyder? Zita Schnyder? Tut mir leid, dass ich Sie so überfalle. Wir kennen uns nicht. Winny Apt hat mir von Ihnen erzählt. Sie ist verschwunden, und ich befürchte, dass sie sich in Gefahr begibt. Können Sie mir helfen?»

***

«Erzählen Sie, Rahmadini, warum ist Ihnen diese Hannah Frank entwischt?»

Werner Meier und Miro Rahmadini waren am grossen Supermarkt vorbeigelaufen und bogen in die Bahnhofstrasse ein. Eine

Prügelei auf dem Bahnsteig hatte Empfangsfrau Gritli Gut gemeldet und Meier, ohnehin auf dem Heimweg, hatte angeboten, die Sache zu übernehmen, die Kollegen von der Streife waren am See vorne beschäftigt. Bis sie hier wären, konnten wertvolle Minuten vergehen.

«Ich bin dem Bühnenmeister hinterher, der sie verfolgt hat. Es war kompliziert, dann waren beide verschwunden», sagte Rahmadini und setzte an, Meier einen Abriss der Ereignisse zu geben.

«Fassen Sie es kurz zusammen», keuchte Meier. «Sputen Sie sich, wir sind gleich da.»

Was Meier zu hören bekam, machte ihn stutzig. Da war diese Hannah Frank, die Rahmadini aufgefallen war wegen ihrer verdeckten Narbe am Arm und weil sie nie etwas sagte und alles beobachtete. Dazu der Bühnenmeister der Festspiele, der sie schon mehrfach verfolgt hatte, die Abwesenheit der jungen Schauspielerin, die Generalprobe, die nicht stattfand ... Etwas schien sich anzubahnen. Es war wie Fischen am Greifensee im Novembernebel, plötzlich taucht etwas vor dir auf und verschwindet wieder. Das Telefonat mit Nika Bergmann eben war genauso gewesen. Sosehr Perron ihr damals das Herz gebrochen habe – das sei alles vergeben und vergessen, angesichts seines künstlerischen Leistungsausweises. Dass er ihre Tochter engagiert habe, dafür sei sie ihm dankbar, die tragische Wende habe nichts mit ihm zu tun, er habe sich absolut sensibel und mitfühlend gezeigt. Ein Heiliger.

Vor ihnen tauchte der Bahnhof auf und damit auch die Streitenden: ein Mann und eine Frau, weitere junge Leute, in einem Halbkreis darum herum. Einer von ihnen, ein bärtiger Junge, trug einen Gitarrenkoffer auf dem Rücken.

Die Frau trommelte dem Mann auf dem Arm herum und schrie ihn an, äusserst aggressiv, dann kratzte sie ihm übers Gesicht, dass es blutete.

Das könnte schwierig werden. Meier fasste nach dem Gummischrot, als Rahmadini seine Hand packte. «Die sind von der Theatertruppe.»

Tatsächlich, nun bemerkte Meier es auch, abgeschminkt und in normalen Kleidern, sahen die Schauspieler ganz anders aus.

«Bleiben Sie im Hintergrund», sagte er zu Rahmadini. «Wir wollen Ihre verdeckten Ermittlungen nicht aufs Spiel setzen.»

Rahmadini verschwand hinter einer Säule, und Meier richtete die Aufmerksamkeit auf die Streitenden.

«Du Scheisskerl, Yannik», schrie das Mädchen gerade. «Du hättest vorschlagen können, dass wir trotzdem spielen. Mit mir als Beatrice.»

Der Junge wischte sich das Blut vom Gesicht, bevor er die Brille wieder aufsetzte. «Es tut mir leid, Priss», sagte er leise, «mich hat niemand gefragt.»

«Doch», schrie sie. «Simon hat auf der Bühne mit dir geredet.»

«Ist ja logisch», mischte sich der Gitarrist ein. «Als Regisseur hat er die Konstellation der Liebenden erklärt, die beiden ...», er deutete auf das eng umschlungene Paar, «... kann man vergessen, die sind nur am Knutschen, du, Priss, bist zweite Besetzung, also hatte Simon keine Wahl, als mit Yannik zu sprechen.»

«Yannik ist feige. Er hätte das Mikrofon an mich weitergeben können, weil ich genauso viel weiss.» Priss heulte.

«Nach zwei Sätzen hat Simon Yannik bereits unterbrochen. Da war keine Möglichkeit, dich ins Spiel zu bringen.»

«Trotzdem. Es ist so verdammt unfair. Ihr alle auf der grossen Bühne. Und ich unten wie eine poplige Zuschauerin.» Beim Gedanken daran zerriss es Priss fast, das war deutlich zu sehen. «Da waren viele wichtige Leute im Publikum, Kleo Z., die von der Bank ...»

«Priss, du bist peinlich», sagte der Gitarrist.

Sie überhörte es. «Es wäre eine super Chance gewesen. Alle hätten mich gesehen. Und du ...», erneut ging sie auf den Jungen namens Yannik los, «... du Schwein, du hast mir meine Karriere versaut. Aus Rache.»

Yannik zog den Kopf ein und versuchte, sie zu beruhigen. «Sei mal still, die Leute ...»

«Sollen sie glotzen», schrie Priss. «Du bist so ein Loser. Das sagt auch Simon.»

Yannik war verblüfft. «Wieso weisst du das?»

Sie grinste, es wirkte hämisch, ihr Gesicht sah dabei aus wie eine Fratze. «Da staunt ihr, was? Die kleine Priss hat was mit dem Regisseur.»

«Was ist mit Yannik?», fragte der Gitarrist. «Ich dachte, ihr wärt ein Paar?»

«Den habe ich schon lange verlassen.» Priss deutete erst auf Yannik, dann auf den Gitarristen. «Genau wie dich.»

«Jetzt plötzlich?», fragte der Gitarrist kalt. «Eben hast du noch ganz anders geklungen. ‹Nimm mich, Res, zusammen machen wir das Theater zur Weltbühne›.»

«Das hab ich nur so gesagt, damit du Winnys Video verbreitest.»

«Notgeile Kuh. Weisst du was, du kannst mich mal.» Der Gitarrist stürmte davon. Sie schien ihn mehr verletzt zu haben, als ihm lieb war.

Die anderen blieben stehen, wirkten verdattert und unsicher.

«Res hat das Video auf YouTube hochgeladen», sagte Yannik. «Ich wusste es.»

Priss lachte. «Klar. Er hasst Winny.»

Da kam der Gitarrist zurückgerannt, machte sich seinen Abgang kaputt. «Durchgeknallte Bitch. Sag denen, wie's war. Du hast mich gezwungen.»

«Stimmt nicht.» Priss ging auf ihn los, mit Armen, Beinen und Fingernägeln. Bevor Meier eingreifen konnte, trat sie dem Gitarristen in den Schritt. Er hatte es kommen sehen und wich aus, sodass sie in einen Betonpfosten knallte. Mit einem Schmerzensschrei sank sie zu Boden. Gespenstische Stille.

Bis Yannik ihr hochhalf. «Easy, Priss, es reicht jetzt.»

«Nein», brach es aus Priss heraus. «Simon hat was mit Winny. Darum schützt er sie auch die ganze Zeit. So eine Fickmaschine.» Abrupt begann sie wieder zu weinen.

«Da sind Sie ja, Herr Meier.»

Meier drehte sich um. Vor ihm stand Wolfi Bühler, Waldbachs Dorforiginal, und klopfte ihm auf die Schulter. Vermutlich auf dem Heimweg von einem Treffen mit seinen Freunden der Gesellschaft mit den abgeschnittenen Krawatten. Er war es gewesen, der die Auseinandersetzung der Gruppe beobachtet und den Notruf abgesetzt hatte.

«Dieses Mädchen kann schimpfen, ich sage Ihnen, Herr Meier. Worte, so schlimm, dass ich sie nicht wiederholen kann. Darum dachte ich mir, ich rufe Sie herbei, sicher ist sicher. Wo sie doch jetzt Leiter der neuen Kantonspolizei Oberland sind.»

«Vielen Dank, Herr Bühler, einmal mehr, für Ihr Argusauge. Ich übernehme», sagte Meier.

Knapp winkte er Bühler zu und trat dann zu den Streitenden.

«Meier von der Kantonspolizei Uster. Sie erinnern sich bestimmt an mich. Grüezi miteinander.»

Die kleine Gruppe erstarrte, alle Augenpaare schwenkten zu ihm.

«Was machen Sie hier, eine Theaterprobe? Es sah eher nach ‹Macbeth› aus als nach ‹Viel Lärm um nichts›.»

Sie wussten nicht, wie sie mit Meiers Anspielung umgehen sollten. Der Gitarrist erklärte, sie seien nach der Probe auf dem Weg nach Zürich, sie hätten am Text gefeilt, da würde es schon mal laut zu- und hergehen. Dies mit einem drohenden Blick auf die Prügel-Lady, die sich einen Ruck gab, schniefte und ein schiefes Lächeln aufsetzte. Wie die anderen auch, schien sie keine Lust auf eine Auseinandersetzung mit der Polizei zu haben.

«Sie haben ein Video erwähnt?», fragte Meier in die Stille hinein.

«Ein Schrott. Ist bereits gelöscht worden. Alles easy.» Der Gitarrist warf sich in Positur. «Passiert jeden Tag, so was.»

Die S-Bahn fuhr ein. Meier stieg zusammen mit der Gruppe in einen Wagen, notierte sich für alle Fälle die Personalien und liess es dabei bewenden. Als er zu Hause ankam, war die Wohnung dunkel. Und leer, wie sich herausstellte. Zita und die Kinder übernachteten bei Malou. Obwohl Meier so müde war, dass er im Stehen hätte einschlafen können, machte er rechtsumkehrt.

***

«Komm rein.» Beanie, mit dem Cap auf dem geglätteten Haar, erwartete Zita an der Gartentür und wirkte wie eine stolze Grossgrundbesitzerin. «Wo hast du die Kinder?»

«Sie übernachten bei Malou.» Zita sah sich um. «Ich hab's fast nicht gefunden. Ist ja toll hier.»

Beanies VW-Bus stand neben einem offenen Zelt, das als Küche diente, auf einem vernachlässigten Grundstück am alten Pfadiweg bei der Burgwies im Wehrenbachtobel. Andi hatte sich sofort gemeldet, als die Eltern eines Freundes Zwischenmieter suchten, befristet auf ein Jahr, dann würde entschieden, ob das Terrain überbaut würde.

«Wir hoffen, dass wir nach unserer Rückkehr hierbleiben können. Es ist einfach genial», erklärte Beanie, die sich vor eine kleine Kochstation gestellt hatte und eine Pfanne so stabilisierte, dass sie nicht von der Platte kippte.

«Was machst du da?», fragte Zita.

«Chai-Quitten-Sirup», sagte Beanie.

«Was?»

«Bei unserer letzten Reise haben wir die Zutaten aus Indien mitgebracht, Kardamom, Fenchelsamen, Anis. Das mischen wir mit Mia Kramers Quittenpaste. Sehr lecker.»

Beanie drückte Zita eine Kelle in die Hand.

«Übernimm mal, sonst hockt es an. Ich muss mich umziehen.»

Ehe sie sich's versah, rührte Zita im Topf. Sie deutete auf die kleinen Glasflaschen, die in einer Reihe auf dem Klapptisch standen.

«Trinkt ihr die alle?»

Beanie, die ihren Schlabberlook mit einer Combathose und einer schwarzen Jacke tauschte, schüttelte den Kopf. «Wir beliefern damit einige Restaurants. Chai Latte ist ein Boomgetränk, vor allem im Advent. Die sind …», sie zeigte auf die bereits gefüllten Flaschen, «… für ‹Malous›. Sie hat gestern bestellt.»

Für «Malous»? Wie es wohl den Kindern da ging? Zita war versucht, kurz anzurufen. Meier musste ihre Gedanken gespürt haben; nachdem sie länger nichts von ihm gehört hatte, schickte er einen Text.

«Können wir uns sehen, amore mio, nur wir beide allein, bitte? Ich könnte dich in der Stadt treffen. In einer Bar, so wie früher.»

«Hast du den Job gekündigt?», schrieb Zita zurück.

Meiers Antwort kam postwendend. *«Nach drei Monaten kann ich um eine Reduktion bitten.»*

Darauf gab Zita keine Antwort und steckte das Gerät in die Tasche.

«Vergiss nicht zu rühren», sagte Beanie. «Sonst hockt es an.»

Sie schnallte sich den Gürtel um, mit Taschenlampe, Schlagstock, Spray und Pistole.

«Gehst du arbeiten?», fragte Zita erstaunt.

Beanie nickte. «Ein Kollege bei der Streife ist ausgefallen. An der Seepromenade könnte es Randale geben, sie brauchen mich als Peacemakerin.»

Friedensvermittlung, Beanies neue Spezialität, dafür hatte sie eine Zusatzausbildung gemacht. Die Streife lieh Beanie gern aus, wenn es um Konflikte ging und sie schlichten konnte. Sie war erfolgreich, nicht zuletzt wegen der dunklen Hautfarbe und ihres jungen Aussehens.

«Aber was ist mit der Hochzeit?», fragte Zita. «Du musst doch vorbereiten.»

«Die verschieben wir», sagte Beanie.

Was? Zita war unendlich erleichtert. Beanie und Heiraten, das war wie Schnee im September. «Ihr verschiebt? Und was sagt Andi dazu?»

Als ob er es gehört hätte, kam Andi herein. Ein richtiger Bär. Sein dunkelblondes lockiges Haar bedeckte fast den ganzen Körper, zumindest die sichtbaren Teile. Er trug eine alte Mütze, Leinenhose mit Trägern, ein verkrumpeltes Hemd … er sah aus wie ein Schiffer beim Landgang, nur die Nerdbrille deutete an, dass er hochintelligent war und die meiste Zeit an seinem Rechner verbrachte, zumindest bis er Beanie kennengelernt hatte.

«Nimm sie nicht ernst, Zita, sie verarscht dich. Wir ziehen

alles durch wie geplant. Sonntag um neun beim Bootshafen Riesbach. Auch wenn wir beide die Nacht davor arbeiten müssen.»

Beide? Das schien Beanie neu zu sein.

«Sorry, Beans, bin nicht dazu gekommen, es dir zu sagen. Ein Notfall.»

«Datenkram?»

«Voll. Meier braucht mich.»

«Easy, wir schaffen das.»

Kein Streit? Nur ein verliebter Blick, eine Umarmung, ein Kuss, nicht endend.

Zita räusperte sich. «Könnt ihr das später machen? Geht es bei dem Datenkram um einen aktuellen Fall?»

Andis Miene verschloss sich. «Um die tote Influencerin. Mehr kann ich dir nicht sagen.»

Genau das hatte Zita befürchtet.

Plötzlich bemerkte Zita, wie das Paar sie anstarrte.

«Kommt da noch was?», fragte Beanie. «Andi hat dich schon zweimal gefragt, warum du hier bist.»

Warum ich hier bin? Ich weiss nicht, ob der Commissario und ich noch zusammen sind. Die Kinder sind verwirrt. Ich habe viel zu viel Arbeit. Dazu jage ich Winny, das Nebelmädchen, das die Generalprobe des Stücks verpasst hat, in dem sie die Hauptrolle spielen soll, wie mir Hannah Frank, eine ihrer Schauspielkolleginnen, eben erzählt hat. Und eigentlich möchte ich nichts als nach Hause.

Zita holte Luft. «Ich brauche deine Hilfe, Andi.»

«Hab mir schon gedacht, dass du nicht auf einen Chai-Tee-Plausch zu uns kommst.»

«Es ist streng vertraulich. Es darf nicht weiter, vor allem nicht an den Commissario. Schaffst du das?»

«Nö. Ich kann meinen Chef nicht belügen.»

Beanie boxte Andi in die Seite.

«Du musst nicht lügen, bloss etwas verschweigen», sagte Zita. «Ich verspreche im Gegenzug, dass ich nie mehr über eure Hochzeit lästere.»

«Du vergleichst da Äpfel mit Birnen. Aber weil du es bist …»

Andi tippte auf seine altmodische Armbanduhr am Handgelenk. «Ich gebe dir eine Viertelstunde.»

Zita fasste alles zusammen, die Sache mit Winny, die hässliche Insta-Story und was ihr Hannah Frank am Telefon berichtet hatte. «Ich habe bei Yannik Turner angerufen. Er wohnt bei seiner Mutter, sie kennt Winny nicht. Sie war nie da. Niemand weiss, wo sie wohnt. Und seit einigen Stunden ist sie verschwunden.»

«Ja und? Sie ist erwachsen.»

«Sie ist neunzehn. Ich bin besorgt.»

«Wieso? Aus reiner Nächstenliebe?»

«Sie soll Finn, Theo und Lily hüten. Zita will für ein Semester nach London», erklärte Beanie.

Andi machte grosse Augen. «Nach London? Ohne die Kinder? Das klingt kompliziert.» Er tippte die Uhr an. «Noch fünf Minuten.»

«ScarLett Hammer von Invest-News hat versprochen, sich in Winnys Insta-Account einzuloggen. Und die Story zu löschen. Kannst du kontrollieren, ob das geklappt hat?»

«Easy.» Andis Finger glitten über das Tablet. «Auf Instagram ist die Story weg. Aber online immer noch präsent.» Andi sah sich das Video an. «Was will sie damit?», murmelte er. «Interessant, der Hashtag #zeigmirwerdubist zieht Kreise.» Er blickte hoch. «Respekt, das hat sie gut gemacht.»

«Gut? Sie hat sich von einer politisch ambitionierten jungen Frau in eine hohle Narzisstin verwandelt. Ich muss mit ihr reden. Kannst du sie orten? Sie hat die Funktion bei sich ausgeschaltet.»

«Mach schon, Schatzi», sagte Beanie.

Schatzi?

«Ich kusche vor eurer Übermacht.» Schnell fuhren Andis Finger übers Display. «Eine gute Nachricht. Sie ist aktiv, Ihr Standort ist in der Nähe der Langstrasse. Die Koordinaten sage ich nicht. Bitte Meier darum.»

«Bei uns ist grad Funkstille.»

«Machst du die Nummer mit dem Nicht-Antworten? Voll mies. Ich hasse es, typisch Frauen von heute. Richtig unnötig.

Wenn du dein Ding in London durchziehen willst, dann darf er seins auch machen», sagte Andi. «Wo ist dein Problem?»

«Wer schaut zu unseren Kindern? Zweimal Vollzeit geht nicht.»

«Wieso muss Meier nachgeben?»

«Weil ich dran bin.»

«Was ist mit deinem Studium?»

«Ich kann doch nichts dafür, dass er seine Ausbildung gemacht hat, als wir uns noch nicht gekannt haben.»

«Das ist keine Gleichberechtigung. Das ist Egoismus.»

Hatte Andi sie noch alle? Er war schlimmer als ein Buchhalter.

«Sag ihm, er soll die Adresse rausrücken», sagte sie zu Beanie.

Beanie schüttelte den Kopf. «Die Zeiten der Guerilla-Ermittlungen sind vorbei, meine Loyalität liegt ganz bei Andi.»

Aha. Beanie hatte nicht nur das Vokabular gewechselt, sondern auch die Fronten. Da gab es nur noch eines. Zita schnellte nach vorn, um auf Andis Display zu sehen. Als er das Gerät in die Höhe hielt, beugten Beanie und Zita sich gleichzeitig vor, ihre Köpfe stiessen zusammen, im Stolpern stiess Zita an eine Chai-Sirup-Flasche, welche ins Wackeln kam, die nächste Flasche berührte, die nächste, und so, fallenden Dominosteinen gleich, kippten die Flaschen in einer einzigen eleganten Bewegung erst über Zitas Freitagtasche und dann auf den Boden.

24

«Nach diesem Video müssen wir absagen!»

Das war der Höhepunkt des Monologs der Tosca Badovic. Sie hielt ihn auf dem Schiffsteg direkt neben dem Bootshaus, wo sie sich zu einer Besprechung getroffen hatten.

«Sie haben uns nach Arielles Tod zum Weitermachen überredet …», schaltete Grete sich ein, bevor Badovic Luft holen konnte, «… und jetzt wollen Sie das Ganze wegen eines harmlosen Sexfilmchens abblasen?»

«Ein harmloses Sexfilmchen?» Badovic hielt das Tablet in die Höhe. Sogleich erfüllte das Gesicht der kleinen Apt den Bildschirm.

Es war kein schöner Anblick, in der Tat. «Wozu diese Hühner sich heute hergeben», sagte Grete zu Kleo, die neben ihr stand.

Diese sah nachdenklich aus. «Könnte es eine Fälschung sein?», fragte sie Tschirky. «Was meinst du?»

«Wir sind völlig vor den Kopf gestossen.»

«Habt ihr das Castingmaterial gesichert?», fragte Kleo weiter.

«Das hat Allan gemacht, wie immer.»

«Kann es jemand kopiert und bearbeitet haben?»

«Sicher nicht, völlig absurde Idee, Kleo», sagte Tschirky.

«Oder hat jemand das Vorsprechen heimlich gefilmt?»

«Du denkst wirklich, das Ganze sei manipuliert?»

Nun wurde es Grete zu viel. Sie wollte morgen die Premiere spielen, koste es, was es wolle. Es war ihre letzte Chance, auf einer Bühne zu stehen. Die würde sie sich nicht nehmen lassen. «Die junge Frau hat einen Vertrag. Es ist ihre Pflicht, sich nicht in Situationen zu begeben, die ausgenutzt werden könnten. Ging schon ein Pressecommuniqué raus? Ist der Name Winny Apt als Ersatz für Arielle Bergmann der Öffentlichkeit bekannt?»

Tschirky hob die Schultern. «Wir haben sie bei der Pressekonferenz nicht erwähnt, auf Fragen haben wir keinen Kommentar gegeben. Wobei auch das Allans Domäne ist. Er hätte längst hier sein sollen. Hast du ihn erreicht, Simon?»

Simon schüttelte den Kopf und schenkte sich ein Glas Wein ein. Er war durch nichts zu erschüttern. Wie eben, als Grete mit Aufhören gedroht hatte, wenn sie ihre Gage nicht bekäme, und Simon zu einem Geldautomaten gefahren war, um ihr das Honorar bar in die Hand zu drücken.

«Winnys Namen wollten wir eigentlich geheim halten. Er ist leider durchgesickert.» Simon verzog den Mund. «Über ihre eigenen Social-Media-Kanäle.»

«Da habt ihr es.» Grete fühlte Wut. Vom ersten Tag an hatte sie Winny Apt nicht getraut, sie war eine berechnende Gans. Aber Grete musste vorsichtig sein, Simon stand auf die Kleine. «Sie ist jung und naiv. Ich bin für eine Umbesetzung ...», mit einem Blick zu Badovic, «... ganz im Sinne unserer geschätzten Kollegin von der Bank. Zum Glück haben wir mit Priss eine junge, erfahrene Schauspielerin im Ensemble, die sofort übernehmen kann.»

Stille.

Grete hätte sich gern hingesetzt. Doch niemand sollte sehen, wie erschöpft sie war. Ihr Arzt hatte ihr die Teilnahme an der Produktion verboten. Sie hatte unterschreiben müssen, dass sie es in Eigenverantwortung tat. Auf ihren Stock gestützt, musterte sie die Kollegen. In den Gesichtern arbeitete es. Grete ahnte, was sie dachten. Carole überlegte, woher sie ein weiteres Kostüm für eine neue Beatrice herbekommen würde, und Kleo ging geistig ihre Datenbank durch, um einen Ersatz für Priss zu organisieren. Tschirky freute sich auf weitere Gefälligkeiten. Dass Priss letztlich auch ein Opfer war, interessierte Grete nicht. Da musste man einfach durch.

Simon nahm einen Schluck und prostete Grete zu. «Liebling. Du weisst, wie ich dich schätze. Aber wir halten an Winny fest.»

Innerlich seufzte Grete. Simon war ein Schwerenöter, wenn er Feuer gefangen hatte.

Tosca Badovic explodierte. «Die Hauptdarstellerin in einem

pornografischen Kontext? Das verzeihen uns die Kunden nicht. Wir sind keine Grossbank.»

«Es gibt doch den Spruch: Im Zweifel für die Angeklagte.» Caroles Stimme war kaum zu hören, an ihrem Hals bildete sich ein roter Ausschlag, sichtbar im Schein der Fackeln, die den Steg beleuchteten. «Sollten wir nicht zuerst mit Winny reden?»

«Das ist längst passiert», sagte Tschirky schnell.

Grete war überrascht. Was hatten die Männer hinter ihrem Rücken ausgeheckt?

«Wir schirmen sie ab», erklärte Tschirky. «In einem Hotel. Sie behauptet, dass sie nichts weiss von diesem Video. Offenbar ist sie mit ihren Geräten ziemlich liederlich, leiht sie anderen aus. Wir haben ihr zum Schutz Handy und Tablet abgenommen. Wir schlagen vor, die Premiere zu spielen und danach die Polizei zu informieren.»

Was sagte Tschirky da? Er und Simon machten gemeinsame Sache, booteten sie aus? Grete fühlte, wie ihre Beine zitterten.

Badovic ging es ähnlich, sie war auf jeden Fall sehr bleich. «Winny ist in einem Hotel? Gegen ihren Willen? Das kommt einer Entführung gleich. Eine Straftat.»

«Entpannen Sie sich, Frau Badovic», sagte Simon. Er ging zu ihr, legte ihr einen Arm um die Schulter. Während er sprach, sah er auch zu Grete, schloss sie in seine Erklärung ein. «Eine reine Vorsichtsmassnahme, damit Winny sich ganz auf die Rolle konzentrieren kann. Um sie vor einem Medienhype zu schützen.»

Badovic war nicht überzeugt. «Und sie glaubt das?»

«Bis jetzt ja.»

«Sollten Sie es tatsächlich schaffen, das Video vor ihr geheim zu halten … spätestens nach der Premiere wird sie es erfahren», sagte Badovic. «Wenn es wirklich stimmt, dass es manipuliert wurde, wird sie sich schämen, sich benutzt und gedemütigt fühlen. Und wir haben das unterstützt.»

Badovic sah zu Carole und Kleo. Sie wusste genau, wen sie auf ihre Seite ziehen konnte. Grete fühlte Simons Blick. Vertrau mir, sagten seine Augen. Sie wurde schwach. Auch nach so vielen Jahren noch. Früher war Simon ihr Geliebter gewesen, heute war er wie ein Sohn, beide Gefühle waren gleich stark. Nie würde sie ihm in den Rücken fallen.

Sie räusperte sich. «Woher die moralischen Bedenken, Frau Badovic? Sie sind Bankerin, Ihnen klebt der Dreck doch an den Laptoptasten.»

Stille.

Badovic schluckte, streckte sich. «Nicht, wenn ich es vermeiden kann. Darum habe ich ein Projekt wie dieses unterstützt. Shakespeare. Der perfekteste aller Dichter.» Sie sah Grete in die Augen. «Sie sind sauer, weil Winny Apt Ihren Text besser beherrscht als Sie selbst. Sie sollten sich bei ihr bedanken, anstatt sie in den Dreck zu ziehen.»

Wollte die Banktante sie tatsächlich herausfordern?

«Was sind Sie, Apts Fürsprecherin? Oder steckt da mehr dahinter?», fragte Grete. «Haben Sie gar etwas mit dem Video zu tun?»

Einen Moment sah es aus, als würde Badovic auf Grete losgehen.

Nun mischte Simon sich wieder ein. «Das Video ist längst vom Netz. Es kursieren lediglich noch einige Raub-Downloads. Gerade habe ich mit der Polizei telefoniert.» Er sah sie der Reihe nach an. «Was meint ihr, Freunde? Äussert euch!»

«Wir sollten aufhören. Zu viel ist passiert. Es ist, als ob ein Fluch auf dem Stück liegen würde», sagte Carole.

«Wie steht es mit den Ticketverkäufen?», fragte Tschirky.

«Allan sagt, dass alles normal läuft, mit einem kurzen Einbruch nach Arielles Tod. Dass dieses Video und dieser Hashtag eine negative Wirkung haben sollten, davon ist mir nichts bekannt. Abgesehen davon wäre mir das egal. Es geht mir um den Inhalt. ‹Viel Lärm um nichts› ist ein tolles Stück. Eine Welt voller Intrigen, in denen alle ein doppeltes Gesicht haben. Shakespeare war ein Visionär. Darum lasst uns weitermachen.»

Badovic zeigte auf ihr Telefon. «Eben erhalte ich eine Nachricht von meinem Chef», flüsterte sie. «Er will aufhören.»

Simon streckte seine Hand aus. «Machen Sie mir eine Verbindung.»

Badovic tat wie befohlen, mechanisch gab sie den Hörer weiter. Simon zog sich hinter die mächtige Birke neben der Tribüne zurück.

Als er fünf Minuten später wieder zu ihnen stiess, lächelte er. In der Zwischenzeit hatte niemand ein Wort gesagt.

«Wir spielen.»

Fast gleichzeitig fingen alle an zu reden. Grete liess sich auf einen Stuhl sinken. Sie würde später mit Simon unter vier Augen reden und ihn auf Priss einschwören, einfach um sicher zu sein. Grete war ein Bühnentier. Sie wollte nichts anderes als noch einmal spielen. Jede Sekunde auskosten. Denn Grete wusste, dass sie Teil einer alten Welt war, die es bald nicht mehr geben würde. Wenn der Dampfer in den Abgrund strudelte, wäre sie weg, unter dem Boden. Das Grab hatte sie längst reserviert. «In memoriam Grete Kolb». Mehr an Inschrift bräuchte sie nicht.

Simon riss sie aus ihren Gedanken. «Es gibt ein kleines Problem, Grete, Liebling. Ich kann dich nicht nach Hause fahren. Tschirky und ich müssen weg.»

***

Rose erwachte. Sie wusste nicht, wie lange sie schon in dem Hauseingang sass. Und was sie geweckt hatte. Auf der anderen Strassenseite sah sie einen Jungen. Gross, mit einem Overall, die Kapuze über dem Kopf, ging er auf das Tor zu, gab den Code ein, durchquerte den Hof und öffnete Allans Haus. Im Büro ging das Licht an. Hatte Allan seine Schlüssel auch an andere Menschen weitergegeben? Rose verwünschte ihren lahmen, geschundenen Körper, der sie daran hinderte, hinüberzulaufen und den Jungen zu fragen. Nach einiger Zeit kam der Junge wieder heraus, schloss die Haustür zu, verliess den Hof und verschwand im Getümmel der Langstrasse. So intensiv dachte Rose über dieses Ereignis nach, dass sie erneut einschlief. Waren Sekunden, Minuten, Stunden vergangen? Auch das Junkie-Mädchen kannte die Antwort nicht, sie lag da, verloren in ihrem Traum von Licht und Magie.

Ein Auto hielt gegenüber, mitten im Halteverbot. Der Fahrer

folgte seinen Kollegen, die vorausgeeilt waren. Kurze Zeit später hielt ein weiteres Auto ein Stück weiter vorne, ein altmodisches Modell. Niemand stieg aus. Rose wusste nicht, warum sie plötzlich solche Angst hatte. Allan hatte angedeutet, dass mit den Finanzen seiner Firma nicht alles in Ordnung sei. Waren es Schuldeneintreiber?

Im Büro ging das Licht an. Es dauerte nicht lange, bis einer der Männer wieder herauskam, ins Auto stieg und davonfuhr. Während Rose noch den Schlusslichtern nachschaute und sich fragte, wohin die andern verschwunden waren, ging gegenüber erneut die Tür auf. Die Gestalt, die heraustrat, kam Rose vertraut vor. War es Allan? Dieser gebeugte, uralte Mann? Rose kniff die Augen zusammen, blinzelte. Niemand war auf dem Hof. Sie musste phantasiert haben.

Einige Zeit später erschien eine junge Frau mit Locken und einem Regenmantel, trotz der Wärme. Sie spähte durch die Gitter, tippte auf den Tasten für den Code herum, bevor sie ein Handy hervornahm und hineinsprach. In diesem Augenblick tauchte ein Student auf – Rose kannte ihn, er hatte ihr mal Geld gegeben – und liess die Regenmantelfrau rein. Die beiden plauderten, dann verschwand der Junge im Eingang zum Studentenhaus, während sie Allans Gebäude betreten wollte. Nachdem sie dies nicht schaffte, sah die Regenmantelfrau sich suchend um, ging dann zum Tiefkühlcontainer des Pferdemetzgers und versuchte, den Griff zu öffnen. Rose hätte ihr beschreiben können, wie es da drin aussah, die kühle Luft, ein Vorhang aus gefrorenen Tröpfchen, Pferdehälften, die Filetstücke, die Huft, Rippen. Rose spürte, wie ihre Beine einschliefen, wie sie erneut einnickte.

Diesmal wurde sie von Stimmen geweckt, dem Schlagen einer Autotür, einem Kickstart. Danach wurde es gespenstisch ruhig, auch hier schliefen die Menschen. Plötzlich wurde Rose klar, dass Hannah nicht kommen würde. Ihre Warterei war vergeblich. Langsam stand sie auf. Das Junkie-Mädchen reagierte nicht, als sie sich von ihm verabschiedete.

Da bemerkte Rose das altmodische Auto mit den kleinen Scheiben. Es stand immer noch da, wo es vor Stunden parkiert hatte, am Steuer sass ein Mensch. Von weither näherte sich eine Sirene. Dieses Hin und Her um Allans Haus, etwas musste da los sein. Aber eine Auseinandersetzung mit der Polizei, das konnte sie nicht brauchen. Rose ging davon, fand ihre Kraft wieder, sie bewegte sich vorwärts in Richtung Hard. Die Geräusche der Langstrasse verebbten, wurden zum Lautteppich, immer weiter entfernt. Nichts mehr war zu hören. Bis auf das Brummen eines Motors, das, wie ihr bewusst wurde, schon eine ganze Zeit erklang. Leise, stetig, im Hintergrund.

Rose blieb stehen.

Der Motor tat es auch.

Rose ging weiter.

Der Motor folgte ihr.

Rose wurde schneller, der Motor auch. Hilfe, wollte sie schreien, aus ihrem Hals kam nicht mal ein Krächzen. Sing, Rose, sing, das kannst du am besten. Aber die Noten blieben im Kopf, vermählten sich nicht mit ihren Stimmbändern. Hilfe. Noch ein Versuch, ein letzter. Der Motor heulte auf. Rose schrie. Danach drehte sie sich um.

Alles war still. Hatte sie das Monster besiegt?

Es stand immer noch da. Die Scheinwerfer abgeblendet, zwei Augen zwinkerten ihr zu. Rose rannte los. Mit letzter Kraft streckte sie die Arme aus. Ein Knall. Danach war schwarz.

***

Instagram-Account von WinWinny/Story
Eine schwarze Kapuze im Gesicht, vor einem dunklen Hintergrund
Gefällt 999 Mal
WinWinny *Sehr traurig! #zeigmirwerdubist*
Aufrufe: 1281
Kommentare: 289

TheO: *Heuchlerin. Wie willst du Beatrice spielen, wenn du traurig bist? Da gibt's viel bessere als dich.*

Januar 2019

Man hatte Hannah hinausgebracht, eine Cola angeboten, Kaffee, ein Kreislaufmittel, sie hatte alles abgelehnt. Die Verteidigerin hatte sie nicht mehr gesprochen. Ein Blick auf die Uhr. Noch eine gute Stunde. Es war Freitagnachmittag. Alle wollten ins Wochenende und gern mit einem gefällten Urteil. Am Montagmorgen noch mal hier anzutraben, darauf hatte niemand Lust. Hannah wusste das. Sah es den Gesichtern an.

«Verehrte Anwesende, geschätzte Kollegen, Frau Richterin.» Der Staatsanwalt stand auf.

Punkt für Punkt ging er die Anklage durch. Hannah stellte er als ehemalige Schauspielerin dar, die sich unter falschem Namen in die Produktion eingeschlichen habe, um Simon Perron in einer beispiellosen Verleumdungskampagne, deren Höhepunkt die falschen Anschuldigungen darstellten, zu vernichten. Arielle Bergmanns tragischen Todesfall habe Hannah Frank für ihre Zwecke benutzt. Wenngleich sie in dem Sinne keine körperliche Gewalt angewendet habe, allein schon, dass sie damit gespielt und falsche Fährten gelegt habe, um den Verdacht auf Perron zu lenken, stellte der Staatsanwalt als besonders gravierend dar. Und die Tatsache, dass sie andere für ihre Zwecke instrumentalisiert habe. Winny Apt, die eine Textstelle neu interpretiert und damit zu Simon Perrons Tötung aufgerufen habe. In einer virtuosen abschliessenden Beurteilung empfahl er der Richterin ein Strafmass in der Höhe von siebeneinhalb Jahren, unbedingt. Angesichts der grossen Öffentlichkeit und des verursachten Schadens.

Die aufkommenden Reaktionen erstickte die Richterin im Keim, gab das Wort weiter an die Verteidigerin.

Diese warf einen letzten Blick in ihre Unterlagen, schob die Brille ins Haar, stand auf. Ihr Lächeln wirkte verkrampft.

Hannah nahm einen Schluck Wasser und versuchte, sich zu entspannen. Nach dem Plädoyer der Verteidigerin hätte sie das letzte Wort. Der Gedanke versursachte ihr schweissnasse Finger und brachte ihr Herz zum Trommeln. Seit sie zum ersten Mal an die Umsetzung ihres Plans gedacht hatte, von dem Tag an, als sie Winny Apt hatte spielen sehen, auf der schäbigen Schultheaterbühne, hatte Hannah überlegt, was sie an dieser Stelle sagen würde. Hannahs Monolog. Leider war sie nie weiter als über die erste Zeile hinausgekommen. Es war, als ob ihr Hirn aussetzen würde.

Anstatt mit dem Plädoyer zu beginnen, ging die Verteidigerin zur Richterin. Beugte sich zu ihr. Der geflüsterte Austausch war nicht zu verstehen.

Hannah hielt den Blick gesenkt, versuchte dennoch zu beobachten, was passierte. Niemand sagte ein Wort, die Ermahnung eben hatte gewirkt. «Eine Viertelstunde Pause», sagte die Richterin schliesslich. «Ich bitte Sie, den Saal nicht zu verlassen.»

Im Lager des Staatsanwalts gingen die Diskussionen los. Die Verteidigerin verschwand mit der Richterin, Hannah wurde hinausgeführt.

In dem kleinen Warteraum wurden die Minuten zu Stunden. Endlich kam die Verteidigerin herein, sie brachte Hannah einen Kaffee.

«Sie sollten sich schuldig erklären», sagte sie. «Wenn Sie sich einsichtig zeigen, gibt es für die Richterin einen gewissen Spielraum im Strafmass. Sie ist Ihnen wohlgesonnen.»

Wohlgesonnen? War das das Beste, das sie für Hannah rausholen konnte?

«Ich habe es mir auch anders vorgestellt. Unsere Strategie habe ich auf Gegenbeweise aufgebaut, um das Verfahren gegen Sie einzustellen und Anklage gegen Perron zu erheben. Es war mit Ihnen abgesprochen, Hannah. Aber ich habe keine einzige Frau gefunden, die zu einer Aussage bereit gewesen wäre.» Sie rang die Hände. «Ich habe mir wirklich Mühe gegeben. Es tut mir leid.»

Hannah schwieg. Sah auf die Uhr. Die Verteidigerin zupfte ihr Kostüm zurecht.

«Kommen Sie, Hannah. Bringen wir es hinter uns.»

Die Gespräche im Saal verstummten bei ihrem Eintritt. Während des ganzen Plädoyers hielt Hannah den Blick gesenkt. Die Verteidigerin machte einen guten Job. Es gelang ihr, Hannahs Beweggründe plausibel zu machen. Ihr Fokus lag auf der missglückten Abtreibung, der Tatsache, dass Hannah als tragische Folge keine Kinder mehr bekommen konnte. Sie beschrieb Perron als manisch Getriebenen, der alles in den Dienst seiner Visionen setzte, seine Taten nicht einsah und darum auch keine Verantwortung übernahm. Sie holte weit aus, erläuterte Hannahs Plan, die Verbindung mit der Kostümfrau, die sich als fatal erweisen sollte, malte ihre Liebe zu Winny und zu ihren Schauspielkolleginnen aus, die Trauer über den Kontaktabbruch zu Ophelia und Rosalind. Sie streifte Hannahs Jahre als erfolgreiche Berufsfrau und Kulturvermittlerin, immer im Dienste der Schwachen. Hielt sich an ihre Strategie, Hannah so sympathisch wie möglich zu zeigen, um Verständnis zu wecken, Verständnis für ihre Taten. Die Tatsache, dass sie während des ganzen Verfahrens kein Wort gesagt habe. Fand sogar eine poetische Bezeichnung dafür. «Der Rückzug in eine Welt ohne Worte». In ihren Augen sei Hannah ein Opfer. Opfer eines Systems, in dem sie sich nicht zurechtgefunden habe. Warum sonst hätte sie Perron beschuldigt, im Wissen, dass sich alles gegen sie kehren könnte? Hannah sah, wie die Gesichter im Publikum sich entspannten, auch die Richterin sah milde aus. Mit etwas Glück würde sie nur ein, zwei Jahre bekommen.

Nun war die Reihe an Hannah.

«Frau Frank, das ist Ihre letzte Chance», sagte die Richterin.

25

Werner Meier hatte einen Alptraum nach dem anderen gehabt. In dem einen hatte eine Beamtin Zita und ihm einen Millionen-Strafzettel verpasst, weil sie sich scheiden liessen, ohne verheiratet zu sein. Im zweiten hatte Zita die Kinder in ein Hausboot auf einen Fluss entführt, und Meier durfte sie nur sehen, wenn er seine Seekrankheit überwand. Diese Botschaft wurde ihm von «Winnie the Pooh», dessen Bärengesicht Arielles Züge trug, in einer Videostory berichtet.

Die Liege in Eli Apfelbaums Kurslokal in der Enge mochte für die Feldenkrais-Übungen ideal sein, zum Schlafen war sie nicht geeignet. Aber alles war besser gewesen, als allein in einer familienlosen Familienwohnung zu übernachten. Nun stand Meier vor dem kleinen Spülbecken in der Küche und putzte die Zähne mit den Fingern, denn er wollte weg sein, bevor das Feldenkrais-Grüppchen kam; alles Männer aus dem jüdischen Kulturzentrum ganz in der Nähe, in Leibchen und alten Turnhosen. Meier hatte das einmal mitgemacht und war dann auf Privatstunden gewechselt.

Die Türklingel ertönte. Einen absurden Moment lang hoffte Meier, es wären Zita und die Kinder. Es war Eli Apfelbaum.

«Werner, wo steckst du?» Sofort verbreitete sich ein Duft nach frischem Brot. «Bagels aus der Koscherbäckerei. Dazu Frischkäse, wenn du magst.»

Als Eli Meiers Gesicht sah, verging sein Strahlen. «Zores. Zita hat nicht angerufen.»

Das Stichwort für Meier, sein Handy erneut zu kontrollieren, vergeblich. «Ich gehe jetzt gleich los und suche die Wohnung dieser Malou. Zita ist imstande und lässt die Kinder da, während sie nach London reist.»

«Miese Schickse.»

«Du sagst es.» Meier rieb sein Kreuz. «Danke für die Gastfreundschaft.»

Eli schüttelte den Kopf. «Ich habe noch eine Viertelstunde Zeit. Die nutzen wir.»

Er bedeutete Meier, sich auf den Rücken zu legen. Meier zögerte, aber Eli duldete keinen Widerspruch. Kaum hatte Meier sich gebettet, hob Eli seine angewinkelten Beine in die Höhe und bog eines nach dem anderen auf eine Seite. Meier entwischte ein Stöhnen. Da klingelte sein Handy. Ohne zu überlegen, nahm Meier den Anruf an, während Eli nur die Augen verdrehte und auf eine Kinderzeichnung an der Wand deutete: Handys verboten.

«Ciao, amore mio.»

«Herr Meier, haben Sie einen Moment?»

Meier fluchte unhörbar. Es war nicht Zita. Es war Roland Nussbaum von der Zürcher Kriminalpolizei, Beanies Chef.

«Es ist gerade nicht günstig.»

«Sind Sie noch am Feiern?»

Was meinte der Mann? Ach so, seinen neuen Titel. «Der Alltag hat mich längst wieder.»

«Dann ist ja gut. Ich brauche Sie.»

«Eigentlich habe ich Ferien.»

«Es ist dringend.»

Meier bedeutete Eli, um Gottes willen aufzuhören. Eli kümmerte das nicht, wenn sein Klient unbedingt telefonieren wollte, dann war das sein Problem, sagte seine entschiedene Bewegung, mit der er die Dehnung noch verstärkte.

«Meier, es gibt einen Toten, der Ihren Bereich tangiert und nach Zusammenarbeit ruft.»

Was hatte er gesagt? «Können Sie etwas näher ans Mikrofon, ich verstehe Sie kaum.»

«Ich stehe an der Langstrasse. Der Tote heisst Allan Äbischer.»

«Wie?»

«Äbischer, der kaufmännische Leiter der Schlossfestspiele bei Ihnen am schönen Greifensee.»

Meier ging nicht auf die Ironie ein, er wusste um die arrogante Haltung mancher Stadtzürcher dem kleinen See gegenüber.

«Allan Äbischer? Ich habe ihn gestern noch gesehen oder vorgestern.»

«Er hing mit einer Kette an einem Fleischerhaken im Kühlraum einer Metzgerei.»

Meier spürte, wie ihm schlecht wurde.

«Ziemlich sicher Suizid. Wir sind gerade angekommen, der Fotodienst ist dran, der Rechtsmediziner ist bereit. Ich dachte mir, ich informiere Sie. Was läuft in Sachen Influencerin?»

«Offiziell ist die Untersuchung eingestellt. Arielle Bergmann ist beim Selfiemachen gestürzt», sagte Meier automatisch, während seine Gedanken rotierten. Ein zweiter Todesfall in der Theatertruppe? Eli drückte Meiers Knie gegen den Bauch.

«Meier, was sind das für Geräusche?»

«Ich mache Frühstück für die Kinder.»

«Ihre Frau soll das Kochen übernehmen. Und Sie bewegen sich hierher.»

«Heute ist Papa-Tag.» Meier wusste auch nicht, warum ihm das herausgerutscht war.

«Papa-Tag?» Nussbaums Schweigen war beredt. «Ihnen ist schon klar», fuhr er schliesslich fort, «dass Sie eine ganze Abteilung leiten sollten? Zumindest ist es das, was mir Mike König berichtet hat.»

Regierungsrat König? Der hatte seine Finger überall drin, wie Meier herausfinden musste. Seine Amtseinsetzung verlor immer mehr an Glanz.

In diesem Moment hievte Eli Meier auf den Bauch, das Handy donnerte zu Boden.

«Was für ein Schmonzes. Niemand hängt sich freiwillig mit einer Fleischerkette an einen Haken. Das musst du genau ansehen, Werner.»

Als Meier eine Viertelstunde später in der Nähe der Langstrasse ankam, ging es ihm besser, Elis Handgriffe hatten Wunder gewirkt. Allerdings nicht lange, der Anblick der Leiche brauchte starke Nerven. Das geschwollene, purpurfarbene, fleckige Gesicht, die Zunge … und dann auch noch alles eigenartig erstarrt in einer bizarren Form. Foulard und Weste, Allan Äbischers Kleidung war das Einzige, was Würde ausstrahlte an diesem Fleischcontainer, der wie eine kühle Oase in dem verschwitzten Hinterhof stand.

Der Pathologe, Meier kannte ihn nicht, immerhin war er ein Bekannter von Anna Quetes, was das Gespräch gleich herzlicher machte, erklärte kurz die Eckdaten. Ein Suizid schien plausibel: der umgefallene Fleischerblock, fehlende Spuren einer Gewaltanwendung. Die Kälte würde es schwierig machen, den Todeszeitpunkt festzulegen. Er könnte eine ganze Weile zurückliegen, mindestens zwölf Stunden, die Leiche war gefroren.

Meier schniefte und zog den weissen Plastikanzug enger. Am Boden lag die Kette. Offenbar hatte der Metzger diese durchgesägt.

«Brauch ich sonst für die Knochen», hatte er Nussbaum erklärt und auf die Säge gedeutet. «Es hat nur kurz gedauert, ich bin ein Profi, keine fünf Sekunden. Aber …» Er sei zu spät gekommen.

Nun sass der Metzger bei einem Kaffee an die Backsteinwand des Nachbarhauses gelehnt und wartete auf weitere Befragungen. Meier sah baumelnde Fleischstücke, der Grösse nach geordnet, mehrere Schubladen voll mit Plastikpackungen, Innereien, ein Block mit verschiedenen Messern, ein Hackebeil, Nadeln, Grillspiesse, eine Plastikschürze, Schöpfer, Heber, ein Fleischwolf, eine weitere Maschine … hier wurde gearbeitet. Meiers Blick verweilte bei den Stricken.

An Nussbaum vorbei, der ins Gespräch vertieft war mit seinem Mitarbeiter Serge Duchamps, einem etwas ungepflegten Romand mit überlangen Fransen, ging Meier zum Metzger nach draussen. Ein mittelgrosser Mann mit Glatze und Wampe, ganz offensichtlich schwer schockiert.

«Herr Kundert, darf ich Sie stören?»

Meier setzte sich neben den Metzger auf die kleine Bank, die an ein winziges Beet grenzte, das einzige Grün in dem kargen Innenhof.

«Schön», sagte er. «Würde man hier nicht erwarten.»

Der Metzger reagierte mit einem schwachen Lächeln.
«Wieso der Kühlcontainer? Und wieso gibt es so viel Werkzeug? Ich gehe nicht davon aus, dass Sie da Würste machen.»
Der Metzger nickte. «Es ist eine Zwischenlösung. Das Haus wird renoviert. Früher war der Kühlraum im Keller. Bald muss ich den Laden schliessen.»
Eine typische Entwicklung in diesem Stadtkreis.
«Und wohin ziehen Sie dann?»
«In Rente. Nicht freiwillig.»
Auch das nichts Neues. Einen Moment schwiegen sie gemeinsam.
«Der Container war nicht verschlossen?»
«Am Türgriff hängt normalerweise ein Schloss. Das ist seit letzter Woche kaputt. Ich wollte ein neues besorgen.»
«Dann hatte jeder Zugang?
«Zumindest die Hofbewohner.»
Meier sah nach oben, drei grosse Blocks standen im Halbkreis um den Innenhof, erreichbar durch das eiserne Tor, das sich mit einem Türcode öffnen liess. Meier bemerkte eine ältere Frau, eine zweite, einen jungen Mann … die Nachbarschaft war im Sperbermodus. Im Kopf überschlug Meier die potenziellen Kühlraumbetreter.
Der Metzger bestätigte seine Befürchtungen. «In den letzten Tagen hatte ich viele Besucher, auch ungebetene. Weil es so schön kühl ist, ich hätte Eintritt verlangen können.»
Ob Nussbaum das wusste?
«Haben Sie Herrn Äbischer gut gekannt?»
Der Metzger zuckte die Achseln. «Wir haben miteinander geredet, manchmal kam er auf ein heisses Fleischkäsebrötchen vorbei.»
Meier spürte, wie er Hunger bekam. Fleischkäse ging in jeder Lebenslage.
«Wann haben Sie ihn zuletzt gesehen?»
«Ich weiss es nicht, vor zwei Tagen vielleicht. Da war er hier, zusammen mit Rose.»
«Rose?»

«Eine Obdachlose, Veganerin, sie ass nur das Brot.»

«Rose, haben Sie gesagt?» Meier zückte sein Notizbuch und notierte. Warum sagte ihm der Name etwas? «Hatten Sie mit Herrn Äbischer auch beruflich zu tun?»

Der Metzger erklärte Meier darüber auf, dass er für die Schlossfestspiele Würste im grossen Stil an Strahland verkauft habe, inklusive Grill und extra Personal.

«Ich habe ihm ein Sonderangebot gemacht, ein Drittel vom Preis habe ich ihm erlassen. Züri-Wurst und Shakes-Bier, er meinte, das würde funktionieren. Sie wissen schon, inspiriert vom Autor, diesem Shakespeare.»

Abenteuerlich, die Art, wie der Metzger den Namen des englischen Dramatikers aussprach.

«Leider hat Äbischer bis jetzt nur einen Teil bezahlt, und das auch nur, weil ich ihn gedrängt habe. Wenn die Festspiele abgesagt werden, hock ich auf diesen Würsten.» Er schlug sich die Hand auf den Mund. «Entschuldigung, aber es musste gesagt sein.»

Meier winkte ab. «Schon gut. Eine letzte Frage hätte ich noch. Sie haben Stricke im Container ...»

«Ein Überbleibsel von früher, als sie noch mit Jungtieren ankamen.»

«Wieso hat Herr Äbischer sich mit einer Kette erhängt? Mich dünkt das eigenartig. Was meinen Sie?»

Der Metzger schüttelte den Kopf. «Ich verstehe es auch nicht.»

«Meier!» Nussbaum war fertig und kam auf ihn zu. «Überlassen wir das Feld den Kollegen. Wir gehen jetzt rein.»

Nachdem sich Meier mit einem Handschlag vom Metzger verabschiedet hatte, folgte er Nussbaum und Duchamps zu dem schäbigen Altbau, der in der Hofmitte stand wie ein Kindergärtner zwischen Oberstufenschülern. Die Tür war offen, ein kleines Schild mit der Aufschrift «Strahland» wies auf Äbischers Firma im ersten Stock hin, im zweiten Stock war ein Grafiker eingemietet. Duchamps ging zur Befragung nach oben.

«Und wir schauen uns das Büro an», sagte Nussbaum.

Es war ein grosser Raum. Bücher lagen am Boden, teilweise geöffnet, Theaterstücke, Theatertheorie, Fachliteratur. Dazwischen DVDs und Videokassetten, alte Filmrollen und Schnürsenkel. Vermutlich hatte alles auf dem metallenen Regal gestanden, welches eine ganze Wand einnahm und leer war.

«Als ob jemand etwas gesucht hätte», murmelte Meier und bahnte sich einen Weg, vorsichtig, um nicht auszurutschen in den Plastikschuhen, in denen er sich wie immer lächerlich vorkam. Die Wände waren vollgehängt mit Fotos. Kulissen, ein Ensemble beim Applaus, Szenenfotos, schwarz-weisse und farbige … ein ganzes Bühnenleben war hier chronologisch dokumentiert. Grete Kolb stach Meier ins Auge. Sie hatte sich kaum verändert, eine von diesen Frauen, die in jungen Jahren bereits alt ausgesehen hatte und nun davon profitierte. Am häufigsten vertreten war Simon Perron, der von jedem zweiten Foto strahlte, umrahmt von seinen jeweiligen Schauspielern. Allan Äbischer fand Meier nur auf einem einzigen Bild. Er stand seitlich an eine Säule gelehnt, das Ensemble beobachtend, nicht wirklich involviert; er schien die Fäden im Hintergrund zusammenzuhalten.

Langsam ging Meier weiter in den Raum hinein. In einer Ecke gab es ein Sofa, ganz schwach waren Flecke darauf zu sehen. Meier hatte ein Auge dafür, seit er Kinder hatte. Dazu eine Kamera, die auf einem Stativ stand, gerichtet auf eine Stelle, die von einem Scheinwerfer beleuchtet werden konnte, der einzig leere Platz auf dem Boden. Wurden hier Vorsprechen durchgeführt? Unwillkürlich schauderte Meier.

«Es gibt im Netz keine Vorwürfe, weder gegen Äbischer noch gegen Perron», sagte Nussbaum in seinem breiten Bündner Dialekt. Er hatte offenbar den gleichen Gedanken wie Meier gehabt und rief die Datenabteilung an, veranlasste die Überprüfung von Handy und Computer. Beim Waschbecken stutzte Meier. Wenn er sich nicht täuschte, waren das Blutspuren.

Danach sah er sich den Schreibtisch an. Säuberlich aufgeräumt, ein Blickfang in dem Chaos. Die Platte, ein altmodisches Modell, war poliert, der Computer wirkte bejahrt, in einem

Korb – auch das gute alte Schule – lag ein Stapel Rechnungen mit der Aufschrift «bezahlt». Mit den Handschuhen blätterte Meier sie durch. Ein Schreiner, der Tribünenbauer, eine Cateringfirma und ein Logo, das er kannte: das Waldbacher Bio-Weizen. Hatte Lilo Lienert nicht erwähnt, dass der Hirschenwirt eine grosse Lieferung für die Festspiele machen würde?

Noch ein letzter Blick. In einem gusseisernen Couverthalter steckte ein Zettel. Meier faltete ihn auf.

«Verzeiht mir. Ich möchte, dass ihr weitermacht», stand da. Ein Abschiedsbrief.

Sehr passend. Warum glaubte Meier kein Wort?

Etwas später fasste Nussbaum die bisherigen Erkenntnisse zusammen. «An Äbischers Körper waren Verbrennungen, die mindestens einen Tag alt sind. Ansonsten hat der Pathologe keinen Hinweis auf Fremdeinwirkung gefunden. Alles sehr plausibel, entspricht einem Suizid, die Spuren stimmen überein. Äbischer hatte ein Produktionshandy, von dem aus wurde auch ein Notruf betätigt, um dreiundzwanzig Uhr. Er ging bei uns ein, der Anrufer legte aber gleich wieder auf, seine Identität ist unklar. Könnte ein Hinweis auf den Todeszeitpunkt sein. Äbischer hat nach ersten Recherchen keine Angehörigen und kaum Freunde, seine Familie ist das Theater. Die Firma Strahland ist solvent, die Produktion steht auf soliden Füssen, die Regiobank Uster ist Hauptsponsor. Es gibt keinen Festnetzanschluss, und die Adresse ist nirgends gelistet. Äbischer ist aber offiziell hier gemeldet.»

Sein Zuhause? «Das Sofa sieht ungemütlich aus», sagte Meier.

«So ist das halt, wenn man alleine lebt. Der Abschiedsbrief spricht eine deutliche Sprache. Wir lassen ihn auf jeden Fall graphologisch prüfen.» Nussbaum deutete auf das bereits in Plastik verpackte Schreiben.

Meier wusste, warum er Nussbaum nicht mochte. Zu wenig Gefühle, schlicht und ergreifend.

«Wer bringt dem Ensemble die Nachricht? Sie müssen informiert werden», sagte Meier.

«Das können Sie übernehmen, ist auf Ihrem Arbeitsweg.»

«Und dürfen sie weiterspielen? Heute Abend soll die Premiere sein.»

Nussbaum nickte. «Diesbezüglich habe ich mich bereits mit dem Staatsanwalt abgesprochen. Es gibt keinen Grund, die Aufführungen zu verbieten. Bis wir genaue Resultate haben, wird es Montag früh. Wie die Theaterleitung damit umgeht, ist deren Entscheidung.» Nussbaum klappte sein Tablet zu. «Wir veranlassen eine Pressesperre übers Wochenende. Dann sehen wir weiter.»

Als Meier den Hof betrat, betäubt irgendwie, waren die Techniker immer noch bei der Arbeit, der Sarg mit Äbischer wurde soeben abtransportiert.

Meier verabschiedete sich, er fühlte sich deprimiert. Äbischer war der Einzige in dem ganzen Kuchen, den er auf Anhieb gemocht hatte. Warum erwischte es immer die Falschen?

Er rief Zita an, legte wieder auf, bevor sie ranging. Einen weiteren Monolog über ihre Aktivitäten würde er so wenig vertragen wie die Forderung, dass er seine Leitungsfunktion auch mit einem Vierzig-Prozent-Pensum schaffen müsse. Stattdessen sprach er mit seinen Mitarbeitern Trösch und Lips und bat sie, Perron über den Tod des Kollegen zu informieren. Dann liess er sich seinen Praktikanten geben.

«Rahmadini! Seien Sie besonders aufmerksam, alles Eigenartige berichten Sie mir. Ich versuche, möglichst viele Informationen über Äbischer zu bekommen. Ich glaube nicht an einen Selbstmord. Wir sehen uns abends zur Premiere.»

Als Meier die Sihlhallenstrasse überquerte, fiel ihm der Hauseingang direkt gegenüber auf. Von da aus musste man eine perfekte Sicht auf das Strahland-Haus haben. Ein verwahrlostes Mädchen rappelte sich auf, die Schultern eingefallen, Loch-T-Shirt, Ketten um den zerstochenen Arm. Sie wollte flüchten, aber Meier hielt sie zurück.

«Entschuldigen Sie, waren Sie gestern Abend auch hier?», fragte er.

Sie nickte zögernd.

«Mögen Sie vielleicht einen Kaffee?»

Misstrauisch sah sie unter den verklebten Fransen hervor. «Lieber eine Cola. Was wollen Sie dafür?»

«Ich hätte gern eine Beschreibung der Leute, die den Hof betreten haben und danach ins kleine Hinterhaus gegangen sind.»

Meier hatte Glück, mit der Unterstützung einer Cola vom Take-away und einer Fünfzigernote funktionierte die Erinnerung des Mädchens ziemlich gut. Sie erzählte von Rose, der Pennerin, die eine Zeit lang neben ihr gechillt habe. Rose? Schon wieder die Obdachlose.

Davor sei eine Frau da gewesen, im Regenmantel bei dreissig Grad. Die Beschreibung passte haargenau auf Zita, dachte Meier, bevor er über die Beschreibung einer weiteren Frau stolperte.

«Sie war schon mal hier. Sie ist sehr schön. Verdeckt es mit einem Kapuzen-Hoodie, ich habe sie trotzdem erkannt. Sie hat eine geile Frisur und sieht aus wie Nofretete.»

Nofretete. Dass das Mädchen den Namen kannte, wunderte sich Meier. Eine Nofretete. Er hatte kürzlich dasselbe gedacht, als er die Souffleuse im Overall gesehen hatte, bei seinem ersten Aufeinandertreffen mit dem Festspiel-Ensemble. In seinem Hirn war ein Chaos, alle möglichen Gedanken jagten sich. Meier verabschiedete sich von dem Mädchen, nachdem er ihre Koordinaten aufgenommen hatte. Er kannte eine gute Therapeutin, an die er sie verweisen könnte, wenn sie denn wollte.

Das Kulturzentrum Kosmos war gleich um die Ecke, am Ende der Europaallee, da, wo die Lagerstrasse auf die Langstrasse traf. Zita hatte schon lange mit ihm dahingehen wollen, zu einem Kinobesuch, aber irgendwie war er immer zu müde gewesen. Ein schönes Gebäude, luftig, gross, hoch, ein Ort, an dem Zürich urbane Weite hatte. Zitas Rede. Meier musste ihr recht geben. Im Buchsalon im ersten Stock setzte er sich mit einem doppelten Espresso ans Fenster. Es war kurz nach zehn, und doch war der grossflächige Salon schon voll lesender, schreibender und arbeitender Menschen. Es herrschte eine Atmosphäre von konzentrierter Kreativität. Was für ein Gegensatz zu eben. Meier stürzte den Espresso hinunter und holte sich gleich noch einen doppelten, dazu ein gegrilltes Tomaten-Panino. Nun ging es ihm besser. Er legte sein Notizbuch vor sich auf die schmale Fensterkonsole. Winny Apt. Ein neuer Name war auf seinem Ermittlungsradar aufgetaucht. Meier umkreiste die Buchstaben. War die junge Frau gestern hier gewesen? Kurz bevor Allan Äbischer starb? Eine kleine Souffleuse mit einem ambitionierten Namen. Meier googelte. Verlor sich. Rief Andi an, verlangte eine Schnellrecherche. Andi war zurückhaltend, eigentlich sei heute sein erster Ferientag.

«Und mein letzter», sagte Meier. Kurze Zeit später notierte er Andis Resultate. Fühlte, wie ihm alle Haare zu Berge standen. Sein vager Verdacht, sein Unwohlsein hatte einen Grund. Er war kein überemotionaler Frührentner. Er hatte einfach einen guten Instinkt. Anstatt sich darauf zu verlassen, hatte er sich der Mehrheit angepasst.

Winny Apt war die Nachfolgerin von Arielle Bergmann. Es gab keine offizielle Bestätigung, inoffiziell pfiffen es sozusagen die Spatzen von den Dächern. Von der Souffleuse zur Hauptrolle in drei Tagen. Am gehässigen Kommentar der Apt über Arielle Bergmann blieb Meier hängen. Schrieb sich die Details auf, machte eine Zeichnung, ein Spinnennetz. Mit dem letzten Krümel, den er verputzte, war er fertig. Und erkannte die Frage, die sich herauskristallisierte. Waren die beiden Toten keine Unfälle, sondern Verbrechen? Und hatte Winny Apt mit beiden Ereignissen etwas zu tun? Sie zu erreichen, war nicht möglich. Ihr Handy war ausgeschaltet, und niemand wusste genau, wo sie war. Von Istvan Tschirky erfuhr er, dass eine Probe mit den Hauptdarstellern auf Mittag verschoben sei, da würde er die Apt erreichen. Dass sie am Vorabend nicht zur Generalprobe gekommen sei, sei abgesprochen gewesen. Meier überlegte. Die Schauspielerin würde die Premiere spielen, sie konnte ihnen nicht davonlaufen. Also würde er die Zeit nutzen und etwas zu Allan Äbischers Hintergrund herausfinden. Vorher jedoch musste er Nussbaum über die Entwicklung informieren. Sie arbeiteten in dieser Sache zusammen, ob es Meier passte oder nicht.

26

«Sag das noch mal, Zita», sagte Beanie Barras und blieb stehen, an diesem Spätseptembermorgen, der einen neuen heissen Tag versprach, und den sie eigentlich damit verbringen wollte, die letzten Vorbereitungen für das Fest am Sonntag zu treffen.

Dass Zita, die sie eben mit dem Velo abgepasst hatte, sich an keine Verabredung hielt und wie eine Irre ihre Arbeiten erledigte, während sie die Kinder meierlos jonglierte, daran hatte Beanie sich in den letzten Tagen gewöhnt. Aber die neueste Nachricht schlug alle bisherigen um Längen.

«Ich habe eine Leiche gefunden», wiederholte Zita. «An der Adresse, wo ihr Winny geortet habt.»

«Eine Leiche?» Beanie Barras verschluckte sich an ihrem Spinat-Smoothie. «Was für eine Leiche?»

Zita holte tief Luft, und dann kam die ganze Geschichte. Zita redete wie ein Wasserfall, im Erzählen versuchte sie, das Erlebte zu fassen. Sie war zutiefst erschüttert und schockiert.

«Ein Mann. Er hing an einer Kette vom Fleischerhaken. Es war sehr schrecklich.» Damit kam sie zu einem Ende.

Beanie verstand nicht. «Hat er sich umgebracht?»

«Ich glaube schon.» Zita lachte auf, es klang mehr nach Weinen. «Sah aus wie Winnys Video, nur dass er tot war. Dieselbe Kette. Im Riesenkühlschrank einer Metzgerei. Fürchterlich, ich werde nie mehr Fleisch essen, vielleicht auch nie mehr schlafen können.»

Beanie war fassungslos: Wie hatte Zita die Location überhaupt gefunden? Andi hatte sich doch geweigert, ihr die Adresse zu geben.

«Ich habe das Google-Maps-Foto auf seinem Display erkannt, gerade bevor die Flaschen zerbrochen sind», erklärte Zita.

Das Chai-Sirup-Desaster. Andi hatte Stunden gebraucht, bis alles wieder sauber gewesen war.

«Es ist im Kreis 4, da kenne ich mich aus. Ganz in der Nähe habe ich mal in einer WG gewohnt.»

«Und hast du Winny getroffen? Deswegen bist du ja hingefahren.»

«Nein. Keine Ahnung. Beanie, es kann kein Zufall sein. Sie muss was mit dem Toten zu tun haben. Wenn ich nur wüsste, wer das ist. Frag Andi.»

«Das geht nicht.»

Zita redete weiter, ohne Punkt und Komma. «Niemand weiss, wo Winny ist, diese Hannah Frank hat mich schon wieder kontaktiert ...» Zita riss ihr Handy hervor und checkte ihren Instagram-Account. «Winny ist auch medial verstummt. Dabei provozier ich sie dauernd, eben mit einem Foto von Emma Thompson als Beatrice: ‹*Das ewige Vorbild, nicht zu toppen, da kannst du nur verlieren*›, habe ich getextet.»

«Kannst du bitte weniger laut schreien?» Beanie packte Zita, die begonnen hatte, ihr Velo in unglaublichem Tempo die Künstlergasse hochzuschieben, am Ärmel. Sie deutete auf zwei Studenten, die zu ihnen hersahen. «Komm, wir gehen einen Kaffee trinken.»

«Ich habe ein Meeting mit meiner Professorin.»

«Aber du hast eine Leiche gefunden.»

«Darum habe ich die Polizei gerufen. Die sollen sich darum kümmern.»

«Mit deinem Handy? Dann wissen sie längst, dass du da warst.»

«Mit einem Handy, das neben der Leiche lag. Ich habe keine Fingerabdrücke hinterlassen, wenn du das meinst. Ausserdem bin ich nicht sicher, ob ich durchgekommen bin, die Verbindung war komisch.» Zita schüttelte Beanie ab. «Ich bin zu spät, in zwei Minuten muss ich im Büro sein, ich habe einen Skype-Termin mit London.»

«Das schaffst du nicht.»

«Ich soll eine Vorlesungsreihe halten, das ist eine grosse Ehre.»

«Wo sind die Kinder?»

«In der Kita.»

«Und Meier? Zita, hast du immer noch nicht mit ihm geredet?»

Beanie rannte Zita hinterher, die bereits in die Rämistrasse abbog.

«Hast du die Gnade, herauszufinden, wer diese Leiche war?», fragte Zita im Laufen, während sie ihr klingelndes Handy aus der Freitagtasche fummelte. «Shit. Alles verklebt.»

Ihre Professorin, wie es schien. Zita versprach, einen Aufsatz zu übernehmen. Noch eine Arbeit, es war unmöglich zu schaffen. Beanie kam ausser Atem nur schon beim Zuhören. Was wollte Zita beweisen?

Von Andi kam ein Text. *«Hier überstürzten sich die Ereignisse. Der Erhängte war einer von Strahland, Allan Äbischer, der kaufmännische Leiter. Meier glaubt nicht an Selbstmord, er wollte Informationen von mir, dreimal darfst du raten, über wen? – Ja, sie wurde von einer Zeugin am Tatort gesehen.»*

Beanie entwich ein Laut.

Ein neuer Text von Andi. *«Keine Interna mehr an Zita. Du riskierst deinen Job.»*

«Sag mir, was Andi schreibt», sagte Zita und versuchte, Beanie das Handy zu entwinden. «Bei deinem Patenkind.»

«Du bringst schon wieder Lily ins Spiel?», fragte Beanie und steckte das Handy weg.

«Um Winny zu schützen. Wir müssen einen Plan entwickeln.»

«Wir?» Beanie jagte Zita hinterher, die vorauseilte. «Ich habe gleich einen Termin in der Bäckerei Hürlimann am Hottingerplatz. Da wird unsere Hochzeitstorte gebacken. Aus Mandelmasse und Hafermehl.»

«Wie kannst du an Essen denken, wenn Winny in Gefahr ist? Du müsstest ihr doch besonders nahestehen.»

«Warum? Weil sie halb Afroamerikanerin ist so wie ich?» Beanie schnalzte mit der Zunge. «Dann müsstest du ja ein besonderes Interesse an Arielle haben. Weil sie so weiss war wie du.»

«Sie war eine Blondine.»

«Eine gefärbte. In Wahrheit war sie mausbraun.»

Zita hielt inne in ihrem atemlosen Spurt den Berg hinauf. «Woher weisst du das?»

«Aus dem Bericht der Pathologie.»
«Ich dachte, du arbeitest nicht.»
«Hör auf, Zita.» Beanie packte Zita am Arm. «Du bist hysterisch. Niemand will was von Winny.»
Das hätte sie nicht sagen sollen. Beanie konnte schlecht schwindeln. Zita kannte die Anzeichen.
Sie starrte Beanie an. «Das bedeutet, dass Winny verdächtigt wird. Der Commissario untersucht den Fall. Verdammt.»
Plötzlich hatte Beanie keine Lust mehr. «Zu Recht, Zita. Lass Meier einfach seinen Job machen.»
«Er hat keine Ahnung. Ich kenne das, verbeisst sich in eine These und sieht vor lauter Bäumen den Wald nicht.»
«Du bist echt eine arrogante Nuss. Wenn er so von deiner Arbeit sprechen würde, hätte er den schlimmsten Streit mit dir.»
«Ich habe das nicht als Partnerin erwähnt, sondern in meiner Eigenschaft als Psychologin.»
«Vielleicht solltest du das bleiben lassen. Vielleicht solltest du einfach mal eine Runde zu Hause bleiben und für deine Kinder sorgen wie andere Mütter. Oder, um dein eigenes Klischee zu benutzen: Nicht Meier, sondern du siehst vor lauter Wald die Bäume nicht. Das Leben ausserhalb des Berufs. Etwas, das wichtiger ist.»
Zita sah Beanie an. Ihr Blick war vernichtend. «Wichtiger? Sprichst du vom Chai-Sirup?»
«Genau. Ich war nie glücklicher.»
«Ich wünsche dir ein gutes Leben, Beanie.»
Zita hatte auf dem Absatz ihrer Stiefel umgedreht und schob ihr Velo in die andere Richtung.
Beanie schluckte. Zita war doch eine Freundin, die einzige, wenn sie sich das genau überlegte.
«Es ist Allan Äbischer, Zita, der kaufmännische Leiter von Strahland», keuchte Beanie, als sie sie erreichte. «Und es gibt eine Zeugin, die Winny gesehen hat.»
«Gestern Abend? Beim Strahland-Büro?»
Beanie nickte, sie sah Zita an, was gerade in deren Kopf abging.

«Ich weiss, wer die Zeugin ist. Die junge Pennerin im Hauseingang gegenüber. Ich dachte, sie schläft. Dann hat sie mich auch gesehen.»

«Es ist nur eine Frage der Zeit, bis die auf dich kommen, Zita. Du warst an einem Tatort.»

«Es stand ein Auto vor dem Haus. Es war etwas weiter vorne parkiert. Ist mir aufgefallen, weil es im Halteverbot stand, ein altmodisches Modell. Jemand könnte den Eingang beobachtet haben. Ein weiterer Zeuge.»

«Jemand, der mit Äbischers Tod zu tun hat.»

«Der versucht, das Ganze Winny anzuhängen. Warum?»

Plötzlich vergass Beanie ihren Loyalitätskonflikt, war für einen Moment nur noch Ermittlerin. «Hast du ein Foto gemacht?»

«Ich hatte keine Zeit.»

«Kannst du das Auto beschreiben?»

«Es war dunkel. Und ich kenn mich nicht aus mit Automarken. Ich frage Finn, er kennt sie alle.» Zita packte Beanie am Arm. «Was ist, hilfst du mir jetzt?»

Beanie zögerte. Zum ersten Mal in ihrem Leben ging es ihr gut. Ihr Job als Ermittlerin und als Peacemakerin, ihre Beziehung mit Andi, der umgebaute VW-Bus, die Hochzeitsreise … es gab so viel, worauf sie sich freuen konnte. Aber tief im Herzen bewunderte Beanie Zita. Ihre Art, niemals den einfachsten Weg zu gehen. Sie liebte ihre Kinder über alles, und dennoch verfolgte sie ihre eigenen Ziele. Sie suchte ständig ihre Grenzen, handelte neue Werte aus, war in Bewegung, kämpfte um ihre Form der Familienzusammensetzung, für die es noch so wenige Vorbilder gab. Ausserdem war sie superklug. Noch nie hatte sie einen Menschen zu Unrecht für unschuldig gehalten.

«Okay, ich bin dabei.»

27

Hannah verliess das Schlosscafé, wo Tschirky dem Ensemble soeben mitgeteilt hatte, dass Perron die Spezialprobe am Mittag auch ausfallen lassen würde. Das bedeutete, dass er an Winny festhielt, sonst hätte er abgesagt oder mit einer anderen Beatrice geprobt. Er ging auf volles Risiko. Sie würden abends die Premiere spielen, ohne Vorbereitung. Welchen Narren musste Perron an Winny gefressen haben! Die Kollegen sassen unter Sonnenschirmen und harrten der Dinge. Im Theater warteten sie viel. Deine Zeit gehört dir nicht mehr, die gibst du ab, wenn du den Vertrag unterschreibst. Kolb schlürfte Kaffee und las Zeitung, Tschirky redete auf Priss ein, Belle diskutierte mit Carole, Yannik starrte besorgt in sein Handy. Er hatte nichts von Winny gehört, Hannah sah es ihm an. Auch du, auch du! War Yannik ein Brutus? Oder konnte Hannah ihm trauen?

So in Gedanken versunken, zuckte Hannah zusammen, als sie Perron erblickte. Er stand an die Brüstung der Schlossbrücke gelehnt, ein Kaiser kurz vor der Schlacht, Herr über ein ganzes Reich, über seine Getreuen, seine Meute. Er warf Hannah diesen zerstreuten Blick zu. Wer bist du, was tust du in meinem Ensemble?

Als Hannah weit genug entfernt war, rief sie Zita Schnyder an, wollte wissen, ob sie etwas von Winny gehört habe, obwohl es natürlich unmöglich war.

«Was sagen Sie? Allan Äbischer ist tot?»

Zita, hörbar aufgewühlt, fasste ihre Erlebnisse zusammen, bevor sie auflegen musste, nicht ohne Hannah das Versprechen abzunehmen, sich zu melden, wenn Winny auftauchen würde.

Hannah ging los, mechanisch, merkte erst im Laufen, dass sie in Bewegung war.

Allan hatte sich erhängt. Seine freundlichen Augen hinter der fleckigen Brille, sein warmer Händedruck, sein Schweigen. Die Art, wie er hinter Perron stand, einen Schritt zurück, den

Kopf gesenkt, sein Tweed-Anzug, immer schäbiger mit den Jahren. Ohne Allan war Perron nicht denkbar. Die gute Seite, der ruhige Gegenpol, der alles richtete. Er war Hannah nicht wirklich sympathisch, konnte er nicht sein, er war Teil eines Systems, das sie zutiefst verachtete. Nun war er tot. Es war tragisch und warf ihren Plan über den Haufen. Sie musste alles neu denken.

Hannah ging schneller. An einem trockenen Maisfeld vorbei, zur Ernte fällig. Bilder schossen Hannah durch den Kopf, «Hexenjagd» von Arthur Miller, die baumelnden Hexen am Wegrand, sie war eine davon gewesen, ihr letztes Engagement, bevor sie dem Theater für immer den Rücken gekehrt hatte. Als sie nicht mehr konnte, blieb sie stehen und wischte den Schweiss weg. Was, wenn Winny Allan etwas erzählt hatte? Konnte das der Grund für seinen Tod sein? Die vielen Wenns raubten Hannah den Atem. Sie musste mit Winny reden. Plötzlich schauderte sie, ihre Narbe überzog sich mit Gänsehaut. Mit Sicherheit war die Polizei viel stärker involviert, als es den Anschein hatte. Die sollten das Foto von Arielles Hand längst bekommen und darauf reagiert haben. Aber es war nichts passiert. Hannah bog vom Weg ab in ein Kornfeld, bis sie nichts mehr hörte, nicht den vorbeirauschenden Verkehr, keine Stimmen von Spaziergängern. Dort liess sie sich auf den Rücken fallen und schloss die Augen.

Sie hatte mit grosser Hand inszeniert. Nun, kurz vor der Premiere hatten ihre Figuren ein Eigenleben entwickelt, das sie nicht mehr kontrollieren konnte. So wie Winny es prophezeit hatte. Was, wenn das Stück durchfiel?

Hannahs Handy klingelte. Zita Schnyder. Schon wieder. Auf dem Weg von der Kita zu einem Vortrag. Sprach von der Zeichnung eines Autos, die sie für ihre Kinder gemacht und von ihrem Sohn Finn, der das Modell identifiziert habe. Ein alter Jaguar. «Seit wann interessierst du dich für so was, Mama?», habe Finn gesagt. Sie habe sich gefragt, ob das altmodische Auto, das ihr gestern Nacht an der Langstrasse aufgefallen sei, mit Strahland zu tun haben könnte.

Hannah liess das Handy sinken. Grete Kolb fuhr einen Jaguar.

Das wusste jeder im Ensemble. Alle fanden, sie sollte den Führerausweis längst abgeben. Niemand tat etwas dafür.

Ein Windstoss wirbelte die dürren Blätter eines Maiskolbens in die Luft. Ein perfekter Tag, der in einen perfekten Abend übergehen würde. Hannah ging zurück.

***

Meier sass am Steuer des Familienvans, auf dem Weg zum Schloss Greifensee. Am Horizont ballten sich weisse Wolken, harmlos in ihrer Silhouette, bedrohlich in ihrer Menge. Der Kopf platzte ihm fast, ob all der Informationen, die er im Verlauf des Tages gesammelt hatte. Nachdem er Nussbaum informiert hatte, war die Maschinerie losgegangen. Er selber hatte sich nur mit Äbischer auseinandergesetzt, Strahlands Geschäftstätigkeiten und die Partnerfirmen recherchiert. Da das junge Mädchen aus dem Hofeingang gegenüber Äbischers Büro abgetaucht war, suchten die Fahnder nun weitere Zeugen; in den Hofhäusern waren Tür-zu-Tür-Befragungen im grossen Stil im Gang. Winny Apt wurde ebenfalls als Zeugin gesucht. Noch. In jedem Fall würde man die Theaterpremiere genau beobachten. Im Publikum würde viel Prominenz sitzen, man konnte nichts riskieren. An der Pressesperre hielten sie fest, bis auf den harten Kern der Truppe wusste niemand etwas von Äbischers Tod.

Meier hatte sein ganzes Team nach Greifensee geschickt. Sie informierten ihn in regelmässigen Abständen über das Geschehen. Winny Apt war nicht aufgetaucht. Die klebrige Fussspur am Boden vor dem Kühlwagen stammte nicht von ihr. Das Blut im Bürowaschbecken von Strahland auch nicht, das konnten sie anhand ihrer Blutgruppe sagen. Diese Information hatten sie Apts Stiefvater zu verdanken, einem netten Griechen, mit dem Meier von unterwegs telefoniert hatte. Er hatte ihnen auch sonst noch einiges berichtet, vom Zerwürfnis zwischen Mutter und Tochter und dass Winny seit längerer Zeit nicht mehr zu Hause geschlafen habe.

Soeben hatte Meier die Nachricht erhalten, mehrere Abfallsäcke seien in verschiedenen Containern gefunden worden, möglicherweise von Strahland, der Inhalt werde ausgewertet, unter anderem haufenweise geschredderte Papiere. Die Datenabteilung der Kriminalpolizei sei in Zusammenarbeit mit Andi dabei, das Material zu analysieren. Der Durchbruch, irgendetwas, das die Apt mit beiden Todesfällen verlinken würde, liess auf sich warten.

Auf der Strasse von Uster her war Stau, der Parkplatz beim Schloss Greifensee war überfüllt. Ganze Heerscharen von Menschen pilgerten bereits durch den späten Nachmittag. Unvermittelt bog Meier ab. Er brauchte eine Verschnaufpause, würde das Nützliche mit dem Angenehmen verbinden und Lilo Lienert besuchen. Kurze Zeit später stand er vor dem Ausstellungsraum der «Silberbirke», Waldbachs Naturschutzgebiet in der Nähe des Greifensees, wenige Minuten vom Theater-Aufführungsort entfernt.

«Lilo?» Die Tür zu ihrem Refugium stand offen, aber von Lilo Lienert, deren scharfes Auge er so schätzte, keine Spur.

Immerhin kam eine Studentin aus dem Hinterzimmer, sie rollte ein Fass herein.

«Lilo suchen Sie? Sie flickt das Storchennest. Heute Abend muss alles perfekt sein.»

Erst da stachen Meier die Tische mit den weissen Tüchern ins Auge. Hätte ich Andi und Beanie empfehlen sollen, dachte er. Hier wäre das Hochzeitsfest sehr viel angenehmer gewesen als auf einem Kanu.

«Wir sind total aufgeregt. Die Sponsorbank macht den Apéro bei uns, danach pilgern sie alle zusammen über den Uferweg zur Premiere», erklärte die Studentin. Die ganze Region, so schien es, war vom Theaterfieber gepackt. Was für eine Katastrophe es gewesen wäre, wenn die Schlossfestspiele abgesagt worden wären.

Meier fand Lilo am Fuss einer grossen Eiche, wo sie versuchte, Weidenruten zusammenzuflechten, um den am Boden liegenden Nachbau eines Storchennestes zu vergrössern.

«Widerspenstige Dinger», schimpfte sie. «Aber es muss gemacht sein. Das Storchennest ist ein Blickfang.»

«In einem Naturschutzgebiet erwartet niemand Perfektion», sagte Meier.

«Hast du eine Ahnung!» Sie hielt inne. «Ich habe keine Zeit zum Plaudern, was willst du, Werner?»

Meier holte Luft. Sollte er Lilo erzählen, was er alles unternommen hatte, um zu erfahren, wie es wirklich um die Finanzen der Firma Strahland stand? Wie er herausgefunden hatte, dass es keine Putzfrau gab und niemanden, der für die Administration zuständig war, auch keine Marketingstelle. Dass Allan Äbischer all diese Funktionen seit Jahren heimlich selbst ausgeübt hatte. Wie Meier dann entschieden hatte, einige Geschäftspartner persönlich aufzusuchen. Vom Schreiner, von einer Bestuhlungsfirma, vom Tribünenbau bis zur Ticket-Vorverkaufsstelle ... überall hatte er die gleiche Auskunft bekommen: Die Firma Strahland habe die Rechnung noch nicht bezahlt. Aber es gebe eine schriftliche Transaktionsbestätigung der ausführenden Bank, alles in Ordnung, vielen Dank. Das Geld müsse jeden Moment eintreffen. Sollte Meier Lilo erzählen, wie eigenartig er das fand? Dass alle Geschäftspartner seit Wochen ihr Geld nicht bekamen? Und dass Meier auf die superprovisorische Verfügung von Staatsanwalt Kretschmer wartete, wegen Kontoeinblick, denn Äbischers Bank berief sich aufs Bankgeheimnis.

Meier entschied, mit Äbischers Tod anzufangen.

Lilo reagierte erstaunlich. «So traurig es ist, überraschend dünkt es mich nicht.» Sie pfiff durch die Zähne, und die Studentin kam angerannt.

«Maike. Erklär doch dem Commissario mal, was du Anfang Woche beobachtet hast», sagte Lilo.

Bevor Meier sich darüber wundern konnte, was das eine mit dem anderen zu tun hatte, holte die Studentin Luft und ratterte ihre Geschichte hinunter, nicht zum ersten Mal, wie es schien. Sie habe mit einer Freundin an der Schiffstation von Schloss Greifensee gechillt. Nachts. Sie hätten beobachtet, wie ein grosses

Auto vorgefahren sei, ein dunkler Jeep mit Beule, und wie ein Mann Hunderte von Flaschen ausgeladen habe. Sie habe einen Abfallsünder vermutet und Fotos gemacht. Der Typ habe die Flaschen am Schlossbrunnen aufgefüllt und sie in den Keller geschleppt. Sie sei dem nachgegangen und habe herausgefunden, dass die Firma Strahland plane, diese für zehn Franken pro Flasche zu verkaufen.

«Was sagen Sie dazu? Ist das legal?», fragte die Studentin.

Was hatte sie ihm da erzählt? Allan Äbischer habe eigenhändig und allein Hunderte von Flaschen abgefüllt, um damit ein Geschäft zu machen? Wenn sich Meier dieses Bild vorstellte, konnte er Äbischers Verzweiflung geradezu körperlich spüren.

«Wir gehen dem nach, vielen Dank», sagte Meier.

Als Maike weg war, sagte Lilo: «Im ‹Hirschen› in Waldbach wurde letzte Woche eingebrochen. Und weisst du, was fehlte?»

«Lass mich raten, leere PET-Flaschen?»

Sie nickte. «Den Hirschenwirt hat's gefreut, so muss er sie nicht entsorgen.»

«Äbischer wollte damit Geld sparen …», sagte Meier langsam.

«Sparen? Weisst du, wie billig Mineralwasser heutzutage ist?» Lilo wartete seine Antwort nicht ab. «Äbischer war blank.»

«Unmöglich. Die Firma Strahland hat Projekte in Millionenhöhe ausgeführt.»

«Wo hoch geflogen wird, wird tief gefallen. Glaub es mir, Werner. Ich habe gesehen, wie Äbischer einen Bühnenarbeiter um Geld bat, weil er ein Taxi zahlen musste.»

Meier war noch nicht überzeugt. «Heute hat der Hirschenwirt das Shakes-Bier geliefert.» Das hatte Meier auf dem Weg zu Lilo bei einem Telefonat mit Rahmadini erfahren. «Und Alois liefert nur gegen bar, du kennst ihn.»

«Das beweist alles.»

Meier sah von seinem Notizbuch hoch. «Im Gegenteil, es torpediert deine Theorie.»

«Du denkst, ich bin plemplem, Werner, gell?» Lilo lächelte, nestelte in ihrer Hosentasche und zog eine selbst gemalte Skizze hervor. Auf dem Bild sah man einen Mann, der eine leichte Ähnlichkeit mit Alois vom «Hirschen» hatte, daneben Allan Äbischer im steifen Jackett. Und ein Bündel Geldnoten, das den Besitzer wechselte.

«Ich hab's festgehalten. Es ist lange her, seit ich so viel Bargeld auf einem Haufen gesehen habe.»

«Danke, Lilo.» Meier gab auf, Lilos lichter Moment war vorbei. «Wie ich schon sagte, das ist ein Gegenbeweis.»

«Sei nicht so voreilig. Es gibt noch ein zweites Bild.»

Darauf sah man Allan Äbischer, wie er die Noten aus der Theaterkasse nahm.

«Die haben seit Neuestem einen Vorverkauf auf dem Gelände. Viele Leute, Spaziergänger, Schlossbesucher kaufen ihr Ticket direkt da. Ich war es, die den Äbischer auf die Möglichkeit aufmerksam gemacht hat. Es ist wie bei uns in der ‹Silberbirke›, hab ich gesagt. Da gibt's noch viele analoge Menschen, und die solltet ihr ins Boot holen. Das hat dem Äbischer eingeleuchtet. Darum gibt's neuerdings eine Kasse mit Bargeld. Die hat der Äbischer geleert, um Alois zu bezahlen. Äbischer hat keinen Rappen mehr.»

***

Entlang der Schlossmauer gab es einige wenige Parkplätze, reserviert für die Leitung. Perrons Kleinwagen. Daneben Tschirkys Protzauto und der Jaguar der Kolb. Wenn es so einfach wäre? In dem Moment hörte Hannah Stimmen. Ohne zu überlegen, stieg sie in den Veloanhänger für Kinder, der ihr schon mal als Versteck gedient hatte, und zog die Plastikplane über sich. Es war eng, aber perfekt, ein Riss im Plastik gab ihr etwas Sicht. Im Visier hatte sie Grete Kolb, das Gesicht dick mit Schminke überzogen, schwer atmend, gestützt auf den Knauf ihrer Gehhilfe.

«Die Apt ist nicht da», erklang Tschirkys Stimme, so nah, dass Hannah zusammenzuckte.

«Was heisst das? Ihr wolltet sie in dem Hotel rund um die Uhr überwachen», antwortete Kolb. «Ist sie geflüchtet?»

Das hörte Hannah zum ersten Mal. Hatten die Winny entführt?

«Nein», antwortete Tschirky. «Das mit dem Hotel habe ich erfunden.»

Kolb gab sich schockiert. «Was?»

«Die kleine Ratte ist seit gestern verschwunden. Ihre Familie weiss von nichts, auch ihre Freunde nicht.» Tschirky klang gestresst. «Sie ist einfach weg.»

«Weiss Simon Bescheid?», fragte Kolb.

«Lieber sterben, als ihm das sagen. Auf die Apt setzt er seine ganze Hoffnung, sprüht wie in alten Zeiten. Das Mädel hat ihn entfacht. Weisst du, wer sich heute Abend alles angemeldet hat? Nebst der Presse, die vom Thalia Theater, die aus Köln … Simon hat es geschafft. Und nun ist die Hauptrolle weg. Verdammte Scheisse noch mal!»

Hannah entspannte sich ein wenig. Immerhin, Winny war nicht in den Händen dieser Gruseltruppe.

Kolb lachte auf. «Du glaubst doch nicht im Ernst, dass Simon sich auf dich verlässt? Oder noch schlimmer, auf die Apt? Ich sage nur: die zweite Besetzung.»

Tschirky wirkte ungläubig. «Er akzeptiert Priss als Beatrice? Die hat die Ausstrahlung einer Pflaume.»

Vor den anderen tat Tschirky, als wäre er ein Fan von Priss.

Auch Kolb durchschaute ihn. «Du bist ein widerlicher Gauner, Tschirky. Du hast sie heissgemacht. Ich habe Simon gesagt, dass er einen Notfallplan braucht, dass Priss besser ist als gar nichts. Wir haben den ganzen Morgen mit ihr gearbeitet, im Sodbrunnenraum, fernab vom Rest.»

Nun verstand Hannah, was hinter den verschlossenen Türen abgegangen war.

«Ich dachte, ihr habt die Textänderungen geprobt wegen Arielles Tod», sagte Tschirky.

«Es passt nicht. Wir machen nur die Schweigeminute. Viel effektvoller. Finden wir.»

«Wer ist wir?»

«Simon und ich.»

«Wenn Priss Beatrice spielt, wer spielt dann die Zofe?»

«Eine Kollegin aus Frankfurt. Sie ist soeben angekommen. Gleich machen wir eine Einweisprobe mit ihr.»

Tschirky schien fassungslos. «Das habt ihr alles organisiert, an mir vorbei?»

«Jeder Ton sitzt, die Handgriffe auch, den Rest fangen wir auf. Das Ensemble ist eingeschworen.»

«Die sind schon informiert?»

«Sicher nicht. Sie werden es kurz vorher erfahren. Das wird das Spiel beflügeln.»

«Aber Badovic? Die Bank kann unmöglich damit einverstanden sein.»

«Die Karten für alle Vorstellungen sind restlos ausverkauft. Selbst wenn wir die schlechtesten Kritiken der Welt bekommen ... unser Risiko ist gleich null. Und ehrlich gesagt, Priss ist allemal besser als Arielle, diese Lispeltante. Oder die Apt, diese flachbrüstige ...»

Hannah wunderte sich nicht. Sie ahnte längst, wie die Leitung über das Ensemble sprach. Tschirkys Handy klingelte.

«Simon?» Tschirkys Aggression verwandelte sich in Unterwerfung. «Sorry, wir kommen ...» Abrupt hielt er inne. «Was? Das gibt's doch nicht. Das ist eine Katastrophe. Als ich weggegangen bin, hat er ganz fröhlich gewirkt.»

Wieder lauschte er, bis er auflegte.

«Äbischer hat sich umgebracht.» Ein Laut entfuhr Tschirky. Es war still. Man hörte nur Kolbs Schnaufen.

«Ich habe Simon und Borachio gestern Nacht ins Büro an die Langstrasse gefahren», sagte Tschirky nach einer Weile. «Simon wollte mit Äbischer über Geld sprechen, niemand hat bislang die Gage erhalten. Äbischer wirkte angeschlagen, hat es auf einen Unfall geschoben, eine Espressomaschine ist offenbar explodiert und hat ihn verletzt.»

«Meine Gage ist bezahlt», sagte Kolb. «Umgebracht hat er sich, sagst du? So viel Chuzpe hätte ich ihm gar nicht zugetraut.»

Kolb wirkte weder überrascht noch traurig. Der Jaguar fiel

Hannah ein. Wenn Zita Schnyder richtig beobachtet hatte, war Kolb auch an der Langstrasse gewesen.

«Vielleicht ist das die beste Lösung, Allan war nicht mehr richtig dabei, das wissen wir alle.»

«Spinnst du, Grete? Ein Mensch ist gestorben?» Plötzlich bekam Tschirky einen Lachanfall. «Es ist entsetzlich, alles geht schief. Wir können es nicht aufhalten, Grete, auch du nicht.» Es schien ihn zu schütteln. «Simon und Borachio sind länger geblieben als ich», sagte er plötzlich. «Was, wenn sie Streit hatten? Was, wenn ...»

Tschirky schwieg.

«Behalt solche Gedanken für dich», antwortete Kolb.

«Wir sind nicht auf der Titanic, wir sollten uns retten», sagte Tschirky. «Mir reicht's, ich geh zur Polizei.»

«Das tust du nicht.» Kolbs Antwort war sehr scharf ausgefallen, gleich darauf gab es ein Geräusch, und Tschirky schrie auf. Durch den Riss in der Plane bemerkte Hannah tropfendes Blut. Was war da draussen los? So absurd die Vorstellung war, aber Kolb musste Tschirky angegriffen und verletzt haben.

«Du sprichst mit niemandem, Istvan», sagte Kolb, die Stimme eiskalt. «Wir ziehen es durch bis zum Schluss. Simon erwartet uns. Nicht oben im Produktionsbüro, sondern im Schlossgewölbe. Die Sache mit Äbischer halten wir geheim bis nach der Premiere. Wir wollen das Ensemble nicht noch mehr belasten. Offenbar hat Äbischer Misswirtschaft betrieben, die Gagen nicht bezahlt, aber das scheint nur die Spitze des Eisbergs. Wir brauchen die Einnahmen des Startwochenendes. Wir können uns keine Negativpublicity leisten. Sonst geht Strahland in Konkurs.»

Kaum waren die beiden weg, schlängelte Hannah sich aus dem Anhänger. Dass Allan in Schwierigkeiten gewesen war, hatte sie schon lange geahnt. Dass die anderen seinen Tod benutzen würden, um alle Schuld auf ihn zu schieben, zeigte ihr, in welcher Kloake sie hier herumstocherte.

Tschirky vermutete, Perron könnte etwas mit Allans Selbstmord zu tun haben. Lag er da richtig? Oder log er? Hannah machte einige Fotos von Kolbs Auto. Sie würde die Premiere abwarten und dann überlegen, ob sie mit ihrem Wissen zur Polizei gehen würde.

Erst jetzt bemerkte sie die Stimmung, viele Zuschauer waren bereits hier. Es herrschte ein ständiges Kommen vom Parkplatz her. In der Luft lag der Geruch nach Würsten, vom See kam ein Windstoss. Schon wieder sah sie den Typen mit den Tattoos. Er hing am Handy, machte sich Notizen. Und was war mit dem Auto, das soeben auf den Parkplatz hinter dem Schloss fuhr? Ein dunkelgrauer Kastenwagen ohne Scheiben, aus dem niemand ausstieg. Hannah fühlte, wie ihr kalt wurde. Was sie in Gang gesetzt hatte, konnte sich auch gegen sie wenden.

Noch einmal versuchte Hannah es bei Winny. Vergeblich. Versuchte es bei Zita Schnyder. Sie ging ran, kaum hatte es geklingelt, und versprach, bei Malou Apt vorbeizugehen und sich nach einem Brief zu erkundigen, der an Winny adressiert sei.

Irgendwoher erklang ein Gong. Es war ein Test. Das Gerät war am Morgen geliefert worden, es würde die Vorstellung umrahmen. Was würde Perron tun, wenn Winny nicht käme? Die Premiere dennoch spielen, mit Priss als Beatrice? Das konnte sich Hannah nicht vorstellen. Sie ging in Richtung See, der kürzeste Weg führte durch die enge Gasse. Es waren nur zwanzig Meter, aber wenn man wie sie jetzt vom hellen Licht in den Schatten kam, wirkte es stockdunkel. Hannah blieb stehen, weil am anderen Ende der Schatten erschien. Carl, der Bühnenmeister. Ihr Herz klopfte bis zum Hals, als sie die Tür zum Garten öffnen wollte. Diesmal hatte sie Pech, diesmal war sie verschlossen.

28

Einige Anrufe später wusste Meier mehr. Äbischer hatte seit Jahren auf der Kante jongliert, querfinanziert mit Subventionsgeldern, Krediten, Einnahmen und Sponsoren, und immer war es grad so aufgegangen. Bis er einer Betrügerfirma aufgesessen war, das letzte Bargeld verschleudert und ohne Tribüne dagestanden hatte. Festspiele für tausend Zuschauer ohne Tribüne?

Daraufhin musste Äbischer in einen Strudel geraten sein. Anstatt Rechnungen zu schreiben und Ausstände einzufordern, hatte er jeglichen Sinn für Prioritäten verloren. Hatte Bankbelege gefälscht und Wasser in geklaute PET-Flaschen abgefüllt. Äbischer, mit seinem feinen Äussern, seiner stilvollen Kleidung … lieber brachte er sich um, als das Gesicht zu verlieren, wie es schien. Nur, wie passte Winny Apt da rein? Wie Arielle Bergmann?

Danach kam ein Anruf. Es war Zita. Zita. Gott sei Dank, sie nahm Kontakt auf. Das war der erste Schritt zur Versöhnung.

«Ciao, amore mio, endlich.»

In der Aufregung verwechselte Meier die Tasten. Und so kam die Verbindung doch nicht zustande. Ohne zu überlegen, sprach Meier auf die Combox, wie sehr er Zita vermisse, dass er sich verwünsche für den Streit, Worte, im Zorn gesagt, verletzend gemeint und längst tief bereut. Nur um zu merken, dass sein Handy ein Verbindungsproblem hatte und er nicht sicher sein konnte, ob die Nachricht wirklich angekommen war. Er versuchte es bei der Kita, es war kurz vor sechs, Zitas Moment, um die Kinder abzuholen. Als es endlich klappte, war Zita gerade weg.

Kaum hatte er aufgelegt, klingelte Meiers Handy. Andi. Hatte keine Zeit für ein Treffen, wie Meier das wünschte, er müsse gleich zum Hirschenwirt aufs Festspielgelände. Er kaufe bei ihm das Bier für die Hochzeit, support your local farmer. Seine Analyse des Materials auf Äbischers Filmkamera habe er bereits an die Datenabteilung Zürich geschickt, Meier könne sie da einsehen.

Wollte Andi ihn abwimmeln?

«Das trifft sich gut», klemmte Meier Andis Ausreden ab. «Treffen wir uns auf dem Festspielgelände, da bin ich auch.»

Andi murrte und legte auf.

«Was ist denn mit dem los?», wunderte sich Meier.

«Er heiratet am Sonntag, Werner. Da darf er ein wenig launisch sein.» Lilo drückte Meier ein Bio-Weizen in die Hand. «Trink, du hast es verdient. Und dann geh und kläre den Fall auf. Das hat der Äbischer verdient.»

Eine weitere Textnachricht erreichte Meier. Serge Duchamps, Nussbaums Ermittler. Die Obdachlose sei identifiziert worden. Ihr Name sei Rose Guareschi. Ihre letzte Spur verlor sich im Heim «Sonnenbogen», wo sie vor einigen Monaten ausgezogen sei. Sie sei wie vom Erdboden verschluckt, aber das hiesse nichts, das könne bei Obdachlosen schnell mal passieren. Während Meier Duchamps zurückrief, um Einzelheiten zu bekommen, zog er das Konstanzer Programm heraus. Genau, wie er gedacht hatte. Ophelia, Nika, Kleopatra … und Rose Guareschi. Sie war eine der vier Frauen. Die schönste, seiner Meinung nach.

«Was haben Sie gesagt? Entschuldigung, ich war abgelenkt. Wiederholen Sie bitte.»

Freundlich tat Serge Duchamps wie ihm befohlen. Die Guareschi habe in einem Zelt gelebt, das vor einigen Tagen angezündet worden sei. Allan Äbischer sei darin gefunden worden und ins Unispital verbracht worden, von wo er sich auf eigene Verantwortung wieder entlassen habe. Er habe unter Medikamenten gestanden, gut möglich, dass er sich in einem Wahnanfall umgebracht habe. Möglich aber auch, dass er zu der Tat überredet worden sei. Bei der Menge an Medikamenten, die er im Blut hatte, sei vieles vorstellbar.

Schtärnesiech. Eine neue Verbindung. Endlich kamen sie ein Stück vorwärts. Meier sah auf die Uhr. Keine Ahnung warum, es war nur so ein Gefühl, aber er wollte zu diesem «Sonnenbogen» fahren. Der Kern dieser Geschichte lag bei den vier Frauen. Zwei davon kannte er, Kleo Z., die gesagt hatte, was sie zu sagen hatte, und Nika Bergmann, die sich hinter der Trauer um ihre Tochter verbarg. Zwei kannte er nicht, die verschwundene Ophelia und Rose Guareschi. Ebenfalls verschwunden, nicht aber ihre Sachen. Es schadete nicht, einen Blick darauf zu werfen. Wenn Meier sich beeilte, würde er es rechtzeitig zurückschaffen. Er stellte das unberührte Glas ab und fuhr los.

***

Zita wäre an der Tür am liebsten wieder umgedreht. Malous Café quoll über vor Menschen, auch der hintere Garten war proppenvoll, alles Studierende, mehr Jungs als Frauen, alle mit einem Kebab in der Hand. Es war so heiss, dass ihr der Schweiss innert Sekunden floss.

«Ein Pubcrawl», rief Malou ihr zu, die sich beladen mit einem Tablett voll griechischem Bier zu ihr durchkämpfte. «Die machen hier Zwischenstation, damit sie sich nachher weiter betrinken können. Es bringt Geld und Werbung, Georgis liebt das.»

Das war nicht zu übersehen. Während Georgis ein Taschenbrot füllte, nahm er eine neue Bestellung entgegen, schaffte es gleichzeitig, der Aushilfe zu zeigen, wie sie den Fleischersatz schneiden sollte, und Malou auf eine Gruppe Neuankömmlinge hinzuweisen.

«Kommt ihr zwei», brüllte Georgis Theo und Finn zu, die sich an Zitas Knie drückten. «Ihr habt sicher Hunger.» Zita zögerte. Er hatte Winny verraten, mit der Polizei geredet, ohne Malou Bescheid zu geben. Das hatte sie von Beanie erfahren.

«Dürfen wir, Mama?» Zwei Paar bittende Bubenaugen.

Ach was, die Alternative wären Arme Ritter. Ohne Brot. Und Georgis konnte nicht gewusst haben, was er damit anrichtete. Ehe sie bis drei zählen konnte, waren die Jungs weg, den Kinderwagen mit der schlafenden Lily zogen sie mit sich.

«Malou, hast du eine Minute? Ich würde dich gern noch mal wegen Winny fragen.»

Obwohl Zita sich Mühe gab, ruhig und vernünftig zu sprechen, spürte sie, wie atemlos sie klang. Sie war den ganzen Tag herumgerannt, hatte versucht, das Bild des Erhängten zu verdrängen, und es war ihr nicht gelungen. Eben hatte Beanie ihr erzählt, dass Winny mittlerweile als verdächtig gelte. Winny würde vermutlich vor oder nach der Vorstellung verhaftet werden. Zita kannte sich genügend aus in dem Metier, die Jahre neben einem Polizisten hatten sie zu einer Expertin werden lassen. Ihr blieben nur noch wenige Stunden, um herauszufinden, was hinter Winnys Veränderung steckte, und ob sie etwas mit den beiden Todesfällen zu tun hatte. Hannah Frank, die Bühnenkollegin Winnys, hatte Zita ausserdem um Hilfe gebeten. Sie sollte einen an Winny adressierten Brief abholen, mit wichtigen Informationen, wo sie sein könnte.

«Nur fünf Minuten. Wo haben wir schnell etwas Ruhe?», sagte Zita zu Malou, die schweigend das leere Tablett mit schmutzigem Geschirr gefüllt hatte.

«Ich muss weiter, Zita, sorry.»

«Machst du dir keine Sorgen? Sie meldet sich nicht mehr. Ist auch auf Instagram total verstummt.»

«Dann macht sie diesen Blödsinn nicht mehr mit.»

Eine SMS von Hannah. Zwischen den Zeilen schimmerte Panik durch. Die Polizei sei auf dem ganzen Gelände, sie befürchte das Schlimmste. Wenn sie jemanden des Ensembles verhaften wollen würden, hätten sie das längst gemacht. Alle seien hier. Bis auf Winny …

«Darf ich die Kinder noch mal hierlassen?», fragte Zita.

Malou sah zu Boden. «Georgis findet, ihr sollt heute zu Hause übernachten.»

«Gestern konnte er nicht genug kriegen von den Jungs.»

«Er findet es keine gute Idee, sie von deinem Mann fernzuhalten.»

«Es ist nicht mein …»

«Du weisst, was ich meine, Zita. Er findet, dass du das mit deiner Beziehung auf die Reihe kriegen sollst.»

Zita wusste, wann sie verloren hatte. «Ich muss kurz verschwinden. Bin gleich wieder da.»

Zita ging an der Toilette vorbei zur Treppe nach oben, zog den Schlüssel aus dem Blumentopf, passierte Malous Wohnung und erreichte Winnys Zimmer. Säuberlich aufgeräumt. Wo deponierten Eltern die Post ihrer abwesenden Kinder? Die Schreibtischplatte war leer. Plötzlich ein Geräusch. Sie drehte sich um. Vor ihr stand Luma.

«Kommen Sie mit. Beeilen Sie sich.» Was war denn hier passiert? Beim letzten Mal war die alte Dame doch völlig vernebelt gewesen. Überraschend wendig stieg sie vor ihr her. Auf dem Absatz des obersten Stockwerks hielt sie inne, vor dem lebensgrossen Porträt der jungen Frau, das Zita beim letzten Mal aufgefallen war. Langsam hob Luma die Hand. Zita rechnete mit einem Zauberstab. Tatsächlich schwang das Porträt auf, erwies sich als Tür zu einem Gang, zu weiteren Treppenstufen.

«Was wollen Sie mir zeigen? Ich habe nicht viel Zeit, meine Kinder warten unten, Georgis denkt, ich bin auf der Toilette», sagte Zita.

Ohne darauf einzugehen, marschierte Luma beharrlich weiter, über einen Flur, an geschlossenen Türen vorbei. Unter dem Dach gab es ein letztes Zimmer.

Als Zita eintrat, sah sie als Erstes eine alte Frau. Ihre Lumpen verbargen nicht ihre Schönheit. Gleichzeitig wirkte sie unendlich erschöpft, wie sie da auf einem Schlafsack am Boden lag. An der Wand lehnten Bilder, es gab eine Staffelei, einen kleinen Tisch mit Pinseln.

«Mein wahres Atelier», erklärte Luma. «Die Familie hat keinen Zutritt, der einzige Ort, wo Ruhe herrscht.»

Automatisch schwenkten Zitas Augen zu der Tasche am Fuss eines Sofas. Sie kam ihr sehr bekannt vor.

Luma nickte. «Das ist Winnys Unterschlupf, Sie haben richtig gesehen. Sie wohnt seit einigen Wochen bei mir.»

Damit hatte Zita nie im Leben gerechnet. Winny war die ganze Zeit hier gewesen. Luma und Winny waren ein Team. Wie hatten sie das vor Malou verbergen können?

«Dies ist das Nachbarhaus. Es steht seit Jahren leer. Von der direkten Verbindung weiss nur ich. Es gibt einen Hinterausgang, sehr versteckt durch den Hof. Niemand bemerkt, wenn man kommt und geht. Mein Refugium.»

«Und Malou hat keine Ahnung?»

«Sie denkt, ich sei vergesslich, dass ich seit Monaten nicht mehr hier war. Den Glauben lass ich ihr. Georgis weiss nichts von diesem Haus, sonst würde er gierig. Ich mag ihn, weil er Malou glücklich macht. Aber er kann nicht mit Geld umgehen. Malou hat mir versprochen, ihm nichts zu sagen.»

«Und Sie sind nicht ...?» Zita zögerte.

«Verrückt, meinen Sie? Manchmal. Heute ist ein guter Tag. Ausserdem ist es praktisch, einen verwirrten Geist zu haben. Malou lässt mich dann in Ruhe. Sie kann sehr ...»

Zita nickte. «Besitzergreifend sein, ich weiss. Das ist auch Winnys Problem.» Sie sah zu der anderen Frau, die immer noch mit geschlossenen Augen auf dem Bett lag. «Und wer ist das?»

«Rose. Rosalind Guareschi», erklärte Luma. «Eine Freundin meiner Tochter.»

«Ihrer Tochter?», fragte Zita und fühlte, wie ihr Herz immer schneller klopfte.

«Ellie. Genannt Ophelia. Malous Mutter.»

Malous Mutter. Die grosse Unbekannte.

«Wo ist sie?»

Luma verzog den Mond. «Sie ist lange gestorben. Malou verdrängt es und hält Winny im Ungewissen. Das ist Gift.»

«Ophelia, Rosalind? Wieso diese Namen?»

Luma seufzte. «Zwei Spinnerinnen. Sie wollten unbedingt Schauspielerinnen werden und haben sich diese Namen gegeben. Es war fatal. Meine Tochter ist tot, die andere ...»

«Ich bin noch da. Zum Glück», liess sich plötzlich eine Stimme vernehmen. Die Frau auf dem Schlafsack hielt die Augen geschlossen, hörte aber offenbar zu.

«Und wer sind Sie?» Lumas dunkle Augen musterten sie. «Die Frau des Polizisten?»

Woher wusste Luma das?

Luma winkte ab. «Winny hat eine Nachricht für Sie hinterlassen.»

«Winny?»

«Sie hat gehofft, dass Sie unser Refugium finden. Es hat eine Weile gedauert. Wir mussten sicher sein, dass Sie auf unserer Seite sind.»

«Wieso hat Winny gewusst, dass ich komme?» Zita verstand gar nichts mehr. «Eine Kollegin von Winny hat mich hergeschickt, ich soll einen Brief abholen.»

«Hannah hat mir Bescheid gegeben.»

«Sie kennen Hannah auch?» Und plötzlich dämmerte es Zita. «Das hängt alles zusammen. Sie, Winny, Hannah …»

Luma lächelte ein wenig. «Es ist natürlich kein Zufall. Wir haben Sie zusammen ausgesucht.»

Der Aushang an der Uni fiel Zita ein. Jemand hatte ihr einen Zettel in die Hand gedrückt. Es war keine Frau gewesen. Ein Student. Attraktiv.

«Einer von Winnys Freunden. Er war ihr einen Gefallen schuldig.»

«Aber wieso ich? Was habe ich mit der ganzen Geschichte zu tun?»

Luma sagte keinen Ton mehr. Sie wollte offensichtlich, dass Zita selbst drauf kam.

«Winny brauchte einen Draht zur Polizei. Sie hat bei uns Kinder gehütet, weil ich einen Polizistenfreund habe? Der am Greifensee arbeitet?» Zita konnte es nicht glauben. «Sie haben mich manipuliert. Das Ganze ist von A bis Z eine abgekartete Sache.»

«Einen Draht zur Polizei, das war Hannah wichtig.»

Hannah Frank. Zita hätte das ungute Gefühl ernst nehmen müssen, als gestern plötzlich diese Nummer auf ihrem Display aufgetaucht war. Wie naiv war sie eigentlich? So in ihrem Rausch gefangen, dass sie nicht mal merkte, wenn sie in eine Falle gelockt wurde. Was würde der Commissario sagen?

«Grämen Sie sich nicht. Hannah und Winny haben zusammen einen IQ von dreihundert. Es könnte jedem passieren.»

Konnte Luma Gedanken lesen? Zita wurde immer unwohler, sie musste hier raus. Aber nicht, bevor die ihr ganz genau mitteilten, worum es überhaupt ging. Die Idee, dass sie dieses Komplott veranstalteten, um Winny eine Schauspielerkarriere zu verschaffen, und buchstäblich über Leichen gingen, schien ihr zu absurd.

Rose stöhnte auf. «Wir müssen los.»

«Wohin?», fragte Zita.

«Heute Abend fällt der Vorhang», erklärte Luma. «Eine vierzigjährige Geschichte findet ihr Ende. Meine Tochter …» Lumas Stimme brach, sie wirkte berührt. «… meine Tochter Ellie Apt, genannt Ophelia … soll eine Stimme bekommen.»

«Es geht um Rache?»

Luma nickte. «Perron hat sie zerstört. Sie und viele andere. Aber keine so sehr wie sie. Dafür soll er büssen.»

Zita war baff. Soweit sie wusste, war Perron unumstritten, es gab keine Vorwürfe gegen ihn.

«Was ist mit dem Brief, auf den Hannah Frank wartet?»

Luma nickte. «Er war vor einer Woche in der Post. Ich habe ihn rausgefischt, ohne dass Malou es gemerkt hat. Das Resultat wird Hannah nicht gefallen.»

«Welches Resultat?»

«Ein DNA-Test. Damit kann man eine Grosselternschaft nachweisen. Winny hat sich darum gedrückt, weil sie die Idee hasst, Perron könnte ihr Grossvater sein. Er ist es nicht. Was einerseits gut, andrerseits schlecht ist. Trotz aller Bemühungen haben wir nichts in der Hand. Darum brauchen wir das Tagebuch. Und die Liste.»

Welche Liste?

«Von allen, die je bei Strahland vorgesprochen und eine Geheimhaltungsvereinbarung unterschrieben haben. Winny hat das herausgefunden. Niemand spricht darüber. Stellen Sie sich vor, man unterschreibt einerseits, dass man nicht darüber spricht, was in dem Theater vorgeht. Und andrerseits nicht darüber, dass man eine Vereinbarung unterschrieben hat.»

Zita kannte das. Hatte selbst schon mal nicht unterschrieben, als es um ein Uniprojekt ging. «Winny hat diese Liste gefunden?»

«Vielleicht. Hoffentlich.»

Das schien sehr vage.

«Und das Tagebuch?»

«Ellie ist nach Griechenland ausgewandert. Wir wissen nicht genau, wohin. Im Tagebuch hat sie darüber geschrieben. Ich suche es seit Jahren. Es könnte irgendwo sein in diesem Haus.» Sie machte eine Handbewegung. «All die Ecken, Winkel, die Mauervorsprünge ... Ellie hat es geliebt, Dinge zu verstecken.»

In der Stille war es, als ob Kinderfüsse davonrannten, ein Kichern, ein kratzendes Geräusch. Rose rappelte sich vom Schlafsack hoch. «Ellie hat das Tagebuch mir gegeben», sagte sie plötzlich.

Luma wirkte bestürzt.

Und nicht mir? Die Frage, nicht ausgesprochen, hing in der Luft.

Bis Luma den Mund verzog. «Natürlich. Wer gibt sein Tagebuch schon seiner Mutter?»

Auch Zita begriff. Mütter und Töchter. Darum ging es hier.

Da zuckte Luma zusammen. «Aber deine Sachen sind alle verbrannt.»

Rose schüttelte ganz leicht den Kopf. «Nicht alle.»

***

Meier klingelte, zweimal. Dann wurde die Tür geöffnet. Das Erste, was er sah, waren nackte Füsse in Sandalen, danach die Kutte. Ein Franziskanermönch. Gross, bestimmt fast zwei Meter, ein freundliches Gesicht.

«Guten Tag.» Eine ebensolche Stimme, mit spitzem Dialekt.

Meier stellte sich vor, erklärte sein Anliegen knapp, es blieb ihm nicht viel Zeit.

«Rose Guareschis Sachen. Die sind im Lager», sagte der Franziskaner.

«Wohnt sie schon lange nicht mehr hier?»

«Seit einigen Monaten.» Er überlegte. «Seit es heiss wurde. Hat sie oft gemacht, zu Beginn des Sommers, dass sie ein paar Tage verschwand. So lange war sie aber noch nie weg.»

«Machen Sie sich keine Sorgen?»

«Doch. Was will man machen? Wir können sie nicht zwingen, wenn sie lieber auf der Strasse lebt, als ein Dach über dem Kopf zu haben.»

«Ein Dach hatte sie schon.»

Der Franziskaner sah Meier an. «Hatte? Ist sie tot?»

Meier zuckte die Achseln. «Sie gilt als vermisst. Wir suchen sie. Als Zeugin in einem Verbrechen, möglicherweise, wir wissen es nicht. Ist das eine private Institution?»

Der Franziskaner nickte. «Für Menschen wie Rose. Die Struktur brauchen.»

Auf dem Weg zum Lager kamen sie an einem Aufenthaltsraum vorbei. Kannen, Früchte und Brötchen lagen auf einem Tisch. Die Tür zum Hof war offen, einige Frauen sassen draussen, plauderten, ein Mann etwas abseits, in ein Handy vertieft, zwei weitere pflegten ein Gartenbeet. Es wirkte gut betreut, persönlich, teuer.

«Wer finanziert das alles?»

«Es ist unterschiedlich. Verwandte, das eigene Vermögen, in Härtefällen der Staat.»

«Bei Rose?»

«Sie hat keine Familie mehr.»

Meier merkte auf. «Wer bezahlt dann?»

«Müsste ich nachschauen.»

Geduldig drehte der Franziskaner wieder um, führte Meier in ein Büro. Erstaunlich modern, es gab keine überfüllten Aktenschränke, nur einen Schreibtisch und einen Laptop, dazu eine Pinnwand voll farbiger Zettel.

Der Franziskaner tippte bedächtig auf sein Gerät, wurde nicht fündig, suchte weiter.

«Hier steht kein Name. Eigenartig.» Er murmelte vor sich hin. «Ich kann Ihnen nicht sagen, wer für Rose zahlt. Wir müssen Emilia fragen.»

Kurze Zeit später sass Meier einer unglaublich dicken Frau gegenüber. Ihr Kinn ruhte auf dem Hals, der Busen auf dem Bauch, das dünne Haar umrahmte ein teigiges Gesicht. Aber ihre Augen waren wach.

«Wozu wollen Sie das wissen?»

Meier erklärte ihr die Sachlage. Und dass er es eilig hatte, es blieb ihm noch eine Dreiviertelstunde bis Vorstellungsbeginn.

«Es ist so», sagte Emilia. «Sie sind bereits der Fünfte diese Woche, der sich nach Rose erkundigt.»

«Der Fünfte?» Meier war erstaunt. Wer war noch an Rose interessiert?»

«Jahrelang kein Mensch und jetzt gleich fünf», fuhr Emilia fort. «Mir liegt ihr Wohl am Herzen. Rose ist eine zerbrechliche Seele. Ich würde nicht wollen, dass man ihr ein Leid zufügt.»

«Wer war denn alles da?»

«Zwei Männer, zwei Frauen. Alle im Abstand von wenigen Stunden. Der eine war gross, mit einer altmodischen Weste, wortkarg, der andere war ein kräftiger Typ, ich mochte ihn nicht. Die eine Frau war jung, gross, sah aus wie ...»

«Nofretete?»

Damit konnte Emilia nichts anfangen. «... ein Model. Wenn sie nicht so krumm gestanden hätte, mit der Kapuze ins Gesicht gezogen.»

Meier fühlte Adrenalin. Warum erkundigte Winny Apt sich nach Rose?

«War sie es, die ihre Rechnung bezahlt hat?»

«Nein. Ich sage Ihnen das im Vertrauen. Ihre Gönnerin heisst Hannah Frank.»

«Eine Verwandte?»

«Freundin.»

«Warum tut sie das?»

Emilias Stimme wurde warm. «Aus Menschenliebe. Sie rief jede Woche hier an, fragte, wie es Rose gehe. Sie ist fürsorglich auf eine abwesende Weise.»

Hannah Frank, er wusste genau, dass er auch den Namen kannte. Aber es fiel ihm nicht ein, woher. Schtärnesiech. Kein Wunder, bei den vielen Frauennamen.

«Sie hat sogar weiterbezahlt, obwohl Rose länger als drei Monate nicht mehr hier war. Das ist selten.»

«Darf ich Roses Zimmer sehen?»

«Das mussten wir räumen. Sie müssen verstehen, der Andrang ist gross. Wir führen eine Warteliste. Ihre Habe ist im Lager.»

«Ist mir auch recht.»

Emilia nickte. «Wenn Sie eine Verfügung haben.»

Die hatte Gritli ihm gemailt. Zusammen gingen sie über den Hof zu einem Häuschen in der Mitte. Es sah ähnlich aus wie Äbischers Haus. Nur kleiner, aus Holz, völlig aus der Zeit gefallen. Die Geheimnisse von Zürichs Hinterhöfen.

Im Untergeschoss eine Reihe von Abteilen. Alle vollgestopft.

«Die meisten unserer Gäste ...», Meier fiel die Bezeichnung auf, «Gäste» hatte sie gesagt, «... bringen Dinge mit, von denen sie sich nicht trennen können, und die Zimmer sind klein. Wir haben eine Abmachung. Alles, was innert zwei Jahren nicht oben war, entsorgen wir.»

Im Abteil von Rose standen ein Bett, ein Tisch und ein Sessel. Ein altes Schaukelpferd mit einem Auge, ein Karton voller Zuckertütchen, zwei Kisten. Ein Koffer mit Kleidern. Ein Regal mit wenigen Büchern. Ein Rennrad. Sie musste mal sportlich gewesen sein.

«Hat sie den Namen Allan Äbischer mal erwähnt?», fragte Meier, während er die Sachen durchsah, in der Hoffnung irgendwas zu finden, das Aufschluss geben könnte.

Emilia dachte nach. «Sie war nicht gesprächig. Einige Zeit, ich denke, es waren mehrere Monate, ist sie völlig verstummt. Singen war ihre Spezialität. Sie hat gern gesungen.» Sie deutete auf eine halb offene Kiste. «Alles Noten. Ich glaube, sie war früher Sängerin.»

Meier warf einen Blick hinein. «Und Schauspielerin.» Er holte das Konstanzer Programm aus der Tasche. «So sah sie aus, als sie jung war.»

Im Licht des halb erdigen Fensters besah sich Emilia die Fotos. Stockte plötzlich. Zeigte auf ein Porträt.

«Die war auch hier.»

«Sind Sie sicher?» Meier war überrascht. Mit allem hätte er gerechnet. Nur nicht damit. Nika Bergmann. Die trauernde Mutter. Plötzlich sah Meier wieder den kleinen Jungen vor sich.

Über Kleo Z.s Gesicht schob sich Nika Bergmann, aus dem Jungen wurde Arielle, die tote Influencerin.

Er stand auf. «Hier ist nichts, was mir weiterhilft.»

«Was suchen Sie eigentlich?», fragte Emilia.

«Ich weiss es selbst nicht.»

Meier ging hinaus. «Vielleicht komme ich noch mal.»

Emilia hielt seine Hand fest. «Finden Sie sie. Sie ist ein wertvoller Mensch.»

Meier nickte. «Ich glaube, dass sie in eine ungute Geschichte verwickelt wurde. Sie müssen wissen, einer der Besucher, Allan Äbischer, ist ein Freund. Er ist tot. Das hat sie möglicherweise aus der Bahn geworfen. Ich weiss noch sehr wenig über diesen Fall. Und immer, wenn ich eine Richtung gefunden habe, passiert etwas Unerwartetes. Ich muss alles noch mal neu denken.» Er lächelte ein wenig. «Das ist nie besonders angenehm.»

«Danke für Ihr Vertrauen. Das erlebe ich nicht oft. Viele Leute wollen etwas von mir. Und dafür erzählen sie viele Lügen.»

«Wenn Ihnen noch etwas einfällt, rufen Sie mich an.»

Als er bereits beim Eingang war, hielt sie ihn zurück. «Einen Moment.»

Meier sah auf die Uhr. Dreissig Minuten. Er müsste fahren wie ein Wahnsinniger. Als Emilia wiederkam, hielt sie in der Hand ein Heft. Einfaches A4, verblasstes Blau, ein grosser Fleck auf der Front.

«Ich weiss nicht, was es ist. Aber sie hat es mir anvertraut. Es war ihr sehr wichtig, sollte nicht in falsche Hände kommen. Ich glaube, es ist das, was all diese Leute gesucht haben. Ein Tagebuch. Aber nicht Roses. Ich verstehe es auch nicht.»

Tagebuch von Ellie Apt
Die Generalprobe war längst vorbei. Sie wartete in der vollen Kantine, wo die Luft nur so flirrte. Alle Tische waren besetzt, Kollegen aus dem Stück, Kollegen, die zugeschaut hatten, Mitarbeiter des Theaters. Um den runden Tisch hatte sich der Stab versammelt: Bühne, Kostüm, Ausstattung, Technik. Sie hörten dem Assistenten zu, der die letzten Änderungen durchgab.

Sie sass allein. Nur auf der Bühne sprach sie Text, ansonsten schwieg sie. Wenn er nach der Probe zu ihr kam, verschloss er ihren Mund mit einem Kuss. Reden können wir später. Es tat weh.

Sie fasste sich an die Brust. Berührte den Umschlag. Die Überraschung für ihn. In der ersten Nacht hatte er von seiner Sehnsucht erzählt. Mit dem Auto durch Griechenland, einen ganzen Sommer lang. Sie war sparsam, schon immer gewesen, das hatte sie von ihrer Mutter gelernt. Das Geld reichte für einen alten Hippiebus. Hellblau mit grünen Vorhängen. Ein Foto des Autos und die Landkarte mit der Reiseroute, das wäre ihr Premierengeschenk für ihn. Sie hatte es sich ausgemalt. Nacht für Nacht, wenn er gegangen war, hatte sie es sich ausgemalt. Im Geiste war sie die ganze Route abgefahren.

Sanft strich sie über den Umschlag. Er war noch nicht zugeklebt, sie zog die Karte heraus. In diesem Augenblick, gerade als sie den Blick hob, wurde die Tür geöffnet. Er war da. Sein Blick schwebte, er schaffte es, gleichzeitig alle anzusehen. Gespannte Stille breitete sich aus. Und dann verzog sich sein Mund zu einem Lachen.

«Gut gemacht, Leute. Ihr habt's mir gezeigt, ich habe nichts mehr hinzuzufügen. Viel Glück morgen.»

Ein Seufzer der Erleichterung. Wäre er nicht zufrieden gewesen, hätten sie die ganze Nacht hier gesessen. Nun gingen die Gespräche wieder los. Ein kurzes Zwinkern in ihre Richtung, die Versicherung, dass sie sich hinterher sehen würden. In ihrem kleinen Zimmer, ohne Heizung, auf dem Sofa neben dem Gasherd, der Himmel auf Erden.

Nach ihm waren einige Leute hereingekommen, darunter ein junges Mädchen, ein Kind von sieben oder acht Jahren. Plötzlich legte er diesem den Arm um die Schultern.

Sie verschluckte sich an ihrem Weisswein und musste husten. Vom Nachbartisch sahen die Musiker zu ihr her. Anne, ihre Freundin, zog eine Grimasse, Rose ebenfalls, auch Kleopatra und Nika. Alle vier fixierten sie. Wir haben es dir gesagt, sagten ihre Mienen. Haben wir es dir nicht gesagt?

Nun stellte sich eine weitere Frau neben ihn, auf seine andere Seite, er umarmte auch sie. Sie entspannte sich. Es mussten Freunde sein. Aus dem Augenwinkel sah sie, wie Anne und die anderen zu ihr kamen. Als sie das Couvert zurückstopfen wollte, wurde ihre Hand festgehalten. Geht weg, ich habe keine Zeit.

«Hör auf, so zu starren, Ellie», zischte Anne. «Hast du es immer noch nicht kapiert? Das ist seine Frau.»

Sie hörte die Buchstaben. Sie tanzten in ihrem Hirn und machten sie schwindlig.

«Was ist, Ellie, ist dir schlecht?»

Langsam drehte sie den Kopf. Sah das kleine Mädchen an.

«Nicht das Kind, die andere», sagte Anne.

Welche andere? Die auf der anderen Seite? Mittelgross, pummelig, in einem hellen Kleid, zu rosa für ihr Alter, keine Schönheit. Wache Augen hinter einer kleinen Brille, blonde Strähnen im Haar.

«Genau. Das ist seine Frau. Eine Ärztin. Und die Kleine ist seine Tochter Isabella, genannt Belle. Sie hilft in der Kostümabteilung.»

Die Gruppe kam auf sie zu. Sie wollte weglaufen, aber ihre Füsse gehorchten ihr nicht. Es war, als ob sie im Kino sässe und gezwungen würde, ihren eigenen Film zu sehen. «Sie sind die Ophelia, nicht wahr? Wunderbar gespielt.» Die ältere Frau ergriff ihre Hand und drückte sie. «Ich habe meinen Mann gewarnt, sein Hamlet sei zu alt für Sie. Aber nun muss ich ihm recht geben. Es passt.»

«Wie immer.» Er lächelte.

Sein Blick streifte sie. Eine Warnung lag darin.

Sie schnappte nach Luft. Wollte etwas sagen. Spürte die Worte, die gleich ihren Mund verlassen und alles in Schutt und Asche legen würden.

Da kam Belle ins Bild, das Töchterlein. Es wirkte stolz.

«Spielst du auch mit im Weihnachtsstück? Da helfe ich mit bei den Kostümen. Ist sie Aschenbrödel?», fragte sie an ihren Papa gewandt.

Sie hielt seinen Blick. Er öffnete den Mund. Einen absurden

Moment lang hoffte sie, er würde sie vorstellen. Würde Frau und Tochter mitteilen, dass er mit ihr zusammen sein wolle.

Ihre Finger krampften sich um den Umschlag, sie würde das Geschenk übergeben, egal, was passierte.

«Alles Gute zum Geburtstag.» Hatte sie es gesagt oder nur geträumt?

«Ellie wird uns verlassen», sagte er. «Sie hat viele Anfragen von anderen Häusern. Hamlet wird ihr Durchbruch.»

Der Umschlag fiel Ellie aus der Hand. Seine Frau ging achtlos darüber, ihre Gummisohle hinterliess einen Abdruck.

Belle sah enttäuscht aus. «Schade. Sonst hätten wir Freundinnen werden können. Kommst du mit ins Restaurant? Wir wollen feiern. Mein kleiner Bruder ist auch da, er ist noch ein Baby … Tschüss dann, mach's gut.»

***

Instagram-Account von **WinWinny/Story**
Nachtblaues Kleid, das Gesicht erhellt von einer Kerze
Gefällt 6999 Mal
WinWinny *Nachtblaues Theater. A Star is born! #WinnytheStar #Theater-amGreifensee #Schlossfestspiele #Ticketcorner #Freilichttheater #Shakespeare*
Aufrufe: 9202
Kommentare: 242

29

Priss hielt es kaum noch aus.

«Hör auf mit dem Gezapppel», sagte die Maskenbildnerin und drückte Priss auf den Stuhl zurück. In weniger als zwei Stunden würde die Premiere losgehen. Und Winny war immer noch nicht da. Priss war schlecht vor Freude.

Die Gerüchteküche lief heiss. Res und der andere Musiker hatten Wetten am Laufen, dass sie nicht spielen würden. Don John und seine Kumpels machten sich vor allem Sorgen um ihre Gage. Je näher der Moment rückte, wo der Vorhang fallen sollte, desto weniger glaubten sie daran, dass die Vorstellung stattfinden könnte. Was niemand von den anderen wusste: Tschirky hatte Priss das Daumen-hoch-Zeichen gegeben. Das hiess, sie würde die Beatrice spielen.

Priss warf einen Blick in den Spiegel. Wie gut ihr das Kostüm stand, jetzt, da es umgearbeitet war. Nur das Oberteil war ein wenig zu eng. Priss kannte die Absicht dahinter genau, und sie verzieh es Simon. Für eine Hauptrolle zeigte sie gern alles her, was sie hatte.

Wenn Priss zum Fenster hinausschaute, sah sie die Menge der Zuschauenden den Weg hinunterströmen. Die Bar war umlagert, viele hatten sich ans Seeufer begeben. Die Sonne stand dunkelorange über dem Grat des Pfannenstiels, der Greifensee spiegelte den Himmel, blau im Osten, hell im Westen, wo sich dafür einige dunkle Wolken türmten. Eine ideale Kulisse für eine perfekte Premiere, der Tod der Influencerin schien in weiter Ferne.

«Lasst das Gejammer, Ladys, lasst es sein!»

Mit wie viel Tiefe Priss den Text gleich sprechen würde. Bis jetzt war sie auf der Bühne zweite Garde gewesen: Dienstmädchen, Gehilfin, böse Schwester, Leiche – diese Zeiten waren vorbei. In knapp drei Stunden würden die Leute ihr zujubeln.

Beatrice war eine Hammerrolle, wie geschaffen für Priss. Ihre Wut, ihr Witz, ihre Zerbrechlichkeit. Das Publikum würde sie lieben. Danach würden Filmrollen kommen, Serien, Web-Formate … es gab viele Einsatzmöglichkeiten für junge Schauspielerinnen. Wenn sie berühmt waren. Gesehen und für gut befunden. Diesen Stempel brauchte sie. Es war ihr Eintrittsticket in eine neue Liga.

Yannik stürmte herein.

«Ensembleversammlung im Schlosscafé, in fünf Minuten.» Schon wollte er weiterlaufen, als er innehielt. «Du trägst das falsche Kleid, Priss.»

Denkst du, dachte sie. Gleich würde er die Wahrheit erfahren, und die Überraschung würde sein lahmes Spiel würzen.

«Simon will es so.»

Priss' jähe Bewegung, mit der sie ihre Aussage unterstrich, hatte die Maskenbildnerin aus dem Tritt gebracht, der dicke schwarze Lidstrich war total verrutscht.

«Sieht gruselig aus», sagte Yannik. «Du sollst dich ohnehin nicht schminken, Zofen sind ohne Farbe. Du wirst einen Anschiss bekommen.»

Ich bin nicht mehr die Zofe, du Blödmann, hätte Priss am liebsten geschrien, während die Maskenbildnerin an ihr herumwischte, um den Schaden zu beheben.

In der Cafeteria waren die Fenster zu, die Luft war stickig und zu warm. Kolb, Tschirky, Belle und Carole sassen bei der Getränketheke mit Blick auf das versammelte Ensemble, Äbischer fehlte.

Simon hielt eine kurze Ansprache. Erklärte den Ablauf des Stücks, das sie mit einer Schweigeminute für Arielle beginnen würden.

«Und wer spielt Beatrice?», wagte Yannik sich vor.

Nun würde es kommen.

Priss zerplatzte fast, der Atem rauschte in ihren Ohren.

Simon räusperte sich. Die anderen warfen sich Blicke zu.

Priss stand auf, machte einen Schritt nach vorn, noch einen, sie sah die Verunsicherung auf den Gesichtern, die Fragen. Da ging die Tür auf, und Winny Apt, in einem neu geschneiderten nachtblauen Kostüm, betrat den Raum.

«Hallo zusammen. Legen wir los?»

Die Leute sahen sich an. Erleichterung machte sich breit. Yannik klatschte, Res fiel ein, einige andere auch. Und plötzlich klatschten alle, Schauspieler, Musiker, Techniker, sogar das Servierpersonal. Sie hatten eine Beatrice, nun konnte das Spiel beginnen. Die Apt, diese eingebildete Kotzkuh, klatschte zurück. «Entspannt euch, Leute. Wartet bis hinterher. Los geht's, spielen wir das Ding nach Hause.»

Priss war völlig versteinert. Spürte nichts als die Blicke der anderen, die sie durchbohrten bis aufs nackte Fleisch. Res, der seinen Kumpel in die Seite stiess, seit Beginn der Proben auf Rache aus. Don John und seine Kollegen, nette Typen, ihre Blicke waren mitleidig, was noch mehr schmerzte. Claudio und Hero, gleichgültig. Kolb verzog den Mund, Pech gehabt, mein Kind, Berufsrisiko, bis hierher habe ich dich unterstützt, nun muss ich dich leider fallen lassen. Yannik: «Ich hab's dir gesagt!» Und all die anderen, die gar nicht hinsahen, längst beim nächsten Programmpunkt waren, was ging sie eine Zofe an?

Priss suchte nach Tschirky. Er musste etwas tun. Zu Simon gehen, ihn umstimmen.

«Du wirst ganz gross», hatte er versprochen. «Greifensee, Zürich, Hamburg, Berlin. Überall habe ich Kontakte.»

Priss spürte seine Fingerknöchel, wie er ihren Kopf hinunterdrückte, das Würgen. Ganz deutlich hörte sie Stimmen, das höhnische Gelächter. «Geschieht ihr recht, selber schuld, ihre Verantwortung, sie hätte halt Nein sagen müssen.» Er hatte sie benutzt. Und sie hatte es zugelassen. Alles für nichts. Priss rannte nach draussen und stiess mit einem Kellner zusammen. Sie wollte weg.

Aber er hielt sie fest. «Was ist denn mit Ihnen los?»

Eine freundliche Stimme, die erste freundliche Stimme heute.

«Die Apt spielt Beatrice», schluchzte Priss.

Der Kellner bekam grosse Augen. «Winny Apt ist hier?»

«Wie von den Toten auferstanden. Und dabei hat sie nur zweimal geprobt. Sind Sie wirklich ein Kellner?»

Er zögerte. Er war kein Kellner.

«Sie sind von der Presse, nicht wahr? Von welcher Zeitung? ‹Theater heute›?»

Schnell nickte er. «‹Theater heute›, genau.»

Das Fachblatt über Theater. Wer darin gelobt wurde, hatte es geschafft.

«Wo ist die Apt? Wir suchen sie für ein Interview», sagte er.

«Das geht nicht», sagte Priss. «Aber ich wäre da. Ich spiele die Margarete, eine unglaublich wichtige Rolle, dramaturgisch gesehen.»

Als Priss seinen Gesichtsausdruck sah, verstummte sie. Was für ein Bullshit! Aus einer Wurze wurde keine Hauptrolle. Der Zug war abgefahren. Und dann fiel es ihr ein. Eine kleine Rache nur, aber besser als nichts. «Sorry, ein Scherz. Natürlich müssen Sie mit der Hauptrolle reden. Ich verrate Ihnen, wo sie ist. Sie sollten es einfach für sich behalten, es ist eine Überraschung.» Priss zeigte zum See. «Die Apt hat einen grossen Auftritt in einem Boot. Von Westen her soll sie kommen. Etwas aufgeblasen, wenn Sie mich fragen, aber Perron, unser Regisseur, mag so was. Wenn Sie sie treffen wollen, müssen Sie einfach den Uferweg nehmen, bis Sie zu einem improvisierten Bootssteg kommen. Eine Viertelstunde vor Vorstellungsbeginn sollte sie da sein. Man verpasst es leicht, der Steg ist im Schilf. Beeilen Sie sich.»

Priss sah dem Jungen hinterher und fühlte sich ein wenig getröstet. Das Interview mit der «Theater heute»-Zeitschrift hatte sie Winny vermasselt. Immerhin etwas.

***

Tschirky stand im verwaisten Maskenraum und liess Wasser über die Wunden laufen. Kolb hatte ihn voll erwischt. Seine Hand sah aus wie nach einer Kreuzigung. Diese Schabracke. Die Tür ging auf. Simon.

«Ein Gewitter kommt», sagte er. «Um dreiundzwanzig Uhr, sagt die Wetterstation am Flughafen. Nach dem Schlussapplaus.»

Durch die geöffnete Butzenscheibe sah Tschirky, dass die Wolkenwand gewachsen war und der Wind stärker blies. Das Geräusch, das die weissen Stoffbahnen auf der Bühne machten, wenn sie durch die Luft gewirbelt wurden, war bis hierher zu hören.

Tschirky seufzte. «Wir sollten absagen.»

«Und im Schlossgewölbe spielen? Wo nur zweihundert Leute Platz haben?» Simon schüttelte den Kopf. «Nein. Schau dir das Publikum an, die wollen ein Abenteuer. Sie sind für alles bereit.»

Lachen und Gesprächsfetzen waren zu vernehmen, die Stimmung war einzigartig. Viele hatten ihre Plätze schon eingenommen, sahen gespannt zur Bühne, manche waren immer noch im Bereich der Bar. Das Einlasspersonal verständigte sich mit Gesten, in fünf Minuten würden sie alle auf ihre Plätze schicken.

«Gib Carl Bescheid, sie sollen die Seitenplanen fixieren. Wenn das Gewitter da ist, ist es zu spät.»

«Bereits erledigt.»

«Die Pause lassen wir ausfallen. Damit gewinnen wir etwas Zeit.»

«Geht nicht. Wir haben den Getränkelieferanten eine halbe Stunde Pause vertraglich garantiert.»

«Was Allan unterschrieben hat, gilt nicht mehr.»

Tschirky zuckte zusammen. Es war schon unheimlich, wie passend es war, dass Äbischer sich verflüchtigt hatte.

«Fang an, Tschirky», sagte Simon sanft.

Wie er es seit vierzig Jahren tat, nahm Tschirky den Rasierschaum aus Simons Lederkoffer.

Simon liess sich auf den Stuhl fallen, schloss die Augen. Das kornblumenblaue Kostüm stand ihm gut. Es war seine Farbe. Sämtliche Hemden – und er besass viele davon – waren in diesem Ton gehalten. Perrons Frau war schuld daran, sie hatte ihm damals so ein Hemd zum ersten Jahrestag geschenkt.

Im Zimmer war es ruhig. Nur das leise Schaben des Messers auf der Wange, das sich den Weg durch den Schaum suchte.

Tschirky kannte jeden Handgriff, er hätte es blind machen können. Das einzig Mühsame war seine verletzte Hand.

Die Narben in Simons Gesicht wurden sichtbar, eine Jugendakne. Vielleicht sein einziger Makel. Und dass er nicht schwimmen konnte.

«Kommt sie?», fragte Tschirky nach einer Weile.

«Ruth? Natürlich. Sogar Tommy hat sich angesagt.»

Simons Sohn, ein Ingenieur, er kam selten ins Theater.

«Belle hat ihn überredet.»

Die Bande der Familie Perron waren stark.

Tschirky warf einen Blick in den Spiegel. Ein wenig Desinfektionsmittel, danach das Make-up für empfindliche Haut. Tschirky massierte es in kreisenden Bewegungen ein. Eine Kerbe bei der Wange füllte er auf. Perfekt. Don Pedro sah gut aus. Bereit für seinen Moment mit Beatrice, es galt, einen Altersunterschied von fünfzig Jahren wegzuspielen.

«Ich freu mich auf die Szene.»

«Ein Höhepunkt», antwortete Tschirky automatisch.

Sie waren ein Team, hielten sich an ihren Text, kannten alle Pausen, das Nichtgesagte, die Wahrheit dahinter.

Simons Hand schnellte vor und krallte sich um seine, als Tschirky gerade nach dem Messer greifen wollte, um eine letzte Stelle zu korrigieren.

«Was ist passiert?», fragte Simon mit geschlossenen Augen und bohrte seine Nägel in die offene Wunde.

Verdammt, tat das weh.

«Hast du wieder gefummelt, alter Freund? Das ist nicht gut.» Nach einer kleinen Pause fügte er an: «Wir müssen Priss entsorgen. Sie plappert.»

«Auch das ist schon erledigt», murmelte Tschirky mit zusammengebissenen Zähnen. «Der Ersatz aus Frankfurt übernimmt Margarete. Priss ist auf dem Weg zum Bahnhof. Carl begleitet sie.»

«Gut gemacht.» Endlich hörte der schmerzhafte Druck auf. «Hat sie unterschrieben?»

«Natürlich. Zum Glück war Äbischer so akkurat. Sie sind

alle eingeordnet. Auf Jahre zurück, dem Datum nach.» Tschirky deutete mit den Augen auf den Ordner auf dem Tisch. «Zweihundertdreizehn Namen, ich hab's gezählt.»

«Wir waren fleissig.» Er überlegte. «Wir brauchen einen neuen Platz dafür.»

Natürlich, das Strahland-Büro war Geschichte.

«Ich dachte an den Tresor.»

«In meinem Büro? Miete lieber ein Banksafe.» Simon schloss erneut die Augen. «Da ist eine unsaubere Stelle.»

Auch das ein Ritual.

Ich könnte ihm die Kehle durchschneiden, dachte Tschirky. Seine Hand zitterte. Ganz nah war die Klinge an jener weichen Stelle, wo das Herz im Hals pochte. Seine Probleme wären auf einen Schlag gelöst. Noch mal neu beginnen, mit einer Frau wie Priss. Dass sie weg war, schmerzte Tschirky mehr als seine Hand. Es wurde immer anstrengender, eine zu finden. Tschirkys Hand krampfte sich um den Messergriff.

Da packte Simon seine Hand und führte sie weg von der Kehle.

«Vergiss es, Tschirky. Du brauchst mich.»

Das Messer fiel zu Boden und schlitterte darüber.

Simon sprang auf. Sah in den Spiegel. «Gut gemacht.»

Er griff zur Puderquaste, den Abschluss tätigte er gern selbst. Der Theaterdirektor, der Hand anlegt. So hatte mal eine Journalistin getitelt.

«Auf geht's. Geben wir Shakespeare eine neue Dimension.» An der Tür drehte Simon sich um. «Wer ist eigentlich Ursula?»

Tschirky zuckte zusammen. «Du meinst, wie die Schauspielerin heisst? Hannah Frank.»

«Das weiss ich. Nein, woher habt ihr sie?»

«Belle hat sie angeschleppt.»

«Schieb nicht meine Tochter vor.»

«Sie hat mir gesagt, Carole hätte sie ihr empfohlen», sagte Tschirky.

Simon schüttelte den Kopf. «Carole will nichts davon wissen. Sie meint, du hättest sie gebracht, weil sie so wenig kostet.»

«Jetzt fällt es mir wieder ein. Es war Allan.»

«Allan? Wie praktisch», meinte Simon langsam. «Sie trägt die ganze Zeit diese Langarmpullover. Nun weiss ich auch, warum. Sie hat eine Narbe.»

«Schon möglich.»

«Es hat mich erinnert.»

Simons Blick schweifte in die Ferne. Tschirky wusste genau wohin, sie hatten dasselbe Bild vor Augen. Der Turm aus Plexiglas, der Geist von Hamlets Vater, gespielt von einer jungen Schauspielerin. Sie sollte ganz oben stehen und von drei Metern Höhe hinunterblicken. Die Diskussionen, die dieser Bau verursacht hatte, Simon, der sich gegen den Bühnenbildner durchsetzte. Der Moment, als alles zusammenkrachte. Plastik war so scharf wie Metall. Arm und Hals hatten fürchterlich ausgesehen. Sie hatten die Rolle umbesetzt, die Schauspielerin war danach verschwunden.

«Wie hiess sie noch mal? Die Junge, die den Geist gespielt hat?», fragte Simon.

«Anne», stiess Tschirky hervor.

«Wie noch mehr?»

«Ich weiss es nicht mehr.»

«Anne … Hannah Frank …» Simons Worte hingen in der Luft. «Sie ist es, nicht wahr? Du hättest sie niemals einstellen sollen, Tschirky. Werde sie los!»

«Ich arbeite daran», sagte Tschirky hastig. «Carl überwacht sie. Aber sie ist hartnäckig.»

«Dann ändert die Gangart.»

«Sie ist schlau. Eben hat sie Carl ausgetrickst. Er hat sie in der engen Landenberg-Gasse abgepasst. Das Tor zum Garten versperrt. Trotzdem ist sie entkommen.»

«Carl ist zu langsam. Nimm Borachio.»

Tschirky erstarrte. Borachio spielte im Stück sich selbst, eine stumme Rolle, ein Getreuer von Don John, er glänzte nur mit seiner bedrohlichen Physis. Seinen wirklichen Namen kannte niemand. Irgendwann hatte Simon ihn angeschleppt, und seither war er Teil der Meute. Übernahm die richtig unangenehmen

Aufgaben. Gestern Abend war er mit Simon bei Allan gewesen. Nun sollte Tschirky ihn also auf Hannah Frank hetzen.

«Istvan.» Simon nahm sein Gesicht in beide Hände und zog ihn so nah zu sich, dass er das Rote in seinen Augen sah. «Mein Freund.» Dann küsste er ihn. «Packen wir es an.»

30

Vor einer Bahnschranke wartend, war es Meier gelungen, einen von Ellies Tagebucheinträgen zu überfliegen. Ein Tagebuch war keine nützliche Sache. In seinen Ermittlungen hatte Meier es nie gemocht, wenn es ihm begegnete. Als Beweismittel taugte es wenig. Zu viele Fragen blieben offen, respektive wurden überhaupt erst aufgeworfen. So auch hier. Waren die Geschichten Fiktion, Phantasie, Tatsachen oder eine Mischung aus allem? Wer war die Autorin? Warum hatte sie das Buch Rose Guareschi überlassen? Und warum war es Rose so wichtig, dass sie es der Heimleiterin vom «Sonnenbogen» übergeben hatte? Beim Weiterfahren, beim Aussteigen, beim Gehen über die Kopfsteinpflastergassen kristallisierten sich weitere Fragen heraus. Warum bezahlte Hannah Frank Rose Guareschis Rechnung? Wer war Hannah Frank? Warum hatte Meier das Gefühl, der Name sei ihm vertraut?

Die Tribüne war praktisch voll, viele Zuschauer hatten ihre Plätze eingenommen, während einige wenige an der Bar standen und sich ein Waldbacher Weizen gönnten, bevor es losging. Einen Moment liess Meier sich in den Bann ziehen. Schon erstaunlich, was die zustande gebracht hatten. Und sehr schade, dass Allan Äbischer das nicht mehr sah. Es hätte ihm Mut gemacht, einen Weg zur Schuldensanierung zu finden. Eine Fiebrigkeit lag in der Luft, die man fast greifen konnte. Ob Winny Apt wirklich hier war?

Als es in der Ferne donnerte, zuckte Meier zusammen, sein Körper reagierte vor seinem Kopf. Instinktiv wäre er am liebsten heimgerannt und hätte sich verkrochen. Die Folgen des Blitzschlags. Vielleicht diente der Abend gleich der persönlichen Traumaverarbeitung, falls das Gewitter denn käme, beim letzten Mal war es ja vorzeitig zusammengebrochen. Einer der Musiker sah zum Himmel und diskutierte mit seinen Kollegen. Meier schnappte einige Fetzen auf, die Zuschauertribüne sei zwar gedeckt, bei einem Sturm könne es dennoch schwierig werden.

«Meier, hörst du mich nicht, können wir schnell unsere Besprechung abhalten? Es bleiben uns keine fünf Minuten.»

Andi stand vor ihm und sah ihn ungeduldig an.

«Entschuldigung», sagte Meier und gleich noch ein zweites Mal. Denn nun brummte sein Handy. Rahmadini. Er sei auf der anderen Seite des Festplatzes, in der Nähe des Seeufers und habe Meier gerade erspäht. Die Apt sei Gerüchten gemäss hier. Und Rahmadini wisse, von wo sie auftrete. Meier liess sich die Koordinaten geben und versprach, nach seinem Gespräch mit Andi zu dieser Stelle zu kommen, sie war irgendwo am Seeuferweg. Dann meldete Trösch sich per Funk. Er sei am Hintereingang positioniert und im Dauerkontakt mit den beiden Mitarbeitern von Leib und Leben, die auf dem für die Feuerwehr reservierten Platz parkierten, auf der Rückseite des Schlosses.

«Sie sollen die Augen offen halten und die Apt observieren, wenn sie auftaucht», sagte Meier und wandte sich Andi zu. «Kannst du bitte so viel wie möglich über eine gewisse Rose Guareschi herausfinden?» Meier zog das Theaterprogramm hervor und zeigte Andi das Foto.

Andi wirkte gestresst. «Das ist der letzte Gefallen, den ich dir tue. Danach hältst du dich an die Linie, Werner. Für Äbischer ist Zürich zuständig, du sollst mit Leib und Leben zusammenarbeiten.»

Diese Frage werde ich ab jetzt täglich jonglieren, dachte Meier. Zürich oder wir?

«Danke, Andi. Fass mir zusammen, was du über die Online-Aktivitäten der Apt herausgefunden hast.»

Andi erzählte von einer Instagramstory und dem Hashtag #zeigmirwerdubist. «Seit heute Morgen hat sich eine Solidaritätswelle entwickelt, der Hashtag breitet sich weltweit aus», sagte Andi und wirkte selbst überrascht. «Beanie findet's geil.»

Meier verstand den Online-Kosmos nicht. Er war ein Mann des gedruckten Worts, von Zelluloid und Fotopapier, von Zeit. Der Zeit, die es brauchte, bis ein Gedanke zu Papier und in die Welt hinausgetragen wurde. Dieses ganze Insta-Zeug machte ihn krank.

«Was findet Beanie ‹geil›?»

«Es geht in eine ähnliche Richtung wie die MeToo-Debatte.»

Der Blick, den Meier mit Andi wechselte, enthielt vieles. Der Versuch eines anderen Männerbildes, das Scheitern am täglichen Wahnsinn, das ständige Aushandeln der Grenzen, die absurde Sehnsucht nach alten Zeiten, in denen alles klarer gewesen war, das Wissen, das Rad der Zeit nicht zurückdrehen zu können und, vor allem, dies gar nicht zu wollen.

«Es ist nicht einfach», seufzte Andi und wirkte älter als seine fünfunddreissig Jahre. Meier fühlte sich verstanden.

Da erschallte ein Ruf. «Andi! Dich hab ich überall gesucht, hol deine Lieferung Bier ab. Tempoteufel. Gleich fängt die Vorstellung an.»

Während Andi mit dem Hirschenwirt seinen Hippiebus belud, las Meier seine Notizen quer. Er musste vorbereitet sein, wenn er auf die junge Frau traf, die da so kometenhaft als Verdächtige in der Untersuchung, die zur Ermittlung geworden war, auftauchte.

Winny Apt. Als Souffleuse unzufrieden. Arielle Bergmanns laienhaftes Spiel provozierte sie. Der Moment auf der Tribüne. Vielleicht ein Streit, ein kleiner Stoss. Mit schrecklicher Wirkung. Aber warum? Warum? Konnte es die Jagd nach Aufmerksamkeit sein? Aufmerksamkeit war die neue Währung, mehr wert als Bargeld. Das hatte Meier begriffen.

Meiers Kopf brummte, als ein Gong erklang. Ein satter Ton, der immer runder wurde, sich ausbreitete bis zum See und weit darüber hinaus, ein Ton, der Meiers Körper zum Schwingen brachte und Vorfreude weckte, ob Meier wollte oder nicht. Gleich würde das Spiel beginnen. Da kam Andi zurück, er hatte zusätzlich zum Bier eine Flasche Quittenschnaps der Spezialedition ergattert. Sogar Meier freute sich. Damit wurde die Aussicht auf die Hochzeit im Wasser erträglicher.

«Bis Sonntag, Werner», sagte Andi. «Such dir eine gute Position.»

Noch einmal hielt Meier ihn zurück. «Du wolltest mir noch sagen, was auf Äbischers Kamera drauf war.»

«Es gibt nur eine Stelle, die interessant ist.» Auf seinem Tablet tippte Andi ein File an. Man sah Kolb, Tschirky, Perron und Äbischer. Dann kam Apt ins Bild. Lachte, sprach, tanzte. Bis etwas geschah.

Andi fuhr noch mal zurück und gab Meier einen Kopfhörer in die Hand.

«Zeig mir die Negerin.» Die Männerstimme war deutlich zu hören.

«Krass, nicht?», meinte Andi.

«Wer hat das gesagt?»

Andi zuckte die Schultern. «Es könnte jeder der drei Männer sein, Äbischer, Tschirky, Perron. Die Kollegen werden es analysieren.»

«Hat er das wirklich gesagt, zeig mir die …» Weiter kam Meier nicht, das Wort blieb ihm im Hals stecken. Wie konnte jemand heute eine solche Regieanweisung geben?

«Hashtag #zeigmirwerdubist», sagte Andi. «Es ist stark, Werner. Im Internet verbreitet sich der grösste Schrott. Oder Qualität, die einen Nerv trifft.»

«Wo wurde das Vorsprechen aufgenommen?»

«Im Büro von Strahland. Genau wie die Hashtagstory der Apt.»

Zum Vergleich zeigte Andi ein Standbild aus beiden Videos im geteilten Bildschirm.

Meier erschrak. Deutete auf die Kette, an der Apt baumelte. «Mit so einer hat Äbischer sich erhängt.» Er schwieg. Versuchte zu fassen, was gerade passierte. «Hat Äbischer die Apt belästigt? Hat sie ihn aufgehängt? Den Selbstmord vorgetäuscht? Aus Rache? Eine Lisbeth Salander?»

«Sie wäre körperlich dazu nicht in der Lage.»

«Zäh sieht sie aus, und sie ist sehr gross. Wenn sie es geschickt anstellt … vielleicht hat sie ihn unter einem Vorwand in den Kühlraum gelockt.»

Andi fingerte an seinem Pferdeschwanz herum. «Schwachstrom-Indizien.»

«Sie war am Tatort.»

«Wetten, dass es noch mehr Schauspieler gibt, auf die das zutrifft?»

«Aber die spielen keine Hauptrolle.»

«Vielleicht hat die Apt Material, das Äbischer belastet. Vielleicht hat er sie vergewaltigt?»

«Die Zeiten von Selbstjustiz sind vorbei. Wenn, hätte sie Äbischer anzeigen müssen.»

«Du weisst, was meist passiert. Opfer werden zu Tätern.»

«Das rechtfertigt keinen Mord.»

«Noch ist es ein Selbstmord.»

«Das Mädchen könnte gefährlich sein. Hier geht gleich ein Schauspiel ab vor tausend Zuschauern. Was, wenn sie noch weitere Aktionen vorhat?»

Meier überlegte. Andi war nicht seiner Meinung. Er war nicht mal sicher, ob er seiner eigenen Meinung war. Aber er konnte nichts riskieren. Apt war gerissen, narrte seit Stunden ein ganzes Team. Er zog sein Handy hervor und ordnete an, die Schauspielerin vor ihrem ersten Auftritt zu verhaften.

«Wirklich, Chef?», fragte Trösch erstaunt. «Die von Leib und Leben fahren eine diskrete Strategie. Nussbaum hat gesagt …»

«Das ist mir egal.»

«Alle Schauspieler sind unterwegs zu ihren Auftrittsorten. Die sind überall verstreut, es ist ein gigantisches Spektakel. Bis jetzt haben wir die Apt nicht gesichtet.»

«Falls es nicht klappt, dann holen wir sie in der Pause. Es besteht Fluchtgefahr.»

Ein Text kam herein. Das Resultat der Fussspur in der Nähe von Allans Leiche.

«Chai-Sirup?» Meier sah fragend zu Andi. «Was soll denn das wieder? Chai-Sirup vor einer Pferdemetzgerei.»

Andi verschluckte sich am Bier. Gleichzeitig ertönte der zweite Gong. Als Meier sich zu Andi umwenden wollte, war dieser weg.

31

Zita war sehr erleichtert, als sie Lilo Lienerts faltiges Gesicht erblickte.

Finns Schrei «Tante Lilo! So geil» brachte sie zum Lachen.

«Nur herein in die gute Stube», sagte Lilo und breitete ihre Arme aus. «Die vom Theaterverein sind alle zur Vorstellung gewandert, und wir sitzen auf Hunderten von Pizzahäppchen und Fladenbrot. Es hat genug für alle, auch für dich, Zita.»

«Ich muss gleich weiter», sagte Zita. «Was meinst du mit ‹wir›?»

Lilo deutete auf das sitzende Paar vor dem Lagerfeuer, das Zita erst jetzt bemerkte.

«Helen und der Pfarrer sind hier?»

Helen drehte sich um, winkte ihr zu. «Wir haben unsere Tickets für die Premiere verkauft. Dreifacher Preis. Wir können uns das Stück auch ein anderes Mal ansehen.»

Lilo schmunzelte. «Die beiden helfen mir beim Hüten, allein wäre ich überfordert. Kommt Kinder, wir gehen mit Tante Helen und dem Pfarrer zum Storchennest.» Auf Zitas beunruhigten Blick sagte sie: «Keine Angst, wir klettern nicht auf Bäume. Es ist eine Nachbildung am Boden, unsere neuste Attraktion.» Dann nahm sie Zita die Umhängetasche mit Windeln, Schlafanzügen und Spielsachen ab. «Man könnte meinen, ihr kommt für drei Wochen in die Ferien und dabei übernachtet ihr einmal. Jetzt geh schon, Mama. Versöhn dich mit Werner. Der hält es kaum aus ohne dich.»

Das war der Vorwand gewesen, mit dem Zita die alte Dame für den Hütedienst geködert hatte. Zitas Winken fand keine Beachtung mehr, die beiden Buben stiefelten an Lilos Hand los. Zita ging zurück zum Taxi, wo Rose und Luma auf sie warteten. Beide Frauen hatten unbedingt mitkommen wollen. Rose war zusammengekauert, während Luma kerzengerade dasass, fest entschlossen, Winny zu unterstützen.

Ein Blick auf die Uhr zeigte Zita, dass noch fünf Minuten blieben, bis zum Vorstellungsbeginn. Sie hatte keine Ahnung, ob sie ohne Tickets da reinkommen würden.

Das letzte Stück vom Parkplatz mussten sie zu Fuss gehen, Rose stützte sich auf Zita. Vor ihren Augen tauchte die mit Plastikbahnen eingekleidete Hinterwand der Tribüne auf, wie ein Berg ragte sie in den Himmel hinein, dahinter war die Abendsonne sichtbar, die gerade in einem Meer von dunklen Wolken versank, eine dramatische Kulisse.

Über den von Fackeln gesäumten Weg gingen sie zum Eingang. Zita bemerkte die zum Platzen gefüllte Zuschauertribüne, die Ehrenplätze in der ersten Reihe. Glaubte, ScarLett Hammer zu erkennen, die Zürcher Stadtpräsidentin, einen bekannten Fernsehdarsteller.

Der junge Typ beim Einlass winkte ab, als er Zitas Anliegen hörte.

«Ausverkauft, auch alle Stehplätze weg, sorry. Feuerpolizeilich sind keine weiteren erlaubt.»

«Das sind die Mutter und die Schwester des Regisseurs. Beide behindert.» Zita erfand aus dem Stegreif. Sie zeigte auf Rose. «Sie ist halbseitig gelähmt, und Luma hier muss in der Nähe der Toilette sein, deswegen wäre es sehr freundlich, wenn Sie zwei Stühle herschaffen und die Verwandten des Regisseurs in der Nähe des Eingangs platzieren.»

Der Typ sah unentschieden zu seinen Kollegen, bis einer genervt mit dem Kopf nickte.

«Danke», sagte Luma und tat so, als ob Zita eine Dienstbotin wäre. «Holen Sie uns nach der Vorstellung wieder ab.»

Kaum waren die beiden drin, zog der Typ den Vorhang. Verschwinde, wir fangen an, das Zeichen war unmissverständlich.

Was nun? Zita nutzte den Moment, um sich ein Programm aus einem Ständer zu holen. Tief und samtig schwang sich ein Ton vom Schloss her den Hügel hinunter und breitete sich aus. Die Wolken wurden dichter. Am Horizont zuckte ein Blitz. Wetterleuchten. Lilo hatte beim Abschied versprochen, mit den Kindern im kleinen Museum der «Silberbirke» zu übernachten, falls das Gewitter käme. Da seien sie geschützt, es gebe einen Blitzableiter. Zita musste sich auf ihr Wort verlassen.

Zita ging einige Schritte bis zur Terrasse des Schlosscafés. Und danach weiter in Richtung Seeufer. Da, wo der Schilfgürtel begann, sah Zita einige Pferde und Männer in dunklen Anzügen. Einer trug eine Fahne, ein anderer rückte einen Säbel zurecht, einem dritten wurde soeben auf den Sattel geholfen. Ein Pferd wieherte und tänzelte ungeduldig. Neben der Schlossmauer hielt ein Auto. Ein Mann und eine Frau stiegen aus. Zivilpolizisten? Sie gingen zu dem Kastenwagen mit den getönten Scheiben und begrüssten da zwei andere, in denen Zita Trösch und Lips zu erkennen glaubte, Meiers Mitarbeiter.

Draussen auf dem Wasser brachte sich ein Ruderboot in Position, während keine zehn Meter von Zita entfernt eine Schauspielerin auftauchte. War das Hannah Frank? Zita musterte die Frau, mit der sie in den letzten Stunden so oft telefoniert hatte. Sie war zierlich, das einfache weisse Kleid fiel luftig, es sah aus, als ob es zu gross wäre. Ihr Gesicht wirkte angespannt, die grauen Augen riesig. Unvermittelt trat ein glatzköpfiger Mann zu ihr, auch er im Kostüm, auch er eher den Dienstboten zugeordnet als den Adligen. Zita hatte das Gefühl, es wäre besser, dass er sie nicht sah, und zog sich hinter die Büsche zurück.

«Liebes Publikum», schallte in diesem Moment eine Stimme übers Land. Es war Simon Perron. Er hielt eine kurze Ansprache, mitreissend, witzig, traurig, voller Leben. Sie endete in einer Schweigeminute für Arielle Bergmann. Nun wurde es ganz still. Auch der Wind verstummte und die Pferde. Die Sonne war untergegangen, die nachtblaue Stunde begann.

Als Zita wieder zu Hannah sah, erschrak sie. Einen Moment hatte sie nicht aufgepasst, nun kämpfte Hannah mit dem Glatzkopf. Es sah bizarr aus. War das eine Probe oder Realität? Plötzlich zückte er ein altmodisches Rasiermesser, im Schein der Fackel, die den Schauspielerinnen den Weg zeigen sollte, blitzte es auf. Mit einer einzigen Bewegung schlitzte er den Ärmel von Hannahs Mieder auf. Hannah war nicht vorbereitet gewesen, ganz offensichtlich, sie stolperte, hielt sich den Arm. Blut tropfte. Erneut holte er aus, um auf sie einzustechen.

«Hallo!» Ohne zu überlegen, rannte Zita den Weg hinunter.

«Warten Sie auf Ihren Auftritt, Sie sind die Zofe Ursula, nicht wahr? Wie aufregend, kann ich ein Autogramm haben?», rief Zita, versuchte, nicht auf den blutenden Arm zu starren, und zog das Programmheft hervor.

«Wer sind Sie denn?», wandte sie sich an den Schläger. «Sie müssen Borachio sein, der Gehilfe von Bösewicht Don John. Würden Sie mir auch unterschreiben?»

Borachio hatte keine Wahl. Er liess Hannahs Arm los, unterschrieb, hob die Plastiktüte auf, um die er mit Hannah gekämpft hatte, und ging davon.

Sofort war Zita bei Hannah, stellte sich vor, sah die gezackte Narbe auf Hannahs Arm, die an einer Stelle aufgeplatzt war und blutete. Zita rollte den Ärmel hoch, umwickelte die Haut mit einer Binde aus der Freitagtasche.

«Danke für deine Hilfe», sagte Hannah mit ihrer sympathischen Stimme. «Er verfolgt mich schon die ganze Zeit, sie sind zu zweit.»

«Du brauchst einen Arzt», sagte Zita.

Hannah schüttelte den Kopf. «Nachher. Wickle den Verband einfach eng genug.»

«Es ist nicht desinfiziert.»

«Ich hab schon Schlimmeres erlebt.»

Sie meinte die Narbe. «Woher hast du die?»

«Auch ein Theaterstück. Vierzig Jahre her, es schmerzt bis heute.» Hannah hob das Messer hoch.

«Nicht anfassen, wegen der Fingerabdrücke. Das könnte ein Beweis werden.»

«Du bist ja Zeugin, das reicht.» Hannah holte einen Fetzen Papier aus ihrem intakten Ärmel. «Vielleicht haben wir doch einen Schutzengel.» Sie trat zur Fackel, besah sich den Zettel. «Dachte ich es mir. Es ist eine Geheimhaltungsvereinbarung, eine von vielen, die in dem Ordner sind. Dass Borachio ihn mit sich trägt, ist ein gutes Zeichen. Sie werden nervös.»

Zitas Gedanken überschlugen sich. Davon hatten Luma und Rose gesprochen.

«Wir brauchen diesen Ordner», sagte sie.

Hannah nickte. «Darum geht es. Ein Riesentheater und am Schluss reduziert sich das Ganze auf einen Ordner. Leider hat er ihn mitgenommen.»

Da nahmen sie eine Bewegung am anderen Ende des Wegs wahr. Kerzengerade, der Kopf schwebte auf dem schlanken Hals, die Rastas zu einem Turban geflochten, stand Winny da.

«Es geht los, Hannah», flüsterte sie.

«Toi, toi, toi», flüsterte Hannah zurück.

***

Nach der Schweigeminute setzte Musik ein. Meier war auf dem Weg zum Bootssteg in Richtung Schwerzenbach. Von da aus würde Winny Apt auftreten, gemäss Miro Rahmadini. Schon wieder kam ein Text von ihm. Meier traute seinen Augen nicht. War Rahmadini verrückt geworden? Zita hier? Das war unmöglich. Schtärnesiech noch mal. Meier wähnte sie zu Hause vor dem Laptop, ihren Stellenprozenten hinterherjagend. Aber ihr Handy war abgestellt. Wo waren die Kinder? Diese Frage konnte er nicht mit Texten klären, er rief Rahmadini an.

«Sie übernachten im Freien», erklärte dieser. «Voll süss die drei. Als ich nach dem Steg gesucht habe, bin ich in die falsche Richtung gelaufen und im Naturschutzgebiet gelandet. Da habe ich alle angetroffen.»

Die Kinder in der «Silberbirke»? Zita auf dem Festspielgelände? Was dachte sie sich bloss dabei? Wollte sie ihn provozieren? Meier war drauf und dran, alles abzublasen. Andrerseits, Lilo war eine zuverlässige Hüterin und die Kinder liebten sie. Was auch immer Zita vorhatte, er würde es später klären.

Meier steckte das Handy weg. Spürte, wie nervös er wurde. Eben war das Resultat der Wattebausch-Untersuchung gekommen. Spuren von Aceton und ein perfekt intakter Fingerabdruck von Winny Apt. Nun hatten sie einen konkreten Beweis, dass die junge Frau in der Nähe von Arielle Bergmann gewesen war. Wieso sie deren Nagel nach dem Tod angepinselt hatte, das würde sie ihm erklären müssen. Mittlerweile passierte Meier bereits den zweiten Steg. Weit und breit war niemand zu sehen. Meier blieb stehen. So weit weg konnte der Startpunkt des Bootes doch nicht von der Bühne entfernt sein. Ein drittes Mal ertönte der Gong. Während der Ton noch ausschwang, hörte Meier galoppierende Pferde, dazu Schreie. Das Stück hatte begonnen. Und Winny Apt wartete nicht hier auf ihren Auftritt. Rahmadini hatte ihm eine Fehlinformation gegeben.

«Lasst das Gejammer, Ladys, lasst es sein.»

Die Worte schwangen in der Luft. Danach setzte Musik ein, und die weibliche Stimme sprach weiter, tief, heiser, mit einem Timbre, für das sie dem lieben Gott dankbar sein konnte. Der Text ging in einen Rap über, ein harter Beat setzte ein, der Rhythmus war mitreissend, die Worte verstand Meier nicht, aber er hörte bis hier, dass die Zuschauer Szenenapplaus spendeten. Winny Apt war aufgetreten. Sie hatte es geschafft, an einem ganzen Polizeiteam vorbei auf die Bühne zu kommen.

Meiers Handy brummte. Trösch. Er und die Kollegen waren ratlos. Sollten sie Winny Apt wirklich von der Bühne holen?

«Eben tritt Perron auf, der Regisseur, in der Rolle von Don Pedro. Er bekommt eine Standing Ovation, bevor er überhaupt den Mund aufmacht. Regierungsrat König klatscht sich die Finger wund. Meier, das können wir nicht unterbrechen.»

Trösch hatte recht.

«Engmaschige Beobachtung», entschied Meier. «Wir warten bis zum Schluss und passen auf, dass sie in der Pause nicht flüchtet.»

Meier rannte zurück. Nach wenigen Schritten begann er zu keuchen. Zu untrainiert, da half auch das ganze Adrenalin nicht. Schon wieder Hufgetrappel. Auf dem See glomm ein Scheinwerfer auf. Weiter vorne legte ein Boot an, Kolb stand darin, deutlich erkannte er ihre Silhouette. Verdammt, die traten ja von überallher auf. Perron war ein Zauberer. Die Kulisse einer Oper, die Worte von Shakespeare, das Bier aus der Region …

was für eine Mischung. Erneuter Szenenapplaus. Meier musste unbedingt sehen, was da abging. Und dann hatte er eine Idee. Die grosse Birke, am Waldrand, ein Stück hinter der Tribüne. Von der Krone aus dürfte man das ganze Festgelände überblicken.

«Ich klettere da hoch», gab er Rahmadini durch. «So kann ich euch jede Bewegung der Apt durchgeben.»

«Soll nicht ich das machen?», fragte Rahmadini. «Ich bin …»

Was hatte er sagen wollen? Sportlicher? Dem würde Meier es zeigen. Mehr als einmal hatte er Finn auf dem Spielplatz vom Baum geholt.

Den Stamm zu überwinden, war das Anspruchsvollste. Meier stellte sich Eli Apfelbaum vor, wie er ihn anleiten würde, beugte das linke Knie, lehnte in die Dehnung, schwang das rechte Bein hoch. Noch ein Versuch. Diesmal klappte es. Nun sass Meier rittlings auf dem untersten Ast, nah am Stamm.

Es hatte sich gelohnt. Von hier oben sah alles anders aus. Meier bemerkte die Schauspielerinnen, ein Frauenduo, beide in schneeweissen Röcken, während die dunklen Mieder mit der Umgebung verschmolzen und der irisierende Saum dem Oberkörper Konturen gab. Eine verblüffende Wirkung, als wären sie nackt. Dieses Bild wurde von Winny Apt als Beatrice gesprengt.

Die Frau war ein Ereignis. Das schnell gesprochene Dialogduell mit Benedict gewann sie mühelos. Dann mass sich das Paar ohne Worte, während alle anderen in eine verlangsamte Pantomime verfielen, ein Innehalten in dem hektisch wilden Geschehen. Hier wird eine Liebesgeschichte erzählt, der Rest ist Beigemüse, starker Mann trifft ebenbürtige Frau. Zita wird es gefallen, schoss es Meier durch den Kopf. Nun näherten sich drei dunkle Figuren, der Bösewicht und seine Kumpane. Um sie genau zu beobachten, müsste Meier noch ein Stück weiter nach oben.

Die Äste sahen gut aus, angeordnet wie eine Leiter. Er wagte es. Bis er ausrutschte. Ein Knacken in seinem Rücken, Eli Apfelbaum würde schimpfen. Meier verharrte, den Arm schief angewinkelt. Auf der Bühne ging das Spektakel weiter, das Liebespaar versank in einem beseelten Fast-Kuss, bevor die Frauen in den Hintergrund traten, eine von ihnen stand etwas abseits, hielt ihren Arm auf eigenartige Weise.

Nun setzte ein Männergespräch ein, laut und rüpelhaft, so, wie Meier es von Bahnhöfen her kannte. Simon Perron bediente sich heutiger Bilder und setzte sie leichtfüssig in ein zeitloses Ambiente um. Der Gitarrist, als Priester verkleidet, und der Geiger vermählten sich zu einem wilden Tanz, während sich das Ensemble in Halbmasken neu gruppierte und ein Fest begann. Am verrücktesten tanzte Beatrice. Das Publikum war begeistert, trieb die junge Darstellerin mit dem Applaus in immer schnellere Kreise, bis sie in einem Sprung von der Bühne flog. Nun war Meier die Sicht verwehrt, ein Ast war ihm im Weg. Schon kam eine Meldung von Trösch: «Wir sehen sie nicht mehr.»

Meier musste noch höher hinauf, überwand weitere Äste. Und erschrak fürchterlich. Denn ganz oben, da, wo es nicht mehr weiterging, sass eine Frau.

***

«Was machst du hier?», fragte Meier fassungslos.

«Es geht um Winny.»

«Unsere Tochter heisst Lily. Und sie ist in der ‹Silberbirke›. Was hast du dir eigentlich dabei gedacht, verdammt noch mal? Lilo ist überfordert, allein mit drei Kindern.»

«Dann bring sie nach Hause.»

«Lenk jetzt nicht ab. Wieso hast du eben Winny gesagt?»

«Winny Apt. Unsere Babysitterin.»

«Winny Apt?» Im letzten Moment konnte Meier sich festhalten. «Unsere was?»

«Typisch. Du weisst noch nicht mal, dass wir eine haben.»

«Sprichst du von der Schauspielerin? Wieso hat sie unsere Kinder gehütet?»

«Es lief über die Jobvermittlung der Uni. Hannah hat das so arrangiert.»

«Wer?»

«Hannah Frank. Spielt die Zofe. Als junge Schauspielerin hiess sie Anne. Ophelia, Rosalind und Anne.»

Anne, die Namenlose, der Ausrutscher. Meier war erschüttert.

«Wie kommt diese Hannah Frank dazu, ausgerechnet dich zu kontaktieren?»

«Sie brauchte eine Verbindung zur Polizei.»

Zita deutete durch die Äste auf die Bühne. «Akt zwei, Szene eins. Gleich kommt Benedict dazu. Die Frau mit dem verbundenen Arm ist Hannah. Das Blut ist übrigens echt. Sie wurde angegriffen.»

«Von wem?»

«Von Borachio, dem Diener des Bösewichts. Der heisst auch im realen Leben so. Darum müssen wir zurückschlagen.»

«Wir?» Meier glaubte, sich verhört zu haben. «Zita, die Zeiten der Selbstjustiz sind vorbei.» Hatte er den Satz nicht eben so Andi gesagt?

«Die der Kavaliersdelikte auch.»

«Ihr pfuscht in einer Ermittlung herum. Ich nehme nicht nur die Apt fest, sondern auch diese Frank. Sie ist eine ominöse Figur, bezahlt seit Jahren für die Heimkosten einer Obdachlosen, die ...»

«Wirklich?» Zita war erstaunt. «Ich weiss nicht, ob Rose das weiss.»

Meier stöhnte auf. «Rose Guareschi kennst du auch?»

«Möglicherweise war Hannahs Angreifer auch an Allans Tod beteiligt.»

«Wieso weisst du von dem?»

«Ich hab ihn gesehen. In diesem Kühlcontainer. Es war ...»

«Du warst da?»

«Du erfährst es ja doch. Die Chai-Sirup-Spuren.»

«Die sind von dir?»

«Ein Versehen. Bei Beanie und Andi ...»

«Die sind auch verwickelt?»

«Leider nicht. Sie wollen mir nicht helfen. Und darum bleibst nur noch du.» Zita packte Meier am Arm. «Du musst Perron verhaften, Commissario.»

«Perron? Wieso das denn? Äbischer war es, der der Firma schweren Schaden zugefügt hat. Er hat Millionen veruntreut.»

«Und woher weisst du, dass Perron nicht daran beteiligt war? Hannah und Winny haben beobachtet, wie Perron Arielle bedroht hat, ohne ihn wäre sie nie gefallen. Sie haben daraufhin Arielles Nagel lackiert.»

«Das haben wir bemerkt. Schtärnesiech! Eine Tote manipuliert, was wollten sie damit?»

«Den Verdacht auf Perron lenken. Er hat ein Fläschchen mit dem Nagellack angefasst.»

Meier konnte es nicht glauben. «Was? Sie haben Beweise platziert? Das ist strafbar. Die spannen dich für ihre Zwecke ein, Zita.»

«Was genau meinst du mit Zwecken? Es geht hier um Frauen. Frauen, deren Träume, Wünsche und Sehnsüchte mit Füssen getreten worden sind. Weisst du, was aus ihnen geworden ist? Rose: eine Obdachlose, Hannah: einsam, Kleopatra: eine Hyäne, Nika Bergmann: betriebsblind ...»

«Und wie passt Winny Apt in diese Runde?»

«Hast du es immer noch nicht kapiert? Ophelia ist ihre Grossmutter. Ellie Apt.»

Passagen aus dem Tagebuch fielen Meier ein. Ein Kavaliersdelikt? Den Gedanken hatte er gehabt beim Lesen. Es gehören immer zwei dazu, sie hat auch ihren Anteil.

«Weisst du, wo sie ist?»

«Sie ist tot. Perron hat sie zerstört.»

«Ist das sicher?»

«Natürlich.»

«Dass sie tot ist.»

«Wieso?» Plötzlich bekam Zita grosse Augen. In der Dunkelheit leuchteten sie wie dunkle Teiche. «Was weisst du, Commissario?»

Sie rutschte nah zu ihm. Ihr vertrauter Duft. Die Mischung aus Parfüm. Regenmantel, Schokoladenmilch ... einfach Zita.

«Mir wurde ein Tagebuch zugespielt. Etwas ist mir aufgefallen.»

«Hast du es hier?»

Unerwartet kam Zita ganz nah, schlang ihre Arme um ihn und küsste ihn. Endlos. Bis ihre Arme nach unten glitten. Und Meier begriff, was sie vorhatte.

32

«Ruft sie zum Festessen.»

Simon Perron sprang von der Bühne, federte den Aufprall ab, dafür hatte er lange geübt, jung und dynamisch wollte er wirken. Hinter ihm begann Yannik seinen Monolog. Der Monolog des Benedict, jeder Schauspieler leckte sich die Finger danach. Als Simon jung gewesen war, hatte er ihn mehrfach gespielt. Aber die Rolle des Don Pedro war auch nicht schlecht. Gleich würde die Festszene kommen, sein Tanz mit Beatrice. Er hatte die Szene umgestellt, hatte sich nicht an die Vorlage gehalten, ein genialer Einfall. «Genial? Andere Regisseure haben das auch gemacht», hatte Yannik gemurmelt, als sie es diskutierten. Er wurde viel zu selbstbewusst. Simon musste aufpassen mit ihm, er hatte Kleo Z. informiert, dass er für den Spielfilm doch nicht in Frage komme.

«Kommt, Freunde.» Gefolgt von Don John und seinen Gehilfen ging Simon in Richtung Schiffsteg. Fuhr Hero im Vorbeigehen über die Hüften. «Du machst es gut.»

Ein prüfender Blick zu Claudio. Hast du gesehen? Simon grinste. Nicht mutig, der Junge, eine perfekte Besetzung. Neben Hero wartete Zofe Ursula auf den Auftritt. Wieso war die noch da? Simon sah zu Carl, der an der Seite stand. Dieser wiederum zeigte zu Borachio. Simon unterdrückte einen Fluch, zwei starke Männer, und sie hatten es nicht hingekriegt, die Frau zu eliminieren. Seine Mannschaft zeigte Schwächen.

Ein Blitz erleuchtete für einen Moment die ganze Szenerie. Links und rechts der Bühnenaufgänge standen einige Polizisten. Sie hatten sich versammelt, Simons Plan ging auf. Ein Windstoss fegte durch die Vorhänge, das Flattern war deutlich zu hören. Benedict, der zum Ende seines Monologs kam, bezog das drohende Unwetter mit ein, aus den Zuschauerreihen kam erneuter Szenenapplaus.

Tschirky kam in Simons Nähe.

«Wir sollten eine Pause machen. Wir müssten kein Geld zurückgeben, auch wenn wir danach abbrechen.»

Die alte Theaterregel hatte immer noch Gültigkeit.

«Nicht nötig. Wir schaffen den letzten Vorhang.»

Sie würden bis zum Schluss spielen, und wenn die Bühne zusammenkrachte. Benedict kam aus der Seitengasse, erschöpft nach seinem Wortduell mit Beatrice.

«Gegen meinen Willen sendet man mich, euch zu Tisch zu bitten. Das hat etwas zu bedeuten! Doppelt!»

Aus dem Wort «doppelt» machte er ein Wortspiel, in einer Probe hatten sie das improvisiert und gleich übernommen. Das Publikum dankte es ihm mit Szenenapplaus. Ein Satz ins Leere, er landete direkt neben Simon, schwer atmend, der Schweiss lief ihm in Strömen, aus jeder Pore platzte Spielenergie.

«Wenn du das weiter willst», flüsterte Simon ihm ins Ohr, «sieh dich vor.» Nur um gleich darauf selbst auf die Bühne zu springen.

Winny als Beatrice kam von der anderen Seite geflogen, die Halbmaske in der Hand. Simon fühlte die Aufmerksamkeit des Publikums körperlich. Er zog Winny an den Bühnenrand, die Sätze gingen hin und her bis zur entscheidenden Stelle.

Don Pedro trat hinter Beatrice, so nah, dass er die Falten ihres Rocks spürte. «Wie wunderschön du bist», sagte er. Spontan, improvisiert und hörbar bis in die ersten Reihen. Er liess seinen Blick über Beatrices Hals gleiten. Sie konnte nicht sehen, was er machte. War ihm vollkommen ausgeliefert, ihm und den zweitausend Augen auf der Tribüne. Leicht, ohne sie zu berühren, wanderten seine Hände ihren Konturen nach, formten sich zu Gesten. Genussvoll, spielerisch, das Publikum in seinem Bann. Und dann, als die Spannung ins schier Unerträgliche stieg, sonderte er seinen Satz ab.

«Darf ich bitten?» Heiser, kaum verständlich. Er schmachtete nach ihr, er wollte sie, jedem war es klar.

Sie drehte sich um. Näherte sich seinen Lippen. Würde sie ihn küssen? Mitten auf der Bühne, vor seiner Familie, seinen Freunden, den Politikern und Sponsoren, all diesen Menschen, die ihm heute Abend aus der Hand frassen? Würde Beatrice der Szene eine neue Bedeutung geben? Unberechenbar, eine Wilde. Die Geister, die ich rief …

Sie fasste sein Gesicht an, zog es nah zu sich. «Ich krieg dich, du Schwein», flüsterte sie nur für seine Ohren bestimmt, um dann laut ein «Ja, mein Herr!» in die Arena zu schmettern und davonzufliegen.

Sie hat den Text geändert, sie sollte ein klares «Nein» sprechen. Musik setzte ein, untermalt vom Rauschen des Windes, nach und nach erschien die Festgesellschaft, das ganze Ensemble und fügte sich zu einem Tanz. Sogar Grete Kolb als Leonato tanzte, auf ihren Stock gestützt, das Publikum nahm es mit Freuden zur Kenntnis.

«Du musst sie opfern», flüsterte sie ihm zu, als er an ihr vorbeikam.

«Ich weiss», flüsterte er zurück.

«Ist Borachio bereit?»

«Machen wir uns nicht die Hände schmutzig, die Polizei übernimmt das. Dafür habe ich gesorgt. Sie hat keine Chance mehr, zu entkommen.»

***

Hannah sah dem Tanz von der Seite zu. Sie hatte Perrons Blick gesehen, er hatte sie zur Schlachtung freigegeben. Damit hatte sie gerechnet. Ihre Augen glitten über die Tanzenden, sie bemerkte Hero und Claudio, noch waren sie vereint, gleich würde die Intrige durch Margarete starten.

Hannah schlängelte sich bis zum Liebespaar. Spielerisch berührte sie Claudios Schulter, schickte ihn von Hero weg und nahm sie in die Arme.

«Perron hat versucht, Winny zu vergewaltigen», flüsterte sie Hero ins Ohr. «Hilfst du uns?»

Sie sah den Schock in den Augen der Kollegin. Legte den Finger auf den Mund. Ein Blitz zuckte und gleich darauf ein Donner.

«Er wird es abstreiten. Darum ist die Polizei hier. Wir müssen Winny von der Bühne schmuggeln.»

Margarete kam dazu, verkleidet als Mann, und lockte ihrerseits Hero auf die Seite, während Don Pedro in der Bühnenmitte Claudio auf den vermeintlichen Verrat seiner Verlobten hinwies. Gleich darauf wanderte der Lichtkegel zu Hero. Diese sollte sich von der als Mann verkleideten Margarete umgarnen lassen, aber sie war nicht aufmerksam, ihre Augen huschten zu Hannah. Würde sie mitmachen?

Ein Blitz. Greller als alle bisherigen tauchte er die Bühne in magisches Licht, wo das Fest immer noch im Gang war, die Musik immer verrückter wurde, die Schauspieler sich immer wilder drehten. Don Pedros Hand stach hervor, die im Vorbeitanzen über Beatrices Hintern strich, während Benedict sie herumwirbelte. Es war nur der Bruchteil einer Sekunde. Aber Hannah sah, dass Hero sah, was sie sah.

«Er ist ein Schwein, Hero», flüsterte Hannah ihr zu.

«Was soll ich tun?», flüsterte Hero zurück.

Ich. Noch nie habe ich dieses Wort aus ihrem Mund gehört, dachte Hannah. Hero wirkte plötzlich grösser, eine eigene Person.

Hannah blieb ihr die Antwort schuldig, sie brauchten die ganze Konzentration für ihre grosse Szene. In der sie eine List finden sollten, um Beatrice von Benedicts Liebe zu überzeugen. Nie waren Hannah und Hero besser gewesen, jedes Wort war geladen von Subtext. Aus den Augenwinkeln beobachtete Hannah, wie Perron, der mit Leonato, Claudio und Benedict zusammenstand, aufmerksam zu ihr hersah. Der Kniff dieser Inszenierung, dass alle ständig präsent waren, kam Hannah zugute. Und die Tatsache, dass sie keine Pause machten. Die anderen hatten so wenig Gelegenheit zu Absprachen wie sie.

Ein Blitz, ein Donner.

Und dann kam Beatrice, beanspruchte die Bühne für sich. In stummer Übereinstimmung liess Hero sich von Hannah mitziehen zur improvisierten Umkleide, wo die Kostümassistentin und Carole bereitstanden, um die Mieder gegen die nachtblauen ärmellosen mit einem noch tieferen Ausschnitt und dem üblichen Leuchtsaum zu vertauschen. Aus Madonnen wurden Huren. Ein Männertraum.

Carole entfuhr ein Laut, als sie Hannahs Verband sah.

«Was ist passiert?», flüsterte sie und zerrte hektisch am Stoff.

Hannah biss die Zähne zusammen, es tat verdammt weh.

«Ich krieg den Ärmel nicht runter», jammerte Carole.

Die Assistentin griff zur Schere und schnitt kurzerhand das ganze Oberteil auf.

«Ich habe keinen Ersatz», protestierte Carole.

Nur für die Hauptrollen waren zwei Kostüme angefertigt worden.

«Das ist doch egal», sagte die Assistentin und gewann Hannahs Achtung auf der Stelle.

«Halt die Luft an.»

Schon hakte sie das Mieder ein. Sie waren allesamt zu eng geschneidert, eine Anordnung Simons. Die Assistentin schaffte es irgendwie, die Haken zu schliessen.

«Pure Folter», zischte sie. «Nie mehr werde ich für den Typen arbeiten.»

Hannah sah sie an. «Habt ihr Ersatzschuhe für Winny? Ihr Absatz ist kaputt.»

Bevor die Assistentin bei Carole nachfragen konnte, hielt Hannah sie zurück. Ein Blickwechsel. Vertrau mir und nicht Carole, wir brauchen diese Schuhe. Ein kurzes Zögern, dann nickte die Assistentin, eilte davon, kam gleich darauf mit einem Paar hoher Hacken zurück. Wie Winny damit den zweiten Teil bestreiten sollte, war Hannah schon immer ein Rätsel gewesen. Dennoch packte sie die Schuhe, und sie rannte mit Hero zusammen zurück zur Bühne.

Der dritte Akt rauschte vorbei. Hannah hatte die Schuhe im Gras versteckt, direkt neben dem Unterbau. Der Moment der eigentlichen Pause kam. Als Gastgeber Leonato verkündete Kolb, dass das Spiel kein Atemholen zulasse, bis der Vorhang falle.

Das Publikum nahm es ohne Murren hin.

Mit dem vierten Akt setzten die ersten Sturmböen ein. Die Techniker zurrten die Vorhänge noch fester, dennoch wurden sie zur Behinderung für die Spielenden. Hero war nun vermeintlich tot. Während sich Beatrice und Benedict auf der Bühne fetzten, schlüpfte Hero in die Schuhe. Sie waren zu gross. Ratsch. Hannah riss ihren Rocksaum in Fetzen, stopfte den weichen Stoff in die Ferse.

«Töte Simon», klang Beatrices entscheidender Satz von der Bühne.

Hatte Hannah sich verhört? «Töte Claudio», wäre der korrekte Text.

Ein Windstoss brachte die Eisenstangen zum Ächzen. Beatrice auf der Bühne machte ihren üblichen Sprung, gefolgt von einem Überschlag. Das Publikum schrie auf. Sie stand das Manöver ohne zu zittern durch. Nahm Benedict ins Visier. Der Wind erstarb. Gespannte Stille.

«Töte Simon.» Ein Flüstern nur noch, vielfach verstärkt über das Mikroport, die Wirkung war gewaltig. Hannah schauderte. Das war ein Fehler gewesen.

Benedict ging, um auszuführen, was seine Geliebte, die es noch nicht war, befahl. Der Sturm nahm an Fahrt auf, die Männer auch, beschäftigt mit dem geplanten Duell.

Die Frauen wechselten die Mieder erneut, noch weniger Stoff, noch mehr Haut, dazu den Hochzeitsschleier für Hero. Zurück zur Bühne. Erste Regentropfen waren zu spüren. Musik, die Gitarre und die Geige, dazu Beatrices Song, vom Anfang übernommen, der Rap ging über in ein Liebeslied, passend dazu schwieg der Donner, die Blitze zuckten, es war, als hätte Perron einen Vertrag mit dem Wettergott geschlossen. Er blickte zum Himmel, die Arme weit, der Blick fiebrig, trunken vom Erfolg. Hannah fühlte es auch, sie alle fühlten es, so ein Spektakel hatte es noch nie gegeben.

Ein letzter Aufruf, dann quollen sie auf die Bühne. Claudio schluchzte herzerweichend, Leonato tröstete, Beatrice geleitete die Totgeglaubte auf die Bühne. Staunen, Lachen, Happy End. Die Mieder wurden transparent, Regentropfen spritzten von den Röcken, während die Männer in ihrem makellosen Leinen die Frauen herumwirbelten.

Aus den Augenwinkeln sah Hannah Polizisten, bereit, Winny zu verhaften. Sie sah Borachio mit Leonato und Don Pedro, im Hintergrund Carl. Nur noch wenige Augenblicke. Claudio und Hero umarmten sich in der Bühnenmitte. Ein perfektes Paar. Er hob ihren Schleier, ein inniger Kuss. Der Scheinwerfer erlosch. Alles lag im Dunkeln. Man hörte nur noch das Atmen der Liebenden, untermalt vom Prasseln der Regentropfen.

Dann flammten die Scheinwerfer auf, und Beatrice und Benedict wurden sichtbar, anstelle von Hero und Claudio. Beide trugen Halbmasken.

Donnernder Applaus, alle freuten sich auf das letzte, das endgültige Wortgefecht. Hannah sah es von Weitem.

Aus dem Nichts tauchte Zita Schnyder auf.

«Wohin?», fragte sie ausser Atem.

«Zum Schloss.»

Winny kam dazu, barfuss, den Rock hatte sie ausgezogen, im Laufen schlüpfte sie in die bereitgelegten Kleider, Overall und Mütze. Von der Bühne her kam der Ruf der Beatrice. Unter normalen Bedingungen würde jeder hören, dass es nicht Winny war, dass Hero den Part übernommen hatte, im tobenden Wind achtete niemand darauf.

«Wie habt ihr das gemacht? Die Schauspielerinnen ausgetauscht?», fragte Zita.

«Hero trägt Winnys Schuhe aus dem dritten Akt, so wirkt sie grösser. Unter der Maske erkennt sie keiner. Zumindest nicht die Polizisten.»

«Perron und die anderen werden es merken», sagte Zita.

«Sie können nicht von der Bühne. Wir haben einen bindenden Vertrag mit dem Publikum. Den bricht keiner, auch Perron nicht. Wir spielen bis zum Ende. Immer», sagte Hannah. Sie zog die Gartentür auf, den Schlüssel hatte sie sicherheitshalber schon am Nachmittag an sich genommen. Durch das Labyrinth führte sie die anderen zur Schlossmauer, wo sie die unscheinbare Tür aufriss.

«Wir gehen durch den Weinkeller. Im Schloss wird uns niemand vermuten. Wer kehrt schon freiwillig in die Höhle des Löwen zurück?» Schon drängten sie sich in den dunklen Gang.

«Klappt es mit Perron, Zita?», fragte Hannah und sah zu der jungen Frau, die sie erst seit wenigen Stunden kannte.

Sie nickte. «Ich hoffe es. Mit Hilfe von Luma und Rose.»

Winny stiess sich den Kopf an. «Mann, ist das dunkel.»

«Moment.» Hannah tastete die Backsteinwand ab, fand, was sie suchte.

«Eine Taschenlampe?», staunte Zita. «Du hast wirklich an alles gedacht.»

Erst im Weinkeller wagten sie es, innezuhalten. Hannah unterdrückte ein Stöhnen. Ihr Arm pochte, als ob er gleich explodieren würde. Gleich darauf vergass sie den Schmerz, denn Zita zog etwas aus ihrer Freitagtasche.

«Ellies Tagebuch.»

Winny schrie auf und riss es ihr aus der Hand. «Woher? Ich suche es seit Monaten.»

«Der Commissario hat es im ‹Sonnenbogen› gefunden, Roses Pflegeheim.»

«Wir konfrontieren Perron damit. Das ist perfekt.» Winny warf Zita einen anerkennenden Blick zu.

Zita winkte ab. «Ich hab es durchgesehen, ich hoffe, das ist okay, Winny. Da drin stehen keine Namen. Nichts, was euch weiterhilft.»

Hannah war nicht einverstanden. «Du kannst etwas übersehen haben, in der kurzen Zeit.»

«Glaub mir, wenn ich etwas kann, ist es Texte querlesen. Ein Hinweis schien mir wichtig. Eine Art Ortsname, ich vermute Griechenland.» Sie nahm Winny das Buch aus der Hand. «Ich zeig es dir.»

«Hinterher», sagte Hannah. «Was ist mit dem Nagellack, Zita? Wurde der gefunden?»

«Beanie hätte es mir gesagt. Wo hast du ihn denn versteckt, Winny?»

«In der Schreibtischschublade. Zusammen mit der zweiten

Kette. Und den K.-o.-Tropfen. Auch mein Kleid ist in dem Büro. Alles mit Perrons Fingerabdrücken.»

Hannah unterbrach sie. «Irgendwo muss das Zeug ja sein. Kannst du noch mal nachfragen, Zita?»

Diese hatte schon ihr Handy am Ohr. «Ich versuche es. Hier ist kein Empfang.»

«Warte, weiter vorn gibt's eine Stelle.»

Zita zog einen Brief aus der Tasche. «Da ist noch was …»

Hannah hielt den Atem an. Das Resultat war da. Ihre Taschenlampe zuckte über Zitas Gesicht. Der Ausdruck ihrer Augen zeigte, dass es nicht die Neuigkeiten waren, die sie erwarteten.

33

Beanie Barras putzte die Küche. Die letzte Ladung Chai-Sirup war gekocht und ausgeliefert. Andi war am Packen, sie hörte ihn im hinteren Teil rumoren. Geil. Sie konnte es kaum erwarten. Ihr Handy brummte. Beanie las mit Staunen, was Zita von ihr wollte. War sie verrückt? Sie drückte auf Anruf.

«Andi und ich packen. Lass mich in Ruhe. Sonst lade ich dich am Sonntag aus.»

«Das ist mir recht. Ich will nicht zusehen, wie du dich an einen Mann verschacherst.»

«Er liebt mich, so wie ich bin.»

Da rief Andi aus dem Innern des Busses: «Schatz, kommst du mal? Ich finde die Thermosocken nicht.»

«Hab ich zu den Unterhosen gelegt.»

Am anderen Ende schnalzte Zita mit der Zunge. «Jetzt sind es die Socken. Übermorgen sind es die Kinder. Männer sind unersättlich.»

«Genau wie du. In der Asservatenkammer vorbeigehen? Wie stellst du dir das vor?»

Erneut hörte sie Andis Stimme. «Mit wem sprichst du, Schatz?»

Wieso fragte er das? Ging es ihn etwas an? Irritiert ging Beanie durch den Garten zum Waldweg. Die Luft dampfte, alles war nass geregnet, am Himmel zuckten vereinzelte Blitze, aber das Gewitter war vorbei.

«Am Greifensee tobt es immer noch, es wird sogar wieder heftiger», sagte Zita. «Ich muss gehen, die anderen brauchen mich. Bitte, Beanie, tu mir den Gefallen. Wir sprechen gleich mit Perron.»

«Was heisst das?»

Zita erklärte Beanie den Plan, Perron zu einer Aussage zu zwingen.

«Wieso sollte er das tun? Freiwillig sein Imperium zerstören?»

«Weil wir ihn überraschen. Aus dem Konzept bringen. Er ist angeschlagen. Auf der Bühne eben wirkte er unkontrolliert, grössenwahnsinnig. Wenn wir es ausserdem schaffen, dies danach an der Premierenfeier öffentlich zu machen, haben wir die Zeugen, die wir brauchen.»

Wir? Damit meinte Zita sich, Hannah Frank, Winny und die beiden alten Ladys. Beanie war wider Willen beeindruckt.

Da streckte Andi den Kopf aus dem Wohnwagen. «Beans, nun fehlen mir die Gaspatronen. Hast du die nicht eingekauft?»

Doch, wollte Beanie automatisch sagen. Aber sie verstummte, sah ihren Verlobten an. Sein Mund wurde plötzlich unermesslich gross. Machte sie einen Fehler?

«Ich geh eine Runde biken.»

Den Pfadiweg hinunter, rollte Beanie in hohem Tempo den Wehrenbach entlang. Der Boden war rutschig, von den Bäumen tropfte es. Einem Mann mit Hund wich sie im letzten Moment aus. Keine drei Minuten später schwenkte sie unterhalb des Botanischen Gartens auf die Höschgasse ein, pedalte geradeaus bis zur Dufourstrasse. Wie Beanie es liebte, sich zwischen den wartenden Autos nach vorne zu schlängeln. Rechts, links, rechts, einmal ausweichen. Anstatt über die Quaibrücke fuhr sie dem Limmatquai entlang. Die Trottoirs waren leer, die Leute hatten vor dem Gewitter Zuflucht in den Häusern gesucht. Überall lagen Äste und Blätter. Fast wäre Beanie in eine Tramschiene geraten, als sie die Linkskurve über die Rudolf-Brun-Brücke etwas zu früh ansetzte. Sie nutzte das Trudeln, um noch schneller zu werden, über die Bahnhofstrasse, bis zur Sihlporte, und dann waren es nur noch zweihundert Meter. Ausser Atem sprang sie von ihrem Bike.

Ihr Kollege Serge Duchamps wartete bereits.

«Was wir hier tun, ist nicht legal», sagte er, als er sie die Treppe hinunter in die Asservatenkammer führte. Allan Äbischers Leiche war längst im rechtsmedizinischen Institut, seine Kleidung war hier. Sie mussten durch mehrere Schleusen, Beanie immer dicht hinter Serge. Ihr Badge war nicht mehr gültig, drei Monate Ferien. Die Kameras würden sie zwar aufzeichnen, aber mit etwas Glück würde das keinen interessieren. Eine Treppe, zwei. Sonst war Serges Klumpfuss nie ein Problem, ausgerechnet jetzt hinkte er. Beanie war ungeduldig, aber ihn zu hetzen hatte keinen Sinn.

Endlich waren sie vor der Stahltür. Serge zückte den Schlüssel. Lautloses Öffnen, dann standen sie im Neonlicht. Schmucklose Regale, tiefer als üblich, eine Reihe nach der anderen, die jüngsten Beweisstücke waren ganz vorn, schon nach wenigen Tagen würden sie nach hinten rücken. Serge sah auf einen Zettel, verglich die Zahlen mit den Regalen.

«Viens, Barras, da sind sie», sagte Serge.

Er deutete auf mehrere Schachteln voller Gegenstände aus dem Strahland-Büro. Eilig sahen sie alles durch. Nichts.

«Die Kleider, die er getragen hat. Schauen wir da nach», sagte Beanie.

Weste und Hose, besudelt von Exkrementen und Blut. Beanie liess ihre behandschuhten Finger über den Stoff gleiten, durchsuchte die Taschen.

Serge zuckte die Schultern. «Das haben unsere Techniker bereits gemacht. Glaub mir, Barras, die übersehen nichts.»

Beanie war nahe dran, aufzugeben. «Ich möchte noch mal die Schachteln sehen.»

Wieder zurück. In einem Karton war, nebst Schal und Mütze, Unterwäsche und einigen Hemden, ein zweiter Anzug, fast identisch mit dem ersten, nur senfgelb anstatt jägergrün. Die Kleider waren in einem Schrank gewesen, Äbischer hatte in dem Büro gelebt. Auch hier fand Beanie nichts. Als sie alles wieder zurücklegte, fühlte sie eine Unebenheit in der Weste. Eine Falte im Innern, für die Taschenuhr vielleicht. Beanie fingerte, versuchte es erneut. Entdeckte ein Loch im Futter, dehnte es etwas, hörte die reissende Naht.

«Beanie, komm.» Serge winkte ihr ungeduldig.

Da stiessen ihre Finger auf etwas Hartes, Kühles. Ein kleines Fläschchen aus Glas. Nagellack. «Metallica» stand auf dem Etikett. Zita hatte recht gehabt.

«Erwischt», sagte Beanie und fühlte eine absurde Form von

Freude. Sie sah auf ihre Sportuhr. Vom Sihlquai bis zum Greifensee – den Weg hatte sie schon mal sehr schnell heruntergespult. Es war Zeit, dass sie ihren eigenen Rekord brach.

***

Meier rannte durch die Menge. Das Gewitter kam in Wellen, tobte zwischen Pfannenstiel und Bachtel hin und her. Die Zuschauer rannten zum Ausgang oder in Richtung Schlosscafé, wo die Premierenfeier stattfinden würde. Beim ersten Vorhang, als der Schlussapplaus so richtig loslegte, hatten sich die Schleusen geöffnet. Der Regen prasselte vom Himmel, der Boden, trocken und rissig, war innert Sekunden überflutet, Meiers Converse Turnschuhe waren durchnässt, an der Ferse bildete sich eine Blase. Weiter vorne sichtete er Trösch zusammen mit zwei Kollegen in Uniform. Sie mussten schreien, um sich verständlich zu machen.

«Die sind alle im Café oben, Zuschauer und Schauspieler, ein Riesendurcheinander.»

«Habt ihr mit Hero geredet?», fragte Meier.

«Sie sagt aus, dass Winny plötzlich verschwunden war. Sie hat kurzerhand ihre Rolle übernommen.»

«Einfach so?»

«Behauptet sie.»

«So was muss vorbereitet werden.»

«Ihr Kollege, Yannik Turner, sagt dasselbe aus. Es wirkt echt.»

Meier stöhnte. «Das sind Schauspieler, die können dir ein X für ein U vormachen. Separier die beiden, ich komme gleich nach.»

Dann presste er das Handy ans Ohr und rannte weiter. Der Fahndungsbefehl war raus, Busse, Bahnhöfe, Taxis sollten überprüft werden. «Sie muss im Kostüm sein, sie wird auffallen.»

Ausser sie hat sich Kleidung bereitgelegt, dachte Meier. So, wie er Zita verstanden hatte, hatten die Frauen das Ganze vorbereitet. Er versuchte es erneut bei ihr. «Der Teilnehmer ist vorübergehend nicht erreichbar.» Hueregopferteckel namal!

Meier blieb stehen, Schweiss und Regenwasser brannten in seinen Augen. Einfach vor ihm davongeklettert war Zita mitsamt dem Tagebuch, wie ein Wiesel den Baum hinunter. Er hatte keine Chance gehabt. Brutal ausgenutzt hatte sie ihn. Das war doch keine Beziehung mehr, nicht mal eine Zweckgemeinschaft.

Meier rief bei Lilo an.

Sie ging sofort ran. «Wir sitzen gemütlich im Museum und haben ein Feuerchen gemacht in der alten Pfahlbauerfeuerstelle. Der Pfarrer brät Marshmallows. Lily schnarcht. Willst du sie hören?»

Wie konnte ein so kleines Portiönchen Mensch so laute Töne produzieren?

Meier schwoll das Herz.

«Untersteh dich, die Kinder vor morgen Vormittag abzuholen, Werner. Sie haben das Abenteuer ihres Lebens.»

Meier rannte weiter. Den Weg zum Parkplatz sah man vor lauter Menschen nicht mehr. Eine flüchtende Karawane, der auch die schmucken Steinhäuser von Greifensee keinen Schutz vor dem Sturm boten. Make-up zerfloss, Frisuren lösten sich auf, viele trugen die Schuhe in den Händen. Trotzdem war die Stimmung euphorisch. Das Stück war ein Erfolg. Jemand schrie etwas von einer Premierenfeier, im Schlosscafé. Alle seien eingeladen. Meier bog auf den Uferweg ein. Wie die anderen auch hatte Meier sich von der falschen Winny täuschen lassen, das hatte ihr den entscheidenden Vorsprung verschafft. Ihr, Hannah Frank und, wie Meier vermutete, Zita. Mutter seiner Kinder und neuerdings im Team mit zwei Verbrecherinnen unterwegs. Ein Gefühl sagte ihm, dass sie nicht weit sein konnten. Sonst hätte man sie gesehen. In der Nähe musste der Pferdeunterstand sein, es wäre ein ideales Versteck.

Rahmadinis Anruf machte seine Hoffnung auf halber Strecke zunichte.

«Der Pferdetrainer hat die Tiere weggebracht. Im Unterstand ist niemand mehr.»

«Sie sollten nicht allein unterwegs sein, das habe ich Ihnen gesagt», sagte Meier und bemühte sich, nicht allzu sehr zu brüllen.

Rahmadinis Aufregung war trotz des schlechten Empfangs zu hören. «Es hat sich gelohnt, dass ich hergekommen bin. In einer Futterkrippe habe ich einen A4-Ordner gefunden, voller Papiere, den müssen Sie sich ansehen. Ich glaube ...»

«Rahmadini, kommen Sie augenblicklich her, die Kriminaltechnik soll sich darum kümmern.»

«Alles unterschriebene Dokumente, ich hab's schnell durchgesehen. Die könnten wichtig sein, Herr Meier.»

«Lassen Sie das Ding und kommen Sie her.»

Da hörte er ein Geräusch am anderen Ende.

«Rahmadini?»

Eine Art Keuchen, es klang wie ein Kampfgeräusch. Dann war die Leitung tot.

Rahmadini ging auch nicht mehr ran.

Meier unterdrückte seine Panik, kontaktierte die anderen. Trösch war am nächsten beim Unterstand, er wollte gleich losgehen.

«Und bestell zur Sicherheit eine Ambulanz.»

Meier wäre am liebsten ebenfalls losgerannt. Hoffentlich war Rahmadini nichts passiert. Aber es brachte nichts, wenn sie alle da waren. Vielleicht steckte sogar ein Plan dahinter, vielleicht wollte man sie dorthin locken. Hier gab es Intrigen über Intrigen, das hatte Meier längst begriffen, das Stück war eine komödiantische Version vom blutigen Ernst. Was für ein grotesker Gedanke. Einer von vielen. Ein Anruf von Lips. Ob Meier den Regisseur gesehen habe, Perron? Er sei nicht im Café oben, auch der Bühnenmeister würde fehlen und ein Typ namens Tschirky. Im Einsatzwagen von Leib und Leben hätten sie eine provisorische mobile Einsatzzentrale eingerichtet, gerade würden sie die alte Kolb befragen. Lips versprach, Meier auf dem Laufenden zu halten.

Meier hetzte zurück, zwängte sich durch Menschen, die zu den Parkplätzen liefen, sah sich nach Perron um. Wie hatte er nur so lange mit dessen Einvernahme warten können? Wenn jemand Licht in diese Angelegenheit bringen konnte, war es Perron. Es war, als ob sich Meier dieses Gespräch aufgespart hätte. Bis zum Ende, bis der Vorhang fiele. War er manipuliert worden? Meier fühlte plötzlich eine ungeheure Wut. Wo war Perron? Wo waren die Frauen? Beim Einlasspersonal hatte niemand eine Ahnung. Bis Meier schliesslich einen Jungen fand, der sich im Schutz des Kassahäuschens eine Zigarette drehte. Er zeigte in Richtung Schlossmauer, wo sich zwei Frauen auf einen Mann stützten.

«Der Regisseur? Ist auf dem Weg zur Premierenfeier. Die beiden Krüppel dort sind seine Bekannten, die brauchen ein Taxi.»

Bevor Meier mit dem Jungen über seine Wortwahl streiten konnte, war dieser verschwunden. Während Meier losrannte, bemerkte er die Kostümiere, die Kleidungsstücke vom Boden einsammelte.

«Nicht anfassen!» Meier schlug einen Haken. «Das sind Beweisstücke.»

Es war das Kostüm der Apt, das völlig durchnässt halb unter der Bühne lag. Meier rief die Kollegen von der Technik. Das Ganze hatte keine halbe Minute gedauert, und doch waren Perron und die beiden Frauen weg, als Meier sich endlich umdrehte. Er unterdrückte einen Fluch und gab eine zweite Fahndungsmeldung aus, diesmal nach Perron, vor einer Minute sei er auf dem Gelände gewesen. Als Meier in Richtung Schloss rannte, stand unvermittelt Barras vor ihm, im Biker-Outfit, tropfnass, ausser Atem.

«Was machen Sie hier?», schrie er.

«Wir haben was entdeckt.»

«Wer ist wir?»

«Serge Duchamps und ich.»

«Ich dachte, Sie haben Flitterwochen.»

«Um Mitternacht.»

Barras zog ein in Plastik gewickeltes Fläschchen aus der durchnässten Sportjacke. «Metallica» stand auf dem Etikett.

«Sie tragen Beweise vom Zürichsee an den Greifensee?»

«Äbischer hatte das Fläschchen in seiner Westentasche. Eben habe ich eine weitere Nachricht erhalten: Das Team hat eine zweite Kette, eine Flasche mit K.-o.-Tropfen sowie ein zerschnittenes Kleid gefunden. In Äbischers Hof. Verteilt auf Abfallsäcke in Containern.»

Meier hatte recht gehabt. «Habt ihr das untersucht?»

«Alles wurde abgewischt. Die Chancen, Spuren zu finden, sind gleich null.»

«Mit dem Nagellack wurde vermutlich Arielles Fingernagel bemalt nach ihrem Tod.» Meiers Gedanken überschlugen sich. «In der Westentasche, sagen Sie? Äbischer war ein methodischer Mensch. Wenn er diese Gegenstände ganz aus der Welt schaffen wollte, hätte er das getan.»

«Vielleicht ist er nicht mehr dazu gekommen?»

«Vielleicht wollte er uns damit etwas sagen?»

«Ist das nicht um sieben Ecken gedacht?»

«Nichts ist einfach, im Leben, Barras, nichts.» Eine Windböe verwehte seine Worte. «Da sind keine Spuren, und doch sind es Spuren. Indem sie da sind, sind es Spuren. In welcher Westentasche war es?»

«Links», schrie Barras.

«Links ist das Herz», schrie Meier zurück. «Arielles Herz hat aufgehört zu schlagen, aber sie lag Äbischer am Herzen ...»

Barras schüttelte den Kopf, Regenwasser rann übers Gesicht. «Viel zu kompliziert.»

«Wieso haben Sie es mir dann gebracht?» Meier schlug sich mit der Hand an die Stirn. «Zita hat Sie eingespannt. Ich glaube es nicht. Was sagt Andi dazu?»

Da fuhr Barras hoch. «Das geht ihn nichts an. Ich entscheide über mein Leben.»

Meier packte Barras bei den Schultern. «Sie hat sie infiltriert?»

«Niemand hat mich infiltriert, Boss. Und ich weiss, dass Sie nicht mehr mein Boss sind.»

«Sagen Sie mir endlich, was Sie denken.»

«Wir müssen nach jemandem suchen, der keine Spuren hinterlässt.»

Ein Summen. Lips. Der schwer verletzte Rahmadini sei im Pferdeunterstand am See gefunden worden. Jemand habe ihn angegriffen. Bevor er ins Krankenhaus gefahren werde, wolle er dringend mit Meier reden.

***

«Was macht ihr denn für ein Theater? Die beiden Alten haben erzählt, Grete Kolb habe einen Herzinfarkt. Aber das war offensichtlich gelogen.» Perron blieb im hölzernen Türrahmen stehen, musterte Hannah und Winny, während Rose und Luma, die ihn über die Brücke und durch den Eingang gelotst hatten, am linken und rechten Bühnenrand Stellung bezogen. Jede der vier Frauen hatte sichtbare Wunden, und dennoch standen sie da, kerzengerade, fixierten Simon Perron.

Zita beobachtete aus dem Hintergrund, versteckt im Schutz einer Fensternische.

Perron stellte seine Plastiktüte neben sich, ganz der Produzent, auf dem Weg zur Premierenfeier, milde verärgert über die Störung. «Was soll das? Das Jüngste Gericht?»

«Ein Vorsprechen. Das ist schlimmer als das Jüngste Gericht.»

Zita war irritiert. Wieso ein Vorsprechen? Sie wollten Perron mit seinen Taten konfrontieren. Weitere Frauennamen aus ihm herausholen, nach Hinweisen suchen, wohin Ellie Apt verschwunden war. So hatte Hannah es erklärt. Was meinte sie mit Vorsprechen?

Hannah sah zu Winny. «Wer ist der Typ?»

Winny zuckte die Achseln. «Irgend so ein Schauspielerfuzzi, Kleo Z. hat ihn angeschleppt.» Und zu Rose gewandt sagte sie: «Wo ist sie überhaupt? Unsere Castingfrau?»

Rose hatte sich zu ihrer vollen Grösse aufgerichtet. Zum ersten Mal sah sie nicht aus wie eine uralte Frau. Sie machte eine abschätzige Geste.

Hannah nickte. «Hab ich es mir doch gedacht. Kleo ist verhindert. Genauso wie Grete, Belle, Carole und Nika Bergmann. Allan ist tot, Tschirky feige, keiner interessiert sich für dich, Perron. Also musst du mit uns vorliebnehmen. Darf ich vorstellen,

Rose, früher Rosalinde. Und Luise, genannt Luma. Dann zeig uns doch mal, wer du bist. Wir zeichnen gleich auf.»

Wenn Perron irritiert war, fasste er sich sogleich wieder. In Richtung der beiden alten Frauen deutete er eine Verbeugung an. «Die Damen. Dachte ich mir doch, dass wir uns kennen.»

«Lass den Schmus, Perron, das zieht hier nicht», sagte Hannah. Sie zog ihr Handy heraus, startete die Videofunktion. Gleichzeitig machte Winny den Scheinwerfer an, während Luma zur Tür trat.

«Hei, was soll das?» Geblendet blinzelte Perron.

«Entspann dich», erklang Hannahs Stimme. «Mach uns einen Link zu deiner Seele. Gib einfach alles, okay?»

Zita entwich ein Laut. Nun verstand sie.

Perron offensichtlich auch, er wurde ärgerlich. «Wisst ihr was, ihr könnt mich mal.» Er drehte sich um, ging zur Tür.

«Du bleibst hier», meldete sich Luma mit eiserner Stimme.

Gefolgt von Hannah: «Zeig uns deine Wut, Perron. Und deine Angst. Wer ist dein grösster Feind? Du selbst? Wir wollen den kleinen Jungen sehen, nicht den Schauspieler. Hat jemand Butter dabei?»

«Nein, bitte nicht die Nummer mit der Butter», schrie Winny theatralisch auf. «Die ist ekelhaft auf weissem Fleisch»

«Sorry. Wir müssen den Tatsachen ins Auge sehen. Zieh dich aus, Perron.»

«Den Teufel werd ich tun», sagte Perron und war mit zwei Schritten bei der Tür. Sie war verschlossen. Überrascht sah er auf.

«Pech für dich», sagte Hannah. «Nur wir, ganz intim. Geschlossene Gesellschaft.»

Bevor Perron reagieren konnte, zog Luma eine Pistole aus der Tasche.

«Perron!», rief sie mit ihrer heiseren, krächzenden Stimme.

Zita erstarrte. War das ernst gemeint?

«Luma, steck die wieder ein», flüsterte Winny einen Tick zu laut.

«Woher hat sie die?», flüsterte Rose ebenso laut zurück.

«Mam hat immer vermutet, dass Luma eine Waffe hat», erklärte Winny und wirkte panisch. «Ein Einzelstück von meinem Uropa, soll sehr wertvoll sein.»

«Zieh dich aus, Perron», sagte Luma, die Waffe auf Perron gerichtet. «Bis auf die Unterwäsche. Meine Tochter hat mir damals erzählt, wie du das handhabst.»

Perron lachte auf, ebenfalls zu laut. «Und das von euch! Waffen sind doch Männersache. Ist die überhaupt geladen?»

Luma entsicherte und schoss nach oben, schwankte gefährlich. Rose musste sie stützen, es war deutlich zu sehen, dass sie keine Übung hatte. Der Knall war erstaunlich dezent gewesen. Von der Decke rieselte es. Waren die alle verrückt geworden?

Hannah wischte sich den Staub von der Schulter, trat einen Schritt vor. «Manchmal muss man zu den billigsten Mitteln greifen.»

Ob Perron sich erschreckt hatte, war nicht zu sehen. Er musterte Hannah. «Nicht schlecht. Das ist deine Inszenierung, Anne, nicht wahr? Du steckst dahinter. Ich hätte dich nicht wiedererkannt, du bist alt geworden.»

«Lenk nicht ab, Perron», sagte Hannah.

«Du hast mir nie verziehen, nicht wahr? Meine Frau hat es prophezeit. Die wird dir das Leben mal schwer machen, hat sie gesagt.»

«Weiss deine Frau, dass ich ein Kind von dir abgetrieben habe?», fragte Hannah.

«Wer sagt, dass es von mir war?»

Darauf ging Hannah nicht ein. «Zieh dich endlich aus. Sonst wird Luma nervös. Das wollen wir nicht.»

Zita bemerkte widerstreitende Gefühle auf seinem Gesicht. Schliesslich schlüpfte er aus Hemd und Hose, wollte es selbstbewusst tun und verlor doch mit jedem Kleidungsstück an Würde.

Nun stand er da. Die Schultern hängend und seltsam schmal, der Bauch schwammig, behaart, weiss, die Beine zu dünn dafür. Sommersprossen auf den Schultern, eine wulstige Blinddarmnarbe.

Hannah machte eine Bewegung. «Winny.»

Winny trat in den Kegel des Scheinwerfers.

«Du bist dran, Don Pedro», sagte sie. «Dein Text.»

Er gab keine Antwort.

«So kann ich nicht inszenieren», schrie Hannah unbeherrscht.

Fasziniert sah Zita zu, wie Perron einatmete, mit jedem Atemzug grösser wurde.

«Ist das eure Form von Rache? Könnt ihr gern haben.» Perron, der Produzent, verwandelte sich in Perron, den Schauspieler. Pumpte seine nicht vorhandenen Muskeln, konzentrierte sich ganz auf Winny. Sprach seine Sätze und endete mit dem Satz der Sätze.

«Darf ich bitten?», fragte er mit samtweicher Stimme, wie auf der Bühne eben, noch intensiver. Die Worte hatten den Raum gefüllt. Er konnte es, keine Frage.

Hannah blickte zu Luma und Rose. «Habt ihr es verstanden? Nuschelt er?»

«Darf ich bitten?», brüllte Perron, verlor plötzlich die Geduld.

Angewidert verzog Hannah den Mund. «Nein, das ist nichts. Er kann gehen. Wen haben wir noch auf der Liste?» Sie wandte Perron den Rücken zu.

Perron schnellte nach vorn, fasste Hannah an den verletzten Arm, dass sie stolperte und gegen Luma prallte. Zita unterdrückte einen Schrei, sie hatte es kommen sehen, aber zu spät reagiert. Alles ging blitzschnell. Die Pistole schlitterte auf dem Boden. Winny machte einen Sprung, Perron war schneller, hob die Waffe vom Boden.

«Schauspielschule, drittes Jahr. Der Umgang mit Bühnenwaffen.» Er umfasste den Griff, es wirkte geschmeidig.

Zita wollte nach vorne springen, ihm die Waffe entreissen, aber etwas hielt sie zurück. Verdammt, sie hatte Kinder.

«Interessant», sagte Perron. «Was glaubt ihr, passiert, wenn die Polizei erfährt, dass ich von vier Frauen mit einer Waffe bedroht und zum Ausziehen gezwungen wurde? Von euch gibt's jede Menge Spuren, während meine ...» Erst jetzt fiel Zita auf, dass er Handschuhe trug. «... nicht aufzufinden sind.»

Im Raum breitete sich ein neues Gefühl aus. Es war körperlich spürbar, Perron gewann an Boden, während Hannah um Gelassenheit kämpfte.

«Wir haben Beweise», sagte sie. «Nika, Rose –»

«Die paar Affären?» Perron unterbrach sie. «Das kommt in den besten Familien vor. Ich fühle mich nicht verantwortlich für meine Taten. *Nicht schuldig.*»

«Neue Beweise, Perron. Winny wird gegen dich aussagen.»

«Da war ich schneller. Tschirky und Carl deponieren gerade eine Strafanzeige gegen sie. Sie war im Strahland-Büro zu dem Zeitpunkt, als Allan sich umgebracht hat. Dafür gibt es Zeugen.»

Die junge Drogensüchtige fiel Zita ein. Schweigegelder, Erpressung und Manipulation, das waren die Mittel, mit denen Perron seine Meute in Schach hielt.

«Es war Selbstmord», sagte Hannah.

«Das wird sich zeigen. Vielleicht hat Winny ihn dazu getrieben? Ihn angespornt? Genauso, wie sie Arielle provoziert hat.»

Plötzlich wurde Hannah wütend. «Nicht sie, du warst das. Du hast Arielle so erschreckt, dass sie gefallen ist. Und bei Allans Tod hast du auch mitgewirkt.»

«Da weisst du aber eine Menge. Woher, Frank? Kann es sein, dass du eine Quelle benutzt, die nicht legal ist?»

Als Perrons Blick zur Fensternische schweifte, aus der Zita alles beobachtete, wurde ihr heiss und kalt. Was ahnte er?

Hannah schien dasselbe zu denken. Schnell sprach sie weiter: «Lenk nicht ab. Du hast immer gewusst, dass Allan die Firma nicht mehr im Griff hat, und es zugelassen, dass er in einen Abwärtsstrudel gerät. Dass er sich umbringen könnte, das hast du nicht nur in Kauf genommen, du hast es provoziert. Du hast ihm sogar die Kette gereicht. Winnys Kette.»

«Deine Interpretation, Frank. Dafür braucht es Beweise. Und die gibt es nicht. Im Gegensatz zu Winny hinterlasse ich keine Spuren.»

«Was ist mit Caroles Tochter?»

«Sie ist behindert, ein Gemüse», sagte Perron. «Ohne Caroles

Einwilligung ist kein DNA-Test möglich. Vater unbekannt. Ich bin der Gönner, der das Heim bezahlt.»

«Dafür wirst du in den Himmel kommen.» Ironie schwang in Hannahs Stimme. «Es gibt andere Frauen, die aussagen. Wir. Du hast uns bedroht.»

«Mit einer Vorkriegspistole von Alzheimer-Luma.» Der Pistolenlauf schwenkte von Luma zu Rose. «Schau dir deinen Frauenclub mal an. Rose Guareschi, die ihr eigenes Zelt angezündet hat? Sobald die Polizei genauer forscht, wird sie Petroleum unter ihren Sachen im Heim finden. Winny Apt, mit beiden Tatorten verlinkt.»

Woher hatte er all die Informationen? Er musste Helfer haben. Untertanen, Vasallen, ein ganzes System. So ein durchtriebenes Schwein, dachte Zita. Er drehte Anklage in Gegenanklage, bewarf die Gegner mit Dreck und machte sie zu unglaubwürdigen Zeugen. Konnte das alles wirklich noch in Hannahs Sinne sein? War das Spiel nicht aus dem Ruder gelaufen?

Perron klopfte auf seine Brusttasche. «Zur Sicherheit habe ich alles aufgenommen. Hat mir Carl geraten. Er hat mir viel zu verdanken, er würde alles tun für mich. Sogar ins Gefängnis gehen. Genau wie Borachio. Meine Damen, legt jetzt bitte eure Handys auf den Tisch. Ich will alle sehen. Auch deins, du Nachtmotte.» Mit zwei Schritten war er bei Zita und riss sie aus der Nische. «Die Frau des Polizisten, die Interna teilt und ihre Kinder einem senilen Seniorentrüppchen überlässt. Sieh dir dein Handy an.»

Was sagte Perron da? Zita lief es eiskalt über den Rücken. Er hatte sie genauestens recherchiert. Unter seinem spöttischen Blick zog sie langsam ihr Handy heraus. Ein Foto per SMS. Alle drei Schnyder-und-Meier-Kinder am Schlafen in einem Storchennest, das aussah, als schwebte es hoch über dem Boden.

«Wenn Sie meinen Kindern etwas antun …», schrie Zita.

«Warum sollte ich? Das Foto reicht aus, um dir die Kindesschutzbehörde auf den Hals zu hetzen.»

«Es ist manipuliert.»

«Alles eine Frage der Perspektive. Tatsache ist, deine Kinder liegen allein in der Natur, ein Baby von zehn Monaten. Wenn das herauskommt … Ich brauche dir nicht zu sagen, was die Medien daraus machen.»

Zita explodierte fast vor Wut. Er hatte sie in der Hand, und er wusste es. Perron schlüpfte in seine Kleider, die Pistole auf Zita gerichtet. «Geht dir das Müffelchen? Kann ich gut verstehen. Meine Kinder sind mein höchstes Gut. Was denkt ihr, warum meine Ehe so lange hält? Als Lohn bekommt meine Frau ein Luxushaus. Sie wird aussagen, dass sie von meinen Affären gewusst und diese toleriert hat. Ihr findet keine Zeugin eurer Anklage.» Sein Blick von einer zur andern. «Rose Guareschi. Deine Schönheit hat mich betört, aber das war auch schon alles. Da war mir Kleo lieber. Sex ist für sie ein Geschäft. Vermutlich stösst sie gerade mit Nika an. Mein ewiger One-Night-Stand. Wieso sollte sie gegen mich aussagen?» Er imitierte Nikas Stimme: «Ich wusste, dass er ein Schwein ist, darum habe ich ihm meine Tochter anvertraut.» Er lachte auf. «Arielle, die Meerjungfrau, was für eine Enttäuschung. Sie war dumm und frech, eine schlechte Mischung.» Danach nahm er Winny ins Visier. «Du warst atemberaubend. Wir hätten zusammen die Bühnen erobert.» Er ging zu ihr. Strich ihr zärtlich mit der Pistole über die Wange. Winnys Blick ging zu Hannah.

«Hat Hannah dir eingetrichtert, du wärst meine Enkelin?» Er schüttelte den Kopf. «Sie hat mein Haar eingesammelt. Meine Freundin von der Maske hat es mir berichtet. Und was ist dabei herausgekommen? Ich habe Ellie kein Kind angehängt. Ich hinterlasse keine Spuren, es ist eine Frage des Prinzips. Da bin ich ganz altmodisch. Kinder nur mit der Ehefrau.»

«Du hast mir geschworen», wandte Winny sich an Hannah, «dass er es ist.»

Nun verstand Zita. Wenn Perron ihr Grossvater gewesen wäre, hätten sie etwas Konkretes in den Händen gehabt.

«Deine Grossmutter. Ellie, Ophelia …», Perrons Stimme schwankte ein wenig, «… sie hat mir wirklich etwas bedeutet. Eine Romantikerin.» Langsam senkte er den Lauf der Waffe, berührte damit Zitas Tasche.

«Gib mir das Tagebuch.»

Woher wusste er das?

«Carole hat euch beobachtet. Hast du wirklich gedacht, sie würde mir etwas verschweigen, Hannah?» Er schien echt amüsiert. «Meine Kostümbildnerin war mir sehr, sehr nützlich.» Der Lauf schwenkte zu Zita zurück. Als sie ihm das Tagebuch zuwarf, mit zitternden Fingern, entwich Luma ein Laut, ein Grollen, eine Art tiefes Knurren.

«Das berühmte Tagebuch. Eine Ansammlung von unausgegorenen Träumen.» Ohne hinzusehen, blätterte Perron durch die Seiten.

Unvermittelt trat Luma vor. «Es gibt ein Grab, Perron, irgendwo auf der Welt gibt es ein Grab, und da liegt meine Tochter. Ellie. Ophelia für dich. Was für ein Name, den du ihr gegeben hast. Ellie war Gefühl und Poesie. Sie hatte keinen Schutz. Ich habe sie über alles geliebt. Und dennoch war ich ihr keine gute Mutter. Für dich wäre sie bis ans Ende der Welt gegangen. Wo ist das, das Ende der Welt? Sag mir den Namen des Ortes.»

«Keine Ahnung.»

Er log, Perron log.

«Wir werden dich nicht in Ruhe lassen.»

«Hartnäckig, hä?», sagte Perron. «Ich habe das falsche Stück inszeniert. Ich hätte die lustigen Weiber von Windsor wählen sollen.» Er nahm ein Streichholz. Hielt es unter das Buch.

«Wie hätte ich meine Familie verlassen können? Für eine Reise nach Naxos? Sie wollte mich dazu zwingen. Keine gute Idee. Niemand zwingt mich.»

Das Buch fing Feuer. Winny schrie auf.

Perron zuckte die Schultern. «Ellie ist schon lange tot. Hat dir das deine Mutter nicht gesagt?»

Nun waren alle verstummt.

Als das Buch lichterloh brannte, warf er es in die offene Feuerstelle, gab einige Scheiter dazu. Dann ging er zur Tür. «Den Schlüssel!»

Keine regte sich.

«Nicht gehört? Ich will den Schlüssel.»

Vor Wut, Angst und Ohnmacht zitternd, sah Zita zu, wie Hannah den Schlüssel aus ihrer Tasche fischte und zur Tür ging, aufschloss.

«Wo bewahrst du eigentlich die Geheimhaltungsvereinbarungen auf? Sie müssen irgendwo auf dem Gelände sein», sagte sie unvermittelt.

Einen kurzen Augenblick verrutschte Perron das Gesicht. «Borachio hat sie», fuhr Hannah schnell fort. «Beim Unterstand der Pferde, nicht wahr, Perron, ein gutes Versteck.»

«Da sind sie längst nicht mehr.»

Erwischt. Perron biss sich auf die Lippen.

«Danke, Perron. Damit hast du zugegeben, dass sie existieren.»

«Nicht mehr, meine Liebe. Borachio ...»

«... sollte sie vernichten. Er hat es aber nicht gemacht. Er weiss, was sie wert sind. Er hat sie versteckt, Perron. Die ganzen Unterlagen sind noch da.»

Und wieder veränderte sich die Energie. Perron versuchte, seine Unsicherheit zu verstecken. «Du bluffst, Frank. Du warst die ganze Zeit auf der Bühne.»

«Das denkst du. Aber hast du mich immer gesehen?»

«Alle sind immer auf der Bühne.»

«Wenn sie etwas zu sagen haben. Meinen Text hast du Zofe Margarete gegeben, früher Priss. Hat ihr nichts genützt. Mir dafür. Der fünfte Akt, Perron, aus dem du mich weginszeniert hast. Zum Glück. Es hat mir bis zum Unterstand gereicht und wieder zurück.»

«Das erfindest du.»

«Die ganze Welt ist eine Bühne. Auf der dein Adlat einen Polizisten angegriffen hat. Und danach die Unterlagen in einem Boot versteckt hat. Ich bin gespannt, wie du dich da rausredest.»

«Es gibt keine Zeugen.»

«Mich.»

Perron lachte auf, er sprach hektisch und nicht mehr ganz so tief. «Dich? Gegen dich werde ich auch Klage einreichen, Frank. Du wirst es nicht lassen können und mich als betrügerisches Schwein bezeichnen, vor dem Premierenpublikum, das im Schlosscafé auf uns wartet. Du wirst es hinausschreien, im irren Gefühl, das Recht wäre auf deiner Seite. Falsche Anschuldigungen, darauf steht Gefängnis.» Perron ging zur Tür. «Adieu, die Damen.»

Weg war er. Das Geräusch des drehenden Schlüssels war zu hören. Zita hatte den absurden Drang zum Klo. Sie spürte die Tränen erst, als Winny sie ihr abwischte.

«Es tut mir leid, Zita, dass ich dich da reingezogen habe. Dich und deine Familie», sagte Winny.

Hannah sah sie an. «Entspannt euch. Es läuft alles wie geplant.» Sie ging zur Falltür. «Er hat nicht mit mir gerechnet. Ich weiss genau, wo er hingeht.»

***

Meier beugte sich über Rahmadini. Er lag auf der Trage, verbunden mit einem Gerät, die Augen geschlossen, eine Sauerstoffmaske über Mund und Nase, die Brust hob und senkte sich mühsam.

«Hören Sie mich?»

Rahmadini bewegte ein Augenlid.

«Was ist passiert, mein Junge?»

«Der Bösewicht ...», flüsterte er.

Was für ein pathetisches Wort. «Haben Sie ihn erkannt?»

Ein schwaches Nicken.

«War es der Typ aus dem Weinkeller?»

«Einer aus dem Stück», stammelte Rahmadini, punktgenau, ohne Schnörkel.

«Ein Bösewicht? Meinen Sie Don John?»

Ein Kopfschütteln. «Den anderen. Seinen Diener. Borachio.»

Rahmadini schien voll in die Theaterwelt abgetaucht, ob das Halluzinationen waren? Meier zog das Programmheft hervor. Zeigte Rahmadini ein Bild. Ein heftiges Nicken.

«Da steht kein Name», sagte Meier. «Nur Borachio. Seltsamer Typ, sieht nicht sympathisch aus. Hat dieser Borachio Sie angegriffen? Womit?»

Eine Handbewegung.

«Mit einem Rasiermesser?»

Rahmadini nickte. Ballte die Hand zu einer Faust.

«Sie haben sich gewehrt.»

Ein schwaches Nicken. Noch mal die Faust.

«Heftig? Ist er auch verletzt?»

Nun zeigte Rahmadini auf sein Bein.

«Sie haben ihn am Bein erwischt? Damit er nicht flüchten kann, gut gemacht, mein Junge. Wissen Sie auch, warum der Typ Sie angegriffen hat?»

Rahmadini kämpfte mit dem Atem, ein Rasseln, das sofort die Ärztin auf den Plan rief.

«Sachte, Herr Meier. Noch eine Minute, dann fahren wir los.»

Meier beugte sich wieder zu seinem Praktikanten. «Warum, Rahmadini?»

Er bewegte die Lippen. Was hatte er gesagt? «Ein Orden ...»

Rahmadini musste bereits halb im Koma sein. Zu viel Ritterspiele, zu viel Shakespeare. «Was für ein Orden? Gehörte Borachio zu einem Orden? Das wäre ein anderes Stück.»

Mit grosser Anstrengung hob Rahmadini seinen Arm, zeigte zur Ambulanz hinaus in Richtung Unterstand.

«Ich soll da nachschauen?» Schon stand Meier im Freien, ging zum dem improvisierten Stall, wo es nach Pferdemist roch. Ausser Stroh und einer Tränke gab es da nichts, auch kein blutiges Beil. Bis Meiers Blick auf ein Ringbuch fiel. Seltsam, in der Tat. Hatte Rahmadini davon gesprochen? Ein Ordner. Er war aufgeklappt. Leer. Im Mondlicht erkannte Meier die Farbe. Nachtblau. Solche hatte er schon mal gesehen. Im Büro von Strahland.

Als er wieder zum Auto kam, winkte die Ärztin ab. «Die Schmerzmittel wirken. Er kann nicht mehr reden.»

Aus der Ambulanz klang ein Gurgeln. Rahmadini raffte sich noch einmal auf.

«Boot», stammelte er. Dann schlief er ein, und Meier wurde weggeschubst.

Erstaunlich, ich habe mich an ihren Namen erinnert, dachte Meier, als Dr. Coppola ihn zusammenstauchte.

Meier sah der Ambulanz nach und ging zu Beanie, die das Ganze beobachtet hatte.

«Was meinte Rahmadini?», fragte sie. «Dass in dem Ordner irgendwelche Unterlagen waren? Die dieser Borachio in einem Boot versteckt hat?» Sie deutete aufs Wasser.

Meier schüttelte den Kopf. «Bei dem Sturm? Der müsste ja komplett bescheuert sein. Er wird den Uferweg genommen haben. Oder er hat sich in die Büsche geschlagen.»

«Nicht, wenn er auf der Flucht ist. Ich kenne die Wege hier, Herr Meier, schliesslich war ich Ihre Assistentin. Auf der Seite geht's zum Schloss, auf der anderen stand die Ambulanz. Bis zum Bootssteg dauert es keine Minute, zur ‹Silberbirke› rudert er in fünf Minuten, wenn er da ein Auto versteckt hat, ist es der perfekte Fluchtweg.»

«Aber nicht in diesem Sturm.»

Beanie und Meier sahen sich an, dann rannten sie los.

Im Laufen informierte Meier Trösch. Wollte wissen, ob das Ensemble unter Beobachtung sei. «Teile davon», sagte Trösch. Kolb habe einen Herzanfall gehabt, Perrons Tochter und die Kostümbildnerin seien mit ihr ins Krankenhaus gefahren. «Die anderen sind alle im Schlosscafé. Es sind auch viele aus dem Publikum da. Der Raum ist völlig überfüllt. Sie haben die Premierenfeier dorthin verlegt.» Von Borachio wisse er nichts. Eine unbedeutende Figur. Aber er wolle dem gleich nachgehen.

«Und Perron?»

«Der ist verschwunden.»

***

Zita rannte hinter Hannah her. Vom Schloss bis zum Schiffsteg waren es keine hundert Meter. Auf dem verregneten Festplatz befanden sich deutlich weniger Menschen. Die waren alle im

Schlosscafé. Der Festlärm dröhnte, die Musiker machten Stimmung, Gelächter und Schreien, die Premierenfeier war in vollem Gang.

«Da vorne», schrie Hannah Zita zu und zeigte auf das alte Motorboot, das neben dem Ruderboot angebunden war. Beide Schiffe schaukelten heftig. Das Toben des Sturms hatte einen neuen Höhepunkt erreicht, die Birken um den Platz bogen sich.

Als Hannah und Zita den Steg betraten, wurde ein Motor angeworfen. Gleichzeitig erschien ein Mann und zog das Seil vom Pfosten.

«Borachio», schrie Hannah. «Sie hauen ab.»

Schon setzte Hannah an, um auf das Boot zu springen, aber Zita hielt sie zurück.

«Bist du verrückt? Der Typ hat dich schon mal fast erwischt. Wir holen die Polizei. Die beiden sind in der Falle, die Polizei kann sie an jedem Anlegeplatz am See empfangen.»

Hannah riss sich los. «Die wollen nicht entkommen. Gegen Perron liegt nichts vor, und Borachio geht für seinen Boss ins Gefängnis, du hast es ja gehört.»

«Was wollen sie dann?»

Schon war Hannah in das kleine Ruderboot gesprungen.

«Er wird versuchen, die Dokumente loszuwerden. Es geht ihm einzig darum.» Sie deutete auf ihren verletzten Arm. «Hilfst du mir?»

Das Motorboot nahm Kurs auf die Mitte des Sees. Bis es stehen blieb, nur noch auf dem Wasser schaukelte.

Zita sprang zu Hannah ins Ruderboot. Hannah mit einem Arm am Ruder, Zita mit zwei. Sie legten los. Im Gleichtakt fanden sie einen Rhythmus, und Zita spürte, wie es vorwärtsschoss. Die Böen machten eine Pause, das half. Innert wenigen Minuten konnten sie ihr Boot parallel zum Motorboot bringen und hatten so eine Chance, sich festzuhalten und hochzuklettern.

Da trat Perron aus der Kombüse, seinen Plastikbeutel in der Hand. Er war nicht mehr halb voll, wie davor, er war zum Platzen gefüllt.

Perrons Erstaunen verwandelte sich in Grinsen. «Die Frauen von Windsor. Nur zu, ihr kommt gerade rechtzeitig.»

Sie waren nun so nah, dass sie den weissen Saum seines blauen Kostüms sahen. Das Motorboot schwankte unvermittelt. Perron machte einen Ausfallschritt, fast wäre ihm die Plastiktüte aus der Hand gewirbelt worden.

«Nein», schrie Hannah auf.

«Du willst meine Goldstücke, ist es das, was du willst? Bitte sehr, die kannst du haben.»

Perron riss die Papiere aus der Tüte, warf sie hoch in die Luft. «Alle Beweise vom Winde verweht.»

Manche verschwanden auf der Stelle, manche schaukelten hin und her, kleinen wilden Booten gleich. Bis sie in einem Strudel nach unten gesogen wurden.

«Man kann sie herausfischen, wenn das Gewitter vorbei ist. Kugelschreiber ist nachweisbar, Druckschwärze auch», schrie Zita.

«Wir kommen an Bord, Perron», fügte Hannah an, «und dann gibst du uns die Namen der Frauen.»

«Träum weiter, Frank», antwortete Perron. «Borachio!»

Sein Ruf verpuffte. Niemand tauchte auf. Perrons Augen irrten zur Kajüte.

Zita nutzte den Moment, es gelang ihr, das Seil zu befestigen. Mit einem Blick erfasste Perron die veränderte Situation, machte einen Satz auf Zita zu, versuchte, mit einem Fuss auf ihre Finger zu treten. Gleichzeitig wurden beide Boote von einer Welle erfasst. Perron stolperte, schlug den Kopf am Kajütendach an und fiel in einer beinahe elegant anmutenden Rückwärtsrolle ins Wasser.

Zita erstarrte. Perron war untergegangen wie ein Stein.

«Er kann nicht schwimmen», sagte Hannah.

Zita begann, sich auszuziehen.

Perrons Kopf tauchte auf. Er ruderte mit den Armen, schluckte Wasser, hustete, tauchte wieder ab.

«Dann stirbt er als Held», sagte Zita.

Damit sprang sie ins Wasser, versuchte zu schwimmen.

«Geben Sie mir die Hand, Perron.»

Das tat er nicht, stattdessen packte er sie, drückte sie nach unten, sie sah gerade noch, wie das Motorboot davonfuhr.

Borachio vermutlich, in seinem Versuch, der Polizei zu entkommen.

Als sie wieder nach oben schoss, tauchte vor ihr, einer Vision gleich, Beanie mit einem Ruder auf einem Stand-up-Paddelboard auf, während Meier sich ans Holz klammerte und mit der Taschenlampe leuchtete.

«Der Herr Kommissar. Vielen Dank, Sie retten mir das Leben. Die Frauen hier hätten mich einfach ersaufen lassen, ich gebe das gleich offiziell zu Protokoll», hörte Zita Perron brüllen.

Dann fühlte Zita erneut seinen Griff. Sie bekam keine Luft mehr, ihr wurde schwindlig. Sie wehrte sich, bis ihre Arme lahm wurden, die Beine kraftlos und schwer. Zita wurde nach unten gezogen in einen Strudel. Sie sah Lilys Wimpern, die blonden Haare auf Theos braun gebranntem Unterarm, Finns Augen hinter den Brillengläsern. Noch weiter ging es abwärts, sie hatte nicht gewusst, dass der See so tief war. Schatten huschten an ihr vorbei, Gestalten. Es wurde dunkler, sie gab jeglichen Widerstand auf und versank in diesem Schattensee, den sie nie gemocht hatte. Zu klein, zu ruhig, zu wenig glitzernd.

«Zita.» Meiers Stimme.

Wut und Zorn fielen von Zita ab. Sie sah alles gleichzeitig, seine Bemühungen, seine Zärtlichkeit, das Ringen darum, sie zu verstehen. Männer und Frauen. Söhne und Töchter. Der Weg war noch lange. Aber ihre kleine Familie schaffte etwas, jeden Tag ein bisschen mehr in diesem Kampf um Freiheit und gleiche Rechte. Es war da, ein Geschenk, sie brauchte es nur anzunehmen. Zitas Hände berührten etwas, silbern und leicht, ein Fisch, eine Alge, eine Meerjungfrau? Sie nahm ihre Kraft zusammen, ruderte mit den Armen wie ein Pfeil nach oben. Und prallte mit jemandem zusammen. Meier. Es war der Commissario. Kein wirklich guter Schwimmer, mit einer eigenartigen Angst vor Wasser. Und dennoch war er gekommen, sie zu retten.

«Ciao, amore mio», sagte er.

Zita wollte erklären, analysieren, recht haben, wollte, dass er verstand. Stattdessen sagte sie einfach: «Es tut mir leid.»

«Was?», fragte er. «Dass ich wegen dir nass geworden bin?»

«Nein. Ja. Alles.»

Da spürte Zita seine Arme, die starken Meier-Arme, und den Geruch nach Pfefferminz und Erde.

Meier und Zita hatten sich aufs Paddelbrett gerettet. Hannah sass im Ruderboot am einen Ende, am andern Perron, dazwischen Beanie, die das Boot ans Ufer zurückruderte. Auf dem Wasser schaukelten noch vereinzelt einige Papiere, Zita bekam eines zu fassen. Die gedruckte Schrift war nicht mehr lesbar, der Kugelschreiber weggewaschen.

Zita gab Meier eine knappe Zusammenfassung.

«Wer hat geschossen, die alte Luma?», fragte er, als sie am Ufer waren. «Das kann man nachweisen. Der Schuss wurde bereits gemeldet, er war bis auf den Festplatz zu hören.»

Tropfnass beeilten sie sich, hinter Beanie und Perron her ins Schlosscafé hinauf.

«Wo ist Hannah?», fragte Zita.

Sie war verschwunden. Zita fühlte sich deprimiert. So klug Hannahs Plan gewesen war, Perron blieb dennoch Sieger. Borachio würde verhaftet werden, gegen Perron gab es nichts Nachweisbares. Die Ereignisse im Schlossgewölbe waren nicht relevant, daraus liess sich keine Klage bauen.

In eine Decke gehüllt stand Zita an die Wand gelehnt, ihre Hand um eine Tasse Pfefferminztee mit Whisky geschlungen, während Meier und sein Team eine Befragung an der anderen durchführten.

Die Premierenfeier war immer noch in vollem Gang. Ensemble, Publikum, Familie, Sponsoren, Presseleute hatten sich in eine fröhliche Masse verwandelt. Die in tosenden Applaus ausbrach, als Perron den Raum betrat. Frisch geduscht, strahlend, die Arme weit ausgebreitet.

«Liebe Freunde. ‹Viel Lärm um nichts› ist geschafft. Es war eine aussergewöhnliche Reise. Aussergewöhnlich für euch und für uns. Denn diese Vorstellung war Premiere und Derniere zugleich. Wir werden das Stück nicht mehr spielen. Zu Ehren der toten Arielle Bergmann. Die Festspiele gehen natürlich weiter. Bereits am Montag beginnen wir mit einem neuen Stück, dem ‹Wintermärchen›.»

Da wurde die Tür aufgerissen. Im Rahmen stand Hannah Frank, im Theaterkostüm. Ihr verbundener Arm getränkt von Wasser und Blut.

«Perron», rief sie. «Du bist ein betrügerisches Schwein.»

Januar 2019

Hannah hörte laute Stimmen, draussen schien sich etwas abzuspielen. Plötzlich ging die Holztür auf. Am Gerichtsdiener vorbei, der seine Hände verwarf, stürmten einige Frauen in den Raum, allen voran Beanie Barras, dicht dahinter Zita Schnyder.

«Verzeihen Sie die Störung, Frau Richterin», rief Beanie. «Es sind neue Beweise aufgetaucht, die ins Verfahren aufgenommen werden sollten.»

Die Richterin erhob sich. «Darf ich Sie bitten, das Gericht zu verlassen. Es gibt einen offiziellen Weg, Sie können einen Antrag stellen ...»

«Was wir zu sagen haben, ist relevant für diesen Prozess.»

«Sie sind zu spät, die Beweisaufnahme ist längst abgeschlossen, wir stehen kurz vor dem Urteil.»

Hannah sah, wie die Richterin ein Zeichen machte. Zwei Uniformierte kamen herbei, um Beanie festzuhalten. Als sie ihren Polizeiausweis zückte, hielten die beiden inne. Eine weitere Frau betrat den Raum. Es war ScarLett Hammer von Invest-News.

«Das Urteil werden Sie vertagen müssen», sagte ScarLett laut. «Wir haben die neuen Beweise einer ganzen Reihe von Vertreterinnen der Öffentlichkeit vorgelegt.» Aus ihrer winzigen Handtasche holte sie ein Tablet. «Darunter Politikerinnen, Schauspielerinnen, Journalistinnen ... Innert wenigen Stunden ist eine Petition zustande gekommen: ‹Befreit Hannah Frank!›»

Damit hielt sie das Tablet in die Höhe, liess das Statement einer bekannten Autorin laufen.

«Eine Petition hat hier nichts verloren, hier ist ein Gericht, kein Parlament», sagte die Richterin.

Eine weitere Frau drängte nach vorn. «Simon Perron hat mich vergewaltigt», sagte Nika Bergmann mit fester Stimme. «Er hat mir eingeredet, es sei in meinem Sinne gewesen. Hat mir Schweigegeld bezahlt. Ich habe damit ein Geschäft aufgebaut. Ich habe ihm sogar meine Tochter anvertraut.»

Bevor jemand darauf reagieren konnte, schob sich eine zweite Frau an ihr vorbei. Rose Guareschi, nicht wiederzuerkennen, eine schöne alte Frau, mit einem Hauch von Hippietum. «Simon Perron war mein Geliebter. Er liess mich glauben, die Beziehung zu seiner Frau Ruth sei eine Farce. Meiner Freundin Ellie hat er das Gleiche erzählt. Er hat uns monatelang gegeneinander ausgespielt. Als ich ihn damit konfrontieren wollte, hat er mich diskreditiert, beschmutzt und meinen Ruf ruiniert.»

Nun ergriff eine andere Frau das Wort, eine, die Hannah noch nie gesehen hatte. «Perron hat mich auf seine Couch gezwungen und mir eine Rolle versprochen. Hinterher hat er behauptet, ich hätte ihn verführt. Sein Kompagnon, Istvan Tschirky, hat mich jahrelang immer wieder bedroht, dass er meinem Mann und meinen Kindern davon erzählen würde.»

Die Richterin hatte sich von ihrem Schock erholt. «Das reicht», sagte sie. «Ich breche hier ab. Sie werden sofort diesen Raum verlassen.»

Nun quoll eine ganze Traube von Frauen herein.

«Er hat mich in ein Hotel gelockt, so getan, als wäre da ein Vorsprechen. Weit nach Mitternacht hat er mich dann bedrängt. Ich war müde und kaputt, ausserdem hatte ich kein Geld. Was hätte ich tun sollen?»

«Er hat mich zu Hause besucht und mir erzählt, was er auf meiner Toilette gemacht habe. Danach hat er in den Proben immer diese Handbewegung gemacht, ich könnte bis heute kotzen.»

«Aufhören!», schrie die Richterin.

Während die beiden Polizisten vergeblich versuchten, die Frauen hinauszudrängen, bekamen sie Verstärkung. Die Frauen wehrten sich, schrien unentwegt ihre Aussagen in die Luft.

«Sie haben mich gezwungen, mit einem Kollegen zu knutschen.»

«Wein gehörte zur Morgenprobe, und wer nicht mitmachte, war draussen.»

«In der Kostümprobe musste ich mich nackt ausziehen.»

Als es den Polizisten gelang, einzelne Frauen nach draussen zu schleifen, stellte Zita sich auf einen Stuhl.

«Das ist erst der Anfang. Wir haben eine Liste gefunden, zu verdanken ist sie dem Einsatz von Beanie Barras, Ermittlerin bei der Zürcher Kriminalpolizei.» Sie reichte Beanie die Hand, die sich neben sie stellte.

Beanie nickte. «Das Vermächtnis Allan Äbischers, Simon Perrons Kompagnon. Darauf stehen die Namen von knapp zweihundert Frauen, dazu kommen über zwanzig Männer. Sie alle mussten eine Geheimhaltungsvereinbarung unterzeichnen. Nun sind sie bereit, auszusagen. Jede und jeder Einzelne von ihnen. Das Gericht wird nicht darum herumkommen, sich das anzuhören. Wir haben Klage eingereicht, ganz offiziell. Aber wir wollten hierherkommen. Damit Sie zuhören. Sie alle sind nun Zeuginnen und Zeugen. Hannah Frank hat Simon Perron zu Recht beschuldigt. Und wir werden es beweisen.»

***

Instagram-Account von **WinnyApt/Story**
Ein blauer Nachtfalter, düster, zauberhaft, trendig
Gefällt 999 Mal
WinnyApt *Do it. Werde Mitglied bei #keinOpfer*
Aufrufe: 999
Kommentare: 999

Epilog

Der Frühling war gekommen, nach einem langen, harten Winter. Es war Freitagnachmittag. Aufatmend klappte Zita den Laptop zu und wünschte ihrer Professorin ein schönes Wochenende.

«Von schön kann keine Rede sein», sagte Rike Daniel und verschwand mit dem Rollkoffer. Anstelle von Zita hatte sie den Forschungsauftrag übernommen. Nun pendelte sie zwischen London und Zürich. Manchmal war Zita neidisch, die meiste Zeit aber fand sie es in Ordnung. Das Wichtigste war, dass es Lily wieder besser ging. Als sie – vielleicht eine Folge der Gewitternacht im Storchennest – an einer Lungenentzündung erkrankte, gab es für Zita kein Halten mehr. Sie hatte London abgesagt. Nun war Lily wieder genesen. Der Commissario hatte sich mindestens so viel um sie gekümmert wie Zita. Sie hatten einen Kompromiss hinbekommen. Meier hatte seine Leitungsfunktion nicht angetreten. Die Stelle war eine Zeit lang vakant gewesen, bis die Oberen entschieden, dass die beiden Bezirke See und Oberland wieder zusammengeführt würden. Die Ausschreibung für die Gesamtleitung würde in Kürze erfolgen. Meier war's egal, ihm war wichtig, dass er sein kleines Team behalten konnte. Auf Miro Rahmadini würde er allerdings verzichten müssen, er hatte, nachdem er geheilt war, die Aufnahmeprüfung zur Polizeischule bestanden. Dafür hatte er seine Tattoos opfern müssen, sie waren nur noch eine schwache Erinnerung auf seiner Haut. Zita würde ihn gleich treffen, auf Beanies Hochzeitsfeier.

Diese würde im Altstadthaus stattfinden, dem charmantesten Quartiertreff der Stadt. Zum Glück hatten Beanie und Andi die Idee der Bootshochzeit aufgegeben, als sie die Feier verschoben hatten. Erst die Flitterwochen, dann das Jawort, in weniger als zwei Stunden wäre es so weit. Die Monate in Skandinavien hätten ihre Beziehung sogar noch gefestigt, hatte Beanie geschrieben.

Zita machte ihr Velo los und fuhr die Künstlergasse hinunter. Eine kostbare Stunde hatte sie für sich. Meier holte die Kinder ab. Freitag war Papa-Tag. Er würde die Kinder festtauglich anziehen, die Tasche mit dem ganzen Krempel packen und pünktlich im Standesamt sein, denn er und Zita waren Trauzeugen. Das nannte man, Verantwortung übernehmen.

Beanie Barras' Rede vor dem Zürcher Obergericht war ein Medienereignis gewesen. Zeitungen und Online-Magazine hatten sie gebracht. Während einiger Tage waren Beanie und Zita zu den beliebtesten Interviewpartnerinnen der Deutschschweiz aufgerückt. Meier war sehr stolz gewesen. Erst da habe er wirklich gemerkt, worum es Zita überhaupt ging. Nun war es nicht so, dass seither alles einfach rundlief. Aber es gab Momente, da war Zita wirklich zufrieden. Ein völlig neues Gefühl. Beschwingt schob sie ihr Velo der Chorgasse entlang. Eigentlich wollte sie bei «Malous» eine Cola Zero trinken. Aber der Laden war wie immer zum Brechen voll.

Malou mit rundem Babybauch winkte. «Ich geh gleich zu Luma hoch, magst du mit?»

Nein, Zita hatte keine Zeit, sie liess alle schön grüssen. Seit den Ereignissen am Greifensee traf sich eine lose Runde von Frauen jeden Freitag bei Luma. Ein generationenübergreifendes Projekt, Rose gehörte dazu, Nika Bergmann, auch Winny und Lara. Nachdem Zita ihr Versprechen gehalten und verhindert hatte, dass Laras kleine Schwester Dili mit der Mutter nach Marokko ziehen musste, waren beide bei Luma eingezogen. Die Kindesschutzbehörde hatte ein wachsames Auge darauf.

Winny war federführend bei den Freitagsfrauen. Nach der Massnahme «zeigmirwerdubist», der Umsetzung eines länderübergreifenden Verhaltenscodes im deutschsprachigen Theater, hatte sie ein neues Projekt angepackt. Der Hashtag #wirwollenPreise verbreitete sich gerade, und in dessen Kielwasser nahm Winny die Frauenquote in der Kulturförderung unter die Lupe. Die Analyse zeigte grossen Bedarf. Als Medienpartnerin fungierte Invest-News von ScarLett Hammer. Auch Lilo Lienert ging zu den Treffen. Sie und Luma hatten beide eine seltene

Form von Altersdemenz und waren auf Anhieb Freundinnen geworden.

Winny wohnte wieder zu Hause. Malou sah sie jedoch kaum, was sie nicht gross störte. Sie war mit ihrem Café und ihrer Schwangerschaft beschäftigt. Und mit Georgis natürlich. Er mutierte zum überbesorgten Vater, noch bevor sein Sohn auf der Welt war. Im Sommer würde die ganze Familie nach Griechenland reisen, auf die Insel Naxos, Georgis Heimat. Da war Ellies Grab. Den Hinweis dafür hatten sie im VW-Bus gefunden, mit dem Ellie Perron damals überraschen wollte. Als sie verschwunden war, hatte Perron das Auto einfach behalten. Und nicht nur das, er hatte es auch für Ferien genutzt. Im Geschenk der verstossenen Geliebten mit der Familie Sommerferien machen … es war von einer Frechheit, dass es schon fast wieder gut war.

Meier hatte sich an die Beschreibung erinnert, die er in einem von Ellies Tagebucheinträgen gelesen hatte, und daraus geschlossen, dass Ellie ein Zeichen hinterlassen haben musste. Im Handschuhfach, unter alten Musikkassetten, hatten sie schliesslich ihren Abschiedsbrief gefunden, in dem auch stand, wohin sie reisen würde. Einige Telefonate später wussten sie, dass Ellie Apt auf dem Friedhof von Naxos lag. Es war traurig gewesen, aber auch schön. Nun hatten Luma, Malou und Winny einen Ort, konnten Menschen treffen, die Ellie gekannt hatten, um herauszufinden, warum sie ihre Tochter bei Luma gelassen hatte und nie mehr zurückgekehrt war. Verzweiflung, Angst, Scham. Eine Mischung aus allem, das musste es gewesen sein. Dass Allan Äbischer Malous leiblicher Vater war, daran hatten sich alle gewöhnen müssen. Ellie hatte Perron eifersüchtig machen wollen, und aus dieser einmaligen Begegnung war ein Kind entstanden. Malou war die Erste, die sich mit dem Gedanken versöhnte, sie wollte Allans Asche mitnehmen und im Mittelmeer verstreuen. Sie hatte viel herausgefunden über ihren toten Vater. Ein treuer Freund seines verbrecherischen Herrn, der nie die Kraft gefunden hatte, sich von ihm und dem System Perron loszueisen, und erst mit seiner letzten Tat zu einem kleinen Helden wurde.

Zita verabschiedete sich und ging weiter bis zur Predigergasse. Sie erspähte die zierliche Frau schon von Weitem. Hannah Frank. Niemand konnte ahnen, wie gross Zitas Erleichterung gewesen war, als Beanie auf die Idee gekommen war, die Nagellackflasche genauer zu untersuchen, und in der Flüssigkeit versteckt ein dünn gerolltes und gefaltetes Papier mit einer Namensliste gefunden hatte. Allan Äbischer hatte sie kurz vor seinem Tod geschrieben. Hannah hatte Beanie daran gehindert, diese als Beweismittel zu verwenden. Stattdessen hatte sie geschwiegen und aus der Untersuchungshaft heraus mit Zita und Beanie zusammen den Coup vorbereitet. Sie wollte grösstmögliche Medienaufmerksamkeit. Niemand sollte *nicht* hinsehen. Der Preis war ihr monatelanges Schweigen gewesen. Wie viel Kraft sie das gekostet hatte, das konnte Zita nur ahnen.

Borachio war wegen versuchten Totschlags an Rahmadini verurteilt, Tschirky wartete auf seinen Prozess. Genau wie Perron. Nur dass er auf freiem Fuss war, er hatte einflussreiche Freunde, die für ihn bürgten und eine Kaution hinterlegten. Perrons Verteidigerin war eine der besten. Eine Frau. Es war frustrierend, aber die Realität. Kolb hatte nach dem Herzinfarkt noch drei Tage gelebt, dann war sie gestorben. Ob sie es gewesen war, die Rose im Jaguar fast totgefahren hatte, war nicht herauszufinden. An der Gedenkfeier hätte sie Freude gehabt, die St. Peterskirche war voll gewesen. Trotz der Vorwürfe, die ScarLett und Invest-News geäussert hatten.

Nun stand Zita neben Hannah. «Entschuldige, aber ich habe nicht viel Zeit.»

Hannah lachte. «Das dachte ich mir schon. Es dauert nicht lange.»

Vor Zita her betrat sie den Laden. Erst jetzt fiel Zita auf, was es war. «Boule Rouge», ein Laden für Taschen.

«Deine Tasche ist doch immer noch klebrig.»

Tatsächlich, es verging kein Tag, an dem Zita nicht fluchte. Der Chai-Sirup war sehr hartnäckig.

«Ich dachte, es wäre an der Zeit für ein neues Modell.» Damit zeigte ihr Hannah, was sie Zita gern schenken würde. Eine wunderschöne Tasche, Typ Frida, schmal, mit Platz für Laptop und Kinderkram.

«Aber die ist viel zu elegant für mich», sagte Zita.

Hannah schüttelte den Kopf. «Nein, ich finde sie hervorragend. Schau, sie ist angeschrieben.»

Dr. Zita Schnyder, stand auf dem Schild. Ach so, ja, das hatte Zita fast vergessen. Ihre Arbeit war angenommen worden. Nächsten Monat würde sie zur Belohnung nach London fliegen, um Beth Weisz zu besuchen. Es gab da so ein interdisziplinäres Projekt am Zentrum für Genderstudies ... Zita müsste nur einen Monat vor Ort sein.

Da klingelte ihr Handy. Meier.

«Ciao, amore mio. Kannst du so schnell wie möglich herkommen? Es gibt ein Problem. Beanie und Andi haben eine Panne. Sie stecken auf der Autobahn fest. Die meisten Gäste sind bereits hier. Und das Standesamt schliesst in zehn Minuten.»

Dank

Als ich im Herbst 2017 mit meiner Freundin Monika zusammensass, ist mir die Idee zu diesem Roman gekommen. Ein Jahr lang habe ich daran geschrieben. Zur MeToo-Debatte wollte ich als ehemalige Schauspielerin meinen Beitrag leisten. Frauen nicht als Opfer zeigen, sondern die Strukturen, die ein Machtsystem aufrechterhalten. Ich wollte einen Blick hinter die Kulissen werfen und Spiel und Realität zu einem komplexen Kammerstück verweben.

Viele Leute waren mir behilflich, jeder Fehler, jegliche Unplausibilität sind auf meiner Seite gewachsen.

Ich bedanke mich bei Moni für die vielen Gespräche und die Inspiration, bei meinem ältesten Sohn Flo für das aufmerksame Gegenlesen und die hilfreichste Kritik, die ich in meinem Autorinnenleben je bekommen habe, sowie die Übersetzung der Theatertexte. Bei meinem mittleren Sohn Beni für die Unterstützung in Momenten, wo der Stoff mich fast in die Knie gezwungen hätte (in der ganzen Kraft dieser abgedroschenen Phrase), du bist der beste Motivator, den ich kenne. Bei meiner jüngsten Tochter Samira, die in Kauf nimmt, dass die Mama dauernd hinter dem Laptop hängt. Bei meinem Mann Franz. Ohne Worte.

Ein grosser Dank geht an die vielen Frauen, die mir ihre «Theatergeschichten» erzählt haben. Ohne euch wäre der Stoff nicht so reich geworden. Danke an Thomas Fingerhuth, der mich in juristischen und Verfahrensfragen beraten hat, und Mark Besson von der Kantonspolizei Zürich, der mir polizeiliche Abläufe so erklärt, dass ich sie verstehe … und dann doch etwas zurechtbiege.

Danke an Magdalena und Sylvia, die Leserinnen meines ersten Entwurfs.

Danke an Wolfgang, meinen Bühnenkollegen, er wäre ein toller Meier.

Danke an Irène Kost, meine Lektorin, für das genaue Nach- und Hinterfragen.

Danke an meine Leserinnen und Leser, es werden ständig mehr. Danke, dass ihr mit mir und Schnyder & Meier immer weitergeht und neugierig seid auf meine komplexen, verwobenen Geschichten.

Und zum Schluss: Grossen Dank an das ganze Team des Emons Verlags, ihr macht meine Bücher sichtbar und bringt sie in die Läden. Global, regional, engagiert.

Die Überarbeitung von «Nachtblau der See» entstand im Rahmen meines Aufenthaltstipendiums bei der Franz-Edelmaier-Residenz für Literatur und Menschenrechte in Meran.

Gabriela Kasperski
QUITTENGRAB
Broschur, 384 Seiten
ISBN 978-3-7408-0430-5

Im Schauspielhaus wird der jüdische Autor Dan Weisz brutal niedergeschlagen. Unter den Zuschauern sitzen Weisz' alte Freunde – die durch ein dunkles Geheimnis verbunden sind. Commissario Werner Meier muss einen möglichen Terroranschlag verhindern und nimmt rechtsradikale Zürcher Oberland-Kreise unter die Lupe, während seine Freundin Zita Schnyder dem Privatleben des Autors in London auf den Grund geht. Bis ein grausiger Fund am idyllischen Greifensee das Ermittlerpaar zurück in die Vergangenheit führt …

«Schnelle Dialoge, ein kurz getaktetes Hin und Her zwischen den verschiedenen Nebenhandlungen und Wechsel im sprachlichen Rhythmus. Dies alles hat literarische Qualität.» Zürcher Oberländer

www.emons-verlag.de